Matteo De Luca
Der Commissario und die Dottoressa –
Sturm über Elba

MATTEO DE LUCA

DER COMMISSARIO UND DIE DOTTORESSA – Sturm über Elba

Ein Elba-Krimi

PIPER

Mehr über unsere Autorinnen, Autoren und Bücher:
www.piper.de

Wenn Ihnen dieser Krimi gefallen hat, schreiben Sie uns unter Nennung des Titels »Der Commissario und die Dottoressa – Sturm über Elba« an *empfehlungen@piper.de,* und wir empfehlen Ihnen gerne vergleichbare Bücher.

Unser Versprechen für mehr Nachhaltigkeit
• Klimaneutrales Produkt
• FSC®-zertifiziertes Papier
• Hergestellt in Europa

FSC www.fsc.org MIX Papier aus verantwortungsvollen Quellen FSC® C083411

ISBN 978-3-492-06323-4
2. Auflage 2022

Redaktion: Annika Krummacher
Satz: Eberl & Koesel Studio, Altusried-Krugzell
Gesetzt aus der Adobe Garamond Pro
Druck und Bindung: CPI Books GmbH, Leck
Printed in the EU

I

Mamma mia, schon wieder war das Kloschild weg …

Fiorina Luccarelli hatte zunächst gar nicht bemerkt, dass an der Fassade neben der Haustür wieder der hässliche Fleck prangte, der normalerweise unter dem Schild in den traditionellen Flaggenfarben Elbas verborgen war. Vermutlich, weil der Wind ihr die Handtasche in genau jenem Moment von der Schulter gerissen hatte, als sie den Haustürschlüssel herausziehen wollte.

Doch nun, da sie die Tasche in festem Griff hielt und mit dem Schlüsselbund in der Hand vor dem Eingang stand, sah sie den Fleck umso deutlicher. Hatte der Sturm das Schild davongeweht?

Sie strich sich die feuchten Ponyfransen aus dem Gesicht, ein sinnloses Unterfangen angesichts des anhaltenden Sturzregens und der peitschenden Böen, und warf einen Blick zurück auf den Asphaltbelag der Gasse, durch die sie soeben gerannt war. Der Sturm heulte wie in einem Gruselkabinett, die Straßenlaterne, die wild hin und her schaukelte, verbreitete ein wenig Licht. Doch weit und breit keine Spur von dem fehlenden Schild.

Außer Fiorina war zu so früher Stunde noch niemand

auf der Straße. Es war erst halb sechs Uhr morgens, die meisten Bewohner von Elbas Hauptstadt Portoferraio schliefen noch. Nur im Haus gegenüber brannte schon Licht, der alte Nunzio war wie immer zeitig auf den Beinen.

Rasch betrat Fiorina das vierstöckige Gebäude, in dem sie mit ihrer Familie wohnte, und schloss hinter sich die Tür ab, die wie üblich nicht zugesperrt gewesen war. Seufzend schüttelte sie das Wasser von ihrer taubengrauen Steppjacke, durchquerte den eiskalten dunklen Korridor und stieg die knarzenden Holzstufen in den ersten Stock hinauf. Dabei überlegte sie, wie sie ihrer Mutter Teil zwei ihrer heutigen Neuigkeiten beibringen sollte, der wesentlich schwerer wog als das wieder einmal geklaute Schild mit der in Deutsch und Englisch verfassten Aufschrift: »Im Jahr 1814 benutzte Napoleon Bonaparte mehrfach die Toilette dieses Hauses. Besichtigung jederzeit möglich gegen eine Gebühr von € 2.« Darunter die Handynummer ihres Bruders Federico.

Als Fiorina die Fünfzimmerwohnung ihrer Mutter betrat, seufzte sie ein zweites Mal – auch diese Tür war wie so oft nicht abgeschlossen. Sie schlüpfte aus der Jacke, die immer noch vor Nässe triefte, und hängte sie an einen Haken der winzigen Garderobe.

Aus der geräumigen Küche duftete es schon nach Kaffee. Rosetta Luccarelli, eine kleine, rundliche Frau Anfang sechzig, goss sich gerade ein erstes Tässchen ein. Beim Anblick ihrer Tochter holte sie wortlos eine weitere Espressotasse aus dem wurmstichigen Büfett und füllte sie fast bis zum Rand.

»Tutto a posto?« Sie stellte die verbeulte Macchinetta zurück auf den Herd und drehte das Gas herunter, um sie warm zu halten. Ihre trotz ihres Alters immer noch beneidenswert glatte Stirn legte sich in Falten. »Alles in Ordnung? Du siehst kaputt aus, Carissima.«

»Mamma, so geht das einfach nicht.«

Während ihre Mutter sich gegen den altersschwachen Herd lehnte und sie mit hochgezogenen Brauen musterte, ließ Fiorina sich auf einen der sechs Holzstühle fallen, die um den langen Holztisch gruppiert waren. Gierig trank sie von dem starken schwarzen Caffè, den sie nach einer Nachtschicht immer besonders nötig hatte.

»Wenn du nie das Haus und die Wohnung absperrst«, sie gähnte hinter vorgehaltener Hand, »klauen sie uns eines Tages mehr als nur das dumme Kloschild.«

»Wir sind hier nicht in Livorno, Carissima, sondern auf Elba«, erwiderte ihre Mutter entrüstet. »Außerdem schließt ja immer du ab, also was jammerst du?«

In der Küche zog es fürchterlich, trotz der geschlossenen Fensterläden. Durch jede Ritze zwischen dem krummen Mauerwerk und den schlecht isolierten Fenstern des dreihundert Jahre alten Hauses pfiff und fauchte der Wind, während der Regen so heftig gegen die flaschengrün gestrichenen Holzläden trommelte, dass man fürchten musste, die Glasscheiben dahinter könnten jeden Moment zerspringen.

»Das Schild ist schon wieder verschwunden, sagst du?« Fiorinas Mutter rührte drei gehäufte Löffel Zucker in ihren Espresso – im Gegensatz zu ihrer Tochter fand sie ihn ungesüßt ungenießbar – und leerte das Tässchen in einem Zug. »Madonna santa! Und das im März, wo es noch kaum Touristen gibt.«

Je nachdem, in welcher Branche man arbeitete, liebte

oder hasste man auf der Insel die Urlauber, die im Sommer die Städtchen, Straßen und Strände Elbas überfluteten und beim überwiegenden Teil der Einheimischen für ein regelmäßiges Einkommen sorgten. Nach dem ruhigen Trott in der kalten Jahreszeit sehnten die meisten Inselbewohner die Zeit herbei, wenn wieder die ersten Touristen anreisten und die Kassen füllten. Rosetta Luccarelli arbeitete in einem Supermarkt, der so versteckt am Rand von Portoferraio lag, dass sich selbst in der Hochsaison kaum ein Fremder dorthin verirrte. Deshalb betrachtete sie die Menschen, die nicht von Elba stammten, als Ursprung allen Übels, das die drittgrößte Insel Italiens in ihrer wechselvollen Geschichte heimgesucht hatte. Wenn sie aber durch die Via del Carmine stolperten, die Gasse, in der ihr Haus stand, und Napoleons Toilette gegen einen kleinen Obolus besichtigen wollten, waren die Touristen auch ihr willkommene Gäste. Manch einer hatte es allerdings schon übertrieben und das Kloschild als Andenken mitgehen lassen.

»Vielleicht weiß Nunzio was.« Fiorina nippte an ihrem brühheißen Caffè. »Bei ihm brennt schon Licht. Ich frag ihn später mal, ob er was gesehen hat.«

»Der arme Federico.« Mit theatralischem Stirnrunzeln goss Rosetta Luccarelli sich Kaffee nach und bekreuzigte sich. »Zum dritten Mal in diesem Jahr muss er ein neues machen … Oddio, wenn das bloß kein Unglück bringt.«

Das Schild hatte Fiorinas Bruder in Anlehnung an Elbas Flagge mit drei gelben Bienen verziert, die über einen roten Streifen auf weißem Grund flogen. Angeblich hatte Napoleon Bonaparte höchstpersönlich sie auf seiner Überfahrt nach Elba entworfen, wo er sein erstes Exil verbrachte. Der verbannte Kaiser hatte damals keine zweihundert Meter vom Haus der Luccarellis entfernt gelebt. In der Villa dei Mulini, an einem der höchsten Punkte der Altstadt und zwischen den beiden Festungen Forte Stella und Forte Falcone.

Die Idee mit dem Napoleon-Klo stammte von Federico, der auf diese Weise – zumindest während der Touristensaison – auch etwas zum Familieneinkommen beitrug, was leider selten genug vorkam. Er hatte die angebliche Toilette in einem alten Verschlag im Hof eingerichtet. Das Brett mit dem Loch stammte von einem abgebrannten Bauerngehöft bei San Martino, und das Arrangement sah ziemlich echt aus. Natürlich war an den zwei Euro Eintrittsgeld nicht viel zu verdienen. Der Trick waren die verstaubten Radierungen an den Wänden des Plumpsklos, die den Kaiser zeigten und angeblich seit Ewigkeiten im Besitz der Familie waren. In Wahrheit fertigte Federico sie selbst an und druckte sie auf würdig vergilbtem Büttenpapier, das er dem Besitzer einer pleitegegangenen Druckerei in Marina di Campo abgeschwatzt hatte. Die alten Rahmen kaufte er bei eBay oder auf Flohmärkten, und wenn an einem guten Tag drei Touristen Napoleons Toilette besichtigten, dann war mindestens einer darunter, der nicht widerstehen konnte und dem scheinbar naiven Besitzer eine der vermeintlich über zweihundert Jahre alten Radierungen abschwatzte. In der Regel verlangte Federico dreihundert Euro dafür, unter hundertfünfzig verkaufte er nicht.

»Der hat ja sonst nichts zu tun«, bemerkte Fiorina, weil ihr der weinerliche Ton ihrer Mutter auf die Nerven ging. Federico war nicht nur acht Jahre jünger als sie selbst und das Nesthäkchen der Familie, sondern ein Mammone, ein

Muttersöhnchen par excellence. »Jedenfalls nichts, womit er wirklich Geld verdient.«

Dieser Gedanke erinnerte Fiorina an Teil zwei ihrer morgendlichen Schreckensmeldungen.

Ihre Nachtschicht als Mitarbeiterin der Sozialstation war anfangs ganz normal verlaufen – am Krisentelefon eine einsame Betrunkene, drei Youngsters mit Liebeskummer, die Inhaberin eines Agriturismo, deren Ehemann im Hintergrund noch lauter getobt hatte als der Sturm. Aber dann, kurz nach Mitternacht, hatte Fiorina die Unglücksmail in ihrem Posteingang entdeckt.

»In der Zentrale in Livorno haben sie wieder mal über Rationalisierungsmaßnahmen nachgedacht.« Sie räusperte sich unbehaglich und zupfte an der Plastiktischdecke herum, die mit Tomaten, Gurken und Karotten in leuchtenden Farben bedruckt war. »Maßnahmen, die sich leider auch auf meine Stelle auswirken.«

Ihre Mutter kramte in einem der Hängeschränke aus kanariengelbem Resopal, holte die Schale mit den Biscotti hervor und stellte das zierliche Porzellangefäß, das noch aus der Aussteuer ihrer Urgroßmutter stammte, auf den Tisch. Dann hob sie die Hände gen Zimmerdecke und die akkurat nachgezogenen kohlschwarzen Brauen. Ihr pausbäckiges Gesicht verzog sich zu der Märtyrermiene, die sie bei den Schicksalsschlägen ihres Lebens zu zeigen pflegte.

»Madonna santa«, klagte sie erneut. »Bitte nicht schon wieder!«

»Leider doch. Die Dienststelle in Portoferraio wird aufgelöst. Ottavia, meine Kollegin von der Tagschicht, hat noch zwei Wochen, um alles zu regeln. Aber die Nachtschicht ist ab sofort gestrichen.«

So, jetzt war es heraus. Fiorina kippte den Kaffee hinunter und stellte die Tasse so unsanft auf den Tisch, dass sie fast lauter schepperte als die Fensterläden, an denen der Wind rüttelte.

»Mi dispiace tantissimo, mamma«, fügte sie grimmig hinzu. »Aber ich bin wieder mal arbeitslos.«

2

Die Wolken rasten dahin wie eine Büffelherde auf panischer Flucht. Tintenschwarz, drohend und so tief hingen sie über der aufgepeitschten See, als wollten sie jeden Augenblick darin versinken. Die Gischt spritzte meterhoch und flog sogar hin und wieder über das Dach des kleinen Toyota, der über die Küstenstraße nach Portoferraio jagte.

Der Mann hinter dem Steuer zog den Kopf ein, als eine besonders hohe Woge einen Schwall Wasser gegen das Blech warf und eine Sturmbö seinen Wagen um ein Haar von der Straße gefegt hätte. Er umklammerte das Lenkrad so fest, dass seine Fingerknöchel im bläulichen Schein der Armaturenbeleuchtung weiß hervortraten. Noch zwei Kilometer. Wegen dieses Katastrophenwetters war er spät dran, viel zu spät. Hoffentlich schaffte er es noch rechtzeitig bis zur Abfahrt der ersten Fähre.

Vor wenigen Minuten hatte es endlich zu regnen aufgehört. Dennoch war die Straße stellenweise noch so überschwemmt, dass er ein ums andere Mal fürchten musste, die Reifen würden die Bodenhaftung verlieren. Jeden Moment konnte er die Kontrolle verlieren, den Steilhang hinabschlittern, auf einem Felsen aufschlagen. Ohne sich umzuwenden, tastete er nach dem Aktenkoffer auf dem Rücksitz, als könnte dieser sich während der Fahrt in Luft aufgelöst haben. Doch der unscheinbare schwarze Koffer lag immer noch dort, wo er ihn hingelegt hatte.

Der Fahrer entspannte sich ein wenig, versuchte, nicht mehr an das schreckliche Wetter zu denken, sondern an seine Zukunft, an all die Möglichkeiten, die das Leben ihm auf einmal bot. Bis zum nächsten Brecher, der die schmale, kurvige, an vielen Stellen schlecht befestigte Straße kurzzeitig in einen wild schäumenden Gebirgsbach verwandelte.

Wieder blitzten die Scheinwerfer im Rückspiegel auf. Der andere war immer noch hinter ihm, hatte es offenbar genauso eilig wie er, wollte vielleicht auch die Sechs-Uhr-Fähre erreichen. Oder verfolgte er ihn etwa? War es möglich, dass seine Flucht schon entdeckt worden war?

Der Mann im Toyota fluchte lauthals, stieg so heftig auf die Bremse, dass der Wagen kurz schlingerte. Vor ihm stand die Straße zentimetertief unter Wasser, es rauschte und spritzte, dann hatte er die Stelle hinter sich und konnte wieder Gas geben. Er schoss am schwärzlichen Dickicht der Macchia vorbei, die die nur schwach besiedelten Hänge an der Nordküste Elbas großenteils bedeckte.

Eigentlich hatte er gedacht, er hätte den Wagen hinter sich längst abgeschüttelt. Schon, als er am Campingplatz bei Acquaviva vorbeiraste, hatte er das zuckende und tanzende Licht hinter sich bemerkt. Ein großer Wagen schien es zu sein, ein teurer Wagen. Mühsam kämpfte er die Angst nieder, die ihm die Luft abschnürte, warf erneut einen Blick in den Rückspiegel. Das Scheinwerferlicht war verschwunden. Er atmete auf.

Endlich erreichte er Portoferraios Stadtgrenze. Hier

herrschte plötzlich reger Verkehr, besonders auf der Gegenfahrbahn. Gab es seit Neuestem auch eine Fähre, die vor sechs Uhr morgens anlegte?

Mit viel zu hoher Geschwindigkeit passierte er das Industriegebiet, bog schlingernd in die Zufahrt zum Hafen, sah die Fähre am Pier liegen, Gott sei Dank. Er bremste hart, aber … Aber was war das?

Normalerweise sollte hier jetzt eine lange Schlange von wartenden Fahrzeugen stehen, Berufspendler, die aufs Festland übersetzen wollten. Doch da war niemand, die Schranke an der Zufahrt war geschlossen, die Ampeln alle rot und …

Und die Fähre war dunkel!

Wie ein Schlag in die Magengrube traf ihn die Erkenntnis: Der Fährbetrieb war wegen des Unwetters bis auf Weiteres eingestellt. Die Autos, die ihm vorhin entgegengekommen waren, gehörten Menschen, die wie er selbst am Morgen weder Nachrichten gehört noch ins Internet geschaut hatten.

Langsam, ratlos und in schon wieder hochkochender Panik fuhr er weiter, fand am Rand der Altstadt einen Parkplatz auf der dem Meer abgewandten Straßenseite. Was war er nur für ein Idiot! Es war ja nicht das erste Mal, dass die Fähren nicht ausliefen. Das geschah mehrmals pro Jahr. Er hätte es wissen können, verdammt! Er hätte es wissen *müssen.*

Was nun?, fragte er sich, als er wie gelähmt bei ausgeschaltetem Motor im Wagen saß.

Die Wellen in der sonst so ruhigen Hafenbucht schäumten und spritzten, als würden übermütige Seeungeheuer ihr Morgenbad darin nehmen. Der kleine Leuchtturm an der

Molo del Gallo hingegen blinkte so friedlich und verlässlich, als wäre alles in bester Ordnung.

Erneut fluchte der Mann im Toyota, duckte sich. Ein Wagen kam langsam die Straße entlang, als hielte der Fahrer nach irgendetwas oder irgendjemandem Ausschau. Ein Mercedes, dessen Stern im Licht der heftig schaukelnden Straßenbeleuchtung aufblitzte.

Noch hatte der andere ihn nicht entdeckt. Zufällig hatte er an einer Stelle geparkt, wo die Straßenlaterne kaputt war. Rasch zerrte er den Aktenkoffer und seine Steppjacke vom Rücksitz, riss die Tür auf, die der Sturm ihm wütend entgegenschlug, lief davon, zog dabei die Jacke über. Die Reisetasche mit seinen wenigen Habseligkeiten würde er später holen. Falls es ein Später für ihn geben sollte.

Schwer atmend bog er in eine Seitenstraße ein, die ins Centro storico führte. An heruntergelassenen Rollgittern rannte er vorbei, an geschlossenen Geschäften, zugeklappten Fensterläden. Hinter sich hörte er die Tür eines Wagens zufallen, schnelle Schritte über den Asphalt klappern. Wer immer ihn verfolgte, er war ihm dicht auf den Fersen.

Durch steinerne alte Torbögen lief er, an heruntergefallenen und auf dem Pflaster zerschellten Blumentöpfen vorbei, an einer umgestürzten Vespa. Wahllos bog er abwechselnd links und rechts ab, geriet in immer schmalere Gassen. Der Aktenkoffer, den der Wind unablässig hin und her zerrte, behinderte ihn, aber er packte ihn nur noch fester.

Auf der Piazza Cavour glitt er auf dem nassen Kopfsteinpflaster aus, fing sich mit knapper Not an einem glitschigen Laternenmast ab, horchte in die Nacht. Doch sein eigener Atem, sein rasender Puls überdeckten jedes andere Geräusch.

Bei Salvatores Panetteria, wo er manchmal Panini oder Brot kaufte, wenn er in Portoferraio zu tun hatte, flackerte Licht hinter den Schaufenstern. Der Bäcker war offenbar schon bei der Arbeit, der Laden aber noch geschlossen.

Wieder hörte er von irgendwoher eilige Schritte, dieses Mal aus einer ganz anderen Richtung als vorhin. Gehetzt blickte er sich um, sah etwas aus dem Augenwinkel, das ihm erneut den Atem verschlug. Eine Gestalt trat aus dem Schatten eines Vordachs. Wie konnte sein Verfolger jetzt schon hier sein?

Aber nein, das war doch …?

Sie war ihm so verflucht vertraut, diese Gestalt, allerdings hatte er nicht damit gerechnet, sie hier zu sehen. Wenn es überhaupt die Person war, für die er sie hielt. Aufgrund der großen Kapuze konnte er das Gesicht nicht erkennen.

Ein Blitz durchzuckte ihn. Steckten die beiden, der Fahrer des Mercedes und der Mensch mit der Kapuze, etwa unter einer Decke? Dann war er verloren …

Er wandte sich so ruckartig ab, dass er auf dem nassen und glatten Untergrund erneut ausrutschte. Dieses Mal konnte er den Sturz nicht vermeiden, sondern schlug der Länge nach hin. Mit zusammengebissenen Zähnen rappelte er sich wieder hoch, packte den Aktenkoffer, der ihm aus der Hand gefallen war, stolperte in die nächste Gasse.

Weiter lief er, immer weiter, aufwärts jetzt, bog wieder um eine Ecke und noch eine, hastete eine breite Treppe hinauf, wandte sich an ihrem Ende scharf nach rechts, in die Via Victor Hugo. Wenn er wenigstens den schweren Aktenkoffer nicht schleppen müsste, der ihm bei dem Sturm immer wieder zwischen die Beine geriet. Der Wind zerrte an seinen Haaren, an seiner Jacke, deren Reißverschluss er in der Eile nicht zugezogen hatte. Erst jetzt bemerkte er, dass es wieder zu regnen begonnen hatte.

»Volare, dadada, cantare …«, schmetterte jemand in seiner Nähe mit so volltönender Stimme, dass er sogar das Heulen des Windes übertönte.

Der Mann mit dem Koffer hetzte weiter, seine Lungen schmerzten, der Atem ging keuchend, weiter die Gasse hinauf, an dunklen Häusern vorbei, an geparkten Autos. Da prallte er mit jemandem zusammen.

»Attenzione!«, rief der Mann, der bis eben gesungen hatte. »Wohin denn so eilig?«

Das Gesicht des Sängers schien in den herabstürzenden Wassermassen zu verschwimmen. Doch dann erkannte er ihn.

»Oddio!« Aufatmend packte er ihn am Arm. »Wie gut, dass ich dich treffe.«

»Äh … Kennen wir uns?«

»Certo, wir sind alte Schulfreunde, weißt du nicht mehr? Hör zu, du musst mir helfen.«

3

»In Cecina suchen sie eine Psychologin«, sagte Fiorina Luccarelli beim zweiten Espresso zu ihrer Mutter. »Zwar nur halbtags, aber immerhin bei der Stadtverwaltung, im Settore sociale, da könnte ich …«

»Was willst du in Cecina?«, wischte Rosetta Luccarelli, die schwungvoll in einem Kochtopf rührte, den Vorschlag zur Seite. »Da bist du jeden Morgen und Abend anderthalb Stunden unterwegs. Allein schon die Überfahrt jedes Mal … Nein, Carissima, schlag dir das aus dem Kopf!«

»Die Stelle wäre perfekt für mich, Mamma. Ich würde gern wieder mit traumatisierten Frauen arbeiten, und nebenbei könnte ich endlich meine Ausbildung zur Psychotherapeutin abschließen.«

Ihre Mutter stemmte eine Hand in die Hüfte und wirbelte mit dem Kochlöffel in der anderen aufgebracht in der dampfgeschwängerten Luft herum. »Und wie sollen Federico und ich zurechtkommen, wenn du jeden Tag das Auto brauchst, eh?«

»Jetzt hör mal, es ist immer noch *mein* Auto, und …«

»Wir können uns ein zweites Auto nicht leisten. Basta. Du wirst auch auf der Insel wieder eine Stelle finden.«

Der Wind heulte auf, wehte so heftig, als fegte er mitten durch die Küche. Die einfach verglasten Scheiben klirrten und schepperten. Offenbar hatte jemand die Wohnungstür geöffnet, ohne dass sie es gehört hatten.

Schon rumste sie ins Schloss, Schritte schlurften durch den Korridor. Die Anfangsklänge von Zuccheros Ohrwurm *Diamante* drangen an Fiorionas Ohr.

»Federico!«, rief Rosetta Luccarelli mit einem plötzlichen Strahlen im Gesicht. »Vuoi un caffè? Einen Espresso?«

»Später, Mamma«, tönte es hohl zurück. »Bin hundemüde.«

Wie immer, wenn Fiorinas Bruder so frühmorgens nach Hause kam, klang seine Stimme halb belegt, halb beschwingt. Sie konnte sich schon denken, warum. Natürlich war er wieder bei Andrea gewesen.

»Weck mich zum Abendessen – d'accordo, mamma?«

»Certo, amore, certo. Schlaf gut!«

Die Tür von Federicos Zimmer klappte auf und wieder zu.

Fiorina konnte den feinen, leicht bitteren Geruch erschnuppern, der vom Korridor hereinwehte. Ihre Mutter hingegen schien nichts davon zu bemerken. Allerdings umgab sie ein Duftgemisch aus Oregano und Knoblauch, das den brodelnden Töpfen entstieg.

»Heute gibt's eine feine Ribollita mit extra viel Fenchel«, rief sie ihrem Sohn nach, der vermutlich längst nichts mehr hörte. »Die magst du doch so gern, Amore.«

Wie immer ärgerte sich Fiorina über Mammas Getue, sobald es um ihren Sohn ging. Während ihr Nichtsnutz von kiffendem Bruder von ihrer Mutter stets »Amore« genannt wurde, wurde ihr höchstens ein »Carissima« gegönnt. Das bedeutete zwar »Liebste«, lag aber auf der Skala der Liebesbezeugungen meilenweit unter »Amore«, das durch nichts zu toppen war.

»Ist ja mal wieder spät geworden bei meinem Bruderherz«, brummte Fiorina und überlegte, wie viele Joints er seit dem vergangenen Abend wohl geraucht hatte.

»Der Arme, bestimmt hat er wieder die ganze Nacht gearbeitet.« Sorgenvoll schüttelte Rosetta Luccarelli die schwarzen, nur da und dort angegrauten Locken und drehte das Gas der Herdplatte herunter, sodass der Gemüseeintopf nur noch leicht köchelte. »Wenn die ihm für dieses Kalenderprojekt auch nur die Hälfte der Zeit bezahlen würden, die er dafür opfert, dann müsste ich mir nicht den Kopf darüber zerbrechen, wovon wir die neue Waschmaschine bezahlen sollen.«

Fiorina dachte an die Spülmaschine, die in letzter Zeit seltsame Geräusche machte und über kurz oder lang ebenfalls den Geist aufgeben würde. Sie war überzeugt, dass Federico in der Nacht keineswegs Aufnahmen für dieses todsicher niemals zum Abschluss kommende Kalenderprojekt »Elba by night« gemacht hatte – wie auch, bei diesem Höllenwetter?

Der Sturm schien sich endlich zu legen. Der Regen prasselte zwar nach wie vor gegen die Fensterläden, doch nicht mehr so stark wie noch vor wenigen Minuten.

»Aber so ist es nun mal, und warum, frage ich dich«, fuhr Fiorinas Mutter mit ihrer unerschöpflichen Energie fort, mit der sie alle bisherigen Tiefen ihres Lebens gemeistert hatte, »soll man weinen, wenn man lachen kann?«

Sie setzte sich zu Fiorina an den Tisch und wischte sich die vorbildlich manikürten Hände an der Kochschürze ab, die mit bunten Vögelchen bedruckt war. Darunter trug sie einen perfekt sitzenden, knielangen Rock aus dunkelblauem Feincord, die farblich dazu passende Strickjacke und eine Taftbluse in Alabasterweiß. Auch wenn sie nur als unterbezahlte Kassiererin arbeitete, achtete sie wie die meisten ihrer Landsmänninnen stets auf ein vorzeigbares Äußeres.

»Und deshalb, Carissima, fährst du heute noch nach Porto Azzurro.«

Fiorina fühlte, wie die Müdigkeit sie allmählich übermannte.

»Was soll ich denn da, Mamma?«, fragte sie gähnend.

»Arbeit suchen.«

»Und wo, bitte schön?«

»Renata hat mir von einem Zettel erzählt, im Coop.« Rosetta Luccarelli tauchte einen Cantuccino in ihren Caffè. Inzwischen war sie bei der dritten Tasse, zusammen mit den Mandelkeksen ihr übliches Frühstück, bevor sie zu ihrer Arbeitsstelle aufbrach. »Da steht, dass ein deutscher Signore eine Haushaltshilfe sucht, die putzen und kochen kann.«

»Als Haushaltshilfe? Bei einem Deutschen?« Fiorina verdrehte die Augen. »Und seit wann kann ich kochen?«

»Es wird Zeit, dass du es endlich lernst, Cara mia. Jede Frau, die heiraten und Kinder haben will, muss kochen können.«

»Mamma, du weißt doch, der Zug ist für mich abgefahren.« Fiorina hatte keine Lust auf Streit, erst recht nicht so früh am Morgen. »Schau, ich bin nun mal Psychologin, ist doch logisch, dass …«

»Certo, und zwar eine, die hier auf der Insel bestenfalls

als Hilfskraft im Kindergarten unterkommt, wie bei deiner vorletzten Stelle, wo du noch weniger verdient hast als ich, oder die sich als Telefontrösterin jede Nacht mit den Problemen von Alkoholikern, Junkies und anderen Verrückten herumschlagen muss.« Ihre Mutter schnaubte. »Gut, dass sie die Telefonseelsorge zumachen – endlich muss ich nicht mehr dauernd Angst haben, dass dir einer von diesen Asozialen auflauert, wenn du im Dunkeln nach Hause gehst.«

»Mamma, das sind Menschen in Not und keine …«

»Auf dem Zettel steht, dass der Signore nur jemanden nimmt, der Deutsch spricht. Renata sagt, dass er gut zahlt, das ist sogar rot unterstrichen, und geregelte Arbeitszeiten hättest du auch.« Rosetta Luccarelli schob ihrer Tochter ein Post-it zu, auf dem sie die Telefonnummer dieses Superarbeitgebers notiert hatte. »Da rufst du nachher an und bewirbst dich, basta!«

Fiorina wusste, es hatte keinen Sinn, noch länger zu diskutieren. Auch wenn sie nicht so müde gewesen wäre, wie hätte sie argumentieren sollen? Sie brauchten das Geld. Und wenn Mamma sich etwas in den Kopf gesetzt hatte, dann war Widerspruch zwecklos. Ergeben nickte sie.

»Perfetto, und wenn du dich bei dem deutschen Signore vorstellst, dann zieh dir ausnahmsweise mal was Nettes an.« Sie ließ einen missbilligenden Blick über Fiorinas Leggings und Schlabberpulli wandern.

Trotz ihrer Erschöpfung raffte Fiorina sich noch einmal auf. »Mamma, warum soll ich mich in Schale werfen, wenn ich den Job sowieso nicht kriegen werde? Ich kann nicht kochen, ich will nicht putzen. Außerdem bin ich dreiunddreißig und weiß selbst …«

»Ja, und vor allem kannst du die Deutschen nicht leiden. So, und jetzt muss ich los, mein Bus geht gleich. Schlüssel, Handy, ich glaube, ich habe alles.« Rosetta Luccarelli kramte in ihrer Handtasche, die an der Stuhllehne hing. »In zehn Minuten kannst du den Herd ausschalten. Und bring der Nonna ihr Essen rauf, bevor du nach Porto Azzurro fährst, okay?«

Ihre Mutter küsste sie links und rechts auf die Wange, schwang die Handtasche über die Schulter und verschwand im dunklen Flur. Im nächsten Moment rumpelte etwas. Wie üblich hatte sie kein Licht gemacht, um Strom zu sparen.

»Was liegt denn hier herum?«, hörte Fiorina sie schimpfen. »Jetzt hab ich mir auch noch den Strumpf zerrissen, ach herrje. Ist das dein Aktenkoffer, Fiorina?«

»Der muss Federico gehören. Ich weiß nichts von einem Aktenkoffer.«

Sie wunderte sich, wofür er seit Neuestem so etwas brauchte. Für seine Kameraausrüstung, die er meist ohnehin nur zur Tarnung mitnahm, hatte er einen silbernen Metallkoffer.

»Er räumt sein Zeug doch nie weg, Mamma«, rief sie, während ihr wieder die Kündigungsmail durch den Kopf geisterte. Von einem Tag auf den anderen, unfassbar.

»Und eine Riesenschweinerei hat dein Bruder hier gemacht, Madonna santa.« Die Wohnungstür wurde geöffnet. Wieder fuhr der kalte Wind durch die Küche. »Kannst du die Pfütze bitte gleich aufwischen, Carissima? Ich habe es wirklich eilig. Bis später, ci vediamo.«

Fiorina murmelte etwas, das sehr nach einem derben Fluch klang, verschränkte die Arme auf dem Tisch und legte den Kopf darauf. Und dass ich für einen Deutschen das Dienstmädchen mache, hat mir gerade noch gefehlt, dachte sie. Dann war sie eingeschlafen.

4

Violetta war noch blöder als ihre vier Vorgängerinnen, und der Tag begann so beschissen, wie der gestrige geendet hatte.

Herzhaft vor sich hin fluchend, stemmte Hagen Berensen die immer noch klemmende Glastür auf, trat auf seine Terrasse hinaus, blickte missmutig auf das grau tosende Meer und die im Tiefflug dahinjagenden Wolken, die es offenbar nicht erwarten konnten, endlich das im Dunst kaum auszumachende Festland zu erreichen, um dort ein paar Frühaufsteher zu ersäufen.

Wegen der klemmenden Tür hatte er schon mindestens hundertmal diesen begriffsstutzigen Schreiner in Marina di Campo angerufen. Die Pflanzen in den schweren Terrakottatöpfen, die die Terrasse zum gefährlich steilen Abhang hin begrenzten, waren vom Sturm völlig zerrupft. Sie hatten schon vorher so vor sich hin gekümmert, dass ihm das Herz blutete. Mehrfach hatte er deshalb einen Gärtner in Porto Azzurro angebettelt, aber man schien auch dort keinen Wert auf Umsatz zu legen.

Ob es daran lag, dass er Deutscher war, oder brauchte man auf Elba über Jahre gewachsene Kontakte und spezielle Beziehungen, um einen Handwerker zu bewegen, etwas für einen zu tun? Musste man auf dieser bescheuerten Insel persönlich vorsprechen, auf Knien flehen und eine ordentliche Anzahlung auf den Tisch blättern, bevor hier irgendwer einen Finger rührte?

Heute war alles noch viel schlimmer als sonst: Weder der Fernseher im Wohn- noch der im Schlafzimmer funktionierte mehr, hatte Hagen feststellen müssen, als er um halb sechs mit schmerzendem Rücken auf der Couch im Wohnzimmer aufgewacht war. Was kein Wunder war, wie er bald begriffen hatte, denn der Strom war mal wieder ausgefallen. Vermutlich hatte der Sturm irgendwo auf den fünf Kilometern zwischen Porto Azzurro und seiner einsam am Hang liegenden Villa einen der morschen Holzmasten umgelegt, und wie er die Italiener kannte, würde es Wochen dauern, einen neuen aufzustellen und sein Haus wieder mit elektrischer Energie zu versorgen.

Notgedrungen hatte er am frühen Morgen die neuesten Nachrichten auf dem Handy gelesen, was allerdings auch nicht lange funktionierte, weil bald der Akku leer war. Er hatte versucht, wieder einzuschlafen, was jedoch nicht klappte, da sein Blutdruck vor Ärger vermutlich auf hundertfünfundneunzig war. So hatte er sich schließlich in die Folterkammer begeben, wo das Wasser demnächst kniehoch stehen würde, wenn es öfter so regnete wie in der vergangenen Nacht, und hatte sich auf dem Steptrainer abgestrampelt. Dann hatte er sich mit dem Hightech-Trimmrad herumgequält, bis ihm die Puste ausging. Wodurch sich seine Laune aber auch nicht gebessert hatte.

Die Folterkammer war der Raum seines verwinkelten Heims, der am tiefsten lag. Der todsicher schwachsinnige

Architekt hatte sich einen Spaß daraus gemacht, jeden Raum auf einer anderen Ebene anzuordnen. Ständig ging es ein paar Stufen hinauf oder hinab, und sein fensterloser Fitnessraum lag ganz unten, mit der rückwärtigen Wand im Fels. Schon, als Hagen einzog, hatte sie einen Riss gehabt, der mit der Zeit immer breiter und länger wurde, und als es im November zu regnen begann, war durch den Spalt Wasser gesickert. Anfangs nur wenig, dann immer mehr.

Er hatte Balken besorgt, in Stücke gesägt, um seine Geräte aufzubocken. Als es im Januar überhaupt nicht mehr aufhören wollte zu regnen, hatte er dickere Balken besorgt, und wenn das noch eine Weile so weiterging, dann würde das Wasser demnächst ins Wohnzimmer und in die Küche laufen. Seine Versuche, der nassen Bescherung mit Eimern Herr zu werden, hatten nur Hagens Rückenschmerzen verstärkt, den Wasserstand jedoch kaum gesenkt. Demnächst musste er sich endlich eine Lösung für dieses Problem einfallen lassen.

Von der körperlichen Anstrengung im abgesoffenen Fitnessraum war er jetzt völlig verschwitzt. Es war Viertel vor sieben, der Regen hatte endlich aufgehört, und nichts in seiner tollen Villa mit fast dreihundert Quadratmetern Wohnfläche, sensationellem Meerblick, undichtem Pool und eigenem Ministrand, den er nie benutzte, funktionierte mehr. Immerhin war ihm beim Work-out eingefallen, dass er das Handy im Ferrari aufladen konnte. So würde er demnächst wenigstens wieder mit der Außenwelt in Verbindung treten können.

Die Frage war nur, wozu? Wen sollte er anrufen? Wem eine Nachricht schicken?

Was für eine Schnapsidee, sich auf Elba niederzulassen

und diese auf den ersten Blick so nett anzusehende Bruchbude zu kaufen! Auf dieser Insel am Ende der Welt, wo absolut nichts los war, wo er niemanden kannte, die Menschen, die Deutsch verstanden, an zwei Händen abzuzählen waren, und jede Zugehfrau eine noch größere Katastrophe war als die vorhergehende.

Die erste, Laura, war zu hübsch und zu jung gewesen, hatte über alles und jedes gelacht und schon am ersten Tag versucht, ihn zu verführen. Natürlich, um den offenkundig reichen Tedesco baldmöglichst vor den Traualtar zu schleppen und anschließend mit Unterstützung ihrer Großfamilie nach Kräften auszuplündern. Im Putzen war sie eine Null gewesen, seine Sprache hatte sie weder verstanden noch zu lernen versucht, und alles, was sie kochte, hätten selbst die Schweine auf dem Bauernhof unweit von Bielefeld, wo Hagen aufgewachsen war, nur unter Protest gefressen.

Wie die zweite und dritte Haushaltshilfe hießen, hatte er glücklicherweise vergessen. Sie waren beide schon in den Fünfzigern gewesen, hatten ihn im Großen und Ganzen in Ruhe gelassen, aber sobald er länger als zehn Sekunden nicht hinsah, Pause gemacht, um auf ihren Telefoninos herumzudaddeln oder hinter dem Haus zu rauchen.

Mit Nummer vier, Chiara, hatte er es immerhin fast drei Monate ausgehalten. Auch mit ihr konnte er sich nur mit Händen und Füßen verständigen, doch sie war immerhin klug genug gewesen, immer früher oder später zu begreifen, was er von ihr wollte. Zudem war sie fleißig und halbwegs geschickt gewesen, konnte sogar recht passabel kochen, war allerdings irgendwann einfach nicht mehr aufgetaucht.

So hatte er wieder einmal seinen Zettel im Coop in Porto Azzurro aufgehängt, in dem er auf Italienisch (von Google übersetzt) nach einer Deutsch sprechenden Zugehfrau suchte, die zuverlässig und außerdem imstande war, ein für den menschlichen Verzehr geeignetes Mittagessen zuzubereiten.

Nummer fünf hörte nun also auf den Namen Violetta, war erst seit zwei Wochen bei ihm und dämlicher als die ersten vier zusammen. Sie war noch hübscher als Nummer eins, lauter als Nummer drei, kleidete sich bunter als Nummer zwei, redete ohne Punkt und Komma und ohne jede Rücksicht darauf, ob er sie verstand oder nicht, und war ein Genie darin, mit einfachsten Mitteln größtmögliche Katastrophen herbeizuführen. Beim Versuch, das Bad sauber zu machen, hatte sie gleich am ersten Tag den Spiegelschrank mitsamt Schrauben und Dübeln heruntergerissen – den allerdings vermutlich ein Italiener mit zwei linken Händen aufgehängt hatte – und dabei das Waschbecken gleich mit zertrümmert. Zwei Tage später hatte sie – bis heute konnte er sich nicht erklären, wie – den Teppich im Schlafzimmer in Brand gesetzt und beim Löschversuch seine Matratze so gründlich gewässert, dass er am nächsten Tag nach Portoferraio fahren musste, um eine neue zu besorgen. Die dann natürlich nicht in den Ferrari passte, sodass er sie liefern lassen musste. Immerhin sprach der Verkäufer Englisch, besser als er selbst sogar, und es war eine Wohltat, sich mit ihm zu unterhalten. Zu seiner großen Verblüffung wurde die Matratze dann auch wie versprochen noch am selben Tag gebracht.

An ihrem vierten oder fünften Tag verletzte Violetta sich beim Zwiebelschneiden so übel, dass er Erste Hilfe leisten und sie anschließend ins Krankenhaus von Portoferraio fahren musste, um die Wunde nähen zu lassen. Hagen war schon fast gespannt, welches Unheil sie heute anrichten würde.

Allmählich wurde ihm kalt, sein T-Shirt war immer noch schweißfeucht, der Wind blies nach wie vor kräftig. So setzte er sich in Bewegung, um herauszufinden, was der nächtliche Sturm so alles angerichtet hatte.

Immerhin war dieses Mal kein Baum auf seinem Grundstück umgefallen, und am Haus schien im Großen und Ganzen noch alles dran zu sein. Nur der Plattenweg zum Parkplatz, der oberhalb des in den Hang gebauten Hauses lag, hatte unter den Wasserfluten gelitten. Aber den würde er selbst in Ordnung bringen können. Es war in den sechs Monaten, die er hier hauste, ja erst das achte oder neunte Mal, dass der Weg verwüstet war. Auch der Ferrari, der zum Glück in der Garage stand, hatte keinen Schaden genommen.

Hagen kroch ins Auto, fummelte das Ende des Ladekabels ins Handy und stellte befriedigt fest, dass das Ding tatsächlich lud. Immerhin etwas, das an diesem Katastrophenmorgen funktionierte.

Als er von oben auf die verschachtelte Villa aus Beton und Glas blickte, entdeckte er, dass der Sturm das Stahlrohr umgerissen hatte, an dem die Satellitenschüssel befestigt war. Die Schüssel selbst lag in dem See, der sich über Nacht auf dem Flachdach gebildet hatte. Offenbar war der Ablauf schon wieder verstopft, und er würde auch nicht fernsehen können, wenn es wieder Strom gab. Aber darum würde er sich später kümmern. Jetzt brauchte er erst einmal einen starken Kaffee und etwas zu beißen.

Vorsichtig stieg er den zerstörten Weg zur Terrasse hinunter. Manche Platten fehlten ganz und lagen jetzt vielleicht am Strand, andere waren unterspült und gefährlich wacklig. Doch er erreichte die Terrasse unversehrt.

Als er den plötzlich vom Licht der Morgensonne durchfluteten, riesigen Wohnraum betrat, wurde ihm bewusst, dass es ohne Strom auch keinen Kaffee geben würde. Außerdem würde der Gefrierschrank im Lauf des Tages abtauen, sodass er spätestens am Abend den kompletten Inhalt zu den Mülltonnen würde hinaufschleppen dürfen.

Was für ein Scheißleben!

Was für ein Scheißwetter!

Was für eine Scheißinsel!

Von der Straße hörte er das Geknatter eines Fiat Punto mit defektem Auspuff näher kommen. Violetta rückte an. Nachdem er sie mehrmals auf Deutsch und mit unmissverständlichen Gesten zur Uhr ermahnt hatte, weil sie jeden Tag mindestens eine halbe Stunde zu spät kam, war sie heute also eine Dreiviertelstunde zu früh.

Das Geknatter erstarb. Eine Autotür schepperte zu, leichte Schritte auf dem Plattenweg – hoffentlich verletzte sie sich nicht schon, bevor sie das Haus überhaupt betreten hatte –, und schon erklang ihr schmerzhaft fröhliches »Buongiorno, signor Berensen! Come va?«

Sie fegte herein, warf ihre passend zum Namen violette Jeansjacke mit Schwung aufs Sofa, die Handtasche hinterher und strahlte ihn tatendurstig an. Wie üblich mit einem Viertelpfund Schminke im wohlproportionierten Gesichtchen mit den großen dunklen Kleinmädchenaugen und der lustigen Stupsnase.

»Espresso?«, fragte er zaghaft und deutete auf die Küche.

»Sì sì, lo faccio subito«, plapperte sie. »Vuole un caffè?«

»Espresso, sì, aber ...«

Wie sollte er ihr begreiflich machen, dass es keinen Strom gab? Er zuckte die Achseln. Sie würde es selbst merken.

Kurz darauf hörte er sie in der Küche werkeln und tüchtig Lärm erzeugen. Krach zu machen, schien überhaupt eine Lieblingsbeschäftigung der Bewohner dieser trostlosen Insel zu sein. Hagen wartete vergeblich auf ein Zeichen von Verblüffung oder Verwunderung von Violetta. Für Sekunden war es sogar still, und dann, oh Wunder, kam sie stolz und mit einem duftenden schwarzen Tässchen in der Hand herein. Sie schaffte es sogar, es ohne zu stolpern auf den Esstisch zu stellen, erzählte ihm mit leuchtenden Augen etwas von »bagno« und wirbelte davon.

Verblüfft schnupperte Hagen am Kaffee, drückte den Lichtschalter, um zu testen, ob der Strom vielleicht schon wieder funktionierte, und erinnerte sich endlich daran, dass der Herd mit Gas betrieben wurde. Das Gas kam aus roten Stahlflaschen, die alle paar Tage leer waren, sodass er sie nach Porto Azzurro karren und dort gegen volle eintauschen musste.

Nachdem er reichlich Zucker hineingerührt hatte, schmeckte der Espresso gar nicht mal übel. Oben rumpelte etwas bedrohlich, aber der Schrei, den Violetta bei größeren Schäden von sich zu geben pflegte, blieb aus.

Er schlappte zu seiner hellgrauen Sitzlandschaft hinüber, die ein Schweinegeld gekostet hatte und ihm regelmäßig Rückenschmerzen bescherte, und ließ sich seufzend darauf fallen. Nach dem Espresso war ihm ein wenig wohler, und er beschloss, eine ordentliche Dusche zu nehmen. Vielleicht war ja noch genug Wasser im elektrischen Boiler. Violetta konnte das Bad ebenso gut später …

Da war er, der Unheil verkündende Schrei!

Oben krachte etwas, Scherben klirrten, ein Scheppern und ein zweiter Schrei. Bisher hatte sie immer nur einmal geschrien.

Er würde sie feuern.

Jetzt sofort.

Den Zettel im Supermercato hatte er in finsterer Vorahnung gar nicht erst abgenommen.

5

Die Schüssel mit der Ribollita in der einen und die cognacbraune Lederjacke in der anderen Hand, schlüpfte Fiorina Luccarelli in ihre Schuhe und verließ die Wohnung. Drei Stunden hatte sie geschlafen, bevor sie schließlich die Pfütze im Flur aufgewischt und sich unter die Dusche gestellt hatte, immerhin. Den Rest würde sie später nachholen. Wenn sie wieder zu Hause war und den Job als Putzfrau hoffentlich nicht bekommen hatte.

Sie stellte den Eintopf auf der Treppe ab, die nach oben führte, und steckte den Schlüssel ins Schloss der Wohnungstür. Als sie ihn umdrehte, fiel ihr ein, dass sie sie nach dem Aufbruch ihrer Mutter am frühen Morgen nicht abgesperrt hatte. Ebenso wenig wie die Haustür unten. Stattdessen war sie todmüde ins Bett gefallen. Oddio …

Seufzend stieg Fiorina mit dem Eintopf die knarrenden Holzstufen hinauf, vorbei an der Wohnung im zweiten Obergeschoss, für die ein stinkreiches, kinderloses Ehepaar aus Bologna Monat für Monat Miete bezahlte, nur um an den drei, vier Wochenenden, die sie im Sommer auf der Insel waren, nicht im Hotel wohnen zu müssen, und …

War da nicht ein Geräusch gewesen? Hinter der Tür? Sollten die Bolognesi etwa schon hier sein?

Fiorina verharrte, hörte jedoch nichts mehr. Sie ging weiter. So ein altes Haus, dachte sie kopfschüttelnd, machte ja ständig irgendwelche Geräusche.

Im obersten Stockwerk bollerte sie mit dem Ring des Türklopfers, einem weit aufgesperrten Löwenmaul aus blind gewordenem Messing, gegen das alte Holz. Als ihre uralte Großmutter wie üblich nicht reagierte, öffnete sie die Tür, die ebenfalls nicht abgesperrt war. Es war zum Aus-der-Haut-Fahren, dass in diesem Haus niemand außer ihr jemals daran dachte, eine Tür abzuschließen. Falls sie es – wie heute – nicht auch vergaß …

»Buongiorno, nonna!«, rief Fiorina in den dunklen, muffigen und nach Moder riechenden Flur und stolperte über einen Korb mit zerfledderten Büchern und Porzellanbechern, der gestern noch nicht hier gestanden hatte. Offenbar war die alte Dame noch am Leben. »Ich bringe dir das Essen. Bist du schon auf?«

Wie immer – keine Antwort.

Nonna Maria lebte hier oben unter dem Dach wie ein Gespenst. Seit ihr einziger Sohn, Fiorinas Vater, verschwunden war, hatte sie sich mehr und mehr in ihrer eigenen Welt verkrochen. Ihre Wohnung verließ sie nur noch unter Zwang und kreischendem Protest. Jedes Mal, wenn sie zum Arzt gebracht werden musste, war es ein Riesendrama, und selbst die Sonntagsmesse besuchte sie inzwischen nur noch in Ausnahmefällen.

Tausendmal hatte Mamma ihre betagte Schwiegermutter schon zu überreden versucht, in die leer stehende Erdgeschosswohnung zu ziehen. Leider fehlte es am Geld für die dort nötigen Renovierungsarbeiten, aber irgendwie würde es schon gehen. Eine andere Möglichkeit wäre gewesen, sie in Federicos Zimmer zu stecken. Der wäre glücklich, sich in der Dachwohnung ausbreiten zu können, wo er sich endlich ein kleines Atelier einrichten könnte. Aber auch hier oben müsste erst einmal das Dach abgedichtet und alles Übrige gründlich renoviert werden.

Vorsichtig bahnte Fiorina sich einen Weg durch das Gerümpel, das überall herumlag. Sie stieg über defekte Regenschirme, Kisten mit Frauenzeitschriften von anno dazumal und der Inseltageszeitung *Il Tirreno* aus den letzten zwanzig Jahren, mottenzerfressenen Pelzmänteln, Schals und Hüten. Nonna Maria war noch nie eine Freundin des Saubermachens gewesen, über die Jahre hatte sie sich jedoch mehr und mehr zu einem Messie entwickelt.

Wieder einmal schwor Fiorina sich, demnächst einige Nachmittage zu investieren, um diese finstere Höhle gründlich auszumisten. Und wieder wusste sie schon jetzt, dass sie den guten Vorsatz nicht in die Tat umsetzen würde. Es würde sie viel zu viele Nerven kosten, wegen jedem einzelnen Ding stundenlang mit der Nonna zu diskutieren.

Die Küche war zugemüllt wie der Rest der Wohnung, es roch nach vergammeltem Prosciutto und alter Frittata. Immerhin erreichte Fiorina den Kühlschrank, ohne über die losen und an vielen Stellen gesprungenen Fliesen zu stolpern, die ebenfalls dringend erneuert werden mussten. Sie nahm sich vor, Federico noch einmal auf das Thema anzusprechen, wenn er aus seinem Schönheitsschlaf erwacht war.

Aus einem der hinteren Zimmer hörte sie das vertraute Klappern und Rumpeln. Nonna Maria war also doch schon wach und wie üblich damit beschäftigt, irgendwelchen Plunder von einer Ecke in die andere zu räumen.

Fiorina schüttete das Wasser aus der grünen Plastikschüssel weg, die sie gestern in weiser Voraussicht an die Stelle des Esstischs gestellt hatte, wo es bei Regen immer von der Decke tropfte. Heute war sie voller denn je. Ob sie wohl jemals so viel Geld haben würden, um das Dach nicht nur notdürftig zu flicken, sondern richtig instand setzen zu lassen?

Mit einem noch tieferen Seufzen riss sie Fenster und Läden auf, um frische Luft hereinzulassen. Nur mit Mühe fand sie einen Platz für die Schüssel mit dem Eintopf, den niemand auf Elba besser zubereitete als ihre Mamma. Früher war auch Nonna Maria für ihre Kochkünste berühmt gewesen, doch das war Ewigkeiten her. Mit ihren vierundneunzig Jahren und beängstigend zittrigen Händen konnte sie kaum noch ein Messer halten, geschweige denn ein Essen zubereiten.

Fiorina zählte die Tabletten auf das Tellerchen mit Goldrand. Jeden Morgen, wenn sie kam, waren die vom Vortag verschwunden, was hoffen ließ, dass die Nonna ihre Medizin auch tatsächlich schluckte. Kurz überlegte Fiorina, ins Schlafzimmer zu gehen, um ihre Großmutter zu begrüßen und vielleicht sogar einige Worte mit ihr zu wechseln. Aber sie fürchtete, dies könnte aufseiten der alten Dame eine ihrer üblichen Schimpfkanonaden auslösen, und verzichtete lieber. Die Einzige, die überhaupt noch zu ihr durchdrang, war Fiorinas Mutter. Jeden Abend sah sie nach der Nonna und machte ein wenig Ordnung, so gut es eben ging.

Kopfschüttelnd schloss Fiorina die Fenster wieder, hielt sich die Nase zu und verließ eilig die Wohnung.

Minuten später stand Fiorina in der Via del Carmine und hielt nach ihrem quietschgelben Fiat Tipo Ausschau, den sie sich mit Federico und ihrer Mutter teilte. Doch die Stelle, an der ihr Bruder ihn sonst zu parken pflegte, war von einem rostigen Lieferwagen belegt. Davor und dahinter drängten sich die Kleinwagen der Nachbarn und der SUV der Florentiner Familie, die am Ende der Gasse eine Ferienwohnung hatte. Vermutlich hatte Federico den Fiat weiter oben in der Via Victor Hugo abgestellt.

Die Sonne stand schon hoch über den rosa, ockerfarben oder zartgelb gestrichenen Häusern, nur in den Ecken, die ihre Strahlen nicht erreichten, war das Pflaster noch regennass. Der Sirocco, der aus dem Süden kam und sich um diese Jahreszeit – wie in der vergangenen Nacht – gern zu einem kräftigen Sturm mauserte, war nur noch ein frisches Windchen. Weiße Tuffwölkchen spielten am Himmel Fangen, Möwen zogen ihre Kreise.

Nunzio Giaccone, der sonst jeden Vormittag auf seinem Stuhl vor dem Haus oder einige Meter weiter auf der Piazza Antonio Gramsci saß, war noch nicht zu sehen. Auch sonst begegnete Fiorina niemandem außer dem wie immer fröhlich vor sich hin pfeifenden Briefträger, zwei schon jetzt müden Handwerkern in verstaubten Overalls und einer Mittvierzigerin im Businesskostüm auf einem knatternden ferrariroten Motorroller. Fiorina warf einen Blick aufs Handy. Es war halb zehn und damit Zeit für ihr Frühstück. Vielleicht würde sie anschließend mit etwas wacherem Kopf das Auto finden.

»Ciao, dottoressa, tutto a posto?«, begrüßte sie Gabriele, den Barista in der kleinen Bar am Rand der Piazza, wo sie fast jeden Morgen einen Cappuccino und ein Blätterteighörnchen zu sich nahm, wahlweise mit Vanille- oder Nougatcreme gefüllt. »Mamma, Nonna, Federico – alle wohlauf?«

Obwohl sie nicht promoviert hatte, stand ihr als Hochschulabsolventin in Italien die förmliche, aber nicht ganz ernst gemeinte Anrede Dottoressa zu.

Der Fernseher dröhnte in der üblichen Lautstärke, aus unsichtbaren Lautsprechern gab Jovanotti eine seiner Italo-Rap-Balladen zum Besten. An der Theke diskutierten der Tierarzt aus der Via Mortaio und sein Nachbar Vito, ein pensionierter Architekt, lautstark und mit Expertengehabe das letzte Spiel des AS Livorno, das dieser wieder einmal verloren hatte.

»Alles bestens«, sagte Fiorina zu Gabriele und nickte den beiden Männern zu, die sie mit den üblichen blumigen Komplimenten und wohlwollendem Lächeln willkommen hießen.

Weiter hinten, am Ende der schlauchförmigen, über und über mit Spiegeln aller Größen und Herkunft tapezierten Bar, sprach eine ihr unbekannte, selbst für italienische Verhältnisse ungewöhnlich elegante Frau mit gesenkter Stimme und roten Ohren in ihr Telefonino. Wie hierzulande gebräuchlich, ging auch das nicht ohne große Gesten und lebhafte Mimik ab, ein Umstand, der Fiorina erst auffiel, seit sie aus Frankfurt zurück war – ihre Landsleute waren seit jeher Meister der nonverbalen Kommunikation.

Auch bei Gabrieles Familie war alles in bester Ordnung, erfuhr sie. Die beiden Kinder, seine unscheinbare, aber herzensgute Frau Anna, die Großeltern und seine immer noch mannlose Schwester, die ebenfalls in dem Häuschen in einem der neuen, hässlichen Stadtteile hinter dem Fährhafen wohnte – alle gesund und guter Dinge. Wie überall liefen auch bei ihm die Geschäfte zurzeit schleppend. Die Touristen ließen noch auf sich warten.

»Alles wird zentralisiert, eine Schande ist das«, ereiferte er sich, als er Fiorinas schlimme Neuigkeit hörte. »Wenn wir Kommunisten das Sagen hätten, würde alles ganz anders laufen, das sage ich dir. Dann hättest du noch deinen Job.«

Temperamentvoll knallte er den Teller mit dem Cornetto con Crema neben den verführerisch duftenden Cappuccino. Wie immer trug er über seinem blütenweißen Hemd und der tadellos gebügelten schwarzen Hose eine Weste in Feuerrot, vermutlich als Ausdruck seiner politischen Gesinnung.

»Absolut richtig«, sagte Fiorina nur. Schließlich musste sie sich fast jeden Morgen anhören, dass – wenn überhaupt – nur Gabrieles Genossen die Insel vor dem Untergang retten konnten, Italien, Europa, die ganze Welt. »Oder wir machen's wie die Deutschen. Bei denen funktioniert das soziale System doch auch, die Wirtschaft, das Gesundheitswesen.«

Auf diesem Ohr war Gabriele jedoch wie üblich taub.

»Aber eins sage ich dir, Signora Dottoressa Luccarelli«, schimpfte er mit kriegerischem Blick weiter, »wenn es weiterläuft wie jetzt, wird unser schönes Ilva bald vor die Hunde gehen.«

Ilva war der Name, den die alten Römer der Insel gegeben hatten.

»Madonna, eine Schande ist das alles. Wenn die Partito Comunista nicht endlich wenigstens *einen* Sitz im Stadtrat …«

Fiorina ließ ihn reden und genoss den ersten Schluck Kaffee. Wie immer schmeckte er noch besser, als er duftete, und sie fragte sich, ob Gabriele sein streng gehütetes Geheimnis jemals preisgeben würde. Er röstete die Bohnen selbst, besten Arabica, doch mehr verriet der kleine, muskulöse Mann nicht. Seine Bar, so winzig und unscheinbar sie auch wirkte, war bei den Bewohnern des Centro storico bekannt dafür, dass man hier den besten Kaffee von Portoferraio bekam. Wenn nicht von ganz Elba oder gar Italien.

»Da fällt mir ein«, er kratzte sich am vorbildlich rasierten Kinn, »frag doch mal in der Villa Napoleone in San Martino wegen eines Jobs. Ich habe gehört, die suchen noch Leute für die Sommersaison.«

Im Haus schräg gegenüber, neben dem Teatro dei Vigilanti, wurde ein grüner Fensterladen aufgeklappt, ein hennaroter, kunstvoll toupierter Haarschopf und ein Wäschekorb erschienen. Gabriele trat durch die Perlenschnüre vor die Tür und wechselte ein paar Worte mit Dodo, die Socken, Handtücher und Hemden an die vor dem Fenster gespannte Leine hängte.

Fiorina winkte ihrer früheren Schulfreundin zu und ließ ihren Blick über die Piazza schweifen, vorbei an den noch blattlosen Platanen über die Dächer des Forte Stella, die heute wieder glatte und strahlend blaue Wasseroberfläche der großen Meeresbucht von Portoferraio und die dahinter liegenden, bewaldeten Hänge. Herzhaft biss sie in das Brioche, das wie immer auf der Zunge zerging, fühlte sich wohl und geborgen und schöpfte wieder Hoffnung, dass heute doch ein guter Tag werden könnte.

Inzwischen hatten die Straßen sich belebt, Portoferraio war erwacht. Fiorina, die den Fiat tatsächlich erst in der Via Victor Hugo entdeckt hatte, fuhr am Darsena-Hafen entlang, den Cosimo di Medici im ausklingenden Mittelalter hatte anlegen lassen. Heutzutage bot das malerische Hafenbecken nicht nur Liegeplätze für Fischerboote, sondern auch für die Jachten der Reichen und war ein beliebter Ort zum Flanieren, Shoppen und Sich-Zeigen.

Überall pulsierte jetzt das Leben. Geschäftsleute in dunklen Mänteln schlenderten in Richtung Zentrum, alte Männer und Frauen trugen die ersten Einkäufe nach Hause, die Kellner der Cafés und Bars stellten Stühle hinaus und wischten die Tische ab. An manchen Ecken standen Gruppen von Passanten, in laute und gestenreiche Gespräche vertieft. Da meist alle gleichzeitig redeten, wirkten solche Szenen auf Nicht-Italiener oft, als würden weltbewegende Themen diskutiert oder ein heftiger Streit ausgetragen, der demnächst zu Handgreiflichkeiten führen könnte. Tatsächlich aber tauschte man nur den neuesten Klatsch über die Nachbarn oder originelle Kochrezepte aus.

Die Türen der meisten Läden standen weit offen, um nach der nassen Kälte der stürmischen Nacht die Wärme einzulassen. Der Himmel leuchtete in hellem Blau, die schnell dahinziehenden und sich ständig verändernden Wolken sahen aus wie frisch geputzt.

Fiorina kurbelte das Fenster des alten Fiat hinunter und schaltete das Radio an. Früher oder später würde sie wieder einen Job finden. Wenn sie in der Villa Napoleone Pech hatte und sich auch sonst nichts ergab, konnte sie zur Not immer noch nach Porto Azzurro fahren und für diesen Deutschen putzen, bis sich etwas Besseres fand.

Natürlich hätte sie tausendmal lieber in ihrem eigentlichen Beruf gearbeitet. Da es hier auf der Insel jedoch so gut wie keinen Bedarf an Psychologinnen gab – zumindest nicht in den öffentlichen oder kirchlichen Einrichtungen, wo jeder, der eine Stelle hatte, diese niemals freiwillig wieder hergab –, hatte sie in den vergangenen zwei Jahren immer wieder fachfremde Beschäftigungen angenommen. Als Saisonangestellte in der Tourismusbranche, wo sie ihre Sprachkenntnisse einsetzen konnte, als Aushilfe in Privatschulen, sogar als Gemüseverkäuferin in dem Supermercato, wo Mamma an der Kasse saß.

Ihre Familie war nicht arm. Das Haus, in dem sie wohnten, gehörte Fiorinas Mutter, das an die Bologneser vermietete Stockwerk brachte ein wenig Geld ein. Da das renovierungsbedürftige Gebäude jedoch ein Fass ohne Boden war und auch die Nonna versorgt werden musste, war ihr Leben dennoch ein ständiger Kampf. Mamma schuftete sich ab, verdiente aber wenig, Federico trug so gut wie nichts zum Familieneinkommen bei und sie selbst nur selten so viel, wie sie es sich gewünscht hätte.

Als die Betonklötze des Industriegebiets, das sich südlich an den Fährhafen anschloss, im Rückspiegel verschwanden, änderte sich die Umgebung. Sattgrüne Wiesen und Hügel erstreckten sich jetzt zu beiden Seiten der Straße, voller Kork- und Steineichen, gelb blühendem Ginster und Esskastanienwäldern, in denen sich Stachelschweine, Feldhasen und Wildschweine tummelten. Die Macchia, die für die Küstenregionen der Toskana so typisch war, überzog auch große Flächen der Insel. Vögel zwitscherten in den mediterranen Bäumen und Sträuchern, und zwischen Veilchen und Zistrosen, die nach dem Regen einen noch frischeren Duft als sonst verströmten, tummelten sich Schmetterlinge.

Auf den kargen Hängen, die sich im Westen zum Bergmassiv des Monte Capanne hin erhoben, waren Ziegenherden zu sehen. Da und dort zeigten sich auch Mufflons, die vor langer Zeit eingeführten und inzwischen heimisch gewordenen Wildschafe. Und um sie herum schwebte und flirrte und tanzte das Blau. Dieses tiefe, fast überirdisch leuchtende Blau des Himmels und des Tyrrhenischen Meers, an dem Fiorina sich niemals sattsehen würde.

Sie war auf Elba geboren und aufgewachsen, und wie so vieles, was man immer um sich hatte, waren für sie die Schönheiten dieser herrlichen Insel Selbstverständlichkeiten gewesen, die sie kaum zur Kenntnis nahm. Erst während der dreizehn langen Jahre im kalten, oft trüben Deutschland, hatte sie sich nach dem Meer gesehnt. Nach dem wolkenlosen Himmel, der klaren Luft, den Bergen und Wäldern, diesen unvergleichlichen Düften, die jetzt Ende März schon genauso berauschend waren wie im Sommer.

Der sonnenwarme Wind spielte mit Fiorinas kurz geschnittenem schwarzen Haar, und obwohl sie die Brise als angenehm empfand, kurbelte sie schließlich doch das Fenster hoch. Ihre gefütterte Lederjacke lag auf dem Rücksitz, und in dem dünnen Seidenpulli in Türkis, für den sie sich auf den mütterlichen Ratschlag hin entschieden hatte, wurde ihr allmählich doch ein wenig frisch. Dazu trug sie bequeme, aber auf Figur geschnittene Jeans und Mokassins aus hellbraunem Leder, womit sie – Mammas Hauptsorge – auf jeden Fall Bella Figura machen würde. Die hochhackigen Pumps, zu denen ihre Mutter ihr geraten hätte, waren natürlich zu Hause geblieben.

»… von einer Strandbesucherin entdeckt«, sagte gerade ein Sprecher im Radio. »Der unbekannte Tote wurde laut Information der Polizia di Stato vermutlich im Lauf der Nacht bei Portoferraio angespült …«

Knacken und Rauschen verschluckten den Rest der Nachricht. Im Inselinneren war der Empfang nicht immer der beste. Fiorina drückte auf den Knopf für den Sendersuchlauf und drehte die Lautstärke auf.

»… zwischen zwanzig und dreißig Jahre alt«, fuhr der Radiosprecher fort, der nach seinem Dialekt zu schließen aus Pisa stammte. »Der Tote hat dunkles Haar, ist schlank und mittelgroß und war mit roten Jeans und einem bunten Pullover bekleidet. Vermutlich ist der bisher noch nicht identifizierte Mann ertrunken, ein Carabiniere …«

Erneut brach der Empfang ab. Als Fiorina den Sender endlich wiedergefunden hatte, verkündete der Sprecher gerade, dass die einzige Sozialstation auf Elba in zwei Wochen geschlossen werde. Alle Hilfsangebote würden künftig von der Zentrale in Livorno übernommen.

6

Hagen Berensen konnte sich nicht dazu überwinden, die Satellitenschüssel wieder zu befestigen oder die Entwässerung des Flachdachs in Angriff zu nehmen. Er konnte sich nicht aufraffen, nach Porto Azzurro zu fahren, um nach *Yolanda* zu sehen, seiner Motorjacht, die er nach dem Lieblingsschwein seiner Jugend auf dem Bauernhof seiner Eltern benannt hatte. Weiß der Teufel, welche Verwüstungen der Sturm an dem Kahn angerichtet hatte. Stattdessen lag oder saß er auf seiner Sitzlandschaft, glotzte auf den dunklen Flachbildfernseher vom Format einer Plakatwand und wusste wie so oft in letzter Zeit nichts mit sich anzufangen.

Violetta hatte er tatsächlich entlassen, nachdem er ihr neuestes Werk in Augenschein genommen hatte. Seine schweineteure Vitrine hatte sie zerstört, wie genau, wollte er gar nicht wissen, und ihren Redeschwall hatte er ohnehin nicht verstanden. Die halogenbeleuchtete Glasvitrine im oberen Flur, die die Prachtstücke seiner Waffensammlung enthalten hatte. Zugegeben, wegen des Stromausfalls war es dort oben stockdunkel gewesen, da der geisteskranke Architekt vergessen hatte, ein Fenster einzuplanen, obwohl es problemlos möglich gewesen wäre. Aber dann hätte sie eben vorsichtiger sein müssen, sich vorantasten und nicht einfach drauflosrennen mit dem Staubsauger in der Hand.

Das Haus war ein Fehlkauf gewesen, gestand er sich widerwillig ein. Der Vorbesitzer, dieser Mistkerl Rossi, hatte ihn nach Strich und Faden übers Ohr gehauen. Vielleicht hätte Hagen es auch nicht im Spätsommer besichtigen sollen, nach monatelanger Trockenheit und bei bestem Wetter, sondern im Winter bei Regen und Sturm. Das Dach war undicht, mehrere Wände hatten Risse, die stetig größer wurden, und sogar der Pool hatte sich als unbenutzbar erwiesen, da er das Wasser nicht halten konnte. Rossi zu verklagen, hatte keinen Sinn. Die Sache würde sich mit Sicherheit endlos hinziehen, und am Ende würde er als Nicht-Italiener sowieso den Kürzeren ziehen.

In dunklen Stunden hatte Hagen sogar schon überlegt, einen Auftragskiller zu engagieren, der Rossi ins Jenseits beförderte. Aber dabei müsste er auf einen Albaner oder so zurückgreifen, denn sonst würde es bestimmt wieder schiefgehen, und woher sollte er einen Albaner nehmen?

So lümmelte er auf seinem fast noch neuen Megasofa, das schon jetzt wegen der ewigen Feuchtigkeit in der kalten Jahreszeit schimmlig roch. Vor den großen Veränderungen in seinem Leben war er immer nur im Sommer oder im Frühherbst in Italien gewesen, in Bardolino am Gardasee, wo so gut wie jeder Einheimische fließend Deutsch sprach.

Hagen fühlte sich von Gott und aller Welt im Stich gelassen. Er vermisste sogar Violettas Lachen, die merkwürdigen Geräusche, die sie unentwegt produzierte, das Klappern ihrer harten Absätze auf den steinernen Treppen, das Scheppern, wenn ihr wieder einmal etwas herunterfiel.

Das Meer hatte sich erstaunlich rasch beruhigt, nachdem der Wind sich gelegt hatte. Inzwischen hatte die Sonne wieder das Regiment übernommen. Dennoch verspürte er nicht einmal Lust, in die Bucht hinunterzusteigen oder sich wenigstens auf eine seiner bequemen und ebenfalls schweineteuren Loungeliegen auf der Terrasse zu werfen und ein wenig vom Stress des Vormittags zu erholen. Wer konnte wissen, wie das Unwetter der Treppe zum Meer hinunter zugesetzt hatte und was es dort wieder alles zu reparieren gab …

Das ferne Brummen eines Motors riss ihn aus seinen trüben Gedanken. Es verstummte manchmal für Sekunden, um dann lauter als zuvor wiederzukommen.

Zu Mittag würde es also wieder einmal eine der deutschen Tiefkühlpizzen geben, die er von einem Großhändler in Livorno bezog und von denen er wohlweislich einen Vorrat angelegt hatte. Der nun allmählich auftaute. Was für ein Desaster das alles, was für ein katastrophaler Mist!

Das Brummen kam näher, noch näher, es war ein kleines Auto, das langsamer wurde, es würde doch nicht etwa …?

Doch, es schien in die abschüssige Zufahrt zu seinem Parkplatz einzubiegen. Der Wagen hielt, eine Handbremse ratschte, und er erkannte schon am Klang der Tür, dass es wieder ein Fiat war. Wäre der Strom nicht ausgefallen, dann könnte er den Besucher schon mal in Augenschein nehmen, denn rund um das Haus herum hatte er nach dem Diebstahl seiner nagelneuen Harley Überwachungskameras installiert. Aber es gab ja keinen Strom, und die Notstromversorgung der Alarmanlage funktionierte schon seit Weihnachten nicht mehr.

Er hörte Schritte den halb zerstörten Plattenweg herunterkommen, dann eine helle Frauenstimme rufen: »Herr Berensen? Hallo?«

Ein Mensch, der Deutsch sprach! Sollte das Schicksal es doch noch einmal gut mit ihm meinen?

Da kam sie auch schon um die Ecke, spähte durch die wandhohen Fenster ins Wohnzimmer, erblickte ihn, verharrte kurz. Die Besucherin war nicht annähernd so attraktiv und schick gekleidet wie Violetta, ungeschminkt und einen halben Kopf kleiner.

Zögernd ging sie weiter bis zur offen stehenden Terrassentür, schaute herein. »Darf ich?«

»Ja, klar.«

Ächzend erhob Hagen sich vom Sofa, sah sie fragend an. Sie trat ein, blieb zwei Schritte hinter der Tür stehen, musterte ihn von oben bis unten mit unverhohlenem Widerwillen.

»Sie suchen eine Haushälterin«, sagte sie so kühl, als wäre diese Feststellung der Beginn eines Verhörs.

»Das … äh … stimmt, ja.«

»Eine, die Deutsch spricht.«

»Wie haben Sie mich gefunden?«

»Sie haben in Porto Azzurro einen Aushang gemacht, beim Coop. Ist die Stelle etwa schon vergeben?«

Ihre Frage klang, als hoffte sie auf ein Ja.

»Auf dem Zettel steht nur meine Handynummer. Wieso haben Sie nicht angerufen?«

»Sie gehen ja nicht ran.«

Weil das blöde Ding immer noch im Ferrari lag, richtig.

»Und wie haben Sie mich gefunden, ich meine, ohne Adresse?«

Jetzt lachte sie, strich sich die rabenschwarzen Ponyfransen aus der Stirn. »Sie sind in Porto Azzurro bekannt wie ein bunter Hund, Herr Berensen. Der verrückte Deutsche, der sich diese abbruchreife Betonkiste hier hat andrehen lassen, die beim nächsten großen Regen wahrscheinlich mit allem Drum und Dran ins Meer rutschen wird. Der im Hafen eine Zwölf-Meter-Jacht liegen hat, mit der er nie fährt. Wollen Sie noch mehr hören?«

Hagen schwieg. Ein hübsches, herzförmiges Gesicht hatte sie. Und einen verteufelt wachen Blick unter ebenfalls tiefschwarzen Brauen.

»Sie hätten Interesse an dem Job?«

»Was denken Sie, weshalb ich hier bin?«

»Können Sie putzen?«

»Wollen Sie mich auf den Arm nehmen?«

»Können Sie kochen?«

»Für den Hausgebrauch reicht es.«

»Sie sind Italienerin?«

»Ja, sicher.«

»Wieso können Sie dann so gut Deutsch?«

»Weil ich in Frankfurt elf Semester Psychologie studiert und später viele Jahre gearbeitet habe.«

»Und dann wollen Sie hier …? Ich meine, als Psychologin und so?«

»Von Wollen ist keine Rede. Ich brauche einen Job, weil ich Geld brauche.«

»Und sobald Sie was Besseres finden, sind Sie wieder weg.«

»Natürlich. Sehe ich aus wie eine Putzfrau?«

»Auf den Mund gefallen sind Sie jedenfalls nicht.«

»Wäre das Teil der Stellenausschreibung, dass man beziehungsweise frau auf den Mund gefallen sein muss?«, fragte sie, ohne mit der Wimper zu zucken.

Es entstand eine längere Pause, in der sie sich misstrauisch beäugten. Das Meer rauschte, eine Möwe schrie klagend.

»Was hatten Sie sich denn so vorgestellt – finanziell, meine ich?«, fragte Hagen schließlich.

»Fünfundzwanzig die Stunde?«, antwortete sie wie aus der Pistole geschossen.

»Lire?«, konnte er sich nicht verkneifen zu fragen, aber sie ging auf seinen kleinen Scherz nicht ein, schien überhaupt eher von der humorlosen Sorte zu sein. Andererseits war sie die Erste, die Deutsch sprach. »Ihren Vorgängerinnen habe ich zehn bezahlt, und schon das ist viel für die Gegend hier. Ich bin zwar Deutscher, aber komplett verblödet bin ich nicht.«

»Wenn Sie das sagen …«

»Sie mögen keine Deutschen?«

»Merkt man das?«

Es war eindeutig – die arrogante Psychozicke war hier, um sich für einen Job zu bewerben, den sie auf keinen Fall haben wollte. Vermutlich würde sie ihn am Ende ein Formular unterschreiben lassen, womit sie beim Arbeitsamt beweisen konnte, dass sie sich beworben hatte. Falls es so etwas wie ein Arbeitsamt auf dieser gottverlassenen Insel überhaupt gab.

»Okay«, sagte er gedehnt und sah ihr mit festem Blick ins Gesicht. »Dann also fünfundzwanzig. Mit zwei Wochen Probezeit.«

Er genoss es, zu beobachten, wie ihre selbstbewusste Miene zerbröselte. Mit dieser Wendung hatte sie offenkundig nicht gerechnet.

Nur, um sie zu ärgern, setzte er noch einen drauf: »Sechs

Stunden am Tag, sechs Tage die Woche, Dienstbeginn pünktlich neun Uhr. Und wenn ich sage, pünktlich, dann meine ich pünktlich.« Er rechnete kurz, während sie verdattert auf ihrer schmalen Unterlippe kaute. »Sechsmal fünfundzwanzig macht nach Adam Riese hundertfünfzig am Tag, mal sechs macht neunhundert pro Woche, richtig? Tausend Euro als Vorschuss, wäre das okay für Sie?«

Sie schnurrte regelrecht zusammen, hin- und hergerissen zwischen der Perspektive, gleich mit einem hübschen Packen Scheine in der Tasche nach Hause zu fahren, und der Aussicht, sich den Rest der Woche einen Wolf zu ärgern, weil sie sein Angebot ausgeschlagen hatte.

»Okay«, sagte sie schließlich noch gedehnter als er. »Und … Wann fange ich an?«

»Wie wär's mit jetzt gleich?«

»Das geht nicht. Weil … Nein, das geht nicht.«

»Dann morgen. Um neun. Pünktlich. Warten Sie, ich hole rasch das Geld.«

Ruhelos durchstreife ich das Haus, rücke hier etwas gerade, arrangiere dort etwas neu, kann mich auf keine meiner Tätigkeiten konzentrieren, sondern bleibe an einer Tür stehen, horche, schleiche zur nächsten, wo ich wieder lausche. Doch mein Herz hämmert, mein Puls dröhnt so laut in meinen Ohren, dass ich nichts von dem verstehe, was dahinter gesprochen wird.

So streune ich weiter, suche in irgendeinem Zimmer Zuflucht, erkenne zu spät, dass ich hier nicht allein bin. Ich werde in ein Gespräch verwickelt, antworte irgendetwas, lache sogar und hoffe, nein, bete, dass der Aufruhr in meinem Inneren nicht aus meinen Gesten spricht, aus meinen Worten und Bli-

cken. Ich muss funktionieren, muss um jeden Preis die Fassade wahren, sonst bin ich verloren.

Nachdem der Höflichkeit Genüge getan ist, verlasse ich den Raum, verlasse das Haus, setze einen Fuß vor den anderen, rastlos und mechanisch, als wäre ich eine von einem ungeübten Puppenspieler gesteuerte Marionette, zu einem grausamen, niemals endenden Tanz verurteilt. Weiter gehe ich und weiter, schaue über die Hügel, hinaus aufs Meer, sehe jedoch weder das um diese Jahreszeit noch satte Grün noch das weite Blau, sondern immer nur seine Augen. Sie starren mich an, verfolgen mich mit diesem fassungslosen, panischen, zutiefst entsetzten Blick. Das Ende. So fühlt es sich also an.

7

»Signorina Luccarelli.« Der Direktor der Grundschule in Porto Azzurro seufzte nachdrücklich und rollte dramatisch die Augen unter seinen buschigen Brauen. »Sie hätten wirklich erst anrufen sollen, anstatt einfach hier hereinzuplatzen.«

»Perdono, signor direttore, mi dispiace tantissimo.« Fiorina Luccarelli gelang es problemlos, eine zerknirschte Miene aufzusetzen. »Ich war gerade in der Gegend. Wollen Sie sich nicht wenigstens meinen Namen notieren? Vielleicht wird die Stelle ja doch wieder besetzt und …«

»Sie haben doch gehört, was ich gesagt habe.« Der Direktor warf einen finsteren Blick auf die tickende Wanduhr gegenüber seinem riesigen Schreibtisch, auf dem eine atemberaubende Unordnung herrschte. Sein Aftershave war ekelerregend süß. »Die finanzielle Situation der öffentlichen Einrichtungen Italiens muss ich Ihnen ja wohl nicht erklären. Und wenn wir wirklich einmal Bedarf an einer psychologischen Betreuung einzelner Schüler haben sollten, was so gut wie nie vorkommt, regle ich das über einen Anruf bei der Direktorin der Scuole Pubbliche in Portoferraio, mit der ich übrigens persönlich gut befreundet bin.«

Der nächste demonstrative Blick zur Uhr. »Und jetzt entschuldigen Sie mich bitte, Signorina. Buona giornata.«

Fiorina unterdrückte ein Stöhnen, erhob sich vom Besucherstuhl, nickte dem bärtigen Mittfünfziger zu, der jedoch schon wieder auf seinen Computerbildschirm starrte, und verließ das beklemmend dunkle Büro. Bei der Direktorin in Portoferraio hatte sie schon am Morgen telefonisch vorgesprochen und sich ebenfalls eine Abfuhr geholt. Kein Bedarf, kein Geld, kein Interesse, es war überall das Gleiche.

Als sie draußen in der sonnenhellen Gasse stand, entschied sie, nicht zu ihrem in der Nähe geparkten Fiat zurückzugehen, sondern in Richtung Altstadt. Die vierte Pleite an diesem Tag. Es war zum Verrücktwerden.

Nach dem Abstecher zu Hagen Berensen war sie bei ABC Elba – Centro di Lingua & Cultura Italiana gewesen, der Sprachenschule in Porto Azzurro, die Intensivkurse für Ausländer anbot. Auch wenn sie keine Lehrerin war, hatte sie sich Chancen erhofft. Bei solchen Jobs waren Deutsch- und Englischkenntnisse gefragt, und beide Sprachen beherrschte sie hervorragend.

Dort war sie jedoch genauso abgeblitzt wie in der wenige Kilometer von Portoferraio entfernten Villa di San Martino e Galleria Demidoff, Napoleons ehemaliger Sommerresidenz, die Gabriele erwähnt hatte. Die letzte freie Stelle als Fremdenführerin war seit gestern vergeben, vermutlich an eine Verwandte oder gute Freundin des Leiters, der ihr ohnehin unsympathisch gewesen war. Überall in Bella Italia lief das so, und Elba stellte keine Ausnahme dar. Den Job bei der Sozialstation hatte Fiorina schließlich auch nur über gute Beziehungen bekommen. Es gab wahrhaftig Tage, da sehnte sie sich nach Deutschland zurück.

In der ersten Bar, auf die sie stieß, bestellte sie einen Espresso und ein Wasser. Nach all den Niederlagen brauchte sie dringend eine Stärkung. Anschließend musste sie noch in eine Apotheke, um die Rheumapillen für die Nonna zu besorgen. Am besten erledigte sie das gleich hier. Auch wenn sie sich beeilte, würde sie Portoferraio nicht mehr erreichen, bevor die Läden schlossen. Um diese Jahreszeit begann die Siesta schon um halb eins und endete in den meisten Geschäften um vier.

Wenn die Zeit reichte, wollte sie außerdem noch kurz bei Zia Renata im nahen Capoliveri vorbeischauen, der drei Jahre jüngeren Schwester ihrer Mutter, die Berensens Zettel im Coop entdeckt und ihr vorhin während der Fahrt telefonisch einiges über den seltsamen und offenkundig stinkreichen Deutschen erzählt hatte. Seit Renatas Mann vor einer halben Ewigkeit gestorben war – ihre Kinder waren längst ausgezogen, Enzo lebte in Pavia, Franca mit ihrer Familie in Innsbruck –, wohnte sie mutterseelenallein in ihrer Neun-Zimmer-Villa mit Traumblick über den Golfo Stella.

Der Barista mit Hipsterzopf und blau-grün kariertem Holzfällerhemd hantierte routiniert an der Kaffeemaschine, es zischte und fauchte, der ersehnte aromatische Duft verbreitete sich. Neben Fiorina stand noch ein Geschäftsmann am Tresen, schlang ein Tramezzino hinunter und telefonierte mit einer Vivian, mit der er Streit zu haben schien. An einem der drei Tische saßen zwei junge Frauen, fast noch Mädchen, die mit ihren Handys herumspielten und albern quietschten und kicherten.

Fiorina befühlte den Umschlag, den der großkotzige Deutsche ihr gegeben hatte, mit einem so selbstgefälligen

Grinsen, dass sie ihm am liebsten das Gesicht zerkratzt hätte. Was bildete dieser Macho sich eigentlich ein? Dachte er etwa, mit seinem Geld könnte er alles und jeden kaufen, sogar Fiorina Luccarelli?

Sie hatte es nur genommen, weil sie zu perplex gewesen war, um es abzulehnen. Jetzt erst begann sie, ernsthaft darüber nachzudenken, ob sie den Job nicht doch annehmen sollte. Selbstverständlich nur vorübergehend. Fünfundzwanzig Euro pro Stunde waren schließlich ein gutes Argument, und wenn er ihr an die Wäsche wollte, würde sie sich zu wehren wissen.

Sie nippte an dem Wasser, das der Barista ihr schon hingestellt hatte. Fünfundzwanzig Euro. So viel würde sie weder als Psychologin noch als Sprachlehrerin verdienen, und als Touristenführerin schon zweimal nicht. Ein ungewöhnlicher reicher Sack, dieser deutsche Signore, das musste sie ihm lassen. Wer, der so reich war wie er, teilte sein Geld schon mit den Armen? Andererseits musste es sich erst noch zeigen, ob er ihr auch in der zweiten Arbeitswoche einen so fürstlichen Lohn zahlen würde.

Fiorina warf einen Blick auf den Fernseher, über dessen Bildschirm die üblichen vollbusigen Schönheiten stolzierten, die die einfältigen Späße römischer Moderatoren mit ihrem Dauerlächeln und freizügiger Bekleidung untermalten, und fragte sich, wann sie von einem Arbeitgeber zum letzten Mal einen Vorschuss bekommen hatte. Ihr Gerade-nicht-mehr-Arbeitgeber, ein karitativer, von der Kommune geförderter Verband, war ihr sogar noch das Honorar für den letzten Monat schuldig, das sie sich in vielen nicht enden wollenden Nächten hart erkämpft hatte. Jetzt, da man ihre Dienste als Mitarbeiterin der Sozialstation nicht mehr benötigte, würde sie den ausstehenden Betrag vermutlich einklagen müssen.

Das war die andere Krankheit, an der Italien litt. Die öffentlichen Gelder waren seit jeher knapp. Alle jammerten unentwegt, auf der Insel, auf dem Festland, im Süden, sogar im wirtschaftlich bessergestellten Norden, und alle mit gutem Grund.

Eine Frau und ein Mann mittleren Alters betraten die Bar, offenbar Bekannte des Barista. Die drei sprachen so laut, dass sie sogar den Fernseher übertönten, auf dem gerade ein Boot der Guardia Costiera mit zuckendem Blaulicht vor einem kleinen Strand zu sehen war. War das nicht die Spiaggia del Grigolo am östlichen Rand von Portoferraio? Ob es um den unbekannten Ertrunkenen ging, von dem im Radio die Rede gewesen war?

Fiorina leerte Glas und Tasse. Es war tatsächlich der kleine, schmale Kieselstrand unterhalb des Leuchtturms beim Forte Stella, den viele Anwohner zum Sonnenbaden und Seeluftschnuppern zwischendurch nutzten, mit Blick auf die Toskana und die Rada di Portoferraio, die große Bucht, an deren Nordwestseite die Inselhauptstadt lag. Strandpublikum war nicht zu sehen, dafür eine Menge Polizisten in Uniform und ein rot-weißes Flatterband, das den Zugang versperrte.

»... mit Sicherheit ertrunken«, sagte ein grauhaariger Carabiniere, auf den die Kamera jetzt gerichtet war, mit ernster Miene und zwei in der Sonne blitzenden Knöpfen auf den Schulterklappen seiner schwarzen Uniformjacke. »Momentan gehen wir davon aus, dass der Tote über die Reling eines Schiffes gefallen ist oder an Bord einer in der Nacht gekenterten Jacht war. Bekleidet war er nur mit

Jeans und Pullover. Bei einem Seegang wie in der vergangenen Nacht überlebt auch ein geübter Schwimmer nur wenige Minuten im Wasser.«

Der Barista und seine beiden Bekannten waren inzwischen verstummt. Er drehte die Lautstärke noch höher. Auch die anderen Gäste schauten jetzt aufmerksam herüber.

»Derzeit wissen wir nicht, wo sich der Unglücksfall ereignet hat«, fuhr der Carabiniere fort. »Wir durchforsten sämtliche Vermisstenmeldungen und schicken Anfragen an alle Schiffe, die in der fraglichen Zeit in der Nähe Elbas waren. Wobei auch der Todeszeitpunkt noch nicht geklärt ist. Es besteht durchaus die Möglichkeit, dass der Mann schon länger im Wasser getrieben hat und von dem starken Wellengang nur zufällig an unsere Küste gespült wurde.«

Das Gesicht des Toten, erklärte der Carabiniere, sei völlig unkenntlich, der ganze Körper voller Verletzungen und mit zahlreichen Knochenbrüchen versehen, da die Brandung ihn wohl mehrmals gegen die Felsen geschleudert habe.

»Ein Gewaltverbrechen oder Suizid halten Sie für ausgeschlossen?«, fragte eine Frauenstimme aus dem Off. Die Journalistin klang noch sehr jung und so, als stammte sie aus Mailand. »Wahrscheinlich wird an der Küste Elbas nicht allzu häufig eine Leiche angespült, und …«

»Wenn die wüsste, wie oft das hier vorkommt.« Der Barista riss sich vom Bildschirm los und wandte sich Fiorina zu, die gerade ihr Portemonnaie aus der Handtasche fischte. »Diese Mailänder haben ja keine Ahnung – vero, signora?«

In der Farmacia, in der Fiorina bald darauf stand, beanspruchte ein alter Mann die Aufmerksamkeit des gesamten

Personals. Lautstark schimpfend wühlte er in seinen Mantel- und Hosentaschen nach dem Rezept seines Arztes, das er einfach nicht finden konnte. Weder die Wartenden noch die Angestellten störten sich daran. Das Teeniemädchen in Minikleid und Plateauschuhen, das vor Fiorina in der Schlange stand, spielte gelassen mit seinem Smartphone, die beiden Frauen hinter ihr unterhielten sich über ihre Kinder, ihre Männer und die schon wieder gestiegenen Lebensmittelpreise.

In Deutschland hätten die Kunden sich längst beschwert, wenn sie so lange warten mussten, dachte Fiorina. Andererseits hätten die Angestellten zügig dafür gesorgt, dass der alte Mann zur Seite trat und der Betrieb weiterging.

Erneut wanderte Fiorinas Hand in die Tasche, streichelte das prall gefüllte Kuvert. Ein schönes Gefühl. Die dringend gebrauchte Waschmaschine, die Fliesen in Nonna Marias Küche, sogar die Spülmaschine, die nicht mehr lange durchhalten würde – nichts davon wäre mehr ein Problem, wenn sie …

Als jemand »bravissimo!« rief und alle Umstehenden in die Hände klatschten, hob Fiorina den Blick. Der Greis hatte sein Rezept endlich gefunden. In Deutschland hätte niemand geklatscht. Dort hätten alle nur gemeckert.

Fiorina entschied, dass sie keine Lust auf weitere Abfuhren hatte. Sie würde es einfach probieren mit diesem Herrn Berensen, der sie an irgendjemanden erinnerte mit seinem kahl geschorenen Schädel, der durchtrainierten Figur und der auch dann tief gefurchten Stirn, wenn er einen gerade einmal nicht so grimmig ansah. Das mit dem Kochen würde sie schon irgendwie hinkriegen.

Yolanda schien den nächtlichen Sturm unbeschadet überstanden zu haben, stellte Hagen Berensen fest, als er am Nachmittag im Hafen von Porto Azzurro seine Jacht inspizierte.

Natürlich stand wieder Wasser in der Kajüte, obwohl er schon hundertmal versucht hatte, die verglaste Luke dicht zu kriegen. Auch wenn er sich problemlos ein nagelneues Exemplar hätte leisten können, hatte er den Kahn gebraucht gekauft. Gut erhalten und keineswegs billig. Irgendwie wurde man alte Gewohnheiten doch nicht so leicht los.

Er wischte die Pfütze auf, die zum Glück nicht groß war, und ließ die Tür offen. Während er einen Rundgang um den Bug machte und die Fender kontrollierte, kam ihm eine Idee, wie er das Problem mit dem Wasser in der Folterkammer zumindest vorübergehend lösen könnte.

Hagen sprang an Land, überquerte zügig die asphaltierte Fläche zwischen dem Kai und den Gebäuden gegenüber und betrat den kleinen, bis an die Decke vollgestopften Laden. Der Inhaber Antonio verkaufte Schiffszubehör aller Art und fand mit traumwandlerischer Treffsicherheit immer das Gesuchte in der Fülle von über Jahrzehnte angesammelten, oft längst nicht mehr brauchbaren Waren und Kuriositäten.

Ein Glöckchen bimmelte fröhlich. Antonio trat durch eine Tür im hinteren Teil des Verkaufsraums, in den Händen einen schmutzigen Lappen, an dem er seine noch schmutzigeren Finger abwischte. Aus einem irgendwo zwischen dem Gerümpel versteckten Radio drang italienischer Discopop. Es roch nach ranzigem Motorenöl und Kaffee. Hagen mochte Toni, denn er war einer der wenigen Menschen hier, die noch nicht versucht hatten, ihn übers Ohr zu hauen.

»Buongiorno, Hagen«, wurde er zahnlückig begrüßt. »Come stai?«

Auf diese Frage musste man unbedingt mit »bene« oder noch besser »benissimo« antworten, hatte Hagen inzwischen gelernt, sonst wurde man schräg angeguckt. Praktischerweise zählte der alte Toni – Hagen schätzte ihn auf weit über siebzig – zu den seltenen Exemplaren der Insulaner, die Englisch sprachen. Früher war er viele Jahre zur See gefahren, auf riesigen Frachtern, und hatte am Ende angeblich den Rang eines Ersten Offiziers bekleidet. Wie es sich gehörte, plauderten sie erst ein wenig über das Wetter, die politische Weltlage und den Sturm, der Elba in der vergangenen Nacht durchgerüttelt hatte.

Im Radio kamen jetzt Nachrichten, von denen Hagen wie üblich kein Wort verstand. Toni hörte kurz zu, schüttelte dann das kantige Haupt mit grau gelocktem, aber immer noch vollem Haar, murmelte etwas von »stupid landlubbers«.

Erst nach zweimaligem Nachfragen verstand Hagen, dass das Wort in etwa das bezeichnete, was man im Deutschen eine »Landratte« nannte. Bei Portoferraio war während des Sturms eine männliche Leiche angeschwemmt worden. Nach Tonis Meinung konnte das nur ein seeunerfahrener Volltrottel gewesen sein, der in der Nacht mit seiner Jacht gekentert oder – nicht gesichert und ohne Rettungsweste – von einer großen Welle über die Reling gespült worden war.

»Todsicher war er auch noch besoffen«, meinte er achselzuckend. Wieder einer weniger von diesen Verrückten, die heutzutage die Meere unsicher machten. Stupid landlubbers hatten auf hoher See nun mal nichts verloren.

Im Radio kam wieder Musik, dieses Mal eine alte italienische Schnulze, und Hagen schilderte Toni sein Problem. Lenzpumpen hatte dieser in Hülle und Fülle anzubieten, große und kleine, alle salzwasserfest und so weiter. Aber sie funktionierten nur mit Batteriestrom, da Jachten üblicherweise nichts anderes zu bieten hatten. Hagen entschied sich für eines der preiswerten Exemplare, und Toni fand nach längerem Suchen in den Tiefen eines zerfledderten Kartons ein schon etwas angerostetes Ladegerät, das die Pumpe mit zwölf Volt Gleichstrom versorgen konnte. Für beides zusammen verlangte er fünfzig Euro, was Hagen einen fairen Preis fand. Sie plauderten noch ein wenig über das Wetter und die demnächst anrückenden Touristenströme.

Als Hagen die Jacht wieder betrat, war der Boden der Kajüte schon fast getrocknet. Er beschloss, die Tür noch ein Weilchen offen stehen zu lassen, und legte sich aufs Vordeck, um in der Zwischenzeit ein Nickerchen zu machen. Am azurblauen Himmel segelten noch ein paar letzte lustige Wölkchen, und die Sonne zeigte, wozu sie hier im Süden auch Ende März schon imstande war.

Schon halb im Dämmerschlaf, dachte er an die kratzbürstige Italienerin, die ab morgen für ihn arbeiten würde. Einerseits fand er ihre Arroganz und Frechheit unerträglich. Andererseits war er gespannt darauf, wie sie sich anstellen würde, und eine Zugehfrau brauchte er ja nun mal. Dummerweise, wurde ihm erst jetzt bewusst, hatte er vergessen, zu fragen, wie sie hieß und wo sie zu Hause war. Wenn sie morgen früh keine Lust auf Arbeit verspürte, konnte sie also einfach im Bett bleiben und die Scheinchen zählen, die er ihr ohne Quittung in die Hand gedrückt hatte.

Dennoch, es war seltsam, obwohl er nichts von der Frau wusste, konnte er sich nicht vorstellen, dass sie ihn wirklich betrügen würde. Ihr Blick war zu direkt und offen gewesen, ihre Haltung zu selbstsicher und in sich ruhend. So viel Menschenkenntnis hatte er sich in seinem früheren Leben angeeignet. Damals, als er noch nicht reich war. Als er noch zum arbeitenden Teil der Bevölkerung zählte und nicht mitten am Tag im warmen Licht der mediterranen Märzsonne auf seiner leise schaukelnden Jacht faulenzen durfte. Über diesem angenehmen Gedanken schlief er ein.

8

»Doch nicht so kleine Stücke, Carissima«, wies Rosetta Luccarelli ihre Tochter zurecht und nahm ihr das Messer aus der Hand. »Beim Ragout schneidet man das Fleisch in *große* Würfel, sonst verkocht ja alles. Schau, so.«

Fiorina seufzte. Seit einer halben Stunde stand sie in der Küche, schnippelte unter der strengen Aufsicht ihrer Mutter Knoblauch, Zwiebeln und nun auch noch das Stück blutiges Wildschwein, bei dessen Geruch ihr übel wurde, und nichts, einfach gar nichts hatte sie ihrer unnachgiebigen Lehrerin bisher recht machen können.

»Das Einfachste wäre, wenn *du* kochst, Mamma. Und ich nehme das Essen dann mit nach Porto Azzurro.«

»Irgendwann musst du es doch lernen, Carissima.« Ihre Mutter verdrehte die Augen. »Nein, das kommt überhaupt nicht infrage. Also«, sie reichte ihr das Messer, »versuch's noch mal.«

»Hat von euch jemand einen Aktenkoffer gesehen?« Federicos dunkler, überraschenderweise nicht mehr verstrubbelter, sondern ordentlich gekämmter und im Nacken zusammengebundener Schopf erschien in der Tür, offenbar war er schon eine Weile auf. »Einen schwarzen?«

»Den hast du vor deiner Tür liegen lassen.« Fiorina hatte das Messer gerade wieder angesetzt, warf einen Blick über die Schulter und zuckte zusammen. »Aua, jetzt hab ich mich auch noch geschnitten. Mensch, Federico, wieso musst du immer ...?«

»Da ist er aber nicht mehr. Mamma, hast du ihn gesehen?«

»Nein, Amore, und du wasch dir bitte mal den Finger, Fiorina, du blutest hier alles voll. Da fällt mir ein, Federico – wir brauchen wieder mal ein neues Napoleone-Schild.«

Wenn Rosetta Luccarelli ihren Sohn mit seinem Vornamen ansprach, wertete Fiorina das als gutes Zeichen. In solchen Momenten war er nicht Mammas Halbgott, sondern ein normaler Sterblicher. Summend drehte Fiorina den Wasserhahn auf und hielt den Daumen unter den Strahl. Der Schnitt war zum Glück winzig, es blutete kaum.

»Schon wieder?« Er schnaubte. »Kein Problem, Mamma, spätestens morgen hängt es wieder unten.«

Federicos Kopf verschwand wieder, und gleich darauf rumpelte es im Flur. Fiorina stellte sich wieder ans Schneidebrett.

»Aber erst müssen wir zu Gianmaria, Fiorina und ich.« Wieder stand Federico in der Tür. »Er hat dreimal Sandstrand-mit-Sonnenuntergang bestellt, Mamma, und ich bin sowieso spät dran.«

Gianmaria war Inhaber eines kleinen Geschäfts an der Hafenpromenade, wo er Touristen kitschige Gemälde, gekühlte Getränke und Andenken für alle Geschmäcker verkaufte. Federico war einer seiner Lieferanten. Einmal Sandstrand-mit-Sonnenuntergang brachte zweihundert Euro.

»Das ist wunderbar, Amore, aber ihr müsst es auf später verschieben. Fiorina hat hier zu tun, du siehst doch ...«

»Nein, Mamma, tut mir leid. Gianmaria will die Bilder *heute* noch, und in einer Viertelstunde macht er zu. Allein kann ich die Dinger unmöglich tragen. Kommst du, Patatina?«

Immer noch benutzte ihr Bruder gerne den Kosenamen aus ihrer Kindheit: Kartöffelchen.

Froh über die unverhoffte Fluchtmöglichkeit, nahm Fiorina die Schürze ab, gab ihrer Mutter das schwere Messer und einen schmatzenden Kuss. Dann warf sie die Schürze über eine Stuhllehne und verließ die Küche, bevor diese sie zurückrufen konnte. Rosetta Luccarelli hatte sich jedoch schon wieder, wenn auch mit unhörbarem Seufzen, dem Wildschwein zugewandt, das sie am Abend nach der Ribollita mit Rosmarinkartoffeln servieren würde.

Im Flur riss Fiorina ihre Lederjacke vom Haken und hob die in Packpapier eingeschlagene Leinwand hoch, die an der Wand lehnte. Federico wartete mit den anderen beiden Bildern und sichtlicher Ungeduld an der Tür.

In der Gasse trafen sie auf den alten Nunzio, der im Haus gegenüber wohnte.

»Come stai, bellissima? Tutto bene?«, begrüßte er Fiorina in seinem vertrauten Singsang, nachdem er ihrem Bruder kurz zugenickt hatte. »Geht's dir gut, meine Wunderschöne?«

Sie wusste, dass sie gerade alles andere als wunderschön war, ungeschminkt, mit wirrem Haar und in ihren bequemsten Freizeitklamotten, genoss jedoch wie immer die Schmeichelei des alten Mannes. Stets behandelte er sie so, wie sie es sich von ihrem verschwundenen Vater gewünscht hätte, voller Fürsorglichkeit und Zuneigung. Also blieb sie stehen, stellte die Leinwand ab und erkundigte sich nach dem Befinden des Greises, der ihr Großvater hätte sein können.

»Eine große Runde hab ich heute gedreht«, berichtete er stolz. »Am Duomo vorbei, durch die Porta a Mare und dann noch die Promenade entlang. Wirklich eine große Runde, nicht wahr?«

Sie beglückwünschte ihn. Mit seinen zweiundachtzig Jahren war er nicht mehr gut zu Fuß und benötigte inzwischen zwei Stöcke, um sich vorwärtszubewegen. Dennoch achtete er eisern darauf, jeden Tag seinen Spaziergang zu machen, bei jedem Wetter und zu jeder Jahreszeit.

»Am Darsena-Hafen war was los heute Morgen.« Seine wässrigen blauen Augen trübten sich vor Aufregung. »Ein Toyota hat an der Bushaltestelle geparkt, wo es streng verboten ist, Madonna mia, die Polizei hat ihn natürlich abgeschleppt. So ein kleiner Weißer, wie auch Gabrieles Frau einen fährt.«

Fiorina nahm sich Zeit für seine Geschichte und lauschte selbst dann noch interessiert, als er mit betrübter Miene von seiner Cousine berichtete, die in der Nähe des Campingplatzes Acquaviva ein Häuschen hatte und untröstlich war, weil heute am frühen Morgen ihr Maremmanischer Hirtenhund überfahren worden war. Federico trat neben ihr von einem Bein aufs andere und blickte alle zwei Sekunden auf sein Telefonino.

Dennoch erkundigte Fiorina sich auch noch, ob Nunzio gestern Abend das verschwundene Kloschild gesehen habe oder vielleicht sogar jemanden, der es mitgenommen hatte. Er runzelte die Stirn, dachte ein Weilchen angestrengt nach, verneinte dann. Schließlich verabschiedete sie sich, packte ihre Leinwand und folgte Federico, der schon ein paar Schritte in Richtung Hafen vorausgegangen war. Dort, am Anfang der Calata Mazzini in der Nähe der Porta a Mare, befand sich Gianmarias Kunst-Kitsch-und-Andenken-Laden.

Auf der Piazza Cavour blieb Federico plötzlich stehen, lehnte seine Bilder gegen eine Sitzbank, nahm Platz und sah Fiorina auffordernd an.

»Schieß los, Bruderherz.« Auch sie ließ sich nieder. »Was hast du auf dem Herzen, das Mamma nicht hören darf? Ist es wieder mal wegen Andrea?«

»Andrea?« Er verdrehte die kastanienbraunen Augen, deren Farbe er von ihrer Mutter geerbt hatte. »Du hast Mamma doch nichts von ihm erzählt?«

»Denkst du, ich möchte, dass sie der Schlag trifft?«

Sie wollte gar nicht darüber nachdenken, über wie viele Andreas sie in den zwei Jahren, seit sie aus Deutschland zurück war, schon Stillschweigen bewahrt hatte.

Eine Kirchenglocke bimmelte, kurz danach eine weitere. Viertel nach sechs. Die bald untergehende Sonne war schon vor einer Weile hinter den roten Hausdächern verschwunden, und es herrschte viel Betrieb auf dem zentralen Platz, da die meisten Einheimischen ihre Einkäufe am Abend erledigten. In den kleinen Läden rund um die Piazza war ein ständiges Kommen und Gehen, Vespas und Motorinos knatterten, Spaziergänger flanierten oder standen in Grüppchen beisammen und tauschten den neuesten Klatsch aus. Im nahen Hafenbecken, dessen spiegelglatte Oberfläche hinter der Porta a Mare im Abendlicht schimmerte, tutete majestätisch eine Fähre, Möwen drehten kreischend ihre Runden.

»Es ist wegen diesem blöden Aktenkoffer«, gestand Federico mit nervösem Zwinkern. »Ich habe keine Ahnung, wo der hingekommen ist. Und er gehört mir nicht.«

»Wieso – was ist damit?«

»Ein ehemaliger Schulfreund hat ihn mir gegeben, heute Morgen, als ich nach Hause gekommen bin. Paolo Carozzo. Er hat mich gebeten, darauf aufzupassen, bis er ihn wieder abholt, und jetzt stehe ich da, und der Koffer ist weg ...«

Er breitete die Hände aus und stöhnte herzzerreißend. Fiorina erinnerte sich an keinen Paolo Carozzo. Ihr Bruder hatte so viele Freunde und Bekannte, dazu noch seine zahllosen geschäftlichen und sonstigen Kontakte.

Mauro, ein Kellner im Ristorante gegenüber, trat aus der Tür des Lokals und hielt vor den viereckigen Terrakottakübeln, die die Terrasse säumten und aus denen mannshohe Olivenbäume und Palmen wuchsen, nach Gästen Ausschau. Er bemerkte die Geschwister, kam näher und erzählte mit empörter Miene und beträchtlicher Lautstärke von seiner jüngsten Tochter, deren Freund nach einem Riesenkrach gerade mal wieder aus der gemeinsamen Wohnung ausgezogen war.

»Che cazzo!« Er machte eine Geste, die seinen Zorn über den jungen Mann unmissverständlich zum Ausdruck brachte, dann erschien eine Kummerfalte auf seiner Stirn. »Jetzt braucht Tiziana dringend einen Zweitjob. Bei der Spedition zahlen sie ihr ja nur einen Hungerlohn, und irgendwie muss die Arme doch die Miete bezahlen. Bei uns ist es leider zu eng, seit Stefania, unsere Älteste, mit den Kindern eingezogen ist.« Sein sorgenvoller Blick heftete sich auf Fiorina. »Mein Chef kann momentan keine Putzhilfe brauchen, aber vielleicht ihr bei der Seelsorge? Du als

Dottoressa könntest doch bestimmt ein gutes Wort für meine Kleine einlegen?«

Als er hörte, dass Fiorina seit Neuestem wieder einmal arbeitslos war, lamentierte er noch lauter. Da sie Tiziana seit Ewigkeiten kannte und gut leiden konnte, versprach sie, sich umzuhören. Dass sie ab morgen selbst als Putzfrau arbeiten würde, ließ sie unerwähnt.

»Wir haben in der Scuola primaria nebeneinandergesessen, Paolo und ich, später haben wir uns aus den Augen verloren«, berichtete Federico, während Mauro mit hängenden Schultern zum Ristorante zurücktrottete, und zupfte unruhig an dem winzigen Dreiecksbärtchen herum, das sein Kinn zierte. »Ich habe keine Ahnung, wo er inzwischen wohnt und was er treibt. Jedenfalls, auf einmal steht er vor mir, heute früh. Ganz schön groß ist er geworden, der kleine Paolo. Und *sooo* muskulös.«

Er schlug ein Bein übers andere und strich sich über die wie immer hauteng sitzenden Hosen. Heute hatte er sich für eine elegante Ausführung in Aquamarin entschieden. Dazu trug er ein Hemd in Limettengelb und ein gediegenes Jackett in einem sehr dunklen Blau, das unter seinem farblich passenden Kurzmantel hervorlugte. Wie fast jeder Italiener achtete auch ihr Bruder stets auf perfekte Kleidung, wenn er das Haus verließ. Ganz im Gegensatz zu Fiorina. Diese Eigenart hatte sie aus Frankfurt mitgebracht, wo man im schäbigsten Jogginganzug einkaufen gehen konnte, ohne schief angesehen zu werden.

»Ich soll auf den Koffer aufpassen«, fuhr Federico weinerlich fort. »Nein, ich *muss* darauf aufpassen, hat Paolo gesagt, bis er ihn wieder abholt. Keine Ahnung, was da drin ist, aber ich schätze mal, was ziemlich Wichtiges.«

Er rollte mit den Augen und sah einem jungen Pärchen nach, das kichernd und prustend über den Platz rannte und im Tabacchi-Laden an der Ecke verschwand. Aus der Pizzeria in der Via Cavalieri di Vittorio Veneto zog ein verführerischer Duft vorbei, vom Meer wehte ein leichter, schon fast warmer Wind.

»Irgendwer war hinter ihm her, wenn ich mich nicht verhört habe, zwei Typen offenbar. Ich war dummerweise ziemlich stoned. Andrea hatte mal wieder affengeiles Zeug.« Er gluckste kurz, wurde jedoch gleich wieder ernst. »Dann wollte Paolo noch wissen, ob ich immer noch in der Via del Carmine wohne, und weg war er.«

»Wann wollte er den Koffer denn wieder abholen?«, fragte Fiorina.

»Hat er nicht gesagt, aber es klang so, als käme er eher früher als später. Ehrlich gesagt, bin ich ziemlich überrascht, dass er sich so lange Zeit lässt. Aber vielleicht steht er gerade vor der Tür, und Mamma denkt, ich komme gleich und ...« Federico biss sich auf die volle Unterlippe, die wie die schön geschwungene Oberlippe auf seine wechselnden Liebhaber ausgesprochen sinnlich wirken musste. »Was sage ich ihm denn bloß?«

»Vielleicht war er da, als du geschlafen hast, und hat ihn geholt?«

»Nein, bestimmt nicht. Wenn er geläutet hätte, das hätte ich gehört.«

Fiorina beichtete ihrem Bruder, dass sie nach Mammas Aufbruch am frühen Morgen vergessen hatte, die Haustür und die Wohnungstür abzusperren.

»Er hätte doch trotzdem geläutet.« Federico runzelte die Stirn. »Ich meine, wer spaziert denn einfach so in eine fremde Wohnung rein und verschwindet wieder, ohne wenigstens einen Zettel zu hinterlassen?«

»Warum rufst du ihn nicht einfach an?«

»Ich hab doch seine Nummer nicht. Wie gesagt, wir hatten ewig keinen Kontakt mehr, und sein Name ist mir auch erst wieder eingefallen, als ich schon zu Hause war, und …«

Sein Blick verklärte sich. Wenn Andrea ihn jetzt sehen würde, wäre er vermutlich ziemlich eifersüchtig.

»Du glaubst nicht, wie gut Paolo ausgesehen hat«, fuhr Federico prompt fort, »mit seinen durchtrainierten Schultern und dem knackigen Arsch. Seine Jeans waren fast so eng wie meine, und dazu diese geile rote Farbe …«

»Rote Jeans?« Alarmiert fuhr Fiorina hoch. »Was hatte er sonst noch an?«

»Sonst?« Er blinzelte. »Eine Steppjacke, trotz Regen war die offen, komisch … Und drunter einen Pulli, der war gemustert und … irgendwie bunt, ja. Aber es war noch dunkel, es hat geschüttet wie aus Kübeln …«

»Wie sieht er sonst aus? Haarfarbe, Größe?«

»Warum willst du das so genau wissen, Patatina?«

Fiorina atmete tief durch. »Sag bloß, du hast noch nichts von dem Toten gehört, der am Strand angeschwemmt worden ist.«

Das mit der Pumpe schien tatsächlich zu funktionieren. Sie lief relativ leise, die Förderleistung war natürlich nicht umwerfend, doch seit Hagen sie installiert hatte, strullerte kontinuierlich ein kleiner Wasserstrahl aus dem Ende des Schlauchs, den er von der Folterkammer quer durchs Wohnzimmer bis zum Rand der Terrasse gelegt hatte. In zwei, drei Tagen sollte das Wasser aus seinem überschwemmten Fitnessraum verschwunden sein, selbst wenn von der hinteren Wand immer noch etwas nachsickerte. Dann konnte er die Holzklötze entfernen, mit denen er die Geräte aufgebockt hatte, und wieder trockenen Fußes seine Muskeln stählen.

Auch der Mast mit der Satellitenschüssel stand inzwischen wieder senkrecht, nachdem er ihn mit größeren Mengen Outdoorklebeband zusammengeflickt und mit einer Wäscheleine vertäut hatte. Der Strom hatte zu seiner großen Verblüffung wieder funktioniert, als er aus Porto Azzurro zurückkehrte, und das Schönste war: Von der Schlafzimmerdecke tropfte es nicht mehr, sodass er die Kunststoffplane vom Bett nehmen konnte. Die kommende Nacht würde er jedenfalls nicht wieder auf der Couch verbringen müssen.

Aber erst einmal gab es nun Abendessen. Da er den Tag über kaum etwas zu sich genommen hatte, war er hungrig wie ein Wolf. Eine ordentliche Tiefkühlpizza aus deutscher Produktion lag schon im Ofen, und im Kühlschrank stand eine Flasche Weißwein, da das Bier leider alle war. Gleich morgen früh würde er den Getränkemarkt in Portoferraio anrufen, der zum Glück echtes deutsches Bier führte, und Nachschub bestellen. Anschließend musste er sich den Plattenweg vornehmen und vielleicht auch gleich die Treppe zum Strand, die zu besichtigen er sich bisher noch nicht getraut hatte.

Da es den Nachmittag über warm geworden war, konnte er sein Abendessen auf der Terrasse einnehmen, was ihm sehr behagte. Aus unerfindlichen Gründen war er auf einmal so gut gelaunt wie lange nicht mehr. Ein mildes Lüftchen ging, das Meer plätscherte friedlich zwanzig Meter unter ihm, die in seinem Rücken untergehende Sonne tauchte den Himmel über der Toskana in Bonbonfarben. Ungefähr so hatte er sich das Leben als Millionär im Süden vorgestellt. Dass er nebenbei auch sein eigener Installateur, Hausmeister und Katastrophenmanager sein würde, gehörte allerdings nicht zum ursprünglichen Plan.

Hagen hatte sich ausgemalt, dass seine Freunde, Kumpels und früheren Kollegen ihn regelmäßig besuchen würden. Dass man zünftig feiern, auf der Jacht in Begleitung des einen oder anderen alkoholischen Getränks und feuriger Italienerinnen die Insel umrunden, im Ferrari oder auf der Harley die Straßen Elbas unsicher machen würde. Aber niemand hatte ihn besucht, und wenn er so darüber nachdachte, dann hatte er in Deutschland eigentlich auch gar keine Freunde mehr gehabt, als er mit Constanze verheiratet war.

Bei Licht besehen, war sein Luxusleben auf der Insel ein finanziell bestens ausgepolsterter Trümmerhaufen. Die Harley hatten sie ihm schon nach wenigen Tagen geklaut. Vom Parkplatz oberhalb der Villa weg und am helllichten Tag. Unter anderem deshalb stellte er den Ferrari seither immer in die Garage, und sein Anwesen war rundherum mit schweineteuren Überwachungskameras gespickt.

Vielleicht würde sich alles ändern, wenn endlich der Sommer kam. Wer fuhr schon im Winter nach Italien, wo es in der dunklen Jahreszeit zum Davonlaufen feucht und kalt und windig war? Nie in seinem Leben hatte er so gefroren wie in den vergangenen Monaten.

Er hatte erwartet, sich vor den Avancen glutäugiger Inselbewohnerinnen kaum retten zu können, doch auch in dieser Hinsicht lief es nicht so, wie er es sich erträumt hatte.

Natürlich hatte ihm die eine oder andere schöne Augen gemacht und verführerische Blicke zugeworfen. So richtig zur Sache gegangen war es jedoch nie, denn wenn es ernst wurde, wurden sie plötzlich alle sehr katholisch. Außerdem war es mit der Verständigung schwierig gewesen. Die meisten sprachen nicht gut genug Englisch und noch weniger Deutsch, und so war der Flirt meist zu Ende gewesen, noch bevor er recht begonnen hatte. Die Einzige, die sich von ihm im Ferrari hatte abschleppen lassen, Camilla hatte sie angeblich geheißen, hatte seinen Geldbeutel geplündert, während er schlief, und war am nächsten Morgen unauffindbar gewesen.

Schon vor Weihnachten hatte er sich diese App heruntergeladen, mit der man angeblich innerhalb weniger Tage Italienisch lernen konnte. Aber erstens fehlte ihm meistens die Lust, sich den Quatsch anzuhören, und zweitens vergaß er Vokabeln grundsätzlich schneller, als er sie sich einprägen konnte. Sprachen waren schon in der Schule nicht sein Ding gewesen.

So, genug gegrübelt. Heute war ein Abend, an dem er sich endlich wieder einmal wohlfühlte. Die Pizza Capricciosa war aufgegessen. Hagen spülte mit einem ordentlichen Schluck Wein nach, warf die etwas zu braun gewordenen Randstücke des Teigfladens einer Möwe hin, die schon seit Längerem darauf lauerte, lehnte sich behaglich seufzend zurück und überlegte, wie er den Abend verbringen könnte. Noch einmal wegzufahren, hatte er keine Lust, und so würde es wohl auf das Übliche hinauslaufen – der Fernseher funktionierte wieder, und so würde er einen deutsch synchronisierten Film gucken oder eine seiner tausend DVDs. Netflix war hier ja leider nicht zu gebrauchen, da die Qualität des Internets unterirdisch war. Dazu würde er sich ein zweites und vielleicht noch ein drittes Glas von dem Wein genehmigen, der gar nicht so übel schmeckte, wie er befürchtet hatte, und dann würde er ausreichend müde sein, um sich schlafen zu legen. Und morgen würde es wieder das Gleiche sein wie heute und gestern und vorgestern und …

Nein, falsch: Morgen würde die freche Kleine kommen, die in Deutschland studiert hatte. Immerhin mal eine nette Abwechslung in seinem Millionärseinerlei. Was war heute eigentlich für ein Tag? Sonntag? Nein, Montag, behauptete das allwissende Smartphone.

Das Meer lag so glatt und silbern zu seinen Füßen, als hätte es niemals einen Sturm gegeben. Die Berge der Toskana, die man heute gut sehen konnte, versanken allmählich in gemütlicher Dämmerung. Der Wind frischte auf, war jedoch immer noch angenehm.

Im Gebüsch raschelte es, eine ungewöhnlich große und giftgrüne Eidechse kam zum Vorschein, wuselte zügig heran, ihm fast über die Füße, verschwand am anderen Ende der Terrasse wieder im Gesträuch. Der Igel, der immer um diese Zeit auftauchte, um hier wichtigen Geschäften nachzugehen, ließ heute auf sich warten. Immer lief er von links nach rechts, nie andersherum. Hagen hatte ihn nach längerem Nachdenken Ignaz getauft und ihm hin und wieder ein Schälchen Milch hingestellt, das er jedoch hartnäckig verschmähte. Vermutlich hatte er schon als Kind gelernt, dass man von Fremden, insbesondere von Ausländern, nichts annehmen durfte.

Als es Hagen zu kühl wurde, ging er ins Haus und schaltete den Fernseher ein. Beim Herumzappen blieb er bei einer Nachrichtensendung hängen. Ein schmaler, kiesiger Strand war zu sehen, auf dem einige Carabinieri in ihren schicken Uniformen mit roten Streifen herumstolzierten. Der Älteste, er hatte schon weißgraues Haar und ein blitzendes Emblem auf der Schirmmütze, gab mit geschwellter Brust und sonorer Stimme ein Statement ab. Im Hintergrund, an der Grenze zwischen Meer und Strand, lag jemand bewegungslos auf den Kieseln. Unter der Plane lugte ein rotes Hosenbein hervor. Vermutlich der Ertrunkene, der heute Morgen bei Portoferraio angeschwemmt worden war. Da Hagen nichts von dem verstand, was der Weißhaarige verkündigte, schaltete er weiter und landete bei einem Uraltfilm auf Pro Sieben mit Bud Spencer und Terence Hill, der ihn jedoch nicht zu fesseln vermochte.

Die untergehende Sonne färbt den Himmel rot. Blutrot. Das Meer – wie glatt und zahm es nach dem schrecklichen Sturm wieder aussieht – ist von einem purpurnen Schleier überzogen, der dem Blau mehr und mehr seine Kälte nimmt. Stundenlang könnte ich hier stehen und diesem Farbenspiel zusehen. Doch zu rasch verblasst die Pracht, viel zu bald wird die Nacht hereinbrechen und alles so schwarz sein wie meine Zukunft.

Mein Leben.

Meine Seele.

Immer wieder holt mich der Gedanke an ihn ein. An seine letzten Sekunden, an all das Böse, das in mir überschäumte, sich mit solch gewaltiger Macht entlud, dass ich selbst jetzt noch schaudere bei der Erinnerung.

Seit seinem Tod rätsle ich unentwegt, wie sich das wohl anfühlt. Dort unten zu treiben, umgeben von nichts als Wasser, Finsternis, Kälte, und so unendlich weit weg von allem.

Von allem Guten wie Schlechten. Natürlich, er muss längst tot gewesen sein, als die See ihn unter sich begrub. Den Aufprall auf den Felsen kann er unmöglich überlebt haben. Seltsamerweise hat der Gedanke etwas Tröstliches. Diese Stille am Meeresgrund, wo einen nicht einmal die Sonnenstrahlen noch aufspüren können, wo Sekunden zu Minuten werden, zu Stunden, zur Ewigkeit.

Endlich Sicherheit.

Endlich Frieden.

9

»Sollen wir nicht doch lieber umkehren und die Carabinieri informieren?« Fiorina ging vom Gas, die Einfahrt, nach der sie Ausschau hielt, musste jeden Moment kommen. »Ich meine, wir wissen ja nicht mal mit Sicherheit, ob es sich bei dem Toten tatsächlich um deinen Paolo handelt, und ...«

Federico schnaubte. »Und wie soll ich den Carabinieri erklären, was aus seinem Aktenkoffer geworden ist, bitte schön? Die denken doch sofort, dass ich mir den unter den Nagel gerissen habe – willst du, dass ich im Knast lande?«

Den ganzen gestrigen Abend hatten sie hin und her überlegt und sich die Köpfe heißgeredet, bis sie den Ablauf der Ereignisse einigermaßen rekonstruieren konnten. Paolos Verfolger mussten beobachtet haben, wie er Federico den Aktenkoffer in die Hand drückte. Nach der Übergabe hatten die Unbekannten sich wieder an Paolos Fersen geheftet, ihn irgendwo eingeholt und in die Tiefe gestoßen. Später waren die Mörder zurückgekommen, einer hatte vor dem Haus der Familie Luccarelli Schmiere gestanden, während der andere sich Zutritt verschafft hatte, um den Koffer zu stehlen. Was an jenem Morgen leider ein Kinderspiel gewesen war.

»Zu schade, dass von den Nachbarn keiner was beobachtet hat.« Fiorina runzelte die Stirn, bremste. Nein, doch keine Einfahrt. »Aber bis auf Nunzio waren alle bei der Arbeit oder sonst irgendwie beschäftigt.«

»Und der«, Federico schnalzte missbilligend mit der Zunge, »ist bekanntlich so blind wie eine Fledermaus.«

Sie waren auf der schmalen Straße unterwegs, die sich an der Ostküste der Rada di Portoferraio entlangschlängelte. Im Westen der großen Bucht lag die Inselhauptstadt Portoferraio in der Vormittagssonne.

»Trotzdem wäre Nunzio doch bestimmt aufgefallen, wenn ein Fremder vor unserem Haus herumgelungert hätte, so kurzsichtig ist er auch wieder nicht«, hielt Fiorina dagegen. »Er hat ab Viertel nach zehn auf seinem Stuhl vor dem Haus gesessen, hat er mir gesagt.«

Sie erinnerte sich an das Geräusch, das sie gestern Vormittag aus der Wohnung der Bologneser im zweiten Stock gehört hatte. Sollte das etwa …?

Fiorina schluckte. Was wäre wohl geschehen, wenn sie einem der Mörder auf der Treppe begegnet wäre?

»Vielleicht, Patatina, waren sie schon früher im Haus. Bevor Nunzio sich rausgesetzt hat.«

»Das glaube ich nicht. Die mussten doch erst mal herausfinden, wo du wohnst.«

»Vielleicht hat Paolo es ihnen verraten? Vielleicht haben sie ihn gefoltert?«

Sie ging erneut vom Gas und warf einen Blick auf das Gebäude, das gerade hinter der nächsten Biegung auftauchte. Der Fahrer im Alfa hinter ihr blendete mehrfach auf und kam ihr bedrohlich nah, er hatte es wohl eilig. Aber wieder nichts. Wenn sie noch länger so sinnlos durch die Gegend kurvten, würde sie mehr als nur eine Viertelstunde zu spät zu ihrem neuen Arbeitgeber kommen. Und das an ihrem ersten Arbeitstag …

»Jedenfalls«, sagte sie, »auch alle anderen, mit denen ich gestern Abend gesprochen habe – Dodo, Gabriele, die Rossinis, die Florentiner –, niemand hat etwas gesehen.«

Gleich nach dem Aufstehen, während Federico in der Dusche den neuesten Song von Tiziano Ferro trällerte, hatte sie im Internet nach dem Haus von Paolos Eltern geforscht. Laut Federico, der seinen früheren Schulfreund vor langer Zeit einmal besucht hatte, war Luisa und Enrico Carozzos Häuschen einstöckig, in einem hellgelben Farbton gestrichen und lag nicht direkt an der Straße. An die genaue Adresse hatte er sich nicht mehr erinnert, und auf Google Streetview hatte sie das Haus nicht gefunden. Viele der Häuser hier waren Villen, die sich mit ihren pompösen Zufahrten hinter hohen Agaven und Zypressen versteckten. Manche hingegen waren so unscheinbar und klein, dass sie inmitten der wuchernden Macchia kaum zu erkennen waren.

»Und auch wenn die Carabinieri mich nicht verhaften – ich bin ein megawichtiger Zeuge und schwebe sozusagen ständig in Lebensgefahr«, meinte Federico, der offenbar wieder einmal nicht zugehört hatte, mit Kummerfalten auf der Stirn. »Die Mörder haben mich gesehen, und woher sollen sie wissen, ob ich sie nicht auch gesehen habe? Könnte doch sein, und wenn Paolo ihnen meinen Namen verraten hat und wenn dann durchsickert, dass ich bei den Carabinieri war … Nein, wir löchern jetzt erst mal Paolos

Eltern, finden heraus, ob der Tote wirklich ihr Sohn ist, und wenn wir Glück haben, dann wissen sie sogar etwas über diesen dreimal verfluchten Aktenkoffer und …«

Plötzlich schrie er so laut auf, dass Fiorina vor Schreck fast von der schmalen Küstenstraße abgekommen wäre, streckte einen Arm aus und fuchtelte vor Fiorinas Augen herum.

»Da, die Auffahrt, Patatina – da geht's rein, da!«

Sie trat hart auf die Bremse, der Fahrer des Alfa hinter ihr hupte aufgebracht. Sie entschuldigte sich mit einer lässigen Handbewegung aus dem heruntergelassenen Fenster und bog auf den Schotterweg ab, der durch ein offen stehendes, verrostetes Tor zwischen mannshohen Ginsterbüschen und einem knorrigen Mastixbaum hinaufführte.

Als sie vor dem heruntergekommen wirkenden Gebäude ausstiegen, trat eine Frau mit grauem Dutt aus der Tür, die verwittert und ein wenig schief in den Angeln hing. Hinter ihr erschien der dazugehörige Mann, auch er krumm und hager und fast noch kleiner als sie, und beäugte die unerwarteten Besucher misstrauisch. Beide trugen abgetragene, aber saubere Kleidung, dazu strahlend weiße, sichtlich neue Adidas-Sneaker, die an ihnen so passend wirkten wie Gummistiefel an einer Primaballerina.

Federico stellte sich und seine Schwester vor. Sie hatten beschlossen, nicht gleich mit der Tür ins Haus zu fallen, und so präsentierte er sich als Paolos früheren Schulfreund, der ein Klassentreffen organisieren wollte.

»Seit vorgestern haben wir nichts mehr von ihm gehört«, sagte Paolos Mutter, als sie den mit einem Mal willkommenen Gästen zwei schmutzig braune Plastikstühle unter dem Wellblechdach neben der Eingangstür anbot. In den Ecken stapelten sich leere Kanister und alte Autoreifen, auf denen eine struppige rot-weiße Katze schlief.

»Sonst ruft Paolo jeden Abend an, ich verstehe das gar nicht.« Die alte Frau rang die knochigen Finger. »Unser Paolo ist ein guter Junge, was sage ich, der beste, den man sich wünschen kann. Es wird ihm doch hoffentlich nichts …?«

Sie vollendete den Satz nicht, sondern streckte eine Hand Hilfe suchend nach der steinernen Madonna aus, die in einer Mauernische stand, während sie sich mit der anderen bekreuzigte. Ihr Mann legte ihr unbeholfen seine schwielige Rechte auf die Schulter, sagte jedoch nichts.

Fiorina warf ihrem Bruder einen Blick zu. Hier waren sie offenbar richtig. Dass Paolos Eltern noch nichts von dem Unglück wussten, das ihrem Sohn widerfahren war, stimmte Fiorina zwar traurig, erleichterte sie aber gleichzeitig. Die Hiobsbotschaft durften gerne die Carabinieri überbringen, die demnächst hier auftauchen würden.

»So sind die jungen Leute nun mal«, brummte Enrico Carozzo und setzte sich zu seinen Besuchern. Er bewegte sich schwerfällig und zog ein Bein nach. »Kaum sind sie aus dem Haus, gehen sie ihre eigenen Wege, Luisa – du musst dich damit abfinden, dass auch Paoluccio uns nicht mehr braucht. Willst du unseren Gästen nicht wenigstens einen Caffè anbieten?«

Während seine Frau ins Haus schlurfte, kramte der Hausherr eine zerdrückte hellgrüne Packung aus einer Tasche seiner zerschlissenen Cordhose und bot den Besuchern eine filterlose Nazionali an. Fiorina lehnte dankend ab, während Federico, der alles rauchte, was er zwischen die Finger bekam, mit leuchtenden Augen zugriff.

So ärmlich das Zuhause von Paolos Eltern war, so bombastisch war der Ausblick. Unter einem azurfarbenen Himmel lag die weite Bucht von Portoferraio, und vor ihnen in der Tiefe befand sich der kleine, fast schneeweiße Strand von Bagnaia. Zu allen Seiten erstreckten sich bewaldete Hänge, die hier nicht so schroff abfielen wie an der nordwestlichen Küste jenseits der Inselhauptstadt. Die Luft war kühl und so klar, dass man sogar die Isola di Capraia sehen konnte, die weit draußen im heute tintenblauen Meer wie ein heller Edelstein funkelte. Die Sonne war von dem Berg in ihrem Rücken noch verdeckt, sodass die improvisierte Veranda im Schatten lag. Ein frischer Wind spielte mit den Blättern der Weinreben, die sich an einem rostigen Drahtgitter nach oben rankten.

»Ihr Sohn wohnt nicht mehr bei Ihnen?«, fragte Fiorina, nachdem auch Enrico Carozzos Zigarette qualmte, und knöpfte ihre Jacke zu.

»Vor drei Jahren ist er ausgezogen. Als er Salvina geheiratet hat, dieses furchtbare Weib. Erwähnen Sie sie bloß nicht, wenn Luisa dabei ist.« Er legte sein Feuerzeug auf den neu wirkenden Gartentisch aus erstaunlich hochwertigem weißen Kunststoff, nahm einen tiefen Zug und blies den Rauch in einem dünnen Strahl haarscharf an der Katze vorbei. »Von Anfang an haben wir gesagt, dass das kein gutes Ende nehmen wird. Aber der dumme Junge wollte wieder mal nicht auf uns hören.«

Federicos Handy meldete sich mit den ersten Takten der Arie des Calaf aus der Puccini-Oper *Turandot,* »Nessun dorma«. Er warf einen Blick aufs Display, murmelte, die Zigarette im Mundwinkel, eine Entschuldigung, sprang auf und ging ein paar Schritte zur Seite.

»Sie war nur hinter Paolos Geld her, diese Salvina, schon damals hat er ja gut verdient. Nach der Scheidung haben wir gesagt, er soll doch wieder zu uns kommen.« Der alte Mann pflückte ein paar Tabakkrümel von seinem stoppeligen Kinn. »Paolo hat aber lieber das Angebot von Signor Rossi angenommen, das ist sein Arbeitgeber. So spart er sich die Anfahrt nach Viticcio, und in Signor Rossis Villa ist natürlich auch viel mehr Platz als hier. Sogar seinen Toyota darf Paolo in die Garage stellen.«

Federico telefonierte in verhaltenem Ton. Aus seiner umwölkten Miene und den weit ausholenden Gesten schloss Fiorina, dass er mit Andrea sprach und es wieder einmal Stress gab. Der nächste Akt im Dauer-Liebesdrama.

»Rossi, wer ist das?«, fragte sie ihren Gastgeber.

»Sie kennen ihn nicht? In Apulien baut er Autobahnen und Brücken und ganze Fabriken. Hier bei uns handelt er nur mit Immobilien. Das heißt, eigentlich ist Paolo für die Geschäfte auf der Insel zuständig. Signor Rossi hat ja oft im Süden zu tun und ist deshalb nicht immer hier. Unser Paolo ist seine rechte Hand – sein Assistent, so sagt man heutzutage, nicht wahr?«

»Sì sì, il suo assistente«, bekräftigte Luisa Carozzo, die gerade mit einem zerkratzten Silbertablett in den zittrigen Händen aus dem Haus trat. »Unser Sohn hat das große Los gezogen, Signorina, und Signor Rossi auch. Einen wie ihn findet er nirgends sonst, und das weiß Signor Rossi auch. Seit sechs Jahren arbeitet Paolo jetzt schon bei ihm.«

Sie verteilte die gefüllten Espressotassen auf dem Tisch, stellte einen verklebten Zuckerstreuer und eine Schale Biscotti di Prato mit dazu, goldgelbe Mandelplätzchen, und ließ sich ächzend auf dem Stuhl neben der Katze nieder.

Federico telefonierte immer noch. Er hatte sich inzwischen hinter einen üppigen Oleanderbusch verzogen, den der Sturm arg zerfleddert hatte, und sein Ton war laut und aufgebracht geworden. Zum Glück stand er so weit entfernt, dass Fiorina kein Wort verstand.

Das Einzige, was die beiden so unterschiedlichen Männer verband – Andrea war Manager eines Nobelhotels in Procchio und hatte die Schwelle zu den Fünfzigern schon überschritten –, schien ihr laut Federico »genial guter Sex« zu sein, über den Fiorina lieber keine Einzelheiten wissen mochte, und außerdem ihre Leidenschaft für end- und gnadenlose Streitereien. Ständig krachte es zwischen den beiden, dann versöhnte man sich wieder, und schon am nächsten Tag herrschte erneut Krieg. Seit einem halben Jahr ging das nun schon so, aber sie kamen einfach nicht voneinander los.

»Bedienen Sie sich doch, Signorina.« Luisa Carozzo schob die Schale mit den Keksen näher zu Fiorina. »Die Biscotti sind frisch aus dem Ofen.«

Sie ließ sich nicht zweimal bitten. Aufgrund des frühen Aufbruchs hatte sie auf ihr Frühstück in Gabrieles Bar verzichten müssen. Das Gebäck war butterzart und zerschmolz buchstäblich auf der Zunge.

»Perfetto.« Sie küsste ihre Fingerspitzen und nahm gleich noch ein Stück. »So gute Mandelplätzchen habe ich noch nie gegessen.«

»Das freut mich, Signorina, unser Paoluccio isst sie auch so gern.« Luisa Carozzo strahlte übers ganze Gesicht. Dann aber verdüsterte es sich erneut. »Nur dieser Schlampe Salvina waren sie zu süß, aber die hat ja immer an allem rumgemeckert. An allem hat sie rumgemeckert, an unserem

Paolo ganz besonders, nichts hat er ihr recht machen können, einfach gar nichts, und …«

»Das ist lange her«, fiel ihr Mann ihr ins Wort. »Schauen Sie, Signorina«, er klopfte auf die Tischplatte, »was für eine gute Qualität. Den hat Paolo uns gekauft und die schönen Schuhe, die wir anhaben, und die neuen Stühle kommen auch bald. Wer kann sich so etwas heutzutage noch leisten, frage ich Sie?«

»Da fällt mir ein, Enrico«, sagte seine Frau, »wenn er heute anruft, dann sag ihm, dass der Fernseher ständig flimmert und so komisch rauscht. Nicht mal die Nachrichten kann man noch schauen.«

Was in diesem Fall wohl ein Glück war, dachte Fiorina bedrückt.

Von der Küstenstraße hörte man das Geknatter eines Mopeds. Irgendwo wurde gehämmert, ein Schaf blökte. Der süßliche Geruch von Ginster hing in der Luft.

Luisa Carozzo schlürfte ihren Kaffee und deutete auf das lahme Bein ihres Mannes. »Mit Enricos Rente kommen wir nicht weit. Mit neunundvierzig hat er schon aufhören müssen zu arbeiten, che miseria. Wir haben Signor Rossi so viel zu verdanken, nicht wahr, Enrico? Er ist ein guter Mensch. Was die Leute immer reden, das ist alles erstunken und erlogen.«

»Das Geschwätz der Leute interessiert die Signorina doch nicht.« Ihr Mann warf seinen Zigarettenstummel auf die Erde und trat ihn mit dem Absatz aus.

»Wieso?« Fiorina nippte an der Tasse mit dem vorzüglich schmeckenden Caffè und sah die alte Frau arglos an. »Was erzählt man sich denn so?«

»Na ja«, erwiderte diese unbehaglich und mit Blick auf

den Tisch. »Weil Signor Rossi doch nicht von hier ist. Aus Apulien ist er, und die im Süden …« Luisa Carozzo machte eine unwillige Geste. »Aber ich sage immer, dass jeder Mensch – egal, wo er herkommt, und egal, was er macht –, jeder hat …«

»Mi dispiace tantissimo«, ertönte Federicos Stimme auf einmal so nah, dass Fiorina zusammenzuckte. »Aber wir müssen uns jetzt leider verabschieden.«

Im Stehen leerte er seine Tasse, packte Fiorinas Arm, zog sie unsanft hoch.

»Wenn Sie einmal das ganz besondere Geschenk benötigen«, sagte er zu Paolo Carozzos armen Eltern und legte eine Visitenkarte auf den Tisch, »bei Gianmaria Veloti können Sie meine Gemälde kaufen, übrigens der am besten sortierte Laden für Kunsthandwerk in ganz Portoferraio.«

»Sag mal, spinnst du?«, zischte Fiorina, als sie außer Hörweite waren. »Die alten Leutchen kommen so schon nur mit Paolos Finanzspritzen über die Runden. Deine peinliche Werbeeinlage hättest du dir wirklich sparen können.«

»In meiner Branche kann man nie genug Werbung machen, Patatina. Mir wird auch nichts geschenkt.«

Sie setzte sich hinters Lenkrad und knallte die Tür so heftig zu, dass der kleine Fiat schaukelte.

»Ich hatte nicht mal Zeit, nach Paolos Adresse zu fragen.« Sie winkte dem Paar, das verblüfft und verloren auf der winzigen Veranda stand. »Schau doch, wie enttäuscht die beiden sind, nicht mal den Kaffee konnte ich …«

»Es brennt«, fiel Federico ihr ins Wort, »und zwar lichterloh.« Mit einem bühnenreifen Seufzer ließ er seinen Kopf gegen die Nackenstütze fallen. »Andrea will mich verlassen, dieses Mal endgültig. Du musst mich zu ihm fahren.«

»Nach Procchio, hast du einen Knall? Das liegt genau in der entgegengesetzten Richtung von Porto Azzurro, und ich bin sowieso schon spät dran und will nicht gleich am ersten Arbeitstag …«

»Dann quatsch nicht, Patatina, sondern tritt aufs Gas!«

10

Hagen raufte sich die wenigen verbliebenen Haare vor Wut. Die Italienerin hatte ihn versetzt! Das Miststück hatte sein Geld eingesteckt, und nun ließ sie ihn hängen. So viel zum Thema Menschenkenntnis, verflucht noch eins! Wie dumm musste ein Mensch sein, um einer Wildfremden einfach so tausend Euro zu schenken, für nichts und wieder nichts?

Um neun hätte sie antanzen sollen, inzwischen war es Viertel nach zehn, und er war immer noch allein. Wieso, zur Hölle, hatte er sie nicht wenigstens nach ihrem Namen gefragt, nach ihrer Adresse, der Handynummer? Was war er nur für ein leichtgläubiger Idiot. Andererseits, wer sich für teures Geld eine solche Bruchbude andrehen ließ, der ließ sich natürlich auch gerne von dahergelaufenen Psychologinnen und Pseudoputzfrauen abzocken.

Wenigstens schien der Wasserstand in der Folterkammer schon ein wenig gesunken zu sein, um drei Zentimeter, schätzte er. Wie zum Hohn war auch noch traumhaftes Wetter. Blauer Himmel, so weit das Auge reichte. Auf dem tiefblauen Meer hie und da ein weißes Segel, sogar die Türme von Castiglione della Pescaia am Festland konnte man heute sehen, so kristallklar war die Luft.

Tausend Euro verschenken, nur um jemanden zu ärgern! Wenn er sein Geld weiter so aus dem Fenster warf, würde er nicht mehr lange Millionär sein. Obwohl – tausend pro Tag, da reichte eine Million für fast drei Jahre, und er besaß ja weit mehr. So what?

Hagen beschloss, die zwanzig Fünfziger auf das Konto »Lehrgeld« zu buchen und sich endlich um den zerstörten Plattenweg neben dem Haus zu kümmern.

Um zwanzig vor elf hörte er den Motor heranheulen. Um neunzehn vor sah er ihren klapprigen Fiat in einer spektakulären Staubwolke auf den Parkplatz fegen, und Sekunden später erklang ihre Stimme.

»Entschuldigen Sie, Herr Berensen«, rief die kleine, heute alles andere als freche Italienerin atemlos, als sie auf ihn zustürzte. »Es tut mir so leid. Ein Notfall, wirklich. Mein Bruder …«

Er ließ sie nicht ausreden, sondern baute sich in voller Größe vor ihr auf und erklärte ihr lautstark, dass er neun Uhr meine, wenn er neun Uhr sage. Dass er absolute Pünktlichkeit erwarte, insbesondere am allerersten Tag und bei einer so fürstlichen Bezahlung, und dass ihm irgendwelche Notfälle und Brüder meilenweit am Arsch vorbeigingen. Außerdem hätte sie ja wenigstens anrufen können, verdammt noch mal.

»Was bedeutet ›am Arsch vorbeigehen‹?«, fragte sie treuherzig, als sie den Wohnraum betraten.

Und ja, sie hätte anrufen können, gab sie zerknirscht zu, aber irgendwie habe es sich nicht ergeben, weil sie doch so viel Stress gehabt habe. Sie riss ihre abgeschabte, aber vermutlich echte Lederjacke von sich, pfefferte sie aufs Sofa, wie auch Violetta es immer gemacht hatte.

»Was soll ich als Erstes tun?«, fragte sie tatendurstig. »Wo soll ich anfangen?«

»Ich zeige Ihnen am besten erst mal alles, damit Sie sich auskennen, und dann räumen Sie oben die Scherben von der Vitrine weg, die Ihre Vorgängerin in Trümmer gelegt hat. Anschließend machen Sie das Bad, dann das Schlafzimmer, und dann wird gekocht. Gegessen wird bei mir um eins.«

»Geht in Ordnung, Herr Berensen«, sagte sie mit umwerfendem Lächeln. »Das Essen wird pünktlich auf dem Tisch stehen.«

Hagen fragte sich, ob sie wirklich so nett war, wie sie gerade tat, oder ihn wieder mal auf den Arm nahm. Das Pensum, das er ihr aufgetragen hatte, würde sie nie im Leben in dieser Zeit schaffen.

»Rauchen Sie?«, fragte er grimmig.

»Nein.«

»Geraucht wird im Haus nämlich grundsätzlich nicht.«

»Selbstverständlich, Herr Berensen.«

»Wie heißen Sie überhaupt?«

»Fiorina Luccarelli.«

»Fiorina?«

»Es ist die Verkleinerungsform von Fiore, Blume.«

»Blümchen«, murmelte Hagen, dem von ihrem unergründlichen Lächeln allmählich ein wenig schummrig wurde. »Darf ich Sie Blümchen nennen?«

»Wie Sie mögen, Herr Berensen. Darf ich Sie dann im Gegenzug Meuchelmörder nennen?«

»Meuchel… was?«

»Hagen von Tronje, der Siegfried von hinten erdolcht hat – die Nibelungen, Sie erinnern sich?«

Sie nahm ihn also doch auf den Arm. Na, der würde das Grinsen schon noch vergehen.

»Genug geblödelt jetzt. Gehen Sie an die Arbeit.«

Hagen hatte das deutliche Gefühl, sich gerade bis auf die Knochen blamiert zu haben. Und die Blümchen-Anrede hätte er sich vielleicht lieber verkneifen sollen.

Er ging voraus, sie folgte.

»Da rechts unten, das ist mein Fitnessraum, da müssen Sie nichts machen. Hier links ist die Küche. Die Treppe rauf ...«

Er stieg die fünfzehn Stufen hinauf zu den Räumen, die wegen des steil ansteigenden Grundstücks erhöht lagen, erreichte den Flur, wo vor Violettas letzter Heldentat die Vitrine gestanden hatte.

»Sind das ...« Fiorina blieb stehen. »Das sind ja Waffen! Sammeln Sie so was?«

»Ein kleines Hobby von mir.«

»Äh ... die sind aber nicht echt, oder?«

»Selbstverständlich sind die echt. Aber sie sind nicht geladen.«

Die einzige schussbereite Waffe, die er besaß, eine Walther PPK, wartete durchgeladen und gesichert in der Nachttischschublade auf ihren Einsatz.

Zwischen den Scherben lagen all die kostbaren Dinge, die er oft jahrelang gesucht und meist an den unwahrscheinlichsten Orten der Welt gefunden hatte. Die Armbrust aus dem 16. Jahrhundert hatte er einem Gastwirt im hintersten Thüringen abgeschwatzt, den Colt Peacemaker, hergestellt 1873, Seriennummer 91, auf einem Flohmarkt für Militaria in Minnesota erstanden. Die Null-Acht stammte von einem verlotterten Bauernhof im südlichen Tschechien.

Letztlich hatte er Violetta nicht einmal einen Vorwurf machen können. Der Flur war stockdunkel gewesen, da das Licht nicht funktionierte, und sie war in ihrer üblichen Hektik blind gegen die Vitrine gerannt, die vielleicht auch wirklich ein klein wenig ungünstig stand.

Er hob die Null-Acht auf, blies ein wenig Staub und Glasflitter weg. »Das Baby hier ist noch aus dem Ersten Weltkrieg.«

»Und das Riesending da«, mit der Fußspitze tippte Fiorina vorsichtig gegen den Peacemaker, »sieht aus wie eine Cowboypistole.«

»Erstens ist es ein Revolver und keine Pistole, und zweitens haben Sie recht.«

»Sind das die Scherben, die ich wegräumen soll?«

»Erraten.«

»Und was mache ich mit den … Dingern? Die sind wirklich nicht geladen?«

»Selbstverständlich nicht, obwohl sie alle noch funktionieren. Die *Dinger* legen Sie am besten ins Schlafzimmer. Ich räume sie dann später selbst weg.«

Er zeigte ihr das Bad, das Gästebad, die Toilette.

»Und die zwei Zimmer hier?«

»Das sind Gästezimmer. Die benutze ich nur, wenn ich Besuch habe.«

»Haben Sie oft Besuch?«

»Es geht.«

»Wissen Sie eigentlich, dass Sie Ähnlichkeit mit Jason Statham haben?«

»Ist mir noch nicht aufgefallen. Aber wenn Sie das sagen. Mögen Sie Statham?«

»Überhaupt nicht. Er ist ein ganz gruseliger Macho.«

Hagen zeigte ihr, wo die Putzgerätschaften waren, ließ sie dann allein und ging hinunter in den Raum, den er die Bibliothek nannte. Dort standen zwar bislang keine Bücher, dafür Tausende von DVDs, ein nagelneuer Desktop-PC und der sündteure Laser-Farbdrucker, mit dem man nicht nur Papier, sondern auch feste Materialien wie Kunststoffplatten bedrucken konnte.

Anfangs hatte er sich eingebildet, er könnte sich auf Elba als Landschaftsfotograf betätigen. So hatte er sich in Livorno für dreitausend Euro eine Kameraausrüstung gekauft, den Hochleistungscomputer für die Nachbearbeitung seiner zu erwartenden fotografischen Meisterwerke und den fast fünftausend Euro teuren Drucker, den er noch nicht ein einziges Mal benutzt hatte. Nachdem er einige Probeaufnahmen gemacht hatte, verstaubte die Kamera irgendwo im Kleiderschrank, und mit dem Bildbearbeitungsprogramm war er überhaupt nicht zurechtgekommen.

Er suchte sich den ersten Teil von *Die Killer-Elite* aus seiner Sammlung, schob die DVD in den Player im Wohnraum und warf sich auf die Polsterfläche. Während Fiorina oben werkelte und eimerweise Scherben hinausschleppte, genoss er mit hochgelegten Füßen den Film mit Jason Statham, Robert de Niro und Clive Owen. Gerade, als es richtig spannend wurde, kam Fiorina ohne Eimer und verkündete, sie sei fertig.

»Wie, fertig?«, fragte er verdattert und stoppte den Film.

Zusammen gingen sie wieder hinauf. Der Flur war sauber, das Bad blitzte, dass es eine Freude war, und das Schlafzimmer sah aus, als hätte noch nie jemand darin übernachtet.

»Wie … wie haben Sie das gemacht? Ihre Vorgängerinnen haben alle einen halben Vormittag dafür gebraucht.«

»Ich war lange in Deutschland«, sagte sie mit feinem Grinsen im Mundwinkel. »Und jetzt? In einer Viertelstunde würde ich Einkaufen fahren fürs Mittagessen. Wären Spaghetti arrabiata recht?«

Er dachte kurz nach, womit er sie bis dahin beschäftigen konnte. »Trauen Sie sich zu, einen Pool sauber zu machen?«

»Wieso nicht?«

»Na dann, kommen Sie mal mit.«

Er führte sie auf die Terrasse und dann nach rechts um das Haus herum.

»Wow!«, entfuhr es Fiorina.

»Ganz schön groß, was?« Hagen genoss es, dass sie sich endlich einmal beeindruckt zeigte.

»Und die Aussicht! Die ist ja noch besser als von der Terrasse aus … Darf ich auch mal drin baden, wenn er sauber ist?«

»Erst muss der ganze Dreck raus, und dann muss ich ihn abdichten und neu streichen. Das Wasser verschwindet nach einer Weile ganz von alleine.«

Hagen überlegte, wie sie wohl im Bikini aussehen mochte. Sie war nicht gerade eine Beautyqueen, aber auf eine schwer zu beschreibende Weise dennoch attraktiv. Ihre Schönheit schien mehr von innen zu kommen, durch die Pupillen vielleicht. Von der Figur zeigte sie auch heute wenig in ihrem unitalienischen Schlabberlook. Aber was er gestern andeutungsweise gesehen hatte, war keineswegs zu verachten gewesen.

Das Essen war ein Fiasko. Fiorina hatte Spaghetti arrabiata vorgeschlagen, weil es ein wirklich idiotensicheres Rezept war, wie Mamma am Morgen behauptet hatte. Aber natürlich war alles schiefgegangen, was schiefgehen konnte. Die Pasta waren nicht »al dente«, sondern so weich gekocht, dass sogar Klara, Fiorinas Studienkollegin in Deutschland, vor Scham im Boden versunken wäre. Auch die Tomatenstücke waren zerkocht, der Pecorino war zu grob gerieben, und die Schärfe hätte einem thailändischen Curry mit dem Zusatz »Vorsicht, nur für Hartgesottene!« Ehre gemacht.

Dabei hatte Fiorina sogar noch ihre Mutter auf dem Telefonino angerufen, um sich mit der Dosierung der Chilischoten nicht zu blamieren. Vorsorglich hatte Fiorina nicht in der Küche telefoniert, sondern vor dem Eingang von Armando, dem einzigen, aber gut sortierten Feinkostladen in Porto Azzurro, wo sie im Schnellgang die nötigen Einkäufe erledigte.

Im Kühlschrank ihres neuen Arbeitgebers hatte sie erwartungsgemäß nichts Brauchbares gefunden, sondern nur eine Packung in Plastik verpackte Mailänder Salami und ein Stück eines so ungenießbaren Käses, dass sie es sofort in den Müll geworfen hatte. In der Tiefkühltruhe lagen drei Pizzen von einem deutschen Hersteller, der offenbar nicht einmal wusste, dass man die berühmten, ursprünglich neapolitanischen Teigfladen nicht mit Allgäuer Emmentaler bestreute, sondern mit italienischem Büffelmozzarella. In einem der überwiegend leeren Oberschränke hatte sie immerhin Salz, ein paar getrocknete Kräuter und gemahlenen schwarzen Pfeffer entdeckt sowie – mamma mia! – eine fast noch volle Flasche griechisches Olivenöl.

»Eine oder zwei Chilischoten«, hatte Mamma ihr geraten. »Vielleicht auch eine halbe mehr. Du merkst es beim Abschmecken, Carissima, das hat man im Gefühl.«

Nichts hatte sie im Gefühl. Als Köchin war sie eine Null, und das würde sich in diesem Leben auch nicht mehr ändern. An seinem überraschten Gesichtsausdruck meinte sie zu erkennen, wie sehr sie versagt hatte.

»Wow«, sagte er jedoch, nachdem er die ersten Happen ausgiebig gekaut und schließlich geschluckt hatte, und seine Augen begannen zu leuchten. »Wo haben Sie denn so gut kochen gelernt?«

»Bei meinem Onkel Francesco«, schwindelte Fiorina verblüfft und wischte sich den Schweiß von der Stirn, der ihr wegen der atemberaubenden Schärfe schon nach dem ersten Bissen aus den Poren gedrungen war. »Er hat in Frankfurt eine Trattoria, und da habe ich oft ausgeholfen. Es schmeckt Ihnen?«

»Aber hallo! Die Nudeln sind schön weich, wie meine Mutter sie immer gemacht hat, und die Soße ist angenehm scharf. Ich *liebe* scharfes Essen.«

Sie saßen in dem riesigen, modern möblierten Raum mit hellen Farbtönen und klaren Formen, der als Speise- und Wohnzimmer fungierte. Die Sofalandschaft war so groß, dass der Jason-Statham-Verschnitt darauf an jedem Wochentag eine andere Lieblingsposition einnehmen konnte. Durch die wandhohen Fenster hatte man denselben Traumblick wie von der Terrasse. Eigentlich hatte sie draußen decken wollen, aber es war inzwischen so windig geworden, dass es ihnen vermutlich die Pasta vom Teller geweht hätte.

Ihr neuer Chef hatte darauf bestanden, dass sie ihm beim Essen Gesellschaft leistete. Eine nette Geste, die sie nicht erwartet hatte. Erstens bei einem Deutschen und zweitens bei einem Arbeitgeber, der sie noch vor zwei Stunden mit zornesrotem Gesicht empfangen hatte. Heute trug er einen hellblauen dünnen Baumwollpullover und schwarze Jeans. Schon jetzt war er so braun gebrannt wie sie nicht einmal im Hochsommer. Unter dem eng anliegenden Pulli zeichneten sich beeindruckende Muskeln ab.

»Wie lange waren Sie da als Köchin?« Er legte sein Besteck auf den leeren Teller und lehnte sich behaglich zurück.

»Fünf Jahre«, log sie weiter, ohne recht zu wissen, warum eigentlich.

In Wirklichkeit hatte sie die Gäste bedient und sich mit stoischem Lächeln ihr Genörgel angehört. Gekocht hatten nämlich weder sie noch Zio Francesco, sondern seine Frau Irene, eine Deutsche, was schon alles über die Qualität des Essens sagte.

»Ich musste mir mein Studium selbst finanzieren, deshalb habe ich immer nebenher gearbeitet«, fuhr Fiorina fort. »Ich habe in Frankfurt zwar bei meinen Verwandten gewohnt, aber das Leben dort ist nicht gerade billig.«

»Verdient Ihr Vater denn so wenig?«

»Der ist verschwunden, als ich acht war. Damals war Mamma mit Federico schwanger, meinem Bruder.«

»Wie, verschwunden?«

»Er war Fischer und ist eines Tages von einer Fahrt nicht zurückgekommen. Sein Boot hat man später gefunden, ihn selbst nie.«

»Das tut mir leid.«

»Allora.« Fiorina räusperte sich. »Mir tut es leid, dass ich so spät gekommen bin. Sie haben sich bestimmt gedacht, typisch italienisch. Aber das war wirklich keine Ausrede vorhin. Mein Bruder ist der schlimmste Chaot, den Sie sich vorstellen können. Ein Künstlerseelchen, und wenn er Liebeskummer hat und ich ihn nicht rette, dann …« Mit beiden Händen fuhr sie sich durchs Haar. »Entschuldigen Sie, das war jetzt zu persönlich. Jedenfalls, normalerweise bin ich pünktlich. Meine Zeit in Deutschland hat ihre Spuren hinterlassen.«

Er musterte sie, wie ihr schien, mit wachsendem Wohlwollen. Seine Augen hatten eine ungewöhnliche Farbe, die gut mit dem Ton des Pullovers harmonierte. Irgendwie bläulich, aber auch wieder nicht.

»Nach dem Studium haben Sie in Frankfurt gearbeitet, haben Sie gestern erzählt.«

»Zuerst im Uniklinikum in der Psychiatrie und dann bei der Deutschen Bank, ja. Die haben mir schnell beigebracht, dass man zu einem Meeting nicht zu spät kommt.«

»Was haben Sie gemacht bei der Bank?«

»Ich war Unternehmenspsychologin, fünf Jahre lang.« Ein Lächeln entschlüpfte ihr. »Sie sehen mich an, als hätte ich Ihnen eben gestanden, dass ich Ihre komplette Waffensammlung auf dem Schwarzmarkt verscherbelt habe.«

»Wenn Sie das tun, erwürge ich Sie und verfüttere Sie an die Fische.« Auch er lächelte, wurde aber rasch wieder ernst. »Erstens ist Ihr Lebenslauf ziemlich ungewöhnlich und die Deutsche Bank zweitens nicht unbedingt das Geldinstitut, zu dem ich«, er hob die buschigen, sehr eigenwillig geschwungenen Augenbrauen, suchte nach dem passenden Wort, »unbedingtes Vertrauen hätte.«

»Das sagen ausgerechnet Sie?« Nun lachte sie hellauf. »Die würden einem Kunden, der so viel Geld hat wie Sie, die Füße küssen.«

»Ich war nicht immer reich. Und ... Ach was, ich mag diese raffgierigen Typen einfach nicht.«

Auch sie hatte manches an ihrem früheren Arbeitgeber gestört. Dass sie schließlich gekündigt hatte und nach Elba zurückgekehrt war, hatte jedoch einen anderen Grund.

Berensen warf ihr einen schwer zu deutenden Blick zu, sah dann hinaus aufs Meer, wo gerade eine beeindruckende Zweimast-Segeljacht vorbeizog.

»Das steht Ihnen übrigens gut«, sagte er.

»Was?«

»Wenn Sie lachen.« Er schob seinen Teller zur Seite. »Ich hätte Lust auf eine Nachspeise. Können Sie so was auch?«

Fiorina überlegte. Für eine Zabaglione war alles da, und mit diesem schnell und vor allem einfach zubereiteten Dessert würde nicht einmal sie sich blamieren.

Sie sprang auf, sammelte das Geschirr ein, ging mit dem beladenen Tablett zur Tür. »Wohin soll ich es Ihnen bringen?«

Auch er stand auf. »Ich begleite Sie.«

In der Küche, die noch größer war als die ihrer Mutter und voller modernster Einbaugeräte, stellte sie das Tablett auf die Spülmaschine und setzte Espresso auf. Dann holte sie eine Schüssel aus dem riesigen Besteck- und Geschirrschrank und zwei Eier aus dem inzwischen reich gefüllten Kühlschrank, in dem es nach in Kräutern eingelegten Oliven, Pecorino, Wildschweinsalami und Prosciutto cotto duftete, dem zartesten gekochten Schinken, den sie in der Kühltheke des Feinkostgeschäftes entdeckt hatte. Auch wenn sie eine miserable Köchin war, mit Käse, Wurstwaren und Antipasti kannte sie sich aus. Zusammen mit der knusprigen Ciabatta, die sie ebenfalls gekauft hatte, würde der Deutsche hoffentlich über den Abend kommen, ohne sich den Magen zu verderben.

»Wie hat es Sie eigentlich in den Süden verschlagen?«, fragte sie, als sie Zucker zu den Eiern gab und mit einem Schneebesen verrührte. »Bei jemandem, der so wenig Italienisch spricht wie Sie, hätte ich eher auf die Adria getippt.«

Sie war froh, dass er ihr noch nicht das Du angeboten hatte. Sie legte keinerlei Wert auf Vertraulichkeiten.

»Nicht schlecht geraten. Ursprünglich wollte ich an den Gardasee, da haben wir früher …«

Er brach ab. Machte eine fahrige Geste, seine Finger waren breit und kräftig.

»Meine Ex und ich haben da früher immer Urlaub gemacht«, fuhr er mit belegter Stimme fort. »In Bardolino.«

»Ist das nicht längst offiziell zum Vorort von München ernannt worden?«

Er lachte. »Am Gardasee braucht man wirklich kein Italienisch, um zurechtzukommen. Da antworten die Kellner sogar den Leuten auf Deutsch, die Ihre Sprache richtig gut können. Ich mag Italien, wissen Sie, das Essen, die Landschaft, das Wetter, wenn es so ist wie heute.«

Inzwischen war ihr klar geworden, warum ihr neuer Arbeitgeber so anhänglich war. Er war glücklich über ein wenig Gesellschaft, ein wenig Ansprache in seiner selbst gewählten Einsamkeit. Aber auch sie war froh um Ablenkung. So musste sie nicht ständig über Federico, Paolo Carozzo und seinen vermaledeiten Aktenkoffer nachdenken.

Der Kaffee dampfte und gurgelte. Fiorina rührte winzige Portionen davon mit kleinen, schnellen Bewegungen in das Zucker-Eier-Gemisch.

»Aber?«, fragte sie. »Warum dann nicht der Gardasee?«

»Weil ...« Er räusperte sich. Die Frage war ihm offenbar unangenehm. »Die Gefahr, dass ich dort meiner geschiedenen Frau über den Weg laufe, war mir einfach zu groß.«

»Haben Sie Kinder?«

»Einen Stiefsohn. Er ist schon erwachsen. Und Sie?«

»Keine Kinder, keinen Ex.« Eilig korrigierte sie sich: »Jedenfalls keinen, mit dem ich verheiratet war.«

Fiorina gab die fertige Zabaglione in ein Schälchen und arrangierte Minzeblättchen in einem dekorativen Muster darauf, wie sie es in Zio Francescos Trattoria gelernt hatte. Das Auge isst mit, lautete die Devise ihres Onkels. Im Stillen hatte sie immer hinzugefügt: Wenn es schon nicht schmeckt, dann soll es wenigstens hübsch aussehen.

Tante Ingrid hatte als Köchin gar nichts getaugt. Den absoluten Tiefpunkt ihres Repertoires bildete die berüchtigte Pizza bavarese, die sie mit Weißwurstscheiben und Rettichringen belegte.

»Und was ist mit dem, mit dem Sie nicht verheiratet waren?«, fragte der Deutsche, als sie ihm das Schälchen und einen Löffel reichte.

»Der war genauso bescheuert wie wahrscheinlich Ihre Ex.«

»Pronto!«

»Buongiorno. Sie wollten mich doch zurückrufen?«

»Ah, Dottore ... Bitte entschuldigen Sie, aber ich haste hier von einem Termin zum nächsten.« Ein verlegenes Hüsteln. »Umso schöner, dass Sie sich melden, das weiß ich sehr zu schätzen.«

»Reden Sie nicht herum. Was ist mit meinem Geld?«

»Bene, dottore, tutto bene. Mein Partner ist schon unterwegs, und zwar mit dem kompletten Betrag. Er muss jeden Moment hier eintreffen, und sobald er da ist, machen wir uns sofort auf den Weg zu Ihnen.«

»Es wäre besser, wenn er sich ein wenig beeilt, Ihr Partner. Allmählich werde ich ungeduldig.«

»Das verstehe ich vollkommen, Dottore, bitte glauben Sie mir. Aber es besteht kein Grund zur Sorge, wirklich nicht.« Ein kurzes, gequältes Lachen. »Er muss aufgehalten worden sein, mehr steckt bestimmt nicht dahinter. Ich probiere es gleich noch mal bei ihm.« Kurzes Zögern. »Sie hören in Kürze von mir, ganz bestimmt. D'accordo?«

11

Offenbar hatte Blümchen einen belebenden Einfluss auf ihn, dachte Hagen, während er im Ferrari mit Tempo fünfundsechzig nach Portoferraio zuckelte, um dort bei Bricofer einige Dinge für die Instandsetzung des Pools zu kaufen. Ihre Energie und ihr Temperament schienen auf ihn abzufärben.

Vor dem Baumarkt fand er nur mit Mühe einen Parkplatz, und drinnen musste er im Regalgewirr lange suchen, bis er alles im Einkaufswagen hatte, was er benötigte. Erst um halb fünf war er wieder auf dem Weg nach Hause, den engen Sportwagen vollgestopft mit Eimern voller Schwimmbadfarbe, zwanzig Kartuschen Sanitärsilikon, zwei Tüten Blitzzement, einem kleinen Kompressor und diversen anderen Gerätschaften und Werkzeugen.

Als er den großen Kreisverkehr bei Conad umrundete, sah er auf der anderen Seite einen Fiat, wie seine neue Haushaltshilfe ihn fuhr. Am Steuer saß tatsächlich sie selbst, auf dem Beifahrersitz ein hagerer junger Mann, schwarzhaarig wie sie, aber deutlich größer. Vielleicht ihr Bruder? Was das wohl für ein Problem war, das die beiden umtrieb?

Der Kompressor brummte, Pressluft zischte, und Hagen blies gründlich Dreck, Staub und lose Teile aus den Ritzen des Pools, durch die das Wasser bisher versickert war. Inzwischen war es später Nachmittag geworden, die Luft war angenehm frisch, die Sonne hinter den Bäumen oberhalb seines Grundstücks verschwunden.

Er fragte sich, weshalb er sich erst heute dazu hatte aufraffen können, den Pool instand zu setzen, der doch – neben dem sensationellen Ausblick – einer der Hauptgründe dafür gewesen war, dass er sich für diese Villa entschieden hatte. Jeden Morgen würde er mindestens einen Kilometer schwimmen, hatte er sich anfangs ausgemalt, fit und durchtrainiert würde er wieder sein, braun gebrannt, ständig ein strahlendes Lächeln auf den Lippen, bei dessen Anblick ihm jede Frau ohne Zögern in die Arme sank.

Tatsächlich war er bislang noch keinen Meter in seinem Pool geschwommen. Im Meer hatte er in den Wochen nach seinem Einzug im vergangenen Jahr einige Male gebadet, mit voranschreitendem Herbst jedoch bald den Spaß daran verloren. Jetzt im März war das Wasser immer noch zu kalt, und weshalb sollte er in seiner jetzigen Lebenssituation etwas tun, das ihm keinen Spaß machte? Das hatte er in den Jahren zuvor lange genug machen müssen.

In den Ohren hatte er Bluetooth-Stöpsel stecken, um endlich einmal wieder seine Handy-App mit dem Sprachkurs zu nutzen. Das meiste von dem, was er bisher gelernt hatte, war ihm längst wieder entfallen, und so begann er einfach wieder von vorne, mit Lektion eins.

»Mi chiamo Hagen«, murmelte er vor sich hin. »Ich heiße Hagen. Ho trentasette anni. Ich bin siebenunddreißig Jahre alt.«

Als er den Inhalt der ersten Silikonkartusche in den streckenweise einen guten Zentimeter breiten Spalt presste, bemerkte er, dass er der netten Italienerin im Handy längst nicht mehr zuhörte, keinen ihrer Sätze mehr nachsprach, sondern stattdessen ein Liedchen pfiff. Die kleine Elbanerin hatte auch hier im Pool ganze Arbeit geleistet. Sie hatte nach dem Essen mehrere Schubkarren voller Dreck und Schlamm am hintersten Rand des Grundstücks deponiert. Hauptsächlich patschnasses, größtenteils vermodertes Laub, vom Sturm heruntergerissene Äste, tote und lebende Kellerasseln, Rattenkadaver, kleine schwarze Skorpione und sogar eine verdorrte Schlange.

Die Sprachlehrerin wurde von den ersten Takten von Rammsteins Uralthit *Ich tu dir weh* übertönt. Seufzend angelte Hagen sein Handy vom Beckenrand.

Der Anrufer war Nils, sein inzwischen zweiundzwanzigjähriger Stiefsohn, mit dem ihn nicht unbedingt ein herzliches Verhältnis verband. Als Hagen Constanze ehelichte, war Nils schon neun Jahre alt gewesen, und bei der kriegerischen Scheidung hatte er sich natürlich auf die Seite seiner Mutter geschlagen. Warum rief er nicht die an, wenn er wieder einmal ein Problem hatte?

Hagen legte das Handy wieder an seinen Platz und stellte fest, dass er hungrig war von der ungewohnten körperlichen Betätigung. Im Kühlschrank stand noch eine halbe Portion von Blümchens Spaghetti arrabiata. Die würde er sich aufwärmen und anschließend vielleicht noch eine Pizza in den Ofen schieben. Das Silikon musste ohnehin aushärten, bevor er weiterarbeiten konnte. Morgen oder übermorgen.

»Für mich riecht das da drüben schwer nach Mafia«, meinte Fiorina. »Am besten, du hörst jetzt auf mit Fotografieren, und wir verkrümeln uns, bevor uns jemand sieht.«

Federico hatte sein längstes Teleobjektiv mitgebracht, und nach seinem unruhigen Zeigefinger zu schließen, hatte er schon Hunderte Aufnahmen gemacht. Die schwere Canon hatte er auf dem mannshohen Felsen aufgelegt, hinter dem sie sich versteckten, sodass das eine oder andere Foto trotz der Entfernung von über zweihundert Metern scharf sein dürfte.

Sergio Rossis Villa war ein ähnlich verschachtelter Flachdachbau wie der von Fiorinas neuem Arbeitgeber, nur noch größer und sehr viel besser gepflegt. Aus ihrer Perspektive hatte sie große Ähnlichkeit mit einem Atombunker. Das riesige Grundstück drum herum war parkähnlich angelegt, und es wurden vermutlich gewaltige Wassermengen gebraucht, um die Rasenflächen so grün, die Palmen und Pinien so stattlich und die Blumen so üppig am Blühen zu halten. Das komplette Anwesen war von einer weiß gestrichenen, fast drei Meter hohen Mauer umgeben.

Nach ihrer Rückkehr aus Porto Azzurro hatte Federico schon auf sie gewartet, und sie hatten beschlossen, Paolos ehemaligem Arbeitgeber, dessen Adresse Federico im Internet gefunden hatte, einen kleinen Besuch abzustatten. Zumindest aus der Ferne.

»Kriegst du das Nummernschild von dem Wagen drauf, der gerade durchs Tor fährt?« Fiorina pfiff durch die Zähne. »Erst zwei Nobel-BMWs, jetzt dieser Quattroporte – Rossis Immobilienfirma scheint ja prächtig zu laufen.«

Federicos Kamera klickte und klickte.

In wenigen Minuten war es sechs Uhr abends, bald

würde die Sonne untergehen. Seit einer Dreiviertelstunde schlichen und kletterten sie und ihr Bruder um Sergio Rossis Anwesen herum. Es lag auf einem Hügel einige Kilometer außerhalb von Viticcio, einem kleinen Badeort in der Nähe des Capo d'Enfola, einer wildromantischen Landzunge mit stellenweise fast senkrecht abfallender Steilküste und den saubersten Kiesbuchten, die Elba zu bieten hatte. Um diese Jahreszeit schlenderten jedoch nur ein paar wenige Spaziergänger oder versprengte Einheimische an den Stränden entlang, hier oben auf den Klippen hielt sich außer ihnen beiden niemand auf. Zum Baden war es zu kalt, und die meisten Hotels waren ohnehin noch geschlossen.

Jedes Haus, das so einsam lag wie das von Rossi, wäre gut gesichert gewesen. Aber dieses hier stellte alles in den Schatten, was Fiorina je gesehen hatte. Das zweiflügelige Gittertor aus massiven Stahlstäben, die hohen Mauern mit einbetonierten Glasscherben am oberen Rand, an jeder Ecke Videokameras und Bewegungsmelder, am Haus jede Menge Scheinwerfer, die das komplette Anwesen im Alarmfall in gleißendes Licht tauchen konnten. Und vermutlich eine Standleitung zu den Carabinieri in Portoferraio.

Was Fiorina jedoch am meisten beeindruckte, war der Hubschrauberlandeplatz am Ostrand des Grundstücks, auf dem ein kleiner, zitronengelb lackierter Helikopter stand. Schwarz gekleidete Security-Männer patrouillierten paarweise und mit Hunden auf dem Grundstück. Manche der Wachleute waren so groß und breit wie Federicos Kleiderschrank, und alle schienen bewaffnet zu sein.

»So«, sagte Federico schließlich, »jetzt habe ich auch den Mega-Pool und den Tennisplatz im Kasten.«

»Das da drüben riecht wirklich nach Mafia«, wiederholte Fiorina und knuffte ihn in die Seite. »Komm, wir verschwinden.«

Dass der steinreiche Unternehmer aus dem Süden auch hier auf der Insel Geschäfte machte, hatte Fiorina schon von Paolo Carozzos Eltern erfahren. Und sie schienen bestens zu laufen, diese Geschäfte. Warum sonst bezahlte Rossi seine Angestellten so gut wie niemand sonst auf der Insel – abgesehen vielleicht von Fiorinas deutschem Arbeitgeber –, und warum sonst wurde über seine Immobiliengeschäfte so viel getuschelt? Wobei in Italien natürlich immer und überall getratscht wurde, erst recht auf einer Insel wie Elba, wo jeder jeden kannte.

Federico packte seine Kameraausrüstung in den silbernen Koffer, während Fiorina schon vorausstapfte. Für ihren kleinen Ausflug hatte sie festes Schuhwerk angezogen.

»Den Quattroporte kenne ich«, sagte er, als er sie eingeholt hatte. »Ich glaube, der gehört dem Bürgermeister von Procchio. Und die Visage von einem der BMW-Fahrer habe ich auch schon mal irgendwo gesehen. Ich meine fast, in Andreas Hotel.«

Der schmale Schotterweg, auf dem sie im Gänsemarsch bergab wanderten, schlängelte sich durch dichte Macchia und war streckenweise gefährlich steil und rutschig.

»Ich wette«, sagte sie, während sie den Dornen eines Ginsterbusches auswich, der in den vom Regen ausgewaschenen Pfad hineinragte, »in Rossis Villa gibt es einiges zu holen.«

»Du meinst, Schmuck, Kunst und so?«

Federico entfuhr ein spitzer Schrei. Offenbar hatte er sich an den Dornen verletzt. Als sie sich umwandte, steckte er gerade den linken Daumen in den Mund.

»Maledetto, tut das weh!«, jammerte er. »Und meine neuen Jeans hab ich mir auch ruiniert, che merda!«

»Stell dich nicht so an.« Ungerührt sah Fiorina wieder nach vorn. »Du hast uns den Mist schließlich eingebrockt. Klar, Juwelen, vielleicht auch Wertpapiere, aber ich denke vor allem an Bargeld. Bei Immobiliengeschäften wird ja gerne bar bezahlt, und Schmiergeld wird Rossi hin und wieder auch brauchen. Man weiß ja, wie das bei unseren Behörden mit Genehmigungen läuft. Und die Zeiten, als ein korrupter Beamter noch mit einem Suppenhuhn zufrieden war, sind zumindest in der Toskana schon lange vorbei.«

Der Schotterweg ging in einen Trampelpfad über, der nicht mehr ganz so abschüssig war. Nun war es nicht mehr weit bis zu der Stelle, wo sie den Fiat abgestellt hatte.

»Wenn Paolo bei Rossi gewohnt hat und er seine rechte Hand war ...« Wieder warf Fiorina einen kurzen Blick über die Schulter, um sich zu vergewissern, dass Federico zuhörte. »Was meinst du – ob der verschwundene Aktenkoffer vielleicht bis oben hin voller Geld ist?«

»Die waren von Dolce und Gabbana«, kam es vorwurfsvoll von hinten. »Fast dreihundert Mäuse haben die Jeans gekostet, Madonna.«

»Seit wann verdienst du so viel, dass du dir so teure Klamotten leisten kannst?«

»War ein Geschenk von Andrea. Dafür, dass wir uns wieder vertragen, hat er gesagt. Ist er nicht süß?«

Wie man einen Mann süß finden konnte, der aussah wie eine Kreuzung aus Berlusconi und dem korpulenten Bürgermeister von Portoferraio, würde Fiorina für immer ein Rätsel bleiben. Aber wo die Liebe hinfiel ...

»Weißt du noch, was Nunzio heute Morgen gesagt hat?«, nahm sie den Faden wieder auf. »Dieser Toyota, der beim Darsena-Hafen abgeschleppt wurde – das könnte Paolos Wagen gewesen sein. Von seinem Vater weiß ich, dass er genau diese Marke fährt. Vielleicht hätte er für Rossi Geld aufs Festland bringen sollen, Schmiergeld für irgendeine Immobilientransaktion? Aber dann ist die Fähre nicht ausgelaufen wegen des Sturms, und irgendwer war hinter ihm her, um ihm den Koffer abzunehmen. Wäre doch möglich, oder nicht?«

Keine Antwort. Sie hörte nur Federicos Schritte und eine Textzeile aus einem von Gianna Nanninis weniger bekannten Canzoni, die er vor sich hin trällerte: »Sei nell'anima e lì ti lascio per sempre …«

Du bist in meiner Seele, und dort lasse ich dich für immer …

Doch welche Liebe währte schon ewig? Mit einem bitteren Nachgeschmack dachte Fiorina an Moritz, ihre vermeintlich große Liebe, und seinen Nachfolger Nicolò, die glücklicherweise beide längst Geschichte waren.

»Wenn sie Paolo wegen dem Geld im Aktenkoffer umgebracht haben, dann bist du wirklich in Gefahr, Bruderherz.« Abrupt blieb sie stehen, wandte sich erneut um. »Du hast doch hoffentlich niemandem außer mir davon erzählt?«

Ihr Bruder fummelte an seinem Handy herum und hätte sie um ein Haar umgerannt.

»Federico, jetzt hör doch mal zu!«, fuhr sie ihn an. »Es geht schließlich um *deinen* Kragen, nicht um meinen.«

»Na klar. Weil meine superschlaue Schwester nichts Besseres zu tun hat, als alle Türen offen zu lassen. Ich finde, du kannst dich ruhig mal ein bisschen anstrengen, um die Sache wieder in Ordnung zu bringen.«

»Und was mache ich hier, bitte schön? Strenge ich mich etwa nicht an, während du mit deinem blöden Handy rumspielst und mir nicht mal zuhörst?«

»Was hast du denn nur immer?« Auf seinem Gesicht erschien ein seliges Lächeln. »Entspann dich doch mal. Du brauchst das Auto heute nicht mehr, oder? Ich muss nämlich megadringend …«

»Zu Andrea«, vollendete sie seinen Satz augenrollend.

In meinem Kopf wirbeln die Gedanken wie in einem verrückt gewordenen Kaleidoskop. Alles droht im Chaos zu versinken. Es kann nicht mehr lange dauern, bis die Polizei kommt. Was soll ich sagen, wenn sie mich fragen, ob ich etwas über seinen Tod weiß? Werde ich die Kraft haben zu lügen?

Lange halte ich diesem Druck nicht mehr stand, und das, was mir sonst Erleichterung verschafft, wenn ich weder ein noch aus weiß, ist außer Reichweite. Alles haben sie weggesperrt, und in mir fühlt es sich an, als würde ich bald in tausend Funken zerbersten. Selbst wenn ich die Augen schließe, blicke ich in die schwelende Glut des Vulkans, der in mir pulst und tobt, und gleichgültig, wo ich bin, spüre ich die sengende Hitze in mir, atme die giftigen Dämpfe.

Ich fühle mich leer, völlig ausgebrannt. Mein Leben hat jeden Sinn verloren, jedes Ziel. Wohin soll ich gehen, wohin mich wenden? Woher soll ich noch Kraft schöpfen? Wie jemals den schrecklichen Erinnerungen entfliehen?

Ich möchte weglaufen, mich verstecken, irgendwo.

Aber wo?

12

Heute war sie auf die Sekunde pünktlich. Hagen hatte den Motor schon einige Minuten vor der vereinbarten Zeit gehört. Doch dann hatte Blümchen offenbar irgendwo angehalten und so lange gewartet, dass sie exakt um neun Uhr null Minuten und null Sekunden ihren Fiat – begleitet von der unvermeidlichen Staubwolke – vor dem Garagentor zum Stehen brachte.

Er erklärte ihr, was zu tun war, nämlich im Wesentlichen dasselbe wie gestern. Außerdem lag Wäschewaschen an, und das Wohnzimmer konnte mal wieder gesaugt werden. Nebenbei stellte er fest, dass die Lenzpumpe den Fitnessraum inzwischen schon fast trockengelegt hatte. Da seine neue Hilfe so flott war, würde sie es vielleicht sogar noch schaffen, im Lauf des Vormittags die restlichen Pfützen aufzuwischen.

Bis er den Riss im Fitnessraum abdichten konnte, würde er allerdings noch einige Zeit warten müssen. Noch immer sickerte ein fieses kleines Rinnsal heraus.

Nachdem die kleine Elbanerin im Obergeschoss verschwunden war, ging er hinaus und wandte sich wieder dem Pool zu, eine Tätigkeit, auf die er sich beim Aufwachen geradezu gefreut hatte. Das Silikon war inzwischen so weit getrocknet, dass er die zweite Schicht aufbringen konnte. Morgen würde der wasserfeste Zement zum Einsatz kommen, und in den folgenden Tagen zweimal Farbe. Hoffentlich hielt das Wetter bis dahin. Die Wolken, die am frühen Morgen den Himmel gesprenkelt hatten, waren mehr geworden.

Was für ein Tag war heute? Auf das Handy zu schauen, vermied er, da er dort wahrscheinlich zehn verpasste Anrufe von Nils finden würde.

»Herr Berensen?«, hörte er seine neue Zugehfrau rufen, als er mit dem zweiten Riss fast fertig war. »Hätten Sie auch Lust auf einen Kaffee?«

Und wie!

Minuten später saßen sie nebeneinander auf der Terrasse, sie heute in einer dunklen Steppjacke, er mit lässig über die Schulter geworfenem Pulli, und blickten aufs Meer hinaus. Heute war sie schweigsam, wirkte bedrückt und nicht annähernd so energiegeladen wie am Vortag.

»Immer noch Probleme?«, fragte er, nachdem er eine Weile dem friedlichen Rauschen der Brandung gelauscht hatte.

Sie schien mit sich zu ringen, ob sie sich ihm anvertrauen sollte.

»Immer noch mein Bruder«, sagte sie schließlich mit finsterem Blick und richtete sich auf. »Er steckt in ernsten Schwierigkeiten.«

»Vielleicht kann ich helfen?«, fragte er in einem plötzlichen Anflug von Menschenliebe.

Noch einmal zögerte sie, aber dann begann sie zu erzählen. Von Federico, einem verschwundenen Aktenkoffer, von dem Toten am Strand, von dessen Arbeitgeber mit der wie Fort Knox gesicherten Villa.

»Und Sie glauben, der Koffer gehört diesem Mafiatypen?«

»Der junge Mann war vor seinem Tod seine rechte Hand, und die ganzen Begleitumstände deuten darauf hin. Federico meint, Paolo war vor jemandem auf der Flucht, als er ihm den Koffer in die Hand gedrückt hat.«

»Paolo?«

»So heißt der Tote. Paolo Carozzo.«

»Carozzo?«

Hagen sah sie alarmiert an, sprang auf, lief ins Haus, suchte und fand den Ordner mit den Unterlagen zum Hauskauf. Als er wieder auf der Terrasse saß, blätterte er darin herum, bis er den Zettel entdeckte, auf den er eine italienische Handynummer und dahinter den Nachnamen des ertrunkenen Paolo notiert hatte.

»Ist Carozzo hier ein häufiger Name?«

»Nicht so sehr. Warum fragen Sie?«

Mit einem Knall klappte Hagen den Ordner zu und pfefferte ihn mit so viel Schwung auf den Tisch, dass um ein Haar seine Tasse umgekippt wäre. Die er zum Glück schon fast geleert hatte. »Weil dieser Rossi, das Arschgesicht, mir das Haus verkauft hat.«

Er hatte Sergio Rossi nie persönlich kennengelernt, kannte ihn nur von Telefonaten, die schwierig gewesen waren, da der Halunke noch schlechter Englisch sprach als er. Um die Besichtigung des Hauses, den Kaufvertrag und den lästigen Kleinkram hatte sich sein Assistent Carozzo gekümmert.

»Das ist ja …«, stieß Hagen hervor, nachdem er Fiorina die Zusammenhänge erklärt hatte. »Der Hammer ist das! Und er ist wirklich ein Mafiaboss?«

»Wir vermuten es.«

Er nickte, legte seine Rechte auf den prallen Ordner und sah Fiorina grimmig ins Gesicht. »Wenn ich irgendwie helfen kann, diesem Drecksack eine reinzuwürgen, ich bin dabei.«

Sie schien ihre Zweifel zu haben, dass er ihr und ihrem Bruder eine Hilfe sein könnte, sagte aber schließlich zögernd: »Okay. Das wäre natürlich prima.«

»Was sagt Rossi denn dazu?«, fragte Hagen, jetzt voll bei der Sache. »Zu dem verschwundenen Koffer, meine ich?«

»Wir haben nicht mit ihm gesprochen. Da kann man ja nicht einfach hingehen und klingeln.«

Hagen trank den letzten Schluck von dem Caffè, der besser schmeckte als alles, was Fiorinas Vorgängerinnen ihm je vorgesetzt hatten, obwohl die Bohnen doch aus derselben Tüte kamen. Er sah übers Meer auf das Festland, die Küste der Maremma, die heute im Dunst lag wie ein fernes, verwunschenes Traumland voller ungeheurer Schätze, das noch kein Mensch betreten hatte.

»Das wäre doch gelacht«, sagte er schließlich und erhob sich erneut.

»Was wäre gelacht?«, fragte Fiorina leicht verwirrt.

»Wenn wir zwei da nicht reinkämen.«

Er brachte den Ordner ins Haus zurück und schaltete in der Bibliothek seinen Computer ein. Während dieser startete, durchsuchte er sein Portemonnaie nach einer Karte, die er nicht mehr benötigte, entschied sich für die Kundenkarte des Coop in Porto Azzurro, die man ihm irgendwann aufgenötigt hatte, weil er zu wenig Italienisch sprach, um sich zu wehren.

Fiorina war ihm gefolgt und beobachtete neugierig, was

er tat. Mit fliegenden Fingern kramte er in einer Schublade, die mit allerhand Werkzeug vollgestopft war, und begann, mit feinstem Schmirgelpapier den Aufdruck der Karte zu entfernen.

»Was wird das?«, fragte sie.

»Wir besuchen Rossi und machen ihm ein bisschen Feuer unter dem Hintern. Sie sind übrigens meine Dolmetscherin. Ziehen Sie sich was Hübsches an.«

In dem länglichen Raum, in den der Deutsche sie geführt hatte, war Fiorina bisher noch nicht gewesen. Es handelte sich um eine Art Bibliothek mit zwei schweren bordeauxroten Ledersesseln und Regalen, die fast überquollen, jedoch nicht von Büchern, sondern von DVDs. An der Stirnwand stand ein großer Schreibtisch mit Glasplatte, darauf ein Computer mit riesigem Bildschirm und ein Ungetüm von Drucker sowie allerhand sonstige technische Geräte.

»Ist das hier Ihr Allerheiligstes?«

»Eher mein Spielplatz, wenn mir langweilig ist.«

Sie inspizierte die eine oder andere DVD – alles Agenten-, Mafia- oder sonstige Actionfilme mit zwielichtigen Helden, die ganz nach Federicos Geschmack gewesen wären – und ließ die Finger über glatte Oberflächen gleiten. Erklärte etwa der Inhalt dieses Raums, wie ihr neuer Chef zu seinem Reichtum gekommen war? War er womöglich Filmproduzent oder etwas Ähnliches?

»Was haben Sie eigentlich in Ihrem früheren Leben gemacht?«, fragte sie.

Er surfte inzwischen im Internet, war auf der Seite von Europol gelandet, einer, wie sie wusste, international tätigen Polizei, die irgendetwas mit der EU zu tun hatte. Ihre Frage beantwortete er nicht, schien sie nicht einmal gehört zu haben. Mit gefurchter Stirn öffnete er ein Grafikprogramm, das ihr bekannt vorkam. Während er das Europol-Logo und mehrere Textfenster einfügte, erinnerte sie sich, dass Federico dieselbe Software benutzte, um seine Fotos zu bearbeiten.

»Jürgen Schneider«, las sie laut das, was er tippte. »Senior Analyst, Department of Organised Crime, The Hague, The Netherlands.«

Konzentriert schob er das Logo und die Textblöcke auf dem großen Monitor hübsch zurecht, stockte plötzlich.

»Ich brauche ein offiziell aussehendes Foto von mir«, sagte er und sah sie endlich wieder an.

»Ich habe mein Handy dabei.«

»Aber ich habe keine Krawatte. Die … Ich habe sie alle weggeschmissen, weil ich eigentlich vorhatte, nie wieder eine zu tragen.«

»Erst mal machen wir das Foto«, sagte Fiorina mit verschmitztem Grinsen. »Und dann lassen Sie mich mal ran, okay?«

Sie war zwar kein Profi, was den Umgang mit Photoshop anging, Federico hatte ihr jedoch den einen oder anderen Trick gezeigt.

Eine Viertelstunde später war das Foto fertig bearbeitet. Zu seinem Erstaunen hatte sie das Porträt ihres neuen Arbeitgebers mit einem aus dem Internet geklauten Foto kombiniert, das einen jungen Mann in dunklem Anzug und mit mattblauer Krawatte zeigte.

»Wow«, entfuhr es ihm. »Sieht richtig echt aus.«

Nachdem sie einige Probeausdrucke auf Papier angefertigt hatten, legte er die jetzt unschuldig weiße Plastikkarte in den Drucker, der kurz darauf emsig piepste und brummte.

»In Frankfurt, bei der Bank, habe ich oft als Dolmetscherin gearbeitet«, sagte sie, während der gefälschte Polizeiausweis trocknete. »Wenn Kunden aus Italien kamen, habe ich sie betreut. Auch bei Geschäftsessen hat man mich oft mit dazu gebeten.«

»Hat Ihnen das Dolmetschen Spaß gemacht?«

Sie seufzte und lächelte in einem. »Jedenfalls mehr als meine eigentliche Arbeit.«

Welche Psychologin, die etwas auf sich hielt, wollte sich schließlich den lieben langen Tag Fangfragen für Bewerber ausdenken, deren einziges Manko darin bestand, dass sie etwas zu dringend einen Job brauchten? Fragebogen mit dem alleinigen Zweck entwerfen, Kollegen zu überführen, die sich nicht ausreichend mit der Unternehmensphilosophie identifizierten?

»Und Sie wollen da einfach als Polizist hineinspazieren und Rossi verhören?«

»Genau das habe ich vor. Und wir sollten uns beeilen. Die Polizei schläft nicht, und wir müssen vor den Carabinieri bei ihm sein.«

»Haben Sie keine Angst, dass wir auffliegen?«

»Er wird uns schon nicht gleich seinen Hunden zum Fraß vorwerfen.«

Fiorina sah an sich herunter. Er hatte recht. Als sie noch für die Deutsche Bank arbeitete, wäre sie nie in ausgeleiertem Pulli, fransigen Jeans und Turnschuhen vor Kunden getreten.

»Ganz ehrlich«, sagte der frischgebackene Europol-Ermittler und inspizierte den inzwischen getrockneten Ausweis. »Das passt auch gar nicht zu Ihnen.«

»Was denn?«

»Dass Sie ausgerechnet für die Deutsche Bank gearbeitet haben, diese Abzockerbande. Warum haben Sie überhaupt dort angefangen?«

Fiorina zögerte mit der Antwort. Sie nahm den Ausweis, spielte damit herum.

»Mein damaliger Freund hat mir die Stelle beschafft«, sagte sie schließlich. »Mein Job im Uniklinikum war leider befristet.«

Moritz hatte BWL studiert und nach dem Bachelor einen lukrativen Job im Controlling der Bank ergattert. Auf seinen Rat hin hatte sie sich ebenfalls beworben. Die Bezahlung war zwar fantastisch gewesen, aber dennoch hatte sie ihrer Arbeit in der Tagesklinik mit traumatisierten Frauen bald nachgetrauert. Dort hatte sie verzweifelten Menschen geholfen, ihre Vergangenheit zu bewältigen, ihre Probleme zu lösen, neuen Lebensmut zu finden. In dem klimatisierten Hightech-Büro der Bank hatte sie oft nur gewartet, bis es Abend war.

Immerhin hatte sie damals ihrer Mutter jeden Monat so viel überweisen können, dass sie und Federico problemlos über die Runden kamen, und hatte trotzdem noch Geld wie Heu gehabt. Der Rest ging ihren Chef nichts an. Ihre Zukunftspläne, die sie sich in rosigen Farben ausgemalt hatte, ihre hochfliegenden Hoffnungen, die schwere Enttäuschung, als … Noch während ihrer Rückkehr nach Elba, mehr eine Flucht als eine Heimreise, waren all ihre naiven Träume zerstoben. Geblieben war das Gefühl, gescheitert zu sein, und ein bitterer Nachgeschmack auf der

Zunge, den sie auch jetzt wieder hatte, nach mehr als zwei Jahren. Und zu allem Übel hatte sich ihr anfangs gut gefülltes Bankkonto viel schneller als erwartet geleert.

Erst jetzt bemerkte Fiorina, dass der Blick des Deutschen auf ihr ruhte, nachdenklich und sorgenvoll.

»Ich habe übrigens gehört, dass die Carabinieri jetzt von Selbstmord ausgehen«, wechselte sie abrupt das Thema. »Bei Paolo Carozzo, meine ich. Anfangs hieß es ja, er sei wahrscheinlich irgendwo über Bord gegangen.«

Schon beim Morgenkaffee mit ihrer Mutter hatten sie über nichts anderes als den Toten gesprochen, und beim Cappuccino in Gabrieles Bar, auf den Fiorina heute nicht hatte verzichten müssen, war es so weitergegangen. Elba war klein, Portoferraio noch kleiner, und naturgemäß nahm jeder begeistert Anteil an dem aufwühlenden Ereignis, das so viel Stoff für Gespräche und Spekulationen lieferte. Noch immer schienen die Carabinieri nicht herausgefunden zu haben, wer der Tote war. Da Paolos Gesicht beim Zusammenprall mit diversen scharfkantigen Felsen offenbar grauenvoll entstellt worden war, hatte man bislang noch nicht einmal ein Phantombild anfertigen können.

Aber ihr Chef hatte recht, es war nur eine Frage der Zeit, bis die Polizei bei Paolos Arbeitgeber anklopfte.

»Haben Sie denn wenigstens einen Anzug?«

Er nickte. »Nur die Krawatten, wie gesagt …«

»Mein Bruder hat bestimmt irgendwo eine, und da ich mich schick machen soll, müssen wir sowieso erst nach Portoferraio.«

»Wir brauchen auch noch einen passenden Wagen. In Portoferraio gibt's doch bestimmt eine Autovermietung?«

Zehn Minuten später waren sie im Fiat unterwegs zur Inselhauptstadt. Berensen fuhr, Fiorina telefonierte wegen des Autos. In dem anthrazitfarbenen Anzug, den er inzwischen trug, sah er völlig verändert aus. Als wäre Jason Statham unversehens zum CEO eines internationalen Hightech-Unternehmens mutiert.

»Fiat Ducato?«, fragte sie mit dem Handy am Ohr in seine Richtung.

»Zu klein.«

»Audi A3?«

»Zu klein.«

Erst bei der dritten Autovermietung wurde sie fündig. »Audi A6?«

»Farbe?«

»Dunkelblau.«

»Passt.«

Mit einem Mal fühlte sie sich so beschwingt wie lange nicht mehr. Endlich hörte ihr jemand zu, endlich dachte jemand mit. Von dem Deutschen bekam sie nicht nur Antworten, sondern auch Vorschläge zum weiteren Vorgehen und überdies tatkräftige Unterstützung. Das hätte sie diesem Möchtegern-Jason-Statham gar nicht zugetraut, der anfangs einen so verbiesterten Eindruck gemacht hatte.

13

Hagen fuhr auf den Hof der Autovermietung gegenüber dem Fähranleger in Portoferraio, zwängte den Fiat in eine schmale Lücke, und Minuten später verließen sie den Parkplatz in einem frisch gewaschenen Audi der oberen Preisklasse und bald darauf das Städtchen in Richtung Westen.

»Da vorne rechts«, sagte Fiorina, nachdem sie einige Kilometer gefahren und mehrfach abgebogen waren. »Passen Sie auf, die Abzweigung ist ziemlich eng, und der Rest der Strecke ist nicht asphaltiert.«

Nach einiger Kurverei und teilweise heftigen Steigungen kam das breite Gittertor zu Rossis Anwesen in Sicht. Hagen steuerte darauf zu, stoppte, hupte, da niemand zu sehen war.

Ein kleiner, breitschultriger und Kaugummi kauender Mann mittleren Alters erschien und fragte nach ihrem Anliegen. Er schien nur aus Muskeln und Sehnen zu bestehen, das südlich dunkle Gesicht war hager, fast asketisch, der Blick aus den schwarzen Augen stechend. In seinem dunklen Anzug wirkte er wie ein sizilianischer Schafhirte auf dem Weg zur Sonntagsmesse. Da er hinter dem Tor stand, stieg Hagens angebliche Dolmetscherin aus dem Wagen und trat ans Gitter.

Hagen staunte, wie entspannt und souverän sie sich auf ihren Stilettos bewegte, wie selbstsicher, verhandlungsgewohnt und – in Italien unverzichtbar – gestenreich sie auf den trotz seiner geringen Größe gefährlich aussehenden Mafioso einzureden begann. Fiorina hatte sich dezent, aber wirkungsvoll geschminkt, ein angenehm frisches Parfüm aufgelegt, trug jetzt eine eng anliegende schwarze Stretchhose zu einer auf Taille geschnittenen Tunika in einem schmeichelhaften Rosenholzton. Die Kleidung betonte ihre zwar schmale, aber dennoch weibliche Figur, die unter ihrer üblichen Schlabberkleidung nicht einmal zu erahnen war.

Als sie das Wort Europol aussprach, stutzte der Mann hinter dem wehrhaften Tor, zückte ein großes Smartphone, trat einige Schritte zur Seite, um zu telefonieren. Schließlich nickte er zweimal und zauberte eine Fernbedienung aus der Hosentasche. Das Tor glitt geräuschlos zur Seite.

Fiorina stieg wieder ein, zwinkerte Hagen zu, er fuhr aufs Gelände, und kurz darauf konnten sie die blütenweiße, verwinkelte Villa des apulischen Immobilienmagnaten von Nahem bewundern. Diese thronte, etwa zehn Meter höher als das Tor, auf der Kuppe des Hügels. Während Fiorina mit dem Schafhirten verhandelte, hatte Hagen nicht weniger als drei Überwachungskameras entdeckt, die den Audi argwöhnisch beäugten.

Nach einer letzten Biegung hielt er auf dem kiesbestreuten Parkplatz vor dem mondänen Entree des Hauses. Sie stiegen aus, Hagen mit seinem ledernen Aktenkoffer in der Rechten, die gefakte Dolmetscherin mit seinem iPad unter dem Arm. Die Aussicht war atemberaubend, die Luft inzwischen wieder so klar, dass man im Norden die Isola di

Capraia sehen konnte und einen Zipfel der Festlandküste. Die Wolken hatten sich wieder verzogen, ein leichter Westwind kühlte sein von der Mittagssonne beschienenes Gesicht.

»Buongiorno«, sagte eine sonore Männerstimme hinter ihnen, ohne dass sie Schritte oder eine Tür gehört hätten.

Ein beleibter Mann in einem marineblauen Poloshirt mit Designerlabel und einer weißen Tuchhose streckte ihnen wohlwollend lächelnd seine weiche und kräftig gebräunte Rechte entgegen. Er war kaum größer als sein Bediensteter.

Hagen zückte sein nagelneues Ausweiskärtchen, und Fiorina sagte ihr Sprüchlein auf. Sie war eine begabte Schauspielerin, stellte er fest, spielte die unterkühlte Polizeidolmetscherin aus Florenz sehr überzeugend. Mit gleichmütigem Blick deutete sie auf ihn, erklärte, wie sie besprochen hatten, er komme aus Den Haag und sei im Auftrag des EU-Kommissariats für Außen- und Sicherheitspolitik hier.

Rossi nickte mehrfach, lächelte weiterhin herzlich, bat sie auf Italienisch, ihm zu folgen. Er steuerte jedoch nicht den säulengeschmückten Eingang an, sondern umrundete die verschachtelte Villa, deren Bauart Hagen sehr an sein eigenes Heim bei Porto Azzurro erinnerte. Vielleicht war sie vom selben Architekten geplant worden. Falls es so war, dann hatte der Kerl bei seinem Haus wohl noch geübt.

Nach Westen hin fiel das Gelände sanft ab, auch dort sah man das nahe Meer und am Horizont einen dunklen Streifen, vielleicht Korsika. Etwa zweihundert Meter entfernt lag der Hubschrauber-Landeplatz mit dem hauseigenen Helikopter, von dem Fiorina während der Fahrt erzählt hatte. Die Kabine bot sicherlich vier, vielleicht sogar noch mehr Personen Platz. Autos oder eine Garage konnte Hagen nirgendwo entdecken. Vermutlich gab es eine Tiefgarage unter dem weitläufigen Gebäude, deren Zufahrt er übersehen hatte.

Rossi führte Hagen und seine Begleiterin auf eine von einem dreieckigen weißen Sonnensegel beschattete Terrasse, wo in riesigen Kübeln bestens gepflegte Blumen in strahlendem Orange und leuchtendem Pink blühten. Sie nahmen auf weich gepolsterten Teakholzsesseln an einem großen, runden Tisch aus demselben Material Platz. Der Hausherr war schon von den wenigen Schritten außer Atem geraten. Offenbar machte er eher selten Gebrauch von seinem Tennisplatz. Neben seiner schmalen Nase prangte ein großes, zerklüftetes Muttermal, seine fleischigen, goldberingten Finger waren perfekt manikürt. Er duftete nach einem teuren Aftershave.

Eine schlanke, blutjunge und ausnehmend hübsche Frau in modisch löchrigen Jeans und einer bunten Bluse erschien und wartete mit gesenktem Blick auf Anweisungen ihres Chefs. Rossi, der immer noch sein gütiges Landpfarrerlächeln im Gesicht hatte, das umso falscher wirkte, je länger Hagen es ansehen musste, fragte die Gäste, was sie trinken wollten. Zu seiner Enttäuschung begnügte sich Hagen mit einem Espresso, Fiorina mit einem Wasser. Für sich selbst orderte er ein Glas eisgekühlten Rosato.

Als die Angestellte wieder verschwunden war, setzte Hagen eine amtliche Miene auf und kam sofort zur Sache. Fiorina übersetzte mit verhaltener Stimme, wobei sie hin und wieder geschäftig auf das iPad blickte, das sie so hielt, dass ihr Gastgeber das Display nicht sehen konnte. Sie seien hier wegen eines gewissen Paolo Carozzo, sagte Hagen, der, wie ihnen bekannt sei, seit Längerem in Rossis Diensten stehe. Carozzo werde verdächtigt, an grenzüberschreitenden Umsatzsteuer-Schiebereien beteiligt zu sein, durch die die EU über die Jahre um deutlich mehr als einhundert Millionen Euro betrogen worden sei.

Rossis väterliche Miene verdämmerte allmählich, und als Hagen geendet hatte, begann er, ohne irgendein Zeichen von Beunruhigung oder gar Nervosität seinerseits zu sprechen. Ja, Carozzo sei bei ihm angestellt, übersetzte Fiorina, wobei sie sich zu Hagen hinüberbeugte, was er ganz nebenbei sehr genoss. Carozzo sei Rossis Majordomus, sozusagen, sein Mann für alles und jedes. Neben den Vertragsverhandlungen mit Kunden beschäftige er sich mit der Buchhaltung, außerdem mit der Verwaltung und Instandhaltung des Anwesens, wenn der Hausherr nicht anwesend sei. Dies kam offenbar häufig vor, da er seinen ersten Wohnsitz in der Nähe von Brindisi hatte, wo sich auch die Zentralverwaltung seiner Firma befand. Dass Carozzo in solche Geschäfte verwickelt sein sollte, wie der Commissario sie beschrieb, hielt er für völlig ausgeschlossen. Er, Rossi, beschäftige ausschließlich vertrauenswürdige, gesetzestreue Menschen und sei selbst der ehrlichste Mensch, den die Welt je gesehen habe. Außerdem verfüge Carozzo gar nicht über die Mittel, sich an Schiebereien in der genannten Größenordnung zu beteiligen.

Hagen erwiderte, die Beweislage sei leider erdrückend. Beim derzeitigen Stand der Ermittlungen dürfe er nicht ins Detail gehen, er nehme Rossis Einschätzung aber natürlich zu den Akten. Ob Signor Carozzo denn zu sprechen sei?

Rossi setzte zu einer Antwort an, unterbrach sich jedoch,

weil seine dunkellockige Angestellte die Getränke servierte. Mit weichen, mitunter etwas zögerlichen Bewegungen stellte sie die Gläser, ein schwarzes Tässchen für Hagen und zwei Schalen auf den Tisch, die eine mit gesalzenen Nüssen, die andere mit Keksen gefüllt. Dann nickte sie den Gästen zu und verschwand so lautlos, wie sie gekommen war.

Hagen nahm sich eine Handvoll Nüsse. Seine Essenszeit war schon eine Weile vorüber, und sein Magen grollte vorwurfsvoll.

»Ihre Tochter?«, fragte er freundlich, obwohl es auf der Hand lag, dass das Mädchen nicht zur Familie Rossi gehörte.

Fiorina, die hin und wieder an ihrem dunkelroten Seidentuch nestelte, das farblich exakt mit den Pumps abgestimmt war, übersetzte, der Hausherr schüttelte mit bedauernder Miene den Kopf. Gianna Marebelli sei nur eine Hausangestellte, überaus zuverlässig und – wie Carozzo – ebenfalls schon seit vielen Jahren in seinen Diensten.

Sie kamen wieder auf das Thema des Gesprächs zurück.

»Carozzo verfügt wirklich nicht über die Mittel, um sich an Geschäften der genannten Größenordnung zu beteiligen«, wiederholte Rossi. »Er verdient bei mir zwar gut, aber Millionen ...? Woher denn? Beim besten Willen, nein, völlig unvorstellbar.«

Ob ihm, Rossi, in letzter Zeit Geld abhandengekommen sei, ließ Hagen Fiorina fragen.

Jetzt lachte Rossi. Fragte im Gegenzug, ob es sich vielleicht um eine Verwechslung handeln könne, um eine zufällige Namensgleichheit?

Rossis Verhalten und seine Antworten ließen Hagen vermuten, dass die Carabinieri bisher nicht hier gewesen waren und dass er noch nicht vom Ableben seines Majordomus wusste.

Hagen hakte noch einmal nach, ob Signor Carozzo zu sprechen sei, und strich dabei über die von Fiorinas Bruder ausgeliehene Krawatte. Sie war ein wenig zu bunt für den Anlass. Kleine lilafarbene Schiffe auf dunkelgrauem Grund, aber immerhin farblich passend zum anthrazitfarbenen Anzug.

»Nein, er ist derzeit leider nicht zu sprechen«, entgegnete Rossi. »Er hat am Sonntagabend kurzfristig um zwei Tage Urlaub gebeten, da er auf dem Festland wichtige private Angelegenheiten zu erledigen hatte. Was genau, entzieht sich meiner Kenntnis.«

»Wann genau ist Carozzo denn abgereist? Und wo auf dem Festland hatte er zu tun?«, ließ Hagen durch seine Dolmetscherin fragen.

Das alles wisse er nicht, behauptete Rossi, inzwischen ein wenig genervt. »Carozzo hat mir lediglich eine Nachricht per Handy geschickt. Meine Frau und ich hatten Karten für eine Opernaufführung in Florenz am Sonntagabend. Anschließend haben wir dort übernachtet und sind erst am Montagnachmittag, also vorgestern, wieder auf Elba gelandet, da der Hubschrauber wegen des schlechten Wetters am Morgen nicht starten konnte. Bei unserer Abreise am Sonntag gegen fünfzehn Uhr war Carozzo noch hier, als wir fast vierundzwanzig Stunden später zurückkehrten, nicht mehr. Vermuten Sie etwa, dass seine Reise etwas mit Ihrem schlimmen Verdacht zu tun haben könnte?«

»Welche Oper haben Sie sich denn angesehen?«, erkundigte sich Hagen.

»Tosca«, erwiderte Rossi mit plötzlich leuchtendem Blick. »Puccini!«

Der, wie allgemein bekannt, in Lucca zur Welt gekommen und aufgewachsen war, de facto keine hundert Kilometer von hier.

»Wenn Carozzo zwei Tage Urlaub hatte, dann hätte er heute Morgen wieder hier sein müssen«, meinte Hagen.

»Eigentlich schon gestern Abend«, widersprach Rossi liebenswürdig. »Ehrlich gesagt, wundere ich mich selbst ein wenig, denn Carozzo ist sonst die Verlässlichkeit in Person. Heute ist er aber nicht einmal telefonisch zu erreichen.«

»Dürfen wir uns seine Wohnung ansehen?«, wollte Hagen wissen.

»Die Privaträume nicht«, entschied Rossi nach kurzem Zögern. »Aber das Büro zeige ich Ihnen gern. Für mich als redlichen Geschäftsmann ist es Ehrensache, die staatlichen Organe bei der Verbrechensbekämpfung zu unterstützen. Auf die Europäische Union halte ich übrigens im Gegensatz zu manchen meiner Landsleute große Stücke. Nur das mit dem grenzüberschreitenden Steuerbetrug kann ich immer noch nicht glauben.«

Inzwischen war der Wind so stark geworden, dass das Sonnensegel über ihnen zu knattern begann.

»Welche Art von Geschäften betreiben Sie denn?«, ließ Hagen fragen.

»Immobilien«, erklärte Rossi mit strahlendem Haifischgrinsen und zupfte die goldene Panzerkette am kräftigen Hals zurecht. »Bau, Verkauf, Vermietung, eigentlich alles.«

»Und was für Immobilien?«

Rossi deutete mit großer Geste auf sein Haus. »Solche, zum Beispiel. Aber auch Mietwohnungen. Nicht auf der

Insel, aber in Florenz, Pisa, Siena, sogar in Mailand. Und selbstredend in Apulien, wo meine Firma schon eine große Zahl öffentlicher Infrastrukturprojekte erfolgreich abgewickelt hat. Im Süden lässt sich allerdings in jüngster Zeit kaum noch Geld verdienen.«

»Dann wollen wir mal.« Hagen nahm mit verbindlichem Lächeln die letzten Nüsse aus dem Schälchen und erhob sich.

Carozzo bewohne eine kleine Zweizimmerwohnung im Souterrain an der Nordseite der Villa, erklärte ihnen der Hausherr, als sie sein verschwenderisch mit Antiquitäten, Kunst und modernen Designermöbeln ausgestattetes Haus betraten. Diese sei allerdings spartanisch eingerichtet, nur das Nötigste an Möbeln – ein Bett, ein Schreibtisch, ein Schrank, zwei Regale voller Bücher und Ordner, die jedoch nichts mit Carozzos Arbeit zu tun hätten.

Im überraschend großzügigen Büro fanden sie nach Jahren geordnete Rechnungen von Gärtnern und Handwerkern, Briefe und ausgedruckte Mails von Kunden, Lieferanten und Behörden, Urkunden, Quittungen. Persönliche Unterlagen des Assistenten waren hier dagegen nicht zu finden.

Während Hagen die Ordner durchblätterte, entging ihm nicht, dass Rossi immer unruhiger wurde. Als er anschließend die Schublade des Schreibtischs öffnete, entspannte er sich wieder. Hier lag das herum, was wohl in jedem Schreibtisch dieser Welt zu finden war: Zettel, Stifte, Radiergummis, Büroklammern, Briefmarken. Außerdem ein in grasgrünes Leder gebundenes, dickes Notizbuch. Das Interessanteste für Hagen war jedoch das elegante Apple-Notebook, das auf dem Schreibtisch thronte.

Er füllte einen vorhin in aller Eile erstellten Quittungsvordruck mit dem Emblem von Europol aus und überreichte ihn Rossi. Dieser war sichtlich nicht damit einverstanden, dass sein lästiger Besucher sich das Notebook unter den Arm klemmte, traute sich aber offenbar nicht, Einspruch zu erheben. Fiorina nahm geistesgegenwärtig das Ladegerät für den Klappcomputer an sich und ließ, als Rossi sich zur Tür wandte, das grüne Notizbuch in ihrer großen Handtasche verschwinden.

Auf dem Weg zum Parkplatz blieb Fiorina plötzlich stehen.

»Maledetto!« Sie verzog das Gesicht und hob seufzend die Hände. »Jetzt habe ich mein Tuch auf der Terrasse liegen lassen. Ich muss noch mal zurück. Darf ich mich gleich hier von Ihnen verabschieden, Signor Rossi?«

Dieser konsultierte seine klobige, brillantenblitzende Rolex, während der falsche Commissario ihr einen fragenden Blick zuwarf. Das Tuch hatte sie mit Absicht liegen lassen. Wenn Rossi sie allein zurückgehen ließ, bot sich ihr vielleicht die Gelegenheit, sich noch kurz ein wenig im Inneren des Hauses umzusehen.

»Ich begleite Sie selbstverständlich, Signora«, verkündete Rossi jedoch und wandte sich in Richtung Terrasse. »Mein nächster Termin ist erst in einer halben Stunde.«

Enttäuscht folgte Fiorina dem watschelnden Hausherrn, Hagen bildete das Schlusslicht. Sie passierten den Pool, auf dessen windgekräuselter Wasseroberfläche sich das Sonnenlicht brach, stiegen die wenigen Stufen zur Terrasse hinauf.

Eine hochgewachsene Blondine trat soeben aus dem Haus. Unter ihrem nachlässig geschlossenen Bademantel kam ein knapper goldfarbener Bikini zum Vorschein, der mehr enthüllte, als er verbarg.

»Du hast Gäste, Amore?«, fragte sie Rossi mit leiser, auch für eine Italienerin ungewöhnlich rauchiger Stimme.

Strähniges, aber ungemein dichtes und langes Haar in hellstem Blond fiel ihr ins ungeschminkte Gesicht. Ihre Züge waren ebenmäßig, Nase und Kinn jedoch kantig, was einen interessanten Kontrast bildete. Sie war sehr schlank, fast völlig ohne Rundungen, wie Fiorina sah, als der Bademantel unter dem nur locker gebundenen Gürtel noch weiter auseinanderklaffte. Fiorina war sicher, die Frau schon einmal gesehen zu haben. Aber wo?

»Du siehst nicht gut aus, Tessa«, sagte Rossi mit einem finsteren Blick, der im Widerspruch zu seinem fürsorglichen Tonfall stand.

»Es geht mir gut, Amore«, behauptete die Angesprochene, obwohl sie tatsächlich hundeelend aussah. »Ich bin nur ein wenig müde.«

Sein Blick wanderte über ihren Körper, die spärliche Bekleidung. »Was hast du vor?«

»Ich wollte ein wenig sonnenbaden.«

»Dafür ist es viel zu kühl und windig, Bellissima, du wirst dich erkälten. Und die Sonne tut dir nicht gut, das weißt du doch.«

Er ging zu dem Platz, an dem Fiorina gesessen hatte, und bückte sich nach dem Seidentuch, das der Wind unter den Tisch geweht hatte.

»Geh ins Haus zurück, Tessa«, sagte er auf einmal barsch, und ohne seine Frau anzusehen.

Sie presste die Lippen zusammen, ihre Augen wurden trüb. »Willst du mir deine Gäste nicht vorstellen?«

»Die Herrschaften sind schon im Gehen.«

»Ihre Frau, Signor Rossi?«, schaltete sich Fiorina ein, während die Blonde gehorsam zur weit offen stehenden Glastür zurückging.

Er nickte und reichte Fiorina mit unwilliger Geste das Tuch. »Ich bringe Sie und den Commissario zum Parkplatz, kommen Sie.«

Es war unverkennbar, dass er dies nicht aus Höflichkeit tat, sondern um sicher zu sein, dass die beiden Fremden nicht noch länger auf seinem Anwesen herumschnüffelten. Mit großen Schritten eilte er voraus und verließ die Terrasse, ohne sich umzusehen.

»Was ist los?«, fragte Hagen Fiorina, die sich nicht von der Stelle rührte.

»Seine Frau, vielleicht weiß sie was«, raunte sie ihm zu. »Gehen Sie mit Rossi zum Auto. Sagen Sie ihm, ich musste noch zur Toilette.«

Sie machte kehrt, in der Hoffnung, der Hausherr würde es nicht bemerken.

»Signora Rossi«, rief sie, als sie im Haus war. »Haben Sie einen Moment Zeit für mich?«

Die Blonde stand mitten in dem mit kostspieligen Möbeln, Skulpturen und modernen Gemälden überladenen Wohnzimmer und wandte sich mit leerem Blick um.

»Dürfte ich Ihnen kurz ein paar Fragen stellen?« Fiorina ging auf sie zu und reichte ihr die Hand.

Tessa Rossi sah in ihr Gesicht, wieder mit diesem verschleierten Blick, als stünde sie unter Drogen oder der Wirkung eines starken Beruhigungsmittels. Ihre Augen erinnerten Fiorina an schwarze Diamanten. Am Mittelscheitel zeichnete sich der dunkle Haaransatz ab. Die auffallende Farbe ihrer Mähne war also nicht echt.

»Der Commissario und ich ermitteln in einem Todesfall, Signora.«

Fiorina hatte jetzt keine Zeit für Geschichten, Rossi konnte jeden Moment zur Tür hereinstürzen. Hoffentlich gelang es Hagen, ihn noch ein wenig aufzuhalten.

»Todesfall?«, murmelte Tessa Rossi und zog unwillkürlich den Bademantel zu. Mit der anderen Hand strich sie sich eine Strähne aus dem Gesicht. Ihre langen, rubinrot lackierten Nägel funkelten im Sonnenlicht, das durch die offen stehenden Glastüren zur Terrasse drang. »Was ... was ist denn passiert?«

»Es geht um einen Angestellten Ihres Mannes«, sagte Fiorina leise und schnell. Gerade hatte sie aus dem Augenwinkel bemerkt, dass Rossi schon im Anmarsch war. »Vielleicht können Sie mir sagen, ob Paolo Carozzo einen Aktenkoffer ...«

»Meine Frau kann Ihnen nicht weiterhelfen!«, rief Rossi schon von Weitem und jetzt mit unverhohlener Wut in der Stimme. Offenbar hatte er Hagen das Märchen von Fiorinas plötzlichem Harndrang nicht geglaubt. »Außerdem gehört Tessa ins Bett. Sehen Sie denn nicht, wie schlecht es ihr geht?«

Schon war Rossi im Raum, hastete zu seiner Frau und legte ihr einen Arm um die Taille. Sie zuckte kurz zusammen, ließ dann aber den Kopf mit verhaltenem Stöhnen an seine Stirn sinken. Er gab einem seiner Gorillas, der plötzlich dastand wie vom Himmel gefallen, einen Wink.

Das Bild wirkte grotesk. Diese große, zwar nicht strahlend schöne, auf unerklärliche Weise aber doch attraktive

Frau, die sich Hilfe suchend an ihren kleinen, korpulenten und völlig unscheinbaren Mann lehnte. Auch vom Alter her passten die beiden nicht zusammen. Er musste auf die sechzig zugehen, sie hingegen schätzte Fiorina auf höchstens Ende zwanzig.

»Können wir jetzt endlich?«, fragte Rossi mit energischer Geste, während der Security-Mann seine Frau in die Tiefen des Hauses führte. Ein zweites Mal, stellte sein Blick klar, würde er sich von seinen Besuchern – Hagen war ihm natürlich gefolgt – nicht an der Nase herumführen lassen.

Im Gänsemarsch gingen sie durch den perfekt angelegten Garten, der auf dieser Seite der Villa eher einem mediterranen Park glich. Viele Palmen sah Fiorina, Feigenbäume mit riesigen Blättern, üppig blühende Magnolien, Kamelien und da und dort Rosenbüsche mit den ersten Blüten.

»Bitte entschuldigen Sie meine heftige Reaktion eben, aber meine Frau ist leider sehr krank«, sagte Rossi, als der Parkplatz in Sichtweite war, nun wieder in freundlicherem Ton. »Sie leidet unter starker Migräne, die kleinste Aufregung kann einen neuen Anfall auslösen. Sie will es nicht wahrhaben, aber Stress jeder Art ist Gift für sie.«

Auf Fiorina hatte die Szene eher so gewirkt, als hätte der Wachmann Tessa Rossi abgeführt und zurück in ihre Zelle gebracht.

»Bitte nehmen Sie es mir nicht übel, dass ich Ihre Frau behelligt habe«, sagte Fiorina. »Aber wir müssen möglichst mit allen Menschen sprechen, die Signor Carozzo kennen.«

»Meine Frau hätte Ihnen ganz gewiss nicht weiterhelfen können. Sie hat nur wenig mit meinem Assistenten zu tun.«

»Sie kommt mir bekannt vor. Ist sie vielleicht Schauspielerin?«

»Bestimmt haben Sie sie schon im Fernsehen gesehen, in Modezeitschriften oder auf Plakaten.« Er lachte leutselig. »Tessa hat früher als Model gearbeitet. Unter anderem für Gucci, Valentino und Chanel.«

»Certo! Jetzt erinnere ich mich. Kann es sein, dass sie einmal sogar das Covergesicht auf der *Vogue* war?«

»Nicht nur einmal«, verkündete Rossi stolz. »Mailand, Paris, New York, Tokio – in allen namhaften Studios, auf allen wichtigen Fashionweeks und Laufstegen der Welt war Tessa zu Hause.« Er machte eine wegwerfende Handbewegung. »Aber das ist Vergangenheit. Die Modebranche ist knallhart, und dieses Vagabundenleben hätte auf Dauer ihrer Gesundheit geschadet.«

Dieses Mal klang sein Lachen wieder selbstgefällig. Fiorina übersetzte, was der angebliche Commissario nicht verstanden hatte.

Sie erreichten den Audi.

Rossi reichte erst ihr und dann Hagen die Hand – mit diesem falschen Lächeln, das ihr schon zu Beginn missfallen hatte. »Wenn Sie noch Fragen haben, können Sie mich natürlich jederzeit anrufen, sagen Sie das bitte auch dem Commissario. Buona giornata, Signori.«

Seine Verbeugung wirkte, als wollte er sich über sie lustig machen.

Beim Losfahren überlegte Fiorina, dass es noch etwas anderes gab, das sie hier gestört hatte. Ein winziges Detail nur, etwas vielleicht ganz Unwichtiges. Doch sosehr sie auch grübelte – es wollte ihr nicht einfallen, was es gewesen sein könnte.

14

»Und?«, fragte Fiorina, als sie das Tor passierten, wo immer noch der Mafioso im schwarzen Zweireiher Wache hielt. »Was denken Sie?«

»Ich denke, er hat wirklich keine Ahnung. Rossi ist zwar ein ausgemachtes Schlitzohr und bestimmt ein hervorragender Geschäftsmann, aber ein besonders guter Lügner ist er nicht.«

Vorsichtig kurvte Hagen die steilen Serpentinen zur Küstenstraße hinunter. Dennoch kam der schwere Audi auf der unbefestigten Fahrbahn immer wieder ins Rutschen.

»Wenn in dem Aktenkoffer etwas gewesen wäre, das Rossi gehört, dann würde er es doch bestimmt schon vermissen«, gab Fiorina zu bedenken.

»Ich weiß nicht«, murmelte Hagen mit krauser Stirn und missmutiger Miene. »Rossi wird nicht jeden Tag seine Wertsachen inspizieren und sein Geld zählen. Im Haus befindet sich eine Menge Zeug, das teuer aussieht. Ob er es wirklich gleich merken würde, wenn zum Beispiel eine seiner komischen Plastiken fehlt? Oder eines von den hässlichen Bildern?«

Fiorina warf einen Blick in den rechten Außenspiegel. »Sie können ihn auch nicht leiden?«

»Er hat mich mit meinem Haus übers Ohr gehauen, dieser Drecksack. Es wäre mir ein Vergnügen, ihm mal ein bisschen auf den Zehen rumzutrampeln.«

»Sie …« Fiorina verstummte, sah über die Schulter nach hinten. »Sie machen das ganz schön professionell. Wie Sie fragen, Ihr ganzes Auftreten.«

Hagen begann zu grinsen. »Gelernt ist gelernt.«

»Sie haben gelernt, Menschen auszufragen?«

Sein Grinsen wurde breiter. »Ich war Polizist. In München.«

»Normale Polizei oder Kripo?«

»Letzteres.«

»Und damit kann man so viel Geld verdienen, dass man sich eine Villa auf Elba leisten kann?«

Anstelle einer Antwort lachte er nur.

»Oder haben Sie … Nein, entschuldigen Sie.«

»Sie meinen, ob ich die Seite gewechselt habe?«, erwiderte er belustigt. »Nein, nein. Keine Sorge. Ich bin immer noch einer von den Guten.«

Wieder blickte sie in den Spiegel. »Jemand folgt uns.«

»Eine Vespa, ich weiß. Scheint eine Frau darauf zu sitzen. Sie kommt näher.«

Die kleine Gestalt in dicker Jacke und mit absurd großem Helm ließ nun immer wieder das Licht aufblinken. Hagen bremste sacht und hielt am Rand des schmalen Sträßchens. Die Fahrerin der schwarzen Vespa stoppte hinter ihnen, nahm den Helm ab, schüttelte die dunklen Locken aus. Es war Rossis Angestellte, die ihnen vorhin die Getränke serviert hatte.

Hagen und Fiorina stiegen aus.

»Salve«, sagte die junge Frau mit verlegenem Lächeln. »Sono Gianna.«

Ungefragt erklärte sie, dass sie auf dem Weg nach Acquaviva sei, wo sie und ihre Eltern wohnten. Nur in Ausnahmefällen – bei privaten Feiern oder Geschäftsdinners ihres Chefs – übernachte sie in Signor Rossis Villa, wo dieser ihr freundlicherweise ein Zimmer zur Verfügung gestellt habe, ein sehr hübsches übrigens mit allem Komfort. Während ihrer weitschweifigen Erzählung sah sie unruhig vom einen zum anderen, wusste offensichtlich nicht recht, wie sie mit dem eigentlichen Thema beginnen sollte. Schließlich hob sie das Kinn, wandte sich an Fiorina und fragte sie etwas in hektischem Stakkato auf Italienisch.

»Was ist mit Paolo?«, übersetzte Fiorina. »Sie macht sich Sorgen, weil er immer noch nicht zurück ist. Ob ihm etwas zugestoßen ist, will sie wissen.«

»Sagen Sie ihr, wir wissen es leider auch nicht«, meinte Hagen.

Kurz wurde palavert, dann erklärte Fiorina: »Sie sagt, er sei am Montagmorgen schon vor halb sechs losgefahren. Einer von der Security hat es ihr erzählt.«

Gianna lauschte ihrem Gespräch mit gesenktem Blick, drehte den schweren Helm nervös hin und her, wandte sich schließlich um und hängte ihn mit einer hastigen Bewegung an den Lenker ihres Motorrollers.

Dann wandte sie sich wieder an Fiorina, die gleich übersetzte: »Sie befürchtet, dass er umgebracht worden sein könnte.«

Giannas waidwunder Blick verriet, dass sie bis über beide Ohren in Carozzo verliebt war.

Hagen bat Fiorina, die Kleine zu fragen, ob sie jemanden wisse, der Carozzo Böses wollte. Gianna zierte sich erst ein wenig, doch dann gestand sie, vor Tagen ein Telefonat mitgehört zu haben. Mit wem Carozzo gesprochen hatte, wusste sie allerdings nicht. Er hatte sein Handy benutzt, und es war um Geld gegangen. Um viel Geld, das er jemandem schuldete. Einmal war der Name Umberto gefallen. Umberto solle sich nicht aufregen, er werde bezahlen. Bald. Die volle Summe. Spätestens am Dienstag. Man könne sich dann in Sarajevo treffen.

»In Sarajevo?«, fragte Hagen verblüfft, nachdem Fiorina übersetzt hatte. »In Serbien, ist sie sicher?«

Betreten schüttelte Gianna ihr hübsches Köpfchen mit den unglaublich vielen blauschwarzen Locken. Nein, ganz sicher war sie sich nicht. Sie hatte im Flur vor Carozzos Wohnung gestanden, und die Tür war geschlossen gewesen.

Also hatte sie gelauscht. Wahrscheinlich, um herauszufinden, ob sie Grund zur Eifersucht hatte.

»Ich bin sicher, dass Paolo etwas zugestoßen ist«, stieß sie hervor. »Das hat er noch nie gemacht, tagelang verschwinden und dann nicht zur Arbeit erscheinen. Und dann kommen auf einmal Sie, die Polizei, und fragen nach ihm. Wenn Paolo nicht mehr lebt, dann will ich, dass sein Mörder bestraft wird.«

»Sie mögen ihn, nicht wahr?«, fragte Fiorina. Das verstand Hagen auch ohne Übersetzung.

Gianna nickte widerstrebend.

»Und er?«

»Mögen tut er mich schon, aber …« Sie biss sich auf die volle, kirschfarben geschminkte Unterlippe. Ein Tränchen kullerte ihre Wange hinab.

»Fragen Sie sie, ob er mit einer anderen Frau was gehabt hat«, sagte Hagen leise.

Nein, eine Konkurrentin gab es angeblich nicht. Während Gianna sprach, irrte ihr Blick ab. Vermutlich schämte sie sich, zuzugeben, dass Paolo eine andere ihr vorgezogen hatte.

»Was ist er denn für ein Mensch?«, fragte Fiorina.

Meist sei er gut gelaunt, manchmal aufbrausend, aber in der Regel freundlich. Erst in letzter Zeit war er ihr hin und wieder ein wenig bedrückt vorgekommen, als hätte er Sorgen. Abends hörte er gerne Musik, klassische Musik. Traurige Musik. Manchmal seien sie miteinander spazieren gegangen, über die Hügel oder zum Meer hinunter. Er hatte sich nach den Büchern erkundigt, die sie gerade las, mit Leidenschaft Liebesromane. Manchmal habe er sie ein wenig geneckt, gesagt, wie schön sie sei und dass er den Mann beneide, der sie einmal heiraten dürfe. Dass sie in ihm diesen Mann sah, hatte sie offenbar nie zu sagen gewagt.

»Wie alt sind Sie?«

Einundzwanzig, sagte Gianna so verschämt, als wäre es eine Schande, so jung zu sein. Carozzo war sechsundzwanzig gewesen, als er starb.

»Gibt es einen Tresor im Haus?«, fragte Hagen.

Gianna hatte sich jetzt wieder gefangen, nickte ernst und wichtig. Auf einmal wirkte sie gar nicht mehr so unsicher und harmlos wie zu Beginn des Gesprächs. Carozzo besaß sogar einen Schlüssel zu Rossis Safe, erfuhren sie. Er bekleidete im Haus eine Vertrauensstellung, hatte jederzeit Zugang zum Büro des Chefs, das sonst niemand betreten durfte, nicht einmal Gianna oder seine Frau.

»Hat es in letzter Zeit Streit gegeben zwischen Signor Rossi und Paolo?«, fragte Fiorina.

Bei dieser Frage erblasste Gianna, stotterte ein wenig herum, gestand schließlich, es habe öfter Konflikte zwischen ihrem Chef und Carozzo gegeben. Aber in den letzten Wochen eigentlich nicht mehr.

»Mit wem hat er sonst noch zu tun gehabt?«, wollte Hagen wissen. »Hat er Freunde? Feinde? Gute Bekannte?«

Gianna hob die Schultern. Sie konnte nur sagen, dass er an den Wochenenden oft aufs Festland gefahren war. Und einmal hatte, als er am Sonntagabend zurückkehrte, ein Parkschein hinter der Scheibe seines Toyota gelegen.

»Für das Parkhaus im Hafen von Livorno.«

»Pronto!«

»Was ist denn nun mit meinem Geld? Ich muss sagen, ich werde allmählich …«

»Dottore, mi dispiace tanto«, unterbrach ihn der andere, begleitet von einem unsicheren Lachen. »Es tut mir so unendlich leid, aber ich ersticke hier gerade in Arbeit. In spätestens fünf Minuten hätte ich Sie ganz bestimmt …«

»Jajaja. Wann kriege ich mein Geld?«

»Das wird leider noch ein wenig dauern, Dottore. Mein Partner ist immer noch nicht eingetroffen. Ich vermute, er ist aufgehalten worden, oder es gibt ein Problem mit seinem Wagen. Aber Sie brauchen sich wirklich keine Sorgen zu machen, er …«

»Dasselbe haben Sie gestern auch schon gesagt. Und vorgestern. Denken Sie, ich weiß nicht, was hier gespielt wird? Halten Sie mich für einen Idioten?«

»Keinesfalls, Dottore, das tue ich keinesfalls! Ich verstehe selbst nicht, warum er nichts von sich hören lässt. Normalerweise ist er äußerst zuverlässig.«

»Warum rufen Sie ihn nicht einfach an, eh? Er wird ja wohl ein Telefonino haben.«

»Das habe ich natürlich versucht, Sie können sich nicht vorstellen, wie oft. Aber ich erreiche ihn leider nicht.«

»Wissen Sie, was ich denke? Ihr sauberer Partner hat sich aus dem Staub gemacht – mit meinem Geld!«

»Aber nein, Dottore, wie können Sie so etwas denken?« Dieses Mal klang das Lachen hysterisch. Wie von einem alten Weib, das um sein Leben fürchtete. »Ich werde ihn gleich noch einmal anrufen, und dann melde ich mich sofort wieder bei Ihnen, bene?«

»Ich brauche das Auto unbedingt, und zwar jetzt sofort«, schrie Federico am anderen Ende der Handyleitung, untermalt von allerhand Rauschen und Tosen, das nach Meeresbrandung klang. »Sonst geht die Welt unter. Variante zwei: Du holst mich in Pomonte ab und fährst mich zu Andrea. Entscheide dich! Aber bitte rasch!«

»Das geht nicht, das ist viel zu weit«, rief Fiorina nicht weniger aufgebracht. Sie hatte das Mobiltelefon zwischen Ohr und Schulter geklemmt und steuerte auf der kurvigen Straße mit beiden Händen. »Wie oft soll ich dir noch sagen, dass mein Chef heute zum Abendessen zu uns kommt?«

Sie und Hagen waren auf dem Weg nach Portoferraio, sie im gemieteten Audi, er hinter ihr in seinem Ferrari, dessen unauffälliges Himmelblau immer wieder in der Sonne aufblitzte.

»Der Fiat steht in Portoferraio, wir müssen erst den

Mietwagen zurückbringen, und anschließend wartet Mamma mit dem Essen. Also, nimm den Bus oder ein Taxi oder such dir einen anderen Dummen, der dich herumkutschiert.«

Nach dem Besuch in Rossis Villa waren sie zu Hagens Haus gefahren und hatten dort eine halbe Ewigkeit lang versucht, das Passwort von Carozzos MacBook zu knacken. Irgendwann war ihnen bewusst geworden, dass sie nichts zu Mittag gegessen hatten, und da es schon spät war, hatte sie ihren neuen Arbeitgeber nach einem Telefonat mit ihrer Mutter kurzerhand zum Abendessen eingeladen.

»Und außerdem, Bruderherz«, fuhr Fiorina giftig fort, »ich hoffe doch sehr, dass du auch dabei bist. Mamma rechnet fest mit dir.«

»Ich glaube es nicht, ich glaube es einfach nicht.« Federicos Jammern wurde noch eine Stufe theatralischer. »Den ganzen Nachmittag sitze ich hier und fotografiere Pasta für die neue Speisekarte dieses beschissenen Ristorante, und am Ende will der Wichser nichts bezahlen, weil ihm die Fotos nicht gefallen, und zu essen kriege ich auch nichts, und meine Schwester gondelt mit ihrem tollen Wunderchef durch die Gegend und erklärt mir wieder mal, was ich zu tun habe, und wenn *ich* das Auto brauche, ein einziges Mal nur, dann …«

»Was würdest du ohne ihn machen, eh?«, unterbrach Fiorina ihn wütend. »Erstens lebst auch du von dem Geld, das ich bei dem Deutschen verdiene, und zweitens war er mit mir in Rossis Villa wegen deinem Scheißpaolo und seinem Scheißaktenkoffer …«

»Der noch da wäre, wenn du die Türen abgeschlossen hättest.«

»Du hättest ihn doch mit in dein Zimmer nehmen können. Das Auto gehört außerdem *mir,* falls du es vergessen hast. Du *darfst* es benutzen, wenn ich es dir *erlaube.* Kümmere dich doch in Zukunft selbst um diesen gottverdammten, saublöden Koffer, madonna mia!«

Mit jedem Wort hatte sie sich mehr in Rage geredet und immer weniger auf den Verkehr geachtet. Irgendwo weit hinter ihr blitzte eine Lichthupe auf.

Ein Blick in den Rückspiegel sagte ihr, dass der Ferrari zurückgefallen war, die Lücke dazwischen füllten ein kleiner Honda und ein altes Piaggio-Lieferwägelchen. Sie bremste scharf und scherte so abrupt auf den Standstreifen, dass der Fahrer des Honda dreimal hupte und sein Beifahrer mit der erhobenen Faust aus dem Fenster schrie.

»Sonst schimpfst du immer auf die deutschen Männer, was ist denn auf einmal los mit dir? Hast du dich in deinen Boss verknallt?«

»So, jetzt reicht's! Basta davvero, hai capito?«, explodierte sie nun endgültig. »Zum Essen bist du da, verstanden? Und wehe, du kommst wieder bekifft nach Hause, dann gnade dir die Muttergottes oder wer auch immer!«

Sie pfefferte das Handy mit so viel Schwung auf den Beifahrersitz, dass es hochsprang und irgendwo im Fußraum landete. Dann stellte sie fest, dass der Ferrari inzwischen hinter ihr stand, und fädelte sich wieder in den Verkehr ein, was ein neues Hupkonzert auslöste, dieses Mal von einem rostigen Alfa Romeo.

15

Eine Stunde später saß Hagen zusammen mit Fiorina an einem großen Tisch in der geräumigen und etwas überheizten Küche der Familie Luccarelli. Über die Einladung zum Abendessen hatte er sich gefreut. So gab es einmal etwas anderes als Tiefkühlpizza, er kam unter Menschen, konnte Fiorinas Mutter kennenlernen, und vielleicht auch ihren künstlerisch begabten und offenbar nicht ganz unkomplizierten Bruder.

»Bei Mamma bekommen Sie mal etwas richtig Gutes zu essen«, hatte Fiorina gemeint. »Sie kocht ausgezeichnet und nur nach Rezepten, die hier aus der Gegend stammen.«

Ein klein wenig hatte ihm vor der südländischen und vermutlich geräuschvollen Familienkuscheligkeit gegraust. Aber Fiorinas Argumente hatten ihn schließlich überzeugt.

Als sie ankamen, hatte Mamma Luccarelli schon am Herd gestanden und mit hochrotem Kopf gerührt und geschnippelt, gekocht und gebrutzelt, dass ihm allein vom Zusehen schwindlig wurde. Später setzte sie sich für die Vorspeise – Bruschette mit einer sensationell leckeren Leberpastete – zu ihnen an den Tisch, und Fiorina fragte ihre Mutter beiläufig, was man sich denn im Supermercato über den ertrunkenen Mann erzählte. Der große Supermarkt, an dessen Kasse Signora Luccarelli arbeitete, war für die Einheimischen, erfuhr Hagen, eine der zentralen Informationsdrehscheiben.

Inzwischen wussten die Carabinieri und offenbar auch schon halb Portoferraio, dass der Tote Paolo Carozzo war. Seine Eltern waren am Nachmittag bei der Polizei gewesen, da ihr sonst so zuverlässiger Sohn immer noch nichts hatte von sich hören lassen. Hagen beneidete die italienischen Kollegen nicht um die traurige Pflicht, den beiden Alten den Tod ihres einzigen Kindes verkünden zu müssen. Das waren Momente, die jeder Polizist dieser Welt aus tiefstem Herzen hasste.

Mamma Luccarelli erinnerte sich nicht nur daran, dass Carozzo mit Federico zur Schule gegangen war, sondern kannte auch die Eltern, hatte sie natürlich schon angerufen, um ihnen ihr Beileid zu bekunden. Und eine ihrer Kolleginnen kannte außerdem Carozzos Ex-Frau flüchtig.

Für einige Zeit wurde mit so aberwitzigem Tempo Italienisch gesprochen, dass Hagen Hören und Sehen verging. Das unterkühlte Temperament, das Fiorina ihm gegenüber bisher an den Tag gelegt und das er während des Gesprächs mit Rossi sogar bewundert hatte, war wie weggewischt. Eine völlig andere Frau schien ihm gegenüberzusitzen. Mit italienischem Temperament gestikulierte sie, sprang hin und wieder unvermittelt auf, um etwas zu holen, das Mamma vergessen hatte. Oft wurde gelacht, kurz darauf klang es, als würden die beiden Frauen sich streiten und in Kürze nach den Messern greifen.

»Mammas Kollegin sagt, er ist seit einem knappen Jahr geschieden«, übersetzte Fiorina schließlich das Wesentliche für ihn. »Die Trennung, erzählt man sich, war ein wüster Rosenkrieg.«

»Weiß man auch, warum die beiden sich getrennt haben?«

Fiorina verneinte. Bekannt war lediglich, dass Carozzos Ex mit Vornamen Salvina hieß und aus Kalabrien stammte. Angeblich war sie zänkisch und geldgierig und eine der schrecklichsten Giftspritzen, die die Welt gesehen hatte.

»Sie soll auch nach der Scheidung immer wieder Geld von Paolo verlangt haben.«

Zudem munkelte man, die geschäftstüchtige Salvina habe zu Hause in Reggio di Calabria drei Brüder, denen man ungern im Dunkeln begegnen wollte. Das Gespräch wurde kurz unterbrochen, als Mamma Luccarelli einen gusseisernen Topf voller Cacciucco auf den Tisch wuchtete. Seit Generationen nach einem uralten toskanischen Rezept zubereitet, erklärte Fiorina mit einem Stolz, als hätte sie selbst am Herd gestanden.

Obwohl die Fischsuppe göttlich schmeckte, in der neben Muscheln allerhand rätselhaftes Meeresgetier schwamm, ließ sich Hagen den Teller nur einmal füllen. Auf dem Herd standen noch mehrere große Töpfe, aus denen es verführerisch duftete. Neben einem windschiefen kleinen Büfett aus dunklem Holz mit selbst gehäkelten Bordüren an den Glasfensterchen stapelten sich noch weitere Stühle, vermutlich für Großfamilienfestivitäten.

Was aus Carozzos geschiedener Frau geworden war, wusste niemand. Früher hatte sie in einer Osteria in Marina di Campo als Serviererin gearbeitet, wo sie ihren späteren Mann kennenlernte. In den zwei Jahren ihrer Ehe war sie keinem Beruf nachgegangen, sondern hatte ihren Lebenszweck den Gerüchten zufolge darin gesehen, ihrem Paolo das Leben zur Hölle zu machen.

Nach der Suppe tischte Mamma Luccarelli den ersten Hauptgang auf, ein Gericht, das Pici genannt wurde und aus langen, dicken und selbstredend hausgemachten Nudeln und einer Soße mit kleinen roten Linsen und Karotten bestand. Hätte Hagen nicht abgewinkt, wäre ungefähr dreimal so viel auf seinem Teller gelandet, wie er essen konnte. Und nun folgte das Erwartete und wohl Unvermeidliche: Signora Luccarelli, die ihn schon zuvor mit lebhaftem Interesse und sichtlichem Wohlwollen gemustert hatte, nahm ihn ins Verhör.

Wo er denn zur Welt gekommen sei, wollte sie wissen. Von einer Stadt namens Bielefeld hatte sie natürlich noch nie gehört, von Steinhagen, dem Dorf, in dem Hagen aufgewachsen war, erst recht nicht.

Deutschland fand sie aber super. Tausendmal besser jedenfalls als dieses korrupte, ständig bankrotte und bis in die Knochen morsche und verdorbene Italien. Allein die Idioten in der Provinzregierung in Florenz, die alles Geld der Toskana auf dem Festland verschleuderten, sodass für Elba, wenn überhaupt, immer nur einige Cent abfielen. Sie wetterte über die noch viel größeren Idioten in Rom, die das Land in stets noch tiefere Abgründe steuerten. Die allergrößten Idioten aber, wurde Hagen belehrt, waren in Mailand zu Hause. Dort befand sich sozusagen der intellektuelle Tiefpunkt des Landes.

»Wir haben Verwandte dort«, erklärte Fiorina halblaut und mit leisem Schmunzeln.

Mitten in alldem Elend, der Verlogenheit und Misswirtschaft gab es jedoch, Gott sei gepriesen, eine winzig kleine, doch weithin leuchtende Ausnahme: Elba, das schönste Fleckchen Erde südlich der Alpen, das Gott geschaffen hatte. Wahrscheinlich sogar die schönste Insel der Welt.

»Später habe ich dann viele Jahre in München gelebt«, sagte Hagen in der Hoffnung, dass die große Stadt im Süden Deutschlands Mamma Luccarelli bekannt war.

Diese geriet umgehend in Wallung, war sogar schon einmal dort gewesen und fand die Stadt noch viel besser als Deutschland an sich.

»Ottoberefeschte«, radebrechte sie hingerissen.

Für den aufregenden Gast hatte sie sich offenbar fein gemacht. Sie roch nach einem üppigen blumigen Parfüm und trug ein elegantes Kleid mit dazu passender Strickjacke in würdevollem Dunkelblau, dazu für eine Frau ihres doch schon gesetzten Alters erstaunlich hohe Pumps. Die Leidenschaft für kriminell hohe Absätze hatte er schon bei vielen Italienerinnen bemerkt, gleichgültig, ob alt oder jung.

Bei Mamma Luccarellis Besuch des Oktoberfests war Fiorina noch nicht auf der Welt gewesen. Zusammen mit einer Gruppe von Freunden und Freundinnen hatten sie und ihr damals noch nicht verschwundener Mann die Theresienwiese unsicher gemacht, und alles in allem schien es ein denkwürdiges Besäufnis gewesen zu sein, von dem halb Portoferraio noch heute schwärmte.

Die Kriminalpolizei in Italien hieß Polizia Giudiziaria und gehörte zur Polizia di Stato, erfuhr Hagen, nachdem er die Frage nach seinem Beruf beantwortet hatte. Auf Elba hatten diese Faulpelze aber natürlich nichts zu tun, da Verbrechen hier quasi unbekannt waren. Falls sich doch einmal jemand danebenbenehmen sollte, rückten die Carabinieri an. Am Ende handelte es sich bei den Tätern fast immer um irgendeinen übers Meer gekommenen Fremdling, erzählte Fiorinas Mutter. Leider waren aber auch die Carabinieri allesamt Idioten und hatten noch nie ein Verbrechen aufgeklärt, das es ja aber zum Glück ohnehin nicht gab.

Aus diesem Grund war Mamma Luccarelli davon überzeugt, dass Paolo Carozzo keinem Verbrechen zum Opfer gefallen sein konnte. Er war entweder aus Versehen ertrunken oder hatte sich das Leben genommen, aus Kummer über seine Furie von Ex-Frau. Commissario bedeutete übrigens Hauptkommissar, was Hagens letzter Dienstrang gewesen war. Die naheliegende Frage, weshalb er heute kein Polizist mehr war, überging Mamma Luccarelli großzügig. Die Details würde sie ihm vermutlich später am Abend zu entlocken versuchen.

Wie es ihm denn in Italien gefalle, wollte sie stattdessen wissen.

»Gut. Sehr gut sogar. Noch besser, seit ich eine so nette und fleißige Zugehfrau habe wie Ihre Tochter«, erwiderte Hagen.

Beim Secondo – ein Kaninchenragout mit Gemüsen der Saison, dessen italienischen Namen er sich trotz dreimaligem Vorsagen nie merken würde – erläuterte Mamma Luccarelli Hagen die Gründe dafür, weshalb Elba das Zentrum alles Guten war, das es in diesem ansonsten so beklagenswert desolaten Land noch gab. Hier waren die Menschen am freundlichsten, am herzlichsten und hilfsbereitesten, die Strände ohne Vergleich, das Wetter war besser als irgendwo sonst, das Meer einzigartig und das Essen sowieso. Auch war der hiesige Wein überhaupt nicht zu vergleichen mit der Plörre, die am Festland unter Beimischung von Billigweinen aus Nordafrika zusammengepanscht wurde. Hier gab es auch keine Autobahnen, auf denen sich die Menschen unentwegt zu Tode fuhren. Hier brauchte man nicht einmal die Haustür abzuschließen. Zumindest, solange keine Touristen da waren.

»Alle schimpfen sie auf die Touristen«, sagte Fiorina mit Augenzwinkern. »Und alle wären sie bettelarm, wenn sie plötzlich nicht mehr kämen.«

Das Ragout schmeckte rekordverdächtig. Das Fleisch war butterzart, der Knoblauch genau richtig dosiert. Auch der Vino Rosso, ein tiefroter Sangiovese, war nach Hagens Geschmack, der sonst höchstens Weißwein trank, und auch das nur, wenn kein Bier im Haus war. Mit dem Winzer war Mamma Luccarelli um drei Ecken verwandt, sodass sie nicht den sauren Wein bekam, den er den dummen Touristen andrehte. Als Hagen zwischendurch begann, sich Gedanken um das lästige Thema Alkohol und Autofahren zu machen, winkte Mamma resolut ab. Ab acht Uhr abends schliefen diese Lahmärsche von Carabinieri. Entweder in ihren Betten zu Hause oder in den Büros.

Weshalb er denn nicht verheiratet sei, wollte Mamma natürlich wissen. Einem so schönen und stattlichen Mann müssten die Frauen doch zu Füßen liegen.

Als Hagen erklärte, dass er schon einmal verheiratet gewesen, aber seit einem Jahr wieder geschieden sei, konnte er an Mammas Miene ablesen, dass er soeben einige der Pluspunkte wieder einbüßte, die er angesammelt hatte. Sein Konto schien jedoch immer noch deutlich im Plus zu stehen. Mamma Luccarelli hörte mit unverhohlenem Behagen, dass er zurzeit weder verlobt noch liiert war und sich auch nicht mit diesbezüglichen Absichten trug.

Weshalb er denn nur so wenig esse?

Die Frage, ob es ihm etwa nicht schmecke, ersparte sie ihm gnädigerweise. Vermutlich, weil er alles, was sie ihm bisher vorgesetzt hatte, bis zur Lächerlichkeit gelobt hatte. Dabei hatte er den Eindruck gehabt, dass Fiorina seine ehrlich gemeinten Komplimente beim Übersetzen noch tüchtig aufpolierte.

Während Fiorina die Teller abräumte, fragte Hagen Mamma Luccarelli nach dem Nachnamen von Carozzos geschiedener Frau. Den wusste sie zwar nicht, aber nach einem längeren und wortreichen Telefonat mit einer Frau, die eine Freundin oder Kollegin oder beides war, präsentierte sie ihm stolz einen Zettel: Salvina Solario lautete der vollständige Name.

»Wo bleibt eigentlich Ihr Bruder?«, fragte er Fiorina, als er sich von ihrer Mutter noch ein allerletztes Gläschen einschenken ließ. »Ich an seiner Stelle würde mir ein so wunderbares Essen nicht entgehen lassen.«

»Das kriegt er ja jeden Tag zweimal.« Sie funkelte ihn so kriegerisch an wie bei ihrer ersten Begegnung. »Deshalb weiß er es nicht mehr zu schätzen.«

»Ihre Mutter kocht mittags und abends? Ich denke, sie arbeitet in einem Supermarkt?«

»Morgens steht sie schon um halb sechs auf und kocht vor, damit ihr armer Sohn nicht hungern muss.« Sie machte eine Bewegung zur Decke hin. »Natürlich auch für unsere Nonna. Sie haust unter dem Dach und verlässt ihre Wohnung nur noch, wenn wir sie dazu zwingen.«

Hagen rang mit sich, ob er so unverschämt sein durfte, sich auch noch das letzte Stück Ragout aus der Schüssel zu angeln. Aber bevor er zu Ende überlegt hatte, hatte

Mamma Luccarelli ihm den Brocken bereits auf den Teller gelöffelt.

»Denken Sie, er kommt heute noch?«, fragte ihr Chef, als er auch den letzten Happen verschluckt hatte.

Fiorina rollte die Augen. »Ich habe ihm versprochen, dass ich ihm den Kopf abreiße, wenn er nicht auftaucht.«

Auch Mamma hatte schon mehrmals nach Federico gefragt. Eine große Portion von jedem Gang hatte sie natürlich für ihn vor Beginn des Essens zur Seite gestellt.

Inzwischen war Fiorina so wütend auf ihren Bruder, dass sie fürchtete, sie würde platzen, wenn jemand noch ein weiteres Wort über diesen charakterlosen Tagedieb verlor, diesen Nichtsnutz, diesen …

»Was hat dein Chef gesagt?« Rosetta Luccarelli strahlte ihren Gast an, als wollte sie ihn auf der Stelle adoptieren. »Wie schade, dass er nicht Italienisch kann. Du musst es ihm unbedingt beibringen, Amore.«

Offenbar hatte Fiorina in den Augen ihrer Mutter gerade einen Karrieresprung gemacht. Ihr graute vor dem nächsten Morgen, wenn Mamma ihr todsicher einen ausschweifenden Vortrag über die Vorzüge des sensationellen Deutschen halten würde.

»Wie wär's mit einem Caffè?«, lenkte Fiorina ab, sprang auf und ging zum Herd.

Die Wohnungstür schepperte auf und wieder zu, Federicos schlurfende Schritte kamen näher. Heute sang er weder den neuesten Ohrwurm von Eros Ramazzotti noch eine seiner Lieblingsarien. An seiner Stelle begann Fiorina, ein Liedchen zu summen. Ihre Standpauke hatte also doch etwas bewirkt.

Als Federico in der Küche stand, brauchte sie nur in sein langes Gesicht zu sehen, um zu wissen: Der nächste Akt des Federico-Andrea-Endlos-Dramas hatte begonnen.

»Wie schön, dass du es doch noch geschafft hast, Amore.« Mamma erhob sich und umarmte ihren Augenstern. »Madonna santa – du musst schrecklich hungrig sein, nach so einem langen Tag.«

»Allerdings.« Mit lautem Ächzen ließ er sich auf seinen Stuhl fallen. »Ich bin echt ausgehungert, dieser Vollidiot in Pomonte …«

Er schimpfte noch ein wenig auf den betrügerischen Wirt, der ihn einen ganzen Tag lang appetitlich dekorierte Teller fotografieren ließ, um ihm am Ende zu eröffnen, Federicos Aufnahmen seien zu puristisch und würden nicht zum Stil des Hauses und zur Qualität der Küche passen.

Dass der Wirt in Pomonte ein Halunke war, wunderte Mamma kein bisschen.

»Die Leute an der Westküste stammen alle von Piraten ab«, behauptete sie. »Das hätte ich dir gleich sagen können, dass die dich übers Ohr hauen. Komm, nimm dir vom Ragout, und hier ist Brot. Cacciucco ist auch noch da, den magst du doch so gern, und Pasta. Bedien dich, Amore, iss und schau, was für netten Besuch wir heute haben.«

Federico hob kaum den Blick, sondern stürzte sich sofort auf die Teller und Schüsseln, die Mamma vor ihn hinstellte. Erst, als Fiorina ihn unter dem Tisch gegen das Schienbein trat, wandte er sich ihrem Chef zu, um ihn zu begrüßen und willkommen zu heißen. Gastfreundschaft und die damit verbundene Höflichkeit bei Tisch waren ein heiliges Gebot in Italien.

Aus dem kurzen Blick wurde ein langer. Die ausgestreckte

Hand noch in der Luft, richtete Federico sich kerzengerade auf und starrte Hagen an wie einen soeben vom Himmel herabgesegelten Halbgott, sprang schließlich sogar auf, um den Gast so stürmisch zu umarmen, als wollte er ihn nie wieder loslassen.

»Oddio!«, entschlüpfte es Fiorina. »Mach ihn mir nicht kaputt.«

Sie hoffte, dass ihre Mutter nicht verstand, was hier gerade vor sich ging. Hagen hingegen war offenkundig sonnenklar, woher Federicos Begeisterung rührte. Fiorina hätte sich ohrfeigen können. Was hatte sie anderes erwartet, wenn sie ausgerechnet die deutsche Ausführung von Jason Statham nach Hause brachte – Federicos Idol Numero Uno?

Als er von Mamma auch noch hörte, der neue Chef seiner großen Schwester sei mit ihren Diensten mehr als zufrieden, kannte Federicos Glück keine Grenzen mehr. Vermutlich hoffte er, den großen Deutschen ab jetzt jeden zweiten Tag zu sehen, ihn zu umgarnen und – wer konnte es wissen – vielleicht irgendwann auch mehr.

Kaum saß Federico wieder auf seinem Stuhl, traf ein zweiter Tritt sein Schienbein.

Während er das Essen in sich hineinschaufelte, kramte er in seinen spärlichen Englisch- und Deutschkenntnissen und versuchte, sich vor seinem neuen Star im besten Licht zu zeigen. Er pries seine Fähigkeiten als Fotograf und bildender Künstler, stellte unter Mammas Applaus sein Talent als Sänger unter Beweis und lud Hagen zu einer Inseltour by night ein, bei der er ihm all die versteckten Sehenswürdigkeiten zu zeigen versprach, die er sonst nie zu sehen bekäme.

Hagen war immerhin noch nüchtern genug, um dieses durchsichtige Angebot mit einer diplomatischen Notlüge über sein ständig zu knapp bemessenes Zeitbudget abzuwimmeln, und Fiorina setzte zum dritten Hieb unter dem Tisch an.

Nach dem Caffè bedankte Hagen sich bei Mamma mit demselben Enthusiasmus, mit dem er Fiorina gestern noch wegen ihres Zuspätkommens beschimpft hatte, und verabschiedete sich. Wie Fiorina befürchtet hatte, wollte Federico ihn jedoch nicht gehen lassen.

»Wie wär's mit einem Absacker bei Gabriele?« Vertraulich hakte er seinen neuen Schwarm unter, als sich alle umarmten und Luftküsschen verteilten. »Ein Gläschen geht doch noch, oder?«

Hagen war inzwischen so angesäuselt, dass er sich widerstandslos von Federico abführen ließ. Fiorina blieb nichts anderes übrig, als sich den beiden anzuschließen, um im Krisenfall Schlimmeres zu verhüten.

Ihre Mutter hingegen, die sich über Federicos plötzlichen Stimmungsumschwung nicht zu wundern schien, wollte lieber zu Hause bleiben.

»Ihr wisst, Kinder, wie früh ich morgens rausmuss«, sagte sie mit seligem Lächeln und begann, die Küche aufzuräumen.

Nun ist es endlich still, und wie so oft in letzter Zeit irre ich durch das nachtdunkle Haus, versuche verzweifelt, den grausamen Bildern zu entkommen, die mich immer mehr peinigen. Am schlimmsten sind Paolos Augen. Wie sie mich anstarren. Dieser Moment der Erkenntnis – der Tod ist da.

Heute war die Polizei zweimal im Haus, aber es war nicht

halb so schlimm, wie ich befürchtet hatte. Sie stellten mir ein paar halbherzige Fragen, schnüffelten ein wenig herum, verschwanden wieder. Dennoch hat mich der Tag aufgewühlt, ich bin noch unruhiger als zuvor, noch fahriger und haltloser.

Erschöpft lehne ich mich an die Wand, starre in die Finsternis, lausche. Doch bis auf den Wind, der draußen immer wieder ächzt und stöhnt wie eine verlorene Seele auf der Suche nach Erlösung, höre ich keinen Laut. Mehr denn je fühle ich mich hier fremd, einsam, verlassen. Ich gehöre nicht hierher. Wenn doch Paolo bei mir wäre, meinem Dasein einen Sinn gäbe, mir Hoffnung schenkte. Mit seinem Lachen, seinen verrückten Ideen, seinem Hunger nach Leben …

Neue Verzweiflung durchflutet mich, Trauer und Scham. Wie soll ich nur weiterleben, mit dieser entsetzlichen Schuld?

Tränen strömen mir über die Wangen, meine Lippen schmecken nach Salz. Meine Hände zittern, und ich weiß, nur eines könnte mir jetzt helfen. Ich taumle weiter, vielleicht habe ich ja Glück, nur dieses eine Mal, so wie neulich. Vielleicht finde ich wieder etwas, womit ich meine Verzweiflung wenigstens vorübergehend betäuben kann, irgendwo, hoffentlich …

Da – ein Geräusch!

Ich schleiche zur nächsten Tür, hinter der ich etwas gehört zu haben glaube, presse das Ohr gegen das warme Holz, leise und vorsichtig.

Ein Seufzen.

Lauter wird es und lauter, steigert sich zu lustvollem Stöhnen. Eine zweite Stimme gesellt sich dazu, tiefer und so vertraut wie die erste. Ich will nicht, nein, auf keinen Fall will ich das, aber dennoch muss ich sie sehen. Diese beiden Leiber, die sich umschlingen, aneinanderpressen, nackt und schweißgebadet.

So schaue ich durchs Schlüsselloch, halb widerstrebend, halb gebannt, und wünsche im selben Moment, ich hätte es nicht getan.

16

Bei Gabriele war es um diese späte Uhrzeit sehr viel voller als am Morgen. Im Innenraum der schmalen, hell erleuchteten Bar standen die Gäste dicht an dicht, und auch auf den Stufen vor der geöffneten Tür ging es hoch her. Man trank Sprizz oder Wein – manche begnügten sich auch mit einer Aranciata oder Cola –, tauschte die Neuigkeiten des Tages aus und rief hin und wieder die Bambini zur Ordnung, die auf der von Straßenlaternen beschienen Piazza mit Blick auf die nachtschwarze, nur von Sternenlicht erhellte Bucht herumtobten. Sogar einige erste Touristen hatten sich schon hierher verirrt, in der Vorsaison waren spätabends nur noch wenige Lokale geöffnet.

»Ihr Italiener trinkt viel weniger als wir«, bemerkte Hagen und nippte an seinem Rotweinglas. Durch den kurzen Spaziergang in der kühlen Nachtluft schien er wieder nüchtern geworden zu sein. »Und das, obwohl der Wein auf Elba«, er zwinkerte Fiorina zu, »bekanntlich der beste auf der Welt ist.«

»Wir Italiener sind nun mal Genießer«, rief sie ihm ins Ohr, um das Gelärme und Gelächter zu übertönen. »Und dann noch die Hitze. Da wird Alkohol leicht gefährlich.«

Sie hatten sich bis zum Tresen vorgekämpft, es war stickig heiß und der Geräuschpegel so hoch, dass man nicht einmal den ständig laufenden Fernseher geschweige denn die Musik aus den Lautsprechern hörte.

»Im Sommer bei fast vierzig Grad im Schatten«, fügte Fiorina lachend hinzu, »fällt man tot um, wenn man sich so vollaufen lässt wie manche auf Mammas geliebtem Oktoberfest.«

Hagen hatte sich von den Avancen ihres Bruders nicht aus der Ruhe bringen lassen und ihn stattdessen über seinen alten Schulfreund Paolo ausgefragt. Etwas Neues war dabei jedoch nicht herausgekommen. Immerhin hatte Federico dadurch das Interesse an ihm verloren und sich zu einem anderen Grüppchen gesellt, dem alten Nunzio und seinen Enkeln aus La Spezia, zwei jungen, schick gekleideten Männern, die ihren Großvater viel zu selten besuchten, wie er oft klagte. Vermutlich hoffte Federico, neue Geschäftsbeziehungen zu knüpfen oder Eroberungen zu machen.

Hagen hielt sein bauchiges Weinglas fest, Fiorina nippte an ihrem Wasser. Bei dem Gedränge ließ es sich nicht vermeiden, dass sie eng beieinanderstanden und sich hin und wieder berührten.

»Lassen Sie uns mal versuchen, ein bisschen Ordnung in die Sache zu bringen«, sagte er und wirkte auf einmal stocknüchtern und hoch konzentriert.

Eigentlich hatte Fiorina sich vorgenommen, heute Abend nicht mehr über Paolo, Rossi und den verschwundenen Aktenkoffer nachzudenken. Doch der Fall ließ dem ehemaligen Commissario offenbar keine Ruhe.

Rossi war in seinen Augen zwar ein Schlitzohr, kam aber

als Mörder oder Auftraggeber eines Mordes eher nicht in Betracht. »Wenn, dann hätte er es anders angestellt. Er hätte jedes Aufsehen vermieden und dafür gesorgt, dass Carozzos Leiche nie gefunden wird.«

Sie musste sich zu ihm hinüberbeugen, um zu verstehen, was er sagte.

»Aber lassen wir die Frage, wie Carozzo umgekommen ist, mal beiseite. Die eigentliche Frage ist ja im Moment, was aus dem Aktenkoffer geworden ist.«

In dem sich auch nach Hagens Überzeugung etwas befunden hatte, das Rossi gehörte und das Carozzo, wenn Rossis Angestellte Gianna sich nicht verhört hatte, einem Mann namens Umberto übergeben wollte, bei dem er Schulden hatte.

»Ihr Bruder sagt, Carozzo fühlte sich verfolgt, machte einen gehetzten Eindruck. Vielleicht wollte er den Koffer loswerden, damit er schneller laufen konnte. Also war vermutlich jemand hinter ihm her, der ihm seine Beute abjagen wollte. Und damit kommen wir zum entscheidenden Punkt: Wer war das?«

Gabriele, der gerade am Tresen vorbeiwirbelte, fragte, ob sie noch etwas zu trinken haben wollten. Fiorina verneinte, ihre Gläser waren noch halb voll.

»Ich sehe drei mögliche Antworten«, fuhr Hagen fort. »Erstens: Der unbekannte Umberto hat ihn sich geholt. Zweitens: Jemand aus Rossis Umfeld hat ihn und den wertvollen Inhalt dorthin zurückgebracht, wohin er gehörte.«

»Dann hätte Rossi doch etwas mit Paolos Tod zu tun?«

Nachdenklich wiegte Hagen den Kopf, trank wieder von seinem Wein. »Jedenfalls hat Rossi, vielleicht nicht zufällig, für den Tatzeitpunkt ein perfektes Alibi. Ob er in der

Nacht wirklich in Florenz war, lässt sich problemlos überprüfen.«

»Und drittens?«, wollte Fiorina wissen.

Ein Paar drängte sich gut gelaunt an ihr vorbei. »Ciao, dottoressa«, grüßten die beiden. »Come stai, cara?«

Es waren Dodo und ihr Gatte, ein Strahlemann Mitte vierzig. Jeder im Viertel wusste, dass er sie ständig mit anderen Frauen betrog, und sie wusste es natürlich auch. Jetzt waren sie gerade ein Herz und eine Seele, aber spätestens übermorgen würde sie sich wieder einmal bei Fiorina ausheulen, und alles würde so weitergehen wie zuvor.

Fiorina bestellte nun doch ein Glas Rosso für sich.

»Drittens: Jemand hat den Koffer geklaut, der weder mit Rossi noch mit Carozzos Gläubiger Umberto etwas zu tun hat«, antwortete Hagen, als Fiorina sich ihm wieder zuwandte. »Das halte ich aber für eher unwahrscheinlich. Ein gewöhnlicher Einbrecher, der mehr oder weniger zufällig ins Haus kommt, weil zum Beispiel die Türen nicht abgeschlossen sind, würde sich nicht irgendeinen Aktenkoffer nehmen. In den Dingern sind ja normalerweise keine Wertsachen, sondern langweilige Unterlagen, Dokumente, Verträge, die für Außenstehende völlig wertlos sind.«

»Ein Dieb würde nach Geld suchen.« Fiorina nahm ihr gut gefülltes Glas in Empfang. »Oder nach Schmuck, nach irgendwas, das sich leicht in Bares verwandeln lässt.«

Als neben ihr zwei Frauen zu kreischen begannen – einer der Männer, die zu ihnen gehörten, hatte offenbar einen sensationell guten Witz gemacht –, hielt sie sich die Ohren zu. Der Lärm war wirklich ohrenbetäubend, die Luft zum Schneiden. Es stank nach Schweiß, zu viel Parfüm und Alkohol.

»Für wie glaubwürdig halten Sie Gianna?«, fragte sie, als das Quartett sich wieder beruhigt und Dodo und ihr unverbesserlicher Gigolo eng umschlungen die Bar verlassen hatten.

Hagen sah keinen Grund, weshalb die junge Frau sie belogen haben sollte. »Sie macht sich Sorgen um Carozzo, das war offensichtlich. Sie will, dass wir ihn finden und ihr zurückbringen.«

»Zwischendurch kam es mir so vor, als würde sie uns etwas verschweigen. Als würde etwas in ihrer Geschichte nicht stimmen.«

»Was sollte das sein?«

Fiorina wusste nicht, wie sie ihren Eindruck – kaum mehr als ein diffuses Gefühl – in Worte fassen sollte. Vielleicht hatte sie sich ja auch getäuscht. Gianna war jung und unsicher, hatte sich manchmal auch offensichtlich geschämt.

»Vielleicht kommen wir über Paolos geschiedene Frau weiter?«, überlegte sie. »Diese Salvina irgendwas?«

»Salvina?«, fragte Federico, der plötzlich wieder neben ihr stand.

»Schön, dass du dich auch mal wieder blicken lässt«, knurrte sie ihn an. »Wir überlegen hier gerade, wie wir deinen Hals retten, und du hörst nicht mal zu.«

»Scusa, patatina«, erwiderte er gleichmütig. »Wie stehen denn die Chancen für meinen Hals?«

Die Frage war an Hagen gerichtet gewesen, Fiorina übersetzte notgedrungen.

»Wenn der Koffer wieder in Rossis Villa ist, dann besteht aus meiner Sicht keine Gefahr mehr«, erwiderte Hagen auf Englisch und runzelte die Stirn. »Wenn nicht, dann könnte demnächst jemand auftauchen, der Ihnen ein paar unangenehme Fragen stellt.«

Federico faltete die Hände und schüttelte sie in einer dramatischen Geste. »Und wer ist nun Salvina?«

»Paolos geschiedene Frau«, antwortete Fiorina, immer noch feindselig und ebenfalls auf Englisch.

»Etwa so eine kleine Magere aus dem Süden?«

Sie blickte auf. »Du kennst sie?«

»In dem Ristorante, wo ich heute fotografiert habe, gab es eine Kellnerin, die hat Salvina geheißen.«

Fiorina und Hagen wechselten Blicke. Hin und wieder schien Federico doch zu etwas nütze zu sein.

Sie wandte sich wieder an ihren Chef. »Ob wir da morgen zusammen hinfahren? Wir könnten dort zu Mittag essen.«

»Das Essen soll gut sein«, sagte Federico.

»Wie viel sollten sie denn bezahlen für die Fotos?«, fragte Hagen.

»Fünfhundert.«

»Gibt es dazu irgendwas Schriftliches?«

»So was braucht ihr vielleicht in Deutschland. Wir Italiener erledigen so etwas ohne Papierkram«, behauptete Federico großspurig. »Bei uns gilt ein Handschlag noch etwas.«

Fiorina rollte stöhnend die Augen und nahm einen unitalienisch großen Schluck aus ihrem Glas.

17

Der Wein war wirklich gut gewesen, denn als Hagen am Donnerstagmorgen um halb sechs erwachte, hatte er nicht die Spur von Kopfschmerzen. Allerdings auch nur vage Erinnerungen daran, wann und in welchem Zustand er nach Hause gekommen war. Obwohl er unmäßig viel gegessen hatte und entschieden zu viel getrunken, hatte er geschlafen wie ein Stein.

Nach dem Aufstehen absolvierte er ein kleines Sportprogramm im inzwischen trockenen Fitnessraum, belohnte sich anschließend mit einem doppelten Espresso und setzte sich wieder vor Carozzos widerspenstiges Notebook. Es musste doch möglich sein, das Passwort herauszufinden, verflucht noch eins. Alle denkbaren Varianten hatten er und Fiorina gestern schon versucht: Carozzos Vornamen vorwärts und rückwärts, groß- und kleingeschrieben, dasselbe mit dem Nachnamen, mit Geburtsjahr, mit Bindestrich und ohne, die Namen der Eltern. Hagen versuchte nun auch den Namen von Carozzos geschiedener Frau, auch wenn er es für unwahrscheinlich hielt, dass dieser jeden Morgen beim Eintippen des Passworts an seine biestige Ex erinnert werden wollte.

Wenn er Zugang zu dem störrischen Notebook hatte, dann konnte er die Mails des Toten lesen und darüber vermutlich sehr schnell herausfinden, wem dieser Geld schuldete. Aber auch heute hatte Hagen kein Glück beim Ratespiel. Nichts wollte funktionieren, und irgendwann gingen ihm die Ideen aus. Vielleicht konnte ihnen Carozzos geschiedene Frau einen Tipp geben?

Ihm fiel Fiorinas Vorschlag wieder ein, heute zusammen in Pomonte zu Mittag zu essen, um dieser Salvina Solario ein wenig auf den Zahn zu fühlen. Unwillkürlich lächelte er bei der Erinnerung daran, wie nah Fiorina gestern Abend in der Bar neben ihm gestanden hatte. Oft hatten ihre Hände sich berührt, manchmal sogar ihre Oberarme. Ihr Duft hatte ihn eingehüllt, und es hatte ihn große Überwindung gekostet, nicht seinen Arm um ihre Schultern zu legen. Wie gut sie gerochen hatte! Nur sehr wenig nach Parfüm, dafür umso mehr nach Frau.

Inzwischen war es halb acht geworden. In anderthalb Stunden würde sie kommen. Da sonst im Moment nichts zu tun und draußen auch heute herrlichstes Wetter war, beschloss er, endlich einmal wieder das zu tun, was er eigentlich jeden Morgen hatte tun wollen: eine Runde laufen und anschließend vielleicht sogar ein erfrischendes Bad im Meer nehmen. Beim Laufen konnte er immer am besten nachdenken.

Als er eine Stunde später zurückkam, verschwitzt, außer Atem und sehr mit sich zufrieden, war die Sonne verschwunden. Von Westen her waren mit verblüffender Geschwindigkeit dunkle Wolken aufgezogen und hatten einen kräftigen Wind mitgebracht. So beschloss er, auf das Bad im Meer zu verzichten und sich stattdessen eine extra lange

Dusche zu gönnen. Er war gerannt wie seit Ewigkeiten nicht mehr. Den Küstenweg nach Norden, ein ständiges Auf und Ab, ein Ausblick sensationeller als der andere, die herrlichsten Gerüche in der Nase. Er war bis an seine Grenzen gegangen und noch ein gutes Stück darüber hinaus. Jetzt fühlte er sich wieder stark und jung und unbesiegbar. Fast wie der Mann, der er immer schon sein wollte.

Bald würde Fiorina kommen. Sie würden zusammen Kaffee trinken und plaudern, und später würde er am Pool weiterarbeiten. Spätestens in einer Woche konnte er Wasser einlassen. Zum ersten Mal hatte er das Gefühl, zu Hause zu sein in seiner Villa, die nur aus Fehlplanungen, Bauschäden und Wassereinbrüchen zu bestehen schien.

Heute kam sie sieben Minuten zu spät, und er sah auf den ersten Blick, dass sie schlechte Laune hatte. Die Begrüßung fiel entsprechend wortkarg aus, was er mit dem Passwort zu Carozzos Notebook alles versucht hatte, interessierte sie nicht die Bohne. Kaum hatte sie ihre abgewetzte Lederjacke und die Handtasche auf die Couch geworfen, verschwand sie nach oben, um dort herumzuklappern.

Enttäuscht ging Hagen zum Pool, hatte jedoch plötzlich keine Lust mehr auf das, was er sich vorgenommen hatte. Zu allem Elend begann es auch noch zu tröpfeln, und sein Handy randalierte.

»Nils«, knurrte er hinein. »Du hast gestern schon mal angerufen. Was gibt's denn so Dringendes?«

»Vorgestern auch. Ungefähr tausendmal.«

»Wie viel brauchst du diesmal?«

»Du tust so, als würde ich mich nur bei dir melden, wenn ich was von dir will«, empörte sich sein Stiefsohn.

»Du willst mir zum Geburtstag gratulieren, stimmt's?«

»Du ... Du hast doch heute gar nicht Geburtstag.« Nils lachte unsicher. »Im Ernst, Hagen, ich hätte nur eine Frage«, fuhr er nach kurzer Verwirrung fort.

»Was wird es mich diesmal kosten?«

»Herrgott, wieso bist du nur immer so misstrauisch?«

»Aus Erfahrung. Jetzt sag schon, was ist los?«

Nils hatte nach dem Abitur ein Ingenieurstudium in Regensburg begonnen, Informationstechnik, aber bereits nach zwei Semestern wieder hingeschmissen, um sich – vermutlich mit Unterstützung von Constanze, seiner Mutter und Hagens Ex-Frau – als freier Journalist selbstständig zu machen. Schon als Schüler hatte er hin und wieder für unbekannte Käseblättchen Berichte von den Jahrestreffen irgendwelcher Pudelzüchtervereine geschrieben und so sein Taschengeld aufgebessert. Bislang war es allerdings mit seiner Journalistenkarriere nicht weit her. Nils hungerte sich von einem Auftrag zum nächsten, kellnerte hin und wieder und kam todsicher nur über die Runden, weil Constanze ihm regelmäßig etwas zusteckte.

»Mein Auto«, kam sein Stiefsohn endlich zur Sache. »Ich hab es letzte Woche geschrottet. Und ein Journalist ohne Auto, ich meine, wie soll das gehen ...«

Selbstverständlich war er an diesem Unfall vollkommen unschuldig. Ein anderer hatte ihm die Vorfahrt genommen, Nils hatte es mit knapper Not geschafft, einen Zusammenstoß zu vermeiden, war dabei jedoch dummerweise mit einem Ampelmast kollidiert.

»Und der andere?«

Der war natürlich abgehauen.

»Was würde die Reparatur kosten?«

»Zu viel. Der Rahmen ist total verzogen, die Vorderachse Schrott.«

Hagen hatte sich wegen des beginnenden Regens unter den noch aufgespannten weißbiergelben Sonnenschirm gestellt, an dem jetzt kräftig der Wind zerrte. Über ihm öffnete Fiorina ein Fenster und schüttelte das Federbett aus, das er aus Deutschland mitgebracht hatte.

»Für fünftausend würde ich eine brauchbare Karre finden«, fuhr Nils fort. »Und Hagen, echt, ich zahl dir das Geld zurück, obwohl du ja anscheinend wirklich mehr als genug …«

»Fünftausend.«

»Das ist Portogeld für dich!«

»Ich mach dir einen Vorschlag«, sagte Hagen nach kurzem Nachdenken. »Du hast doch schon mal für den *Spiegel* geschrieben.«

»Und mehrfach für die *SZ* und einmal sogar für die *ZEIT,* einen ganzseitigen Artikel über Jugendsprache.«

»Dann pass auf. Es gibt hier auf Elba einen Mann namens Rossi, Sergio Rossi. Er ist Unternehmer, im Baugeschäft, und stinkreich. Ich vermute, er …«

»Mafia?«, fiel Nils ihm ins Wort.

»Du sagst es. Wenn du dazu mal ein bisschen recherchieren könntest. Du hast als Journalist und in Deutschland viel bessere Möglichkeiten als ich hier mit meinem Schneckeninternet. Wenn du was findest, mit dem ich ihm so richtig die Hölle heißmachen kann, dann kriegst du deine fünftausend. Wenn es ihn in den Knast bringt, lege ich sogar noch einen Bonus drauf.«

»Bis wann?«, fragte Nils in einem Ton, als wäre er bereits am Surfen.

»So schnell wie möglich.«

»Du könntest dich übrigens ruhig mal ein bisschen um Mama kümmern.«

»Die hat doch ihren Zahnarzt. Wieso kümmert der sich nicht?«

Weil die Affäre mit dem Zahnarzt, dem Grund für die Scheidung, schon wieder zu Ende war. Constanze hatte schon vor ihrer Ehe ein kleines, wenig erfolgreiches Geschäft für Modeschmuck in Schwabing betrieben, mit dessen Einnahmen sie jetzt versuchte, sich über Wasser zu halten. Es schien nicht besonders gut zu funktionieren, doch das war nicht sein Problem. Sie hatte die Trennung gewollt, nicht Hagen – sollte sie doch sehen, wie sie mit den Folgen zurechtkam. Da der Zahnarzt Geld wie Heu hatte, hatte Constanze auf Unterhalt verzichtet. Im Gegenzug hatte Hagen ihr das Häuschen bei Bardolino überschrieben, das er am Ende ohnehin nicht mehr leiden konnte.

Vermutlich ärgerte sie sich jetzt jeden Tag grün und blau, weil sie Hagen verlassen hatte, den langweiligen, ehrgeizlosen Polizisten, der ihr nie das Luxusleben hatte bieten können, von dem sie immer träumte. Zu mehr als einem gebrauchten BMW, einer für drei Personen bald zu engen Eigentumswohnung in Garching und der Ferienhundehütte in der Nähe des Gardasees hatte es nie gereicht. Wie hätte sie ahnen sollen, dass der Loser Hagen wenige Monate nach der Trennung plötzlich zigfacher Millionär sein würde, dachte er nicht ohne Schadenfreude.

»Du hörst von mir, Papa«, hörte er Nils sagen. »Ich mache mich gleich an die Arbeit. Könntest du mir vielleicht einen kleinen Vorschuss …?«

Sie einigten sich auf zweitausendfünfhundert jetzt und den zweiten Teil nach Lieferung.

Hagen klappte den großen, zum Glück sehr stabilen Sonnenschirm zu, band ihn zusammen, damit der Wind ihn nicht ins Meer warf, und ging ins Haus, um das Geld zu überweisen. Oben hörte er Fiorina Geräusche verursachen, als trainierte sie Möbelweitwurf. Vielleicht war ihr der Wein nicht bekommen.

Nachdem die Überweisung erledigt war, las er am Computer Nachrichten im Internet, ärgerte sich zum tausendsten Mal über die unterirdische Downloadgeschwindigkeit. Irgendwann gab er sich einen Ruck und ging nach oben. Blümchen war im Bad, wo sie die Dusche mit einer Verbissenheit schrubbte, als wäre sie seit Jahrzehnten nicht geputzt worden. Es stank nach dem chlorhaltigen Putzmittel, das er längst hatte entsorgen wollen.

»Kaffee?«, fragte er mit möglichst finsterem Blick.

Sie erschrak, hatte ihn offenbar nicht kommen hören, starrte ihn an, als wäre er eine ins Riesenhafte mutierte Kellerassel. Schließlich schüttelte sie den Kopf, begann wieder, wie eine Verrückte zu scheuern und zu schäumen.

Achselzuckend wandte er sich ab.

»Augenblick!«, rief sie in seinem Rücken, als er schon wieder auf der Treppe war. »Ich habe noch was für Sie.«

Mit einem Tuch in den Händen lief sie an ihm vorbei und die Treppen hinab. Unten hielt sie ihm ein kleines grünes Buch entgegen. Carozzos Notizbuch, das er gestern in dessen Schreibtischschublade gesehen hatte.

Anerkennend schmunzelnd nahm er es an sich. »Das hatte ich ganz vergessen.«

»Ich hatte bisher noch keine Zeit, es mir anzuschauen.«

Bevor er etwas Nettes erwidern konnte, war sie schon wieder verschwunden.

Hagen warf sich aufs Sofa, sah ein Weilchen dem Regen zu, der gegen die Scheiben prasselte. Viertel nach zehn erst. Wenn sie nicht zu einer für Italiener völlig unmöglichen Zeit bei dem Ristorante in Pomonte eintreffen wollten, brauchten sie vor halb zwölf nicht loszufahren.

Das grüne Büchlein enthielt einen Kalender, jeweils zwei Seiten pro Woche, und am Ende einen Teil für Notizen. Er blätterte den Kalender durch, der neben gelegentlichen Einträgen wie »dentista 15:00« oder »compleanno mamma«, was vermutlich »Zahnarzt« und »Mamas Geburtstag« bedeutete, auch ziemlich regelmäßig Notizen an Samstagen enthielt, allerdings meist nur Zahlen- und Zeichenfolgen wie »+8 700« oder »-3 200«, einmal »+27 400!!!« und die Woche darauf »-11 000«. Hin und wieder auch kryptische Einträge wie »S3!« oder »V7--«.

Was das wohl zu bedeuten hatte?

Hagen erinnerte sich, dass Carozzo laut Gianna an den Wochenenden oft aufs Festland gefahren war, um dort zu übernachten und erst am Sonntagnachmittag zurückzukehren. Sollte es sich bei den Zahlen um Geldbeträge handeln? Hatte Carozzo gespielt? In einem Casino in Livorno, um Geld? Es würde seine Schulden bei Umberto und den Parkschein hinter der Windschutzscheibe erklären.

18

Die Fahrt nach Pomonte entschädigte Fiorina ein wenig für so manches, über das sie sich heute schon geärgert hatte. Der Regen hatte so schnell aufgehört, wie er begonnen hatte, und die schweren grauen Wolken waren vereinzelten weißen Tupfern gewichen. Der kalte und böige Wind hatte sich in eine angenehme Brise verwandelt. Die Sonne ließ Meer und Himmel gleichermaßen strahlen, in diesem einzigartigen Blau, das sie so liebte.

Hagen saß am Steuer seines Ferrari, und sie genoss schweigend seine ruhige Fahrweise und den Ausblick. Als sie die grandiose Küstenstraße westlich von Marina di Campo erreichten, war am Horizont linker Hand die kegelförmige Isola di Montecristo zu erkennen, und weiter westwärts die berüchtigte Gefängnisinsel Pianosa, wo vermutlich diverse Geschäftsfreunde Rossis ihre verdiente Strafe verbüßten. Später, als die Straße nach Norden abbog, tauchte in der Ferne an der Grenze zwischen Wasser und Himmel sogar Korsika auf. Sonst lag Napoleons Heimatinsel oft als von Dunst umgebener Schemen im Meer, heute aber war sie in der kristallklaren Luft deutlich auszumachen.

Einige Kilometer nordöstlich von hier befand sich Madonna del Monte, eine einsam und wildromantisch gelegene Wallfahrtskirche, von der der verbannte Kaiser angeblich gerne sehnsuchtsvolle Blicke auf seine ferne Heimat geworfen hatte. Dort, so hieß es, hatte er sich auch, in aller Heimlichkeit, von seiner Geliebten Maria Walewska verabschiedet. Das Kirchlein gehörte zu Federicos Lieblingsorten, und beim bloßen Gedanken an ihn wurde Fiorina wieder wütend.

»Phänomenal«, sagte Hagen neben ihr und sah sie an, als erhoffte er sich endlich ein freundliches Wort von ihr.

Doch Fiorina schwieg weiter, ließ ihren Blick wieder in die Ferne schweifen. Der Westen Elbas war nur dünn besiedelt. Zu schroff war das Gelände, zu steinig, zu unwirtlich die Steilküste. Nur da und dort schmiegte sich ein verschlafenes Dorf in eine Bucht, klammerte sich eine winzige Steinkirche an einen fast senkrecht abfallenden Hang. Sogar in der Hochsaison war es hier halbwegs friedlich, und um diese Jahreszeit, in der noch kaum ein Hotel und nur wenige Restaurants geöffnet waren, begegnete man fast nur Einheimischen, die nahezu alle Auto fuhren, als wären sie tatsächlich die Nachfahren todesmutiger Seeräuber. Hagen war mit seinem Ferrari ein Verkehrshindernis, das regelmäßig in halsbrecherischen Manövern und mit wildem Gehupe überholt wurde.

Auf der dem Meer abgewandten Seite erhob sich das Gebirge des Campo alle Serre, mancherorts von Macchia bewachsen, an vielen Stellen völlig kahl. Das karge Felsengestein bildete einen imposanten Kontrast zur endlosen Weite der See, die heute so friedlich und ungefährlich aussah. Nach jeder Kurve, die Hagen gemütlich ausfuhr, tauchte die nächste kleine Bucht auf. Mal mit weißem Kieselstrand, mal mit ins Wasser reichenden Klippen und immer umspült von diesem leuchtenden, satten Türkisblau, das in sanften Wellen über den Untergrund rieselte.

Trotz des malerischen Anblicks ließ Fiorinas Zorn nicht nach. Zum Stadtgespräch war sie über Nacht geworden, in Portoferraio, wahrscheinlich sogar schon über die Stadtgrenzen hinaus. Und wem hatte sie das zu verdanken?

»Wieso sind Sie heute eigentlich so stinkig?«, fragte Hagen, der sie während der Fahrt immer wieder irritiert von der Seite gemustert hatte.

Inzwischen hatten sie ihr Ziel fast erreicht. Die ersten Häuser Pomontes kamen in Sicht, flache rote Dächer über weißen Mauern, majestätische Pinien, die Terrassenfelder am Hang, auf denen seit Jahrhunderten unter großen Mühen Wein angebaut wurde.

»Was wollen Sie damit sagen?«, fauchte sie.

»Stinkig bedeutet, dass Sie mies drauf sind.« Im Gegensatz zu ihr klang er sehr entspannt. »Ihr Parfüm mag ich übrigens. Es ist so blumig wie Ihr Name.«

»Ich bin weder stinkig noch mies drauf«, fuhr sie ihn an. »Und danke, mein Parfüm gefällt mir auch.«

Ihre Mutter hatte den Anfang gemacht, morgens um sechs, noch vor dem ersten Schluck Caffè. Was dieser Deutsche doch für ein sympathischer Mensch sei, dass sie sich den bloß warmhalten solle, eine solche Chance würde das Leben ihr kein zweites Mal bieten. Ein Millionär, nett und unbeweibt und kein bisschen eitel und außerdem so klug und bescheiden, Madonna santa, was für ein unerwarteter Segen!

Später hatte Nunzio sie gefragt, ob er auch bestimmt zur

Hochzeit eingeladen werde, und Dodo hatte die sensationelle Neuigkeit sicherheitshalber gleich quer durch die Gasse geschrien. Selbst Gabriele hatte sich einen nett gemeinten Kommentar nicht verkneifen können, als er ihr ein extragroßes Brioche servierte. Er hatte den Daumen nach oben gereckt und ausnahmsweise einmal nicht über den Niedergang Italiens schwadroniert oder den zuverlässig jedes Spiel verlierenden FC Livorno.

Jeder, wirklich jeder, dem sie heute begegnet war, hatte ihr zum neuen Verehrer gratuliert. Zu diesem attraktiven, charmanten und – obwohl er kein Italiener war – gut gekleideten und, wie man hörte, mehr als wohlhabenden deutschen Signore. Ob es denn wahr sei, dass der Ferrari, der gestern Nacht auf der Piazza della Repubblica gestanden hatte, ihm gehöre, und ob er in einer Luxusvilla an der Ostküste wohne und eine Zwanzig-Meter-Jacht besitze? Einen tollen Fang habe sie da gemacht, auguri e complimenti!

Wieder schwiegen sie eine Weile. Aber die Stille zwischen ihnen fühlte sich auf einmal anders an als zuvor. Plötzlich verspürte Fiorina den heftigen Drang, laut loszulachen, und es fiel ihr mit jeder Sekunde schwerer, ihre finstere Miene beizubehalten.

Eine gebückte, weißhaarige Frau im unvermeidlichen schwarzen Kleid stellte gerade einen Stuhl vor die Tür, wo schon ihre nur wenig jüngere Nachbarin saß und eine mahagonibraune Katze sich in der Sonne rekelte.

»Also, ich habe wunderbar geschlafen«, brach Hagen mit Unschuldsmiene das Schweigen. »Haben Sie vielleicht den Wein nicht vertragen?«

»Parken Sie vor der Kirche«, brummte sie. »Die letzten

Meter gehen wir zu Fuß, ich brauche dringend ein wenig Bewegung.«

»Hier ist aber Parkverbot.«

»Das gilt nur für Touristen.«

Hagen tat wie geheißen und summte – vermutlich um sie zu ärgern – fröhlich vor sich hin.

Auf dem Weg zum Bell'Vista, das direkt am Meer lag, achtete Fiorina darauf, dass immer mindestens ein Meter Abstand zwischen ihr und ihrem so nervtötend entspannten Begleiter war. Auf Elba machten Neuigkeiten mit Überlichtgeschwindigkeit die Runde. Überall wurde man beobachtet, immerzu wurde getratscht. Im Supermarkt, beim Gemüsehändler, vor der Kirche, im Wartezimmer des Arztes.

Das Bell'Vista entpuppte sich als das, was der Name versprach: ein Ristorante mit schönem Ausblick, den man von einer verglasten Loggia aus genießen konnte. An drei Seiten erstreckte sich das endlose Blau des Meers, das sie immer wieder aufs Neue sprachlos machte. Die Sonne zauberte silberne Reflexe auf die friedlichen Wellen, elegante Segeljachten glitten dahin, Silbermöwen zogen ihre Kreise, stürzten sich manchmal unvermittelt ins Wasser in der Hoffnung, dort endlich ihr Mittagessen zu erbeuten.

Schon als sie eintraten, kam ihnen eine kleine, drahtige Schwarzhaarige entgegen, begrüßte sie übertrieben devot und zuvorkommend und führte sie zu einem Tisch in vorderster Reihe.

Als Vorspeise wählten Fiorina und Hagen Antipasti al mare, als Primo Spaghetti alle vongole, und auch beim Hauptgericht entschieden sie sich für Fisch. Für ihren Chef orderte Fiorina Triglie al forno, gebackene Meerbarben mit geräuchertem Schinken und Salbei, für sich selbst Sarde arrosto, gegrillte Sardinen mit Fenchel. Es war erst kurz nach zwölf, das Lokal hatte gerade geöffnet, und sie waren die einzigen Gäste.

»Un dolce?«, fragte die Bedienung, als sie die Bestellungen notierte. »Die Crostata kann ich Ihnen empfehlen. Mit Nugat gefüllt und mit Pinienkernen bestreut, wirklich köstlich.«

Salvina Solario bohrte die Spitze des ausgestreckten rechten Zeigefingers in die Kuhle neben dem Mund, das Zeichen dafür, wie wunderbar der Kuchen schmeckte. Schon bei der Begrüßung hatte Fiorina ihre rauchige, dunkle Stimme wiedererkannt, ihrem Akzent nach stammte sie wirklich aus Kalabrien.

»Benissimo, das nehmen wir«, entschied Fiorina. »Wir haben vorhin telefoniert. Möchten Sie sich kurz zu uns setzen, Signora Solario, auf einen Aperitivo oder einen Caffè?«

Die fast schon dürre Endzwanzigerin mit ihrer langen schwarzen Mähne nickte geschäftig und entschuldigte sich für einen Moment. Auf neongrünen Plateauschuhen eilte sie zum schwarz glänzenden Tresen, hinter dem die Küche lag, und rief die Bestellung durch die offen stehende Tür. Nachdem sie eine Weile an der Theke unter dem leise gestellten Fernseher hantiert hatte, kam sie mit den Getränken und drei Tässchen Espresso zurück. Sie verteilte alles auf dem Tisch, goss Wasser und Wein in die Gläser der Gäste, alles mit formvollendeter Gestik und Liebenswürdigkeit, und ließ sich links neben Hagen nieder, Fiorina gegenüber.

»Das ist der Commissario aus Holland?« Salvina Solario

setzte sich so, dass sie Hagen ins Gesicht blicken konnte. »Extra wegen Paolo kommt er nach Italien?«

»Die Carabinieri gehen zwar von Selbstmord aus, aber der Commissario ermittelt in alle Richtungen«, sagte Fiorina vage und übersetzte wieder.

Salvina Solario lehnte sich zurück, brachte ihre trotz der schmalen Figur beeindruckenden Brüste zur Geltung, präsentierte ihre wohlgeformten Beine unter dem hautengen Minikleid in Raubtierdruck und musterte Hagen herausfordernd.

»Würde mich nicht wundern, wenn Paolo nicht freiwillig ins Wasser gesprungen wäre«, sagte sie mit bösem Lächeln. »Das alte Arschgesicht hat nichts anderes verdient.«

»Sie glauben, er wurde ermordet?«

»Das glaube ich nicht nur, das weiß ich. Mit was für Typen der sich ständig abgegeben hat! Alles Spieler, Betrüger, Ganoven. Der hat doch jeden Euro verzockt, den ihm Rossi bezahlt hat, und das war ja nicht gerade wenig. Nicht mal ein anständiges Auto konnte er sich leisten. Wie alt ist sein Scheißtoyota inzwischen? Zwölf Jahre? Fünfzehn?«

Hagen hatte Fiorina auf den letzten Metern bis zum Ristorante von seinem Verdacht erzählt, Paolo könnte Spielschulden gehabt haben.

»Er hat um Geld gespielt?«, vergewisserte sich Fiorina mit gespieltem Erstaunen.

Wie am Vortag hatten sie sich in Schale geworfen und dieselbe Rollenverteilung wie bei Rossi vereinbart. Der Trick schien zu funktionieren, denn Salvina Solario war schon jetzt unverkennbar hingerissen von dem hünenhaften deutschen Commissario im dunkelgrauen Anzug.

»Aber hallo, der hätte sogar die lausige Hütte seiner

Alten verzockt.« Die Geste, mit der sie ihre Bemerkung unterstrich, war so abrupt, dass die großen goldenen Kreolen an ihren Ohren schaukelten. »Was denken Sie wohl, warum ich ihn rausgeworfen habe? Am Ende wusste ich ja nicht mal mehr, wie wir die Miete bezahlen sollen. Mein letztes Kleid hätte der noch zu Geld gemacht.« Mit Blick auf den breitschultrigen Mann neben ihr strich sie sich über das offenherzige Dekolleté. »Und Slip und BH mit dazu.«

Obwohl Salvina Solario eher knochig als schlank war, besaß sie an den richtigen Stellen die passenden Rundungen, was Fiorina ärgerte, da sie sich schon immer als zu flachbrüstig empfunden hatte. Und wie viele ihrer Landsmänninnen stellte Salvina ihre Reize großzügig zur Schau, machte mit ihrer mitunter vulgären Ausdrucksweise jedoch alles andere als Bella Figura.

»Fragen Sie sie, warum er deshalb ermordet werden sollte«, bat Hagen Fiorina.

»Zählen Sie mal eins und eins zusammen, Signor Commissario«, entgegnete Salvina. »Was würden Sie machen, wenn einer Ihnen haufenweise Kohle schuldet und nicht zahlen will?« Sie lachte provozierend. »Ordentlich in die Eier treten würden Sie dem, oder etwa nicht?«

Wie gestern blieb Hagens Miene auch jetzt professionell entspannt und undurchschaubar. Sogar, als Salvina zu einem gespielten Schlag ansetzte und ihre geballte Faust nur wenige Zentimeter vor seinen empfindlichsten Teilen verharrte, zuckte er mit keiner Wimper. Dann grinste ihn diese Schlampe an, öffnete die Faust und legte ihre Krallenfinger mit den knallrot lackierten Nägeln zurück in ihren Schoß.

Und dieser Idiot grinste auch noch zurück! Ließ sich auf ihre billige Anmache ein! Wie dumm konnte ein Mann sein?

Anstatt Hagen wütend anzublitzen, zwang Fiorina jedoch ein unverfängliches Lächeln auf ihre Lippen.

»Wo hat er denn gespielt?«, fragte sie. »In einem Casino oder privat?«

»Woher soll ich wissen, mit welchen Typen Paolo gezockt hat? Mir hat er ja nie was erzählt.«

Ein Mann mit weißer Schürze streckte seinen Kopf durch die Küchentür, sah sich im Restaurant um, in dem, abgesehen von Fiorina und Hagen, immer noch keine weiteren Gäste waren, verschwand wieder. Hagens Idee, so früh hier zu sein, war gut gewesen. Spätestens in einer halben Stunde würde Salvina keine Zeit mehr für ein Schwätzchen haben.

»Wo hat er gespielt?«

»Irgendwo in Pisa, glaube ich.« Ein verächtliches Schulterzucken. »Keine Ahnung, wo genau, aber es war garantiert was Illegales.«

Fiorina erklärte Hagen leise, dass Glücksspiel in Italien bis auf wenige Ausnahmen verboten war.

»Jedes zweite Wochenende war er dort, mindestens.« Wieder ein schmachtender Blick aus Salvinas kaffeebraunen Mandelaugen in Hagens Richtung. »Manchmal ist er erst am Montag mit der Morgenfähre zurückgekommen und, anstatt zu mir ins warme Bett zu kriechen, direkt zu Rossi gefahren.«

»Was denken Sie, warum er so lange unterwegs war? Was hat er den Sonntag über getrieben? Am Tag ist das Casino ja vermutlich geschlossen. Gab es da vielleicht eine andere Frau?«

Salvina schüttelte den schmalen Kopf, dass das lange, seidige Haar nur so flog. »Nehme an, er war bei seinem Kumpel in Livorno und hat da übernachtet.«

Den Namen dieses Kumpels wusste sie nicht.

»Wenn der angerufen hat, und er hat verdammt oft angerufen, dann hat Paolo immer megawichtig getan. Angeblich hatte er mit ihm was Geschäftliches am Laufen. Aber wenn Sie mich fragen, haben die in Wirklichkeit bloß mit Nutten rumgevögelt und den nächsten Zockerabend verabredet.«

Wieder tauchte der Mann mit der Schürze in der Küchentür auf, dieses Mal gab er Salvina einen Wink. Sie kippte den Kaffee hinunter, stand auf und zupfte ihr Kleidchen zurecht.

»Ihre Antipasti sind fertig«, sagte sie. »Möchten Sie anschließend eine Pause, oder sollen wir gleich mit dem Primo weitermachen?«

Von einem Moment zum nächsten war Salvina wieder in ihre Rolle als Bedienung geschlüpft. Auch ihre Stimme hatte nicht mehr den lasziven Unterton, den sie während des Gesprächs angeschlagen hatte.

»Keine Pause«, entschied Fiorina, ohne Hagen um seine Meinung zu fragen. Ein älteres Paar betrat das Lokal, sah sich interessiert um. Offenbar Ausländer.

»Haben Sie später noch Zeit?«, ließ Hagen fragen, bevor Salvina sich den beiden zuwenden konnte. »Ich hätte noch ein, zwei Fragen.«

»Für Sie doch immer, Dottore.« Wieder veränderte sich ihre Stimme. Sie klang nun noch eine Spur verruchter als vorhin, und ihr Augenaufschlag war mehr als eindeutig. »Und danke für den Caffè.«

»Signora?«, rief der Mann an der Tür, der seiner Begleiterin aus der Jacke half.

»Komme schon«, rief Salvina und sagte über die Schulter zu Fiorina: »Aber nicht vor drei, halb vier. Ich krieg meine Kohle hier schließlich nicht fürs Quatschen. Verklickern Sie das dem Dottore, okay?«

Hagen blinzelte. »Jetzt bin ich auch schon ein Doktor?«

»Dottore nennt man hier jeden, der etwas zu sagen hat«, erklärte Fiorina.

»Cincin, Dottoressa.« Er hob sein Glas und prostete ihr versonnen lächelnd zu. »Was für ein Zuckerschneckchen, diese Salvina.«

Fiorina stand kurz davor, ihm das Gesicht zu zerkratzen.

19

Hagen glaubte inzwischen zu wissen, weshalb Fiorina heute so kratzbürstig war. Sie hatte sich in ihn verliebt und wollte es nicht wahrhaben. Als diese nervige Salvina ihn anbaggerte, war sie fast in Flammen aufgegangen vor Eifersucht, hatte ihm gegenüber dennoch weiter die Eisprinzessin gegeben. Offenkundig hatte sie ein Problem mit Männern, vor allem mit deutschen.

Nach dem Dolce hatten sie beschlossen, ein wenig spazieren zu gehen, um die anderthalb Stunden zu überbrücken, bis Salvina wieder Zeit für sie hatte. Er hatte zwar wenig Hoffnung, von ihr noch mehr Interessantes zu erfahren. Aber versuchen musste er es dennoch. Das war eine Regel, die er als Polizist sehr schnell verinnerlicht hatte: Du bist mit einem Zeugen erst dann fertig, wenn er jede wichtige Aussage wenigstens zweimal wiederholt hat. Und zwar mit verschiedenen Worten. Sagt er jedes Mal wörtlich dasselbe, dann traue ihm nicht über den Weg.

»Sie essen nicht viel«, sagte er zu Fiorina, die immer noch überdeutlichen Abstand zu ihm hielt.

Sie verdrehte die Augen. Sagte schließlich nur zwei Worte: »La figura.«

Sie hatte also auch noch ein Problem mit ihrem Gewicht, was ihn nicht wunderte, wenn er an die kugelrunde Mamma dachte, und kämpfte unablässig gegen überflüssige Pfunde an. Was ihr bisher allerdings hervorragend gelungen war. In ihrem schwarzen Blazer und dem auf Figur geschnittenen, eine Handbreit über den Knien endenden Kleid in Safrangelb stach sie die prollige Salvina mit ihrem Atombusen locker aus.

Sie mussten die kurze Uferstraße oft hin- und zurückschlendern und am Strand nach Muscheln und Krebsen Ausschau halten, bis es endlich drei Uhr war. Das Wetter hielt nicht, was es vorhin versprochen hatte. Der Wind frischte schon wieder auf, die Wolken wuchsen wie Unkraut im Juniregen, und am Ende wurde es so kühl, dass Fiorina zu frösteln begann. Zu gerne hätte er ihr sein Jackett umgehängt und sie an sich gezogen, um sie zu wärmen. Aber das ließ er angesichts ihrer kämpferischen Miene lieber bleiben.

Als sie das Ristorante wieder betraten, saßen an einem ungedeckten Tisch neben dem Tresen zwei ältere Herren, vermutlich der Koch und der Inhaber, und aßen in trauter Zweisamkeit unter dem jetzt lärmenden Fernseher Pasta, während sie auf den Bildschirm eines großen Laptops blickten, der zwischen ihren Tellern stand. Salvina habe schon vor einer Viertelstunde Feierabend gemacht, erfuhren sie von dem knurrigen Wirt. Sie habe etwas Dringendes zu erledigen, wo, wisse er nicht, und ob sie ein Telefonino besaß, könne er nicht sagen.

Sie wollten sich schon zum Gehen wenden, als Fiorina erstarrte. Stumm deutete sie auf den Bildschirm des Laptops, auf dem der Ausschnitt einer hübsch bebilderten

Speisekarte zu sehen war. Sie stellte dem Wirt eine Frage, die dieser bereitwillig und mit sichtlichem Stolz beantwortete.

»Sie machen gerade die neue Speisekarte für den Sommer«, sagte sie halblaut zu Hagen.

»Aha?«

Wieder fragte sie etwas auf Italienisch, worauf der Wirt ein abschätziges »un amico« erwiderte.

Die Fotos, die Hagen sah, zeigten dekorativ in Szene gesetzte Speisen auf großen Tellern, und endlich begriff er, was Fiorina daran so faszinierend fand.

»Es sind Federicos Fotos?«

Sie nickte. »Che bastardo«, flüsterte sie. »Federico hat mir heute Morgen ein paar davon gezeigt.«

Hagen zückte sein Portemonnaie, zupfte den Europol-Ausweis heraus und legte ihn zwischen den beiden Piratenabkömmlingen auf den Tisch.

Minuten später verließen sie befriedigt grinsend und mit zehn Fünfzigeuroscheinen in Fiorinas Handtasche das Lokal.

Fiorinas Begeisterung wegen des erbeuteten Geldes war schon wieder verflogen, als sie im Wagen saßen. Die Rückfahrt nach Porto Azzurro verlief so still wie die Hinfahrt. Sie spielte auf ihrem Smartphone herum, haderte offenbar immer noch mit sich selbst, und Hagen verspürte nicht die geringste Lust, sich weiter von ihr angiften zu lassen. Hin und wieder brummte das Handy in der Brusttasche seines auberginefarbenen Businesshemds. Aber er ließ es brummen.

Plötzlich schnappte Fiorina nach Luft.

»In Pisa gibt es eine Via Caduti di Sarajevo«, stieß sie hervor. »Ein bisschen außerhalb, in der Nähe des Flughafens.«

»Was heißt Caduti?«

»Gefallene. Die Straße der Gefallenen von Sarajevo.«

Hagen brauchte einen Moment, bis er eins und eins zusammengezählt hatte. Carozzo hatte am Telefon nicht von der Stadt Sarajevo gesprochen, sondern von dieser Straße in Pisa. An der möglicherweise das Casino lag.

»Gibt es dort auch ein Lokal, das so heißt?«, fragte er.

Aufgeregt schüttelte sie den Kopf. »Da gibt es eigentlich gar nichts. Nur Kasernen und vereinzelte Firmen, soweit ich sehe.«

»Was halten Sie davon, wenn wir morgen einen kleinen Ausflug aufs Festland machen?«

»Nach Pisa?« Sie ließ das Handy sinken, schnaubte, als wollte sie ihn auslachen. Aber schließlich sagte sie mit demonstrativer Lustlosigkeit: »Na ja, warum nicht?«

»Dieses Casino sehen wir uns an. Vielleicht gibt es ja dort einen Umberto.«

Auf dem Parkplatz oberhalb von Hagens Villa winkte Fiorina bald darauf zum Abschied, schenkte ihm ein schiefes Lächeln, röhrte in ihrem Fiat davon, und er war wieder allein. Was er ausnahmsweise als Erleichterung empfand.

Er stieg den frisch renovierten Plattenweg hinab. Als er die Terrasse erreichte, stand Constanze vor ihm, neben sich einen großen Koffer.

»Donnerwetter«, sagte sie mit Blick auf den Ferrari, dessen helles Blau zwischen den Pinien hindurchschimmerte. »Dir scheint's ja wirklich prächtig zu gehen.«

»Wo kommst du denn her?«, brachte er heraus.

»Aus München. Flieger, Bus, Taxi.«

»Und … Was willst du hier?«

»Gucken, wie's dir geht und so. Wer ist die süße Kleine, die gerade weggefahren ist?«

»Hast du deinen Zahnarzt auch mitgebracht?«, fragte er, um ein wenig in der vermutlich noch frischen Wunde zu bohren.

»Manfred hatte leider keine Zeit für einen Elba-Trip«, log sie ungerührt. »Er muss Geld verdienen. Wer war die Kleine in dem Fiat?«

»Die?« Er setzte sein gemeinstes Grinsen auf. »Da wirst du nie draufkommen.«

»Eine Nachbarin?«

Kopfschütteln.

»Eine Hausangestellte?«

Kopfschütteln.

»Mehr? Ich meine, seid ihr …?«

»Komm her, ich sag's dir ins Ohr.«

Mit unsicherem Blick trat sie näher, drehte den Kopf, und er flüsterte ihr ins mit bunten Klunkern verzierte Öhrchen: »Das geht dich einen Scheißdreck an, Constanze.«

»Immer noch dasselbe Arschloch wie früher«, giftete sie und biss sich im nächsten Moment im wahrsten Sinn des Wortes auf die Zunge, weil sie natürlich für gute Stimmung sorgen wollte, ihr Schandmaul aber wieder mal nicht unter Kontrolle hatte. »Entschuldige«, nuschelte sie schließlich. »Hast ja recht. War nicht böse gemeint. Manchmal vergesse ich immer noch, dass wir geschieden sind.«

Wortlos sah er zu, wie sie zu ihrem Koffer zurückstöckelte.

»Nett hast du's hier«, kommentierte Constanze die Aussicht. Wie um ihren Satz zu unterstreichen, brach die Sonne durch die Wolken und gab sich ordentlich Mühe, das sensationelle Panorama der toskanischen Hügelkette in der Ferne effektvoll auszuleuchten.

Er genoss den Neid, der aus ihren Blicken und Worten troff. Sie hatte sich für den Überraschungsbesuch herausgeputzt. Das leuchtende Kobaltblau ihres Kostüms bildete einen, er musste es leider zugeben, reizvollen Kontrast zu ihrem sandblonden Haar. Die schulterlange Dauerwelle war einem glatten Bob in Kinnlänge gewichen, der ihr schmales Gesicht unterstrich.

»Was du dir seit Neuestem alles leisten kannst, Hagen, Wahnsinn!«

»Tja.«

»Du willst mir immer noch nicht verraten, wie du zu dem Geld gekommen bist?«

»Nö.«

»Geklaut kannst du es nicht haben, denn bei deinem Talent hätten sie dich längst erwischt und einge...« Wieder merkte sie zu spät, dass sie sich im Ton vergriffen hatte. »Im Lotto gewonnen?«

»Nö.«

»Geerbt kannst du es nicht haben. Ich kenne ja deine Verwandtschaft. Oder ... Etwa ein unbekannter Erbonkel aus Amerika?«

Wieder verneinte er, ohne eine Miene zu verziehen.

»Du bist gemein.«

Er zauberte sein unwiderstehlichstes Lächeln ins Gesicht und schwieg.

Constanze hatte mindestens fünf Kilo abgenommen seit

der Scheidung. Wodurch sie allerdings nicht schöner, sondern nur faltiger geworden war. Lediglich auf ihren Hüften, die immer schon ihre Problemzone gewesen waren, saß nach wie vor reichlich Speck.

Als er sie heiratete, war er neunzehn gewesen und sie schon siebenundzwanzig. Bis auf einige unergiebige Kurzbeziehungen und One-Night-Stands mit gleichaltrigen Mädchen die erste richtige Frau in seinem Leben. Sie hatte ihm imponiert mit ihrer Abgeklärtheit, ihrer Erfahrenheit in sexuellen Dingen. Im Bett war sie überwältigend fantasievoll und hemmungslos gewesen. Zu spät war ihm aufgefallen, dass gut vögeln so ziemlich alles war, was sie konnte. Hinzu kam der ständige Stress mit Nils, dem verzogenen Muttersöhnchen, auf dessen Seite Constanze sich zuverlässig schlug, wenn es mal wieder Ärger gab. Nach nicht einmal einem halben Jahr Ehe hatte es keinen Tag mehr gegeben, an dem Hagen nicht überlegt hatte, wie er die beiden Nervensägen wieder loswerden könnte.

»Und jetzt?«, fragte sie mit Schmollmündchen und verrucht gemeintem Augenaufschlag. »Schickst du mich wieder fort, oder zeigst du mir vorher wenigstens dein Haus? Den Pool habe ich schon besichtigt.«

»Ich wette, der von deinem Zahnarzt ist größer.«

»Um ehrlich zu sein, Hagen«, sagte sie kleinlaut. »Mit Manfred, das ist vorbei.«

Es gelang ihm recht gut, sich überrascht zu geben und sogar ein wenig Mitgefühl zu heucheln, während er sie ins Haus führte. Beeindruckt ließ sie ihren Blick über die lichtgraue Sofalandschaft gleiten, den farbenprächtigen Kelim auf den Terrakottafliesen, die antike Pendeluhr, die Vitrine aus Nussbaumholz voller teurer Alkoholika.

Er ging zur Bar aus gebürstetem Olivenholz, für die er wie für so vieles hier ein Schweinegeld auf den Tisch geblättert hatte, füllte edel duftenden Grappa in zwei bauchige Gläschen. Im Brennen von Tresterschnaps waren die Italiener Meister, und er konnte jetzt wirklich einen Schluck vertragen. Zwei zickige Frauen an einem Tag, das war entschieden zu viel. Es gab Stunden, in denen musste er den Menschen recht geben, die behaupteten, Frauen und Männer passten nicht zusammen.

»Und du?« Er leerte das Glas in einem Zug und goss gleich noch einmal nach. »Immer noch dein Schmuckkädchen in der Georgenstraße?«

Nach seiner Ernennung zum Kommissar, als es finanziell allmählich aufwärtsging, hatte ihre Freundin Luzi das Geschäft weitergeführt, allerdings nur selten einen Gewinn erwirtschaftet. Seit der Scheidung war nun Constanze wieder Geschäftsführerin. Wenn er Nils Glauben schenkte, hatte dies jedoch nicht zu einer wesentlichen Steigerung der Einnahmen geführt. Vermutlich war sie gekommen, um ihm Geld aus dem Kreuz zu leiern.

Mit den gefüllten Gläsern kehrten sie zur Terrasse zurück und setzten sich auf die gepolsterten Teakholzmöbel, die Constanze ebenso genau in Augenschein nahm wie alles andere.

»Okay«, sagte er, nachdem sie angestoßen und ein Weilchen der Brandung gelauscht und eine Jacht mit blauen Segeln beim Kreuzen beobachtet hatten. »Wieso bist du hier?«

»Sagte ich doch schon«, quengelte sie in diesem Kleinmädchenton, den er so hasste. »Einfach mal gucken, wie's dir so geht, was du so treibst. Was soll denn jetzt dieses blöde Misstrauen?«

»Mir geht's prima. Ich treibe im Wesentlichen nichts, außer dass ich mich ein bisschen um mein Haus und meine Jacht kümmere. Alle Fragen beantwortet? Soll ich dir ein Taxi rufen?«

Mit offenem Mund starrte sie ihn an. Wie üblich hatte sie sich viel zu stark geschminkt. Ihr widerlich süßes Parfüm verwehte zum Glück der Wind. Langsam sanken die Schultern hinab, die Augen füllten sich mit Tränen. Mit zitternder Hand stellte sie das noch fast volle Gläschen auf den Tisch und begann, herzzerreißend zu schluchzen. Heulen auf Kommando, das hatte sie immer schon gekonnt.

Hagen nippte an der bernsteinfarbenen Flüssigkeit und wartete. Schließlich nahm sie die Hände wieder herunter, suchte und fand Papiertaschentücher in ihrer Handtasche, wischte die schlimmsten Zerstörungen aus dem Gesicht, schniefte.

»Es ist alles so eine Scheiße, Hagen«, flüsterte sie dann so leise, dass die Brandung sie fast übertönte. »Alles hab ich falsch gemacht. Einfach alles.«

»Stimmt«, sagte Hagen und prostete ihr zu.

20

»Patatina, jetzt mal ehrlich.« Federico trat aus seinem Zimmer und stemmte die linke Hand in die Hüfte. »Du bist sicher, dass du mein Ladekabel nicht ausgeliehen hast?«

»Welches Ladekabel?« Fiorina hängte ihre Jacke an den Garderobenhaken in der Diele.

»Das von meinem Telefonino, natürlich.« Er seufzte dramatisch und sah zur Decke. »Ich erwarte einen Anruf von Andrea, und gerade sehe ich, dass der Akku fast leer ist. Also bitte, wo ist das Ding?«

»Kauf dir ein neues.« Ihr Blick glitt über seinen mit Farbspritzern übersäten Malerkittel und den breiten Pinsel in seiner Rechten, aus dem Zimmer stank es nach Terpentin. »Geld genug hast du ja jetzt.«

Sie steckte die fünfhundert Euro, die Hagen für ihn erbeutet hatte, in die Brusttasche seines Kittels, was ihrem Bruder lediglich ein weiteres Seufzen entlockte.

»Wo wir schon dabei sind …« Er warf beide Hände so schwungvoll zur Seite, dass der Pinsel den Türrahmen mit einem hübschen purpurroten Strich verzierte. »Eine Krawatte und meinen Gürtel vermisse ich auch, du weißt schon, den supergeilen aus Schlangenlederimitat. Ich hab ja nichts dagegen, dass du dir meine Klamotten ausleihst, aber du könntest sie später wenigstens wieder zurücklegen.«

Dass seine Krawatte zurzeit bei Hagen war, störte ihn nicht, im Gegenteil.

»Sonst habe ich aber wirklich nichts von dir ausgeliehen. Glaubst du im Ernst, Federico, ich ziehe so was Scheußliches wie deinen Gürtel an? Und überhaupt könntest du dich ruhig mal dafür bedanken, dass mein Chef dir das Honorar beschafft hat.«

»Wie hat er das eigentlich angestellt? Hat er diesem Dreckswirt eine Knarre an den Kopf gehalten oder ihm Prügel angedroht?«

»Weder noch. Mit der Guardia di Finanza hat er ihm gedroht. Wer seine Lieferanten bescheißt, der bescheißt auch bei der Steuer, hat Hagen gemeint.«

»Hagen?«, fragte Federico mit süffisantem Grinsen.

»Verpiss dich.«

»Weißt du, was? Ich lauf schnell zu Ludovico runter. Der hat auch ein iPhone und bestimmt noch irgendwo ein Ladekabel rumliegen, das er nicht mehr braucht.«

Während ihr Bruder den Malerkittel abstreifte und eilig in Schuhe und Jacke schlüpfte, ging Fiorina in die Küche, wo sie die Macchinetta auseinanderschraubte. Sie würde sich jetzt einen Caffè genehmigen, einen doppelten, und dazu ausnahmsweise ein großes Stück Torta al limone als kleinen Trost für diesen Katastrophentag, an dem sie sich selbst nicht leiden konnte. Vielleicht sollte Federico sein Zimmer mal wieder aufräumen, dachte sie grimmig, und vor allem weniger kiffen. Dann würde er seinen blöden Gürtel und das Ladekabel sicher finden. Sie füllte Wasser in den unteren Teil der Handmaschine und gab einen extra großen Löffel Kaffeepulver in das Sieb.

Es war schon fast acht Uhr abends. Auch Mamma war heute spät dran, würde aber jeden Moment nach Hause kommen. Während Fiorina sich den von ihrer Mutter gebackenen Limonenkuchen auf der Zunge zergehen ließ und darauf wartete, dass das Wasser zu kochen begann, fiel ihr ein, dass sie seit zwei Wochen ebenfalls ihr Ladekabel vermisste. Sie hatte sich ein neues gekauft, im Handyladen unten am Hafen, und zwar für einen Apothekenpreis.

Nach dem Abschied von Hagen war Fiorina noch in der Farmacia in Porto Azzurro gewesen, um die Medizin für die Nonna abzuholen, die sie bei ihrem letzten Besuch nicht vorrätig gehabt hatten. Auf dem Weg zum Auto hatte sie Marinella getroffen, eine ehemalige Schulkameradin und – bis auf Dodo, zu der sie eine eher oberflächliche Beziehung pflegte – die einzige noch verbliebene Freundin auf Elba. Alle anderen waren wegen der Liebe oder der Karriere aufs Festland gezogen. Nicht wenige waren sogar wie sie ins Ausland gegangen. Bei einer Aranciata in einer Bar an der Hafenpromenade hatten die zwei alten Freundinnen über ihren vielen Neuigkeiten die Zeit vergessen.

Marinella machte sich Sorgen um ihre Schwiegermutter, die mit ihr, ihrem Mann und den beiden Kindern unter einem Dach lebte.

»Marco will es nicht wahrhaben, aber wenn du mich fragst – sie leidet an einer Depression«, hatte sie Fiorina hinter vorgehaltener Hand in der vollen Bar zugeraunt, schließlich wusste man nie, wer gerade mithörte. »Aber Tabletten will sie nicht nehmen, und eine Psychotherapie ist viel zu teuer. Warum eröffnest du nicht eine Praxis? Das wäre allemal besser, als den Dreck anderer Leute wegzuwischen, und ein Honorar zum Freundschaftspreis können wir uns schon irgendwie leisten.«

Das Zischen und Blubbern der Macchinetta brachte Fiorina in die Gegenwart zurück. Sie goss Kaffee in die bereitgestellte Tasse und nahm sie mit in ihr Zimmer, wo sie die Fensterläden aufklappte, das Licht anschaltete und begann, den kleinen, karierten Koffer für morgen zu packen. Längst war es dunkel, und wieder einmal trieb ein heftiger Wind schwarze, regenschwere Wolken vor sich her.

Als Erstes packte sie Unterwäsche zum Wechseln und ein Nachthemd ein. Natürlich beabsichtigte sie nicht, mit Hagen über Nacht in Pisa zu bleiben. Aber die Wettervorhersagen für die kommenden Tage waren schlecht, der nächste Sturm war im Anmarsch, und bei den Fähren konnte man nie wissen. Falls sie nass geregnet wurde, brauchte sie außerdem etwas zum Wechseln.

Marinellas Worte hallten in ihr nach. Für den Abschluss ihrer in Deutschland begonnenen Ausbildung zur Psychotherapeutin fehlten Fiorina nur noch die Abschlussprüfung in Deutschland, die Anerkennung durch den italienischen Staat und einige weitere Formalitäten. Aber auch bevor die bürokratischen Hürden überwunden waren, könnte sie schon praktizieren. Die Therapeuten, die im italienischen Gesundheitssystem arbeiteten und deren Dienste für jedermann kostenlos waren – abgesehen von einer kleinen Selbstbeteiligung –, waren heillos überlaufen und die staatlich anerkannten und privat praktizierenden für Normalverdiener fast unbezahlbar. Sogar Räume für eine eigene Praxis wären vorhanden – die leer stehende Wohnung im

Erdgeschoss. Aber woher sollte sie das Geld für die Renovierung nehmen?

Als sie tief seufzend den Reißverschluss des Koffers zuziehen wollte, hielt sie inne. Für den Besuch des Casinos – falls es ein solches überhaupt gab – sollte sie etwas Eleganteres einpacken. Sie durchwühlte den Schrank, fand das Etuikleid von Escada, das wie so viele ihrer besseren Stücke noch aus der Frankfurter Zeit stammte. Im Grunde hatte sie es nur aufgehoben, weil es so unfassbar teuer gewesen war.

Fiorina schlüpfte hinein, drehte sich vor dem Spiegel. Die Seide schimmerte feuerrot und betörend. Natürlich erinnerte der Anblick sie an die letzte Gelegenheit, bei der sie das Kleid getragen hatte. Eigentlich hätte es ein großer Abend werden sollen. Doch dann war es zum großen Krach gekommen. Ein Wort hatte das andere ergeben, und am Ende war ihr so manches klar geworden. Bei allem hatte Moritz sie belogen, nicht nur, was seinen Job bei der Deutschen Bank anging, nein, einfach bei allem.

Es hatte nicht gestimmt, dass sein Vater Professor in Berlin war. Es hatte nicht gestimmt, dass er in einer Villa in Grunewald aufgewachsen war. Und am Ende hatte er auch noch zugegeben, dass er nebenher ein Verhältnis mit einer Kollegin hatte. Damals hatte Fiorina sich geschworen, sich nie wieder zu verlieben. Zumindest nicht in einen Deutschen. Und seither konnte sie Lügner noch weniger ausstehen als zuvor.

Das Kleid passte noch recht gut. Fiorina faltete es, legte es in den Koffer und ging in die Küche, um sich den letzten Rest Kaffee einzugießen. Sie legte ein zweites Stück Kuchen auf den Teller, suchte auf ihrem Telefonino nach Hagens

Nummer, tippte auf den grünen Hörer. Beim Packen war ihr eingefallen, dass sie noch gar nicht besprochen hatten, welche Fähre sie morgen nehmen würden.

»Ja, bitte?«, meldete sich eine weibliche Stimme auf Deutsch.

»Kann ich bitte Herrn Berensen sprechen?«, fragte Fiorina verblüfft.

»Hm, der ist gerade …« Die Frau rief so laut, dass es in Fiorinas Ohren gellte: »Hagen, kommst du mal? Für dich.« Dann sagte sie in wieder normaler Lautstärke: »Wer spricht da eigentlich?«

»Seine Haushälterin. Und wer sind Sie, wenn ich fragen darf?«

»Ich?« Ein Geräusch, als ob die andere nach Luft schnappte. »Ich bin seine Frau, und ich wüsste nicht, was … Moment, da kommt er schon.«

Bevor der Deutsche Gelegenheit gehabt hätte, ihr weitere Lügen aufzutischen, hatte Fiorina schon aufgelegt. Als Mamma ihn gestern gefragt hatte, ob er verheiratet sei, hatte er behauptet, er sei geschieden. Che stronzo, che cretino, che …!

Die Wohnungstür ging. Schlurfende Schritte. Federico tauchte in der Küchentür auf, hielt sich am Türrahmen fest.

»Um Himmels willen!«, entfuhr es Fiorina bei seinem Anblick. »Wie siehst du denn aus?«

Aus der Nase lief Blut, im Gesicht hatte er große rote Flecken und böse Kratzer, das linke Auge begann schon zuzuschwellen.

»Was ist denn passiert? Hast du dich mit Ludovico gestritten?«

Federico machte eine Bewegung mit dem Kopf, die man zur Not als Verneinung deuten konnte, öffnete den Mund, der voller Blut zu sein schien, taumelte zum Spülbecken, spuckte hinein. Dann wandte er sich wieder Fiorina zu, mit panischem Blick.

»Der Aktenkoffer«, stammelte er heiser. »Irgend so ein Typ. Er will den Koffer, sonst ...«

Ein Mann in dunklem Anzug, zwei Köpfe kleiner als er, aber fürchterlich muskulös, hatte ihn auf dem Weg zu seinem Freund um Feuer gebeten. Federico hatte seine Streichhölzer gezückt, da hatte der andere ihn in einen Hauseingang gezerrt, ihm ein paar Faustschläge in Magen und Gesicht verpasst und dabei erklärt, wenn er den verschwundenen Koffer bis morgen Abend nicht zurückbekäme, dann könne Federico einiges erleben. Oder, falls er es vorziehen sollte zu türmen, jemand aus seiner Familie. Zur Bekräftigung hatte der Typ noch ein wenig mit einem Springmesser vor Federicos Nase herumgefuchtelt, und dann war er plötzlich verschwunden.

»Der meint es ernst, Patatina«, stieß Federico mit bis auf die roten Flecken und blutigen Kratzer aschfahlem Gesicht hervor.

Fiorina riss ein Küchentuch von der Rolle, feuchtete es an und begann, vorsichtig das Blut an seinem Kinn, unter der Nase und an der linken Wange wegzutupfen.

»Wer war der Typ?«

»Keine Ahnung. Aus dem Süden, stechender Blick, eine Faust aus Eisen.«

»Apulien?«

»Könnte sein, ja.«

Natürlich dachte Fiorina an den Kerl, der ihr und Hagen

das Tor zu Rossis Anwesen geöffnet hatte. Sie führte ihren lädierten Bruder zum Tisch, setzte ihn auf einen Stuhl und beschrieb ihm das hagere Gesicht des Mafiosos, das ständige Kaugummikauen.

»Das war er. Hundertpro.«

»Du musst weg hier, Federico, am besten gleich. Kannst du Auto fahren?«

Er nickte unsicher.

»Gut, nimm den Fiat und fahr zu Andrea. Er soll dich in einem Zimmer seines Hotels einquartieren. Da sollten ja noch einige frei sein, jetzt in der Vorsaison. Stell den Wagen nicht an der Straße ab, sondern in der Tiefgarage. Und pass um Gottes willen auf, dass dir niemand folgt.«

»Und du und Mamma?«

»Mamma und die Nonna schicke ich zu Renata«, erwiderte Fiorina nach kurzem Nachdenken. »Und ich fahre morgen nach Pisa.«

»Musst du nicht arbeiten?«

»Das *ist* Arbeit. Mein Chef kommt mit. Es geht immer noch um diesen verfluchten Aktenkoffer.« Sie verdrehte die Augen, machte eine unwillige Geste. »Jetzt mehr denn je, capisci?«

»Halt dir diesen Hagen bloß warm, Patatina. Geht ihr eigentlich in ein Hotel? Zusammen in ein Doppelzimmer?«

Sie musste ihn noch einmal gegen das Schienbein treten. Sie konnte einfach nicht anders.

»Pronto!«

»Dottore, wie gut, dass ich Sie gleich erreiche ...« Verzweifeltes Stöhnen. »Ich rufe Sie wegen Carozzo an, meinem Partner. Im Fernsehen läuft ständig ...«

»Das Fernsehen interessiert mich nicht. Mein Geld interessiert mich.«

»Aber, verehrter Signor Dottore, haben Sie es denn noch nicht gehört? Carozzo ist tot, mausetot, Madonna santa, ich bin völlig durcheinander, und ich verstehe wirklich nicht, warum er sich umgebracht haben soll, ich meine, alles lief so gut an und …« Räuspern, Husten, wieder Räuspern. »Von dem Geld haben sie im Fernsehen leider nichts gesagt, aber machen Sie sich bitte, bitte keine Sorgen, ich …«

»Das sagen Sie jetzt zum hundertsten Mal, und Ihr Carozzo kümmert mich einen Scheißdreck, capito?« Die Stimme am anderen Ende der Leitung wurde schneidend. »Wenn ich nicht bis spätestens morgen Abend mein Geld habe, dann haben *Sie* Grund, sich Sorgen zu machen. Haben wir uns jetzt endlich verstanden?«

»Natürlich, Signor Dottore, selbstverständlich.« Ein pfeifendes Geräusch, als würde die Luft aus einem Ballon entweichen. »Bis morgen Abend, sagen Sie?«

»Zwanzig Uhr, Sie wissen, wo Sie mich finden. Buona serata.«

»Bist du jetzt völlig übergeschnappt?«, herrschte Hagen Constanze an, nachdem er dreimal vergeblich versucht hatte, Fiorina zurückzurufen. Offenbar hatte sie ihr Handy ausgeschaltet, und er konnte es ihr nicht einmal übel nehmen. »Wie kannst du sagen, du wärst meine Frau, verdammte Scheiße?«

»Weil ich es in gewissem Sinn immer noch bin«, behauptete Constanze mit runden, feuchten Augen. »Eine Scheidung ist die Auflösung eines Vertrags, sie hat aber nichts mit den Gefühlen zu tun, die man füreinander empfindet.«

»Was ich im Moment für dich empfinde, willst du lieber nicht wissen.«

»Weil du deine Gefühle verdrängst, weil du gekränkt bist wegen Manfred. Ich verstehe das, Hagen, ich verstehe es sogar sehr gut. Gib dir Zeit. Lass es zu, unterdrücke nichts.«

»Gerade unterdrücke ich den Drang, dir eine reinzuhauen.«

Sicherheitshalber trat sie zwei Schritte zurück.

»Siehst du?«, sagte sie mit ihrem Zuckerstimmchen. »Gerade daran, wie emotional du reagierst, erkennt man, dass du immer noch viel für mich empfindest. Dass ich dir nicht gleichgültig bin.«

»Du spinnst.« Stöhnend sank er auf einen der Polsterstühle am gläsernen Esstisch. »Du bist komplett übergeschnappt.«

Er hätte sie sofort wieder wegschicken, sich erst gar nicht auf ein Gespräch einlassen sollen. Aber sie hatte ihn mit ihrer Heulerei wieder einmal weichgekocht, und so hatte er sie, als es zu regnen begann, ein zweites Mal ins Haus gelassen. Zusammen hatten sie aufgebackene Tiefkühlpizzen verdrückt, Wein und später wieder Grappa getrunken, und als er ihr schließlich ein Taxi rufen wollte, war er auf einem Anrufbeantworter gelandet, der ihm – immerhin dreisprachig – erklärte, nach zwanzig Uhr ruhe der Betrieb. Er hatte überlegt, Constanze nach Porto Azzurro zu fahren und vor dem nächstbesten Hotel abzusetzen, musste jedoch einsehen, dass er dazu schon zu betrunken war. So hatte er seiner Ex schließlich mit unverhohlenem Widerwillen angeboten, auf seiner Couch zu nächtigen. Die Gästezimmer waren ihm zu schade für sie.

»Ich geh jetzt ins Bett«, bellte er Constanze in hilflosem

Zorn an. »Und morgen früh um acht packst du deinen Krempel und ziehst Leine. Ende der Durchsage.«

»Wer war denn die am Telefon? Hast du was am Laufen mit ihr? War es die in dem Fiat vorhin? Sie ist also doch deine Putze? Steht es so schlecht um dich, dass du schon ...«

»Pass auf, was du sagst, Constanze. Wir sind geschieden, du wolltest es so, und jetzt ist es so, und soll ich dir was sagen? Ich bin heilfroh, dass ich dich los bin. Jetzt noch mehr als vorher.«

21

Der Himmel war heute wieder einmal überirdisch blau, das Meer glitzerte und gleißte unter einer goldenen Sonne, eine angenehme, laue Brise wehte. Rechter Hand erhoben sich die Colline metallifere, das hügelige Hinterland der etruskischen Küste, mit den um diese Jahreszeit noch saftig grünen Wiesen und Feldern, verstreuten Gehöften, Weinbergen und Bergdörfern, in denen die Zeit stehen geblieben zu sein schien. Die Oleanderbüsche, die die Via Aurelia säumten – die über zweitausend Jahre alte Römerstraße, die in der Neuzeit zur vierspurigen Schnellstraße geworden war –, blühten zwischen mächtigen Platanen schon da und dort in Fuchsienrot oder zartem Rosa.

Eigentlich also ein Traumtag. Doch Fiorina hatte heute kein Auge für die Herrlichkeiten ihrer Heimat.

Hagen, hatte sie festgestellt, als sie endlich das Handy wieder einschaltete, hatte sie um Punkt acht Uhr morgens und anschließend im Abstand von fünf Minuten ungefähr hundertmal angerufen. Um neun hatte er vor dem Haus gestanden und so lange geklingelt, ihren Namen gerufen und gegen die – heute natürlich gut verschlossene – Tür gebollert, bis sie schließlich den Kopf aus dem Fenster streckte und ihn fragte, was er von ihr wolle. Ihr graute bei der Vorstellung, was die Gerüchteköche Portoferraios heute über sie erzählen würden.

Nur, um den Schandmäulern nicht noch mehr Stoff zu bieten, hatte sie ihn schließlich eingelassen, ihm sogar unter stummem, aber deshalb nicht weniger deutlichem Protest einen Caffè gekocht und das letzte Stück der Torta al limone angeboten. Letztlich war Fiorina dann aus Sorge um Federico, um Mamma und die Nonna schließlich doch wieder in den Ferrari gestiegen.

»Sie sind so still«, sagte ihr Chef, als die erste Ausfahrt nach Livorno in Sicht kam. »Immer noch sauer wegen gestern Abend?«

»Ich bin nicht sauer.«

»Es tut mir leid, dass meine verrückte Ex Sie so verschreckt hat.«

»Niemand hat mich verschreckt«, behauptete Fiorina mit Blick auf die Hügel.

»Wir sind wirklich geschieden. Seit dem dritten Februar letzten Jahres. Da ist nichts mehr zwischen uns, absolut gar nichts. Sie ist auch schon wieder auf der Heimreise. Eigentlich wollte ich sie gestern gleich wieder wegschicken, und ich habe sie überhaupt nur bei mir übernachten lassen, weil …«

»Sie sind mir keine Erklärungen schuldig. Ich bin nur Ihre Putzfrau.«

»Warum sagen Sie dann nichts?«

»Ich sage doch was. Außerdem genieße ich die Aussicht.« Demonstrativ sah sie weiter aus dem Beifahrerfenster, während seine Finger einen unruhigen Takt auf das lederbezogene Lenkrad trommelten.

»Dass Sie die Aussicht immer noch beeindruckt. Ich meine, Sie sind diese Pracht hier gewohnt.« Er machte eine weite Geste. »Sie haben das doch jeden Tag.«

»Ich halte es mit Antonio Tabucchi, der gesagt hat, im Herbst und Winter gehöre die Toskana zu den schönsten Plätzen der Welt.«

»Wir haben Frühling. Und dieser Tabucchi, muss man den kennen?«

»Ein angesehener und weltweit bekannter italienischer Schriftsteller. Er stammt aus der Nähe von Pisa und hat lange in Lissabon gelebt, bevor er in die Toskana zurückkehrte. Denn«, Fiorina lächelte bitter, »erst, wenn man weggeht, beginnt man, seine Heimat wirklich zu schätzen.«

Wieder fuhren sie einige Kilometer schweigend dahin. Nur das Rauschen der Klimaanlage, das Brummen des Motors, die wie üblich völlig überdreht klingenden Radiostimmen und das Rumpeln des hart gefederten Wagens, wenn er über eine hochstehende Kante der Betonplatten fuhr, durchbrachen die Stille.

Zuletzt war sie hier mit Nicolò entlanggefahren, einem Bildhauer aus Bolgheri, dem für seine Weine bekannten Örtchen an der maremmanischen Küste. Nicolò war der einzige Mann gewesen, mit dem Fiorina sich seit ihrer Rückkehr aus Frankfurt für mehr als eine Nacht eingelassen hatte, und ein fast noch größerer Reinfall als Moritz.

»Constanze habe ich heute Morgen noch vor dem Frühstück rausgeworfen.« Hagen gab nicht auf. »Ich habe mich wahnsinnig über ihren unangemeldeten Besuch geärgert, glauben Sie mir, ich wusste ja nicht mal, dass sie meine Adresse kennt. Sie ist einfach …«

Er ließ den Satz unvollendet, schnaubte stattdessen mit

hörbarem Widerwillen und überholte einen holländischen SUV, dessen Fahrer noch langsamer fuhr als er.

»Sie hat bei Ihnen übernachtet«, konstatierte Fiorina sachlich. »Haben Sie Ihr Wiedersehen ordentlich gefeiert? So, wie Sie nach Alkohol riechen, muss es ja hoch hergegangen sein.«

Die Abzweigung nach Florenz blieb zurück. Nun waren es nur noch wenige Kilometer bis Pisa.

»Wieso fahren Sie eigentlich immer so langsam?«, fragte sie nach einer längeren Pause, froh, dass ihr Zorn endlich eine Angriffsfläche fand. »Wozu kaufen Sie einen Ferrari, wenn Sie damit dahinschleichen wie eine Schnecke, was sage ich, wie ein …«

Zu ihrem Ärger fiel ihr kein geeignetes Wort ein, womit sie ihn hätte verletzen können. Der Deutsche schien sich jedoch nicht aus der Ruhe bringen zu lassen, sondern grinste selbstgefällig.

»Wer ein schnelles Auto fährt, braucht nicht zu rasen. Jeder der Spinner, die uns dauernd überholen, weiß, dass ich nur ein kleines bisschen aufs Gas treten müsste, und schon darf er an meinem Auspuff schnuppern.« Er schwieg kurz, fügte dann ernster hinzu: »Außerdem wird es in dieser Karre ab hundertzwanzig so dermaßen laut, dass man sein eigenes Wort nicht mehr versteht.«

Fiorina gab sich einen Ruck, sah ihn endlich an. »Ich muss Ihnen übrigens noch etwas sagen. Etwas Schlimmes …«

Sie erzählte ihm, was gestern Abend geschehen war. Und dass Federico vorerst in Sicherheit war.

»Und Ihre Mamma?« Hagen klang ehrlich besorgt.

»Ich wollte sie und die Nonna zu einer Tante in Capoliveri schicken. Aber meine Großmutter weigert sich, das

Haus zu verlassen. Und Mamma behauptet, sie kann die Nonna nicht allein lassen, und der Mafia darf man keinen Millimeter nachgeben, sonst werden die immer frecher.«

»Ganz schön riskant, wenn Sie mich fragen.«

»Nunzio und Gabriele haben mir versprochen, ein Auge auf die beiden zu haben. Außerdem hat Mamma den alten Karabiner aus dem Schrank geholt, der noch aus dem Zweiten Weltkrieg stammt. Ein paar Patronen waren auch noch dabei.«

»Hoffentlich funktionieren die noch.«

Hagen gab sich wieder gewohnt gelassen. Dass er auf einmal öfter in den Rückspiegel blickte, entging Fiorina jedoch nicht.

»Fürs Erste kommen sie also zurecht«, sagte er. »Und wenn wir wieder auf Elba sind, können Sie alle bei mir schlafen, Zimmer habe ich genug. Aber nur«, er warf ihr einen raschen Blick von der Seite zu, »wenn Sie mögen, natürlich.«

Sie seufzte. »Wohin führt das alles, was denken Sie? Haben wir jetzt wirklich die Mafia am Hals?«

»Eines nach dem anderen«, sagte er bemüht heiter. »Sie könnten schon mal unser Ziel ins Navi eingeben.«

»Sind wir nicht viel zu früh dran? Spielcasinos machen doch sicher erst abends auf.«

»Es gibt solche und solche. Wir schauen uns einfach mal ein bisschen um, okay?«

Soeben überholte er einen Sattelschlepper, der einen solchen Lärm machte, dass sie auf eine Antwort verzichtete und sich am Navigationsgerät zu schaffen machte.

Via Caduti di Sarajevo, tippte sie ein, lehnte sich wieder zurück. »Noch vier Kilometer.«

»Nach zwei Kilometern die Ausfahrt nehmen«, sagte das Navi.

»Sie haben übrigens recht«, meinte Fiorina, als der schiefe Turm in der Ferne auftauchte und weit dahinter die Marmorberge von Carrara. »Ich *bin* sauer.«

»Auf mich?«

»Vor allem auf Federico. Er hat uns diesen ganzen Mist eingebrockt, und ich hätte wirklich etwas Besseres zu tun, als meine Zeit mit der Suche nach diesem blöden Koffer zu vergeuden. Ich bin doch nicht sein Kindermädchen. Warum tue ich mir das alles eigentlich an? Oddio!«

Erneut sah sie aus dem Fenster, fühlte sich zu ihrem Ärger plötzlich schuldig. Federico hatte ja leider recht. Wenn sie an jenem Morgen die Türen abgeschlossen hätte, wäre er nicht verprügelt worden, und Mamma müsste nicht mit einem geladenen Gewehr neben dem Bett schlafen, und sie selbst müsste nicht … Was für ein Mist, das alles, che merda!

Die Via Caduti di Sarajevo erwies sich als eine der trostlosesten Straßen der nördlichen Hemisphäre. Anfangs war sie rechts und links von stacheligem und staubigem Gestrüpp gesäumt, später tauchten wehrhafte Zäune auf, hinter denen sich unter hohen Bäumen große Kasernengebäude erstreckten. Die Straße machte eine sanfte Linkskurve, und dann kam vor ihnen schon das Tanklager des Aeroporto Galileo Galilei in Sicht, wo gerade eine Alitalia-Maschine zur Landung einschwebte.

Der Satz »Hier sind wir falsch« lag Hagen schon auf der Zunge, als ganz am Ende des tristen und unbelebten Sträßchens linker Hand ein unscheinbares einstöckiges Gebäude auftauchte. Er bremste, setzte den Blinker.

Casinos lagen üblicherweise nicht auf einem Militärgelände hinter einem übermannshohen Zaun, doch die Straße war zu Ende und kein anderes Haus in Sichtweite, das infrage gekommen wäre, also blieb nur dieses übrig. Es war weiß verputzt und hatte ein flaches, ziegelgedecktes Dach. Dahinter erstreckte sich ein überraschend großer Parkplatz, auf dem zurzeit jedoch nur zwei Autos standen – ein nachtblauer 7er BMW und ein Bentley, der in der hoch stehenden Sonne blitzte, als wäre er vergoldet.

Hagen stellte den Ferrari neben den Bentley, weil er fand, dort passte er besser hin. Erst, als ihm beim Aussteigen glutheiße Luft entgegenschlug, wurde ihm bewusst, dass bald Mittag war. Es war vollkommen windstill, und die Sonne brannte so erbarmungslos vom Himmel, als wollte sie alles Leben auf der Erde auslöschen. Schon nach wenigen Sekunden brach ihm der Schweiß aus. Aus der Ferne war das Singen von Flugzeugtriebwerken zu hören, Kerosingeruch hing in der Luft.

Der Eingang des Gebäudes befand sich an der Nordseite. Die Wand dort war fensterlos, die doppelflügelige, unauffällige Tür aus dunklem Holz lag genau in der Mitte, und nichts ließ darauf schließen, dass sich dahinter etwas Ungewöhnliches befinden könnte. Links neben der Tür entdeckte Hagen einen ebenso unscheinbaren Klingelknopf, darüber ein kleines Schildchen, das Hoffnung machte, dass sie hier richtig waren: »Club Bellaluna«. Links und rechts über der Tür hingen zwei diskrete Überwachungskameras und linsten auf sie herab.

»Mann, ist das heiß!« Hagen wischte sich den Schweiß von der Stirn und drückte den Knopf.

Von innen war nichts zu hören. Die Kameras glotzten

wie zuvor. Die Luft stand, die Sonne glühte. Wären sie nah an die Mauer getreten, hätten sie dort einen schmalen Streifen Schatten genießen können. Auf einen eventuellen Beobachter hätte dies jedoch nicht besonders vertrauenerweckend gewirkt. So harrten sie weiter in der Gluthitze aus und warteten darauf, dass etwas geschah. Hagen läutete noch einmal, dieses Mal länger.

In ihrem Rücken heulten Düsentriebwerke auf, eine Maschine machte sich zum Start bereit. Kurz darauf brauste sie mit zunehmender Geschwindigkeit in Richtung Süden. Ein klappriger Lancia fuhr die Straße entlang in Richtung Stadt. Dann herrschte wieder drückende Stille.

Hagen läutete ein drittes Mal. Als die Tür knackte, erschraken sie beide. Heraus trat ein schmaler, eleganter Mann in hellgrauem Anzug, der ein Banker hätte sein können oder ein Beamter in hoher Position oder auch ein Auftragskiller der Camorra. Er war deutlich kleiner als Hagen, musste also zu ihm hinaufsehen.

Für Sekunden geschah nichts. Schließlich öffnete der Italiener den Mund.

»Buongiorno«, sagte er weder freundlich noch unfreundlich. »Cosa c'è?«

Bevor Fiorina etwas entgegnen konnte, fragte Hagen barsch und auf Englisch nach Umberto.

»No one is here«, erwiderte der andere mit hochgezogenen Brauen.

Wer er denn sei, erkundigte sich Hagen bei dem geschniegelten Italiener. Etwa der Besitzer?

Dem Mann im teuren Anzug schien eine patzige Antwort auf der Zunge zu liegen. Aber dann antwortete er bemüht gelassen: »No. I'm the manager.«

»And who is the owner?«, fragte Hagen ungerührt weiter.

Jetzt stand der andere kurz vor der Explosion. Für Sekunden sahen sie sich in die Augen, maßen sich mit Blicken. Hagen gewann.

»Avvocato Ambrogetti«, sagte der Italiener schließlich mit schmalen Lippen und ließ die lästigen Besucher einfach stehen. Im Gehen fischte er einen Autoschlüssel aus seiner Hosentasche und sprang in den Bentley, als wäre er auf der Flucht.

Die Adresse des Clubbesitzers herauszufinden, war kein Problem. Seine Kanzlei lag in der Altstadt ganz in der Nähe des Gerichts.

»Studio legale Ambrogetti«, las Fiorina vom Display ihres Handys ab, als sie wieder im Wagen saßen. »Piazza della Repubblica.«

Hagen drückte den Startknopf und grinste sie unternehmungslustig an. Und zum ersten Mal seit dem Abschied vor Gabrieles Bar vorgestern am späten Abend lächelte sie wieder. Ein wenig nur und ein bisschen schief und sichtlich gegen ihren Willen. Aber sie lächelte.

22

»Und hier die weltberühmte Piazza dei Miracoli mit dem schiefen Turm.« Fiorina wies auf den Campanile, der sich auf dem riesigen Domplatz in den Himmel stemmte. »Ist es nicht ein wahrer Platz der Wunder?«

Ihr Begleiter ließ seinen Blick über die architektonischen Meisterwerke schweifen, das Dreigestirn aus Marmor, dem weißen Gold der Toskana. Der Glockenturm mit seinen tausend Säulen und Rundbögen, die zweifarbige Fassade des mächtigen romanischen Doms, die reich verzierte Kuppel des Baptisteriums – erst gemeinsam entfalteten die Bauwerke ihre ganze Pracht. Nicht einmal die Menschenmassen, die den Platz heimsuchten, störten das imposante Arrangement.

»Wow!«, sagte Hagen mit einem Leuchten in den Augen, das sie noch nie an ihm bemerkt hatte. »Da kann der Gardasee wirklich nicht mithalten.«

»Warten Sie nur, bis Sie die Altstadt gesehen haben, die vielen Palazzi, Kirchen, Monumente. Sehr malerisch und vor allem um einiges ruhiger als hier.« Trotz der Sorgen um ihre Familie lächelte Fiorina. »Pisa ist wirklich eine Reise wert. Sogar ich als gebürtige Elbanerin muss das zugeben.«

»Schön. Wirklich sehr schön«, sagte er, allerdings nicht mit Blick auf die Piazza, sondern auf sie.

»Dass wir neben unseren Schnüffeleien noch Zeit für ein bisschen Sightseeing haben?«

»Dass Sie nicht mehr sauer auf mich sind.«

Beim Ausflug zu dem geheimnisvollen Haus in der Nähe des Flughafens hatte Fiorina ihren Zorn auf Hagen fast vergessen, dafür war ihr Jagdfieber wieder erwacht. Die zwei Sekunden vor dem Bellaluna gingen ihr nicht aus dem Kopf, als die beiden Männer sich wie Todfeinde in die Augen gestarrt hatten. High Noon ohne Waffen. Sie war beeindruckt von Hagens Professionalität, von der Art, wie er seine Fragen stellte, den Dingen in kürzester Zeit auf den Grund ging, sich von nichts und niemandem einschüchtern ließ. Die Arbeit mit ihm machte ihr plötzlich wieder Spaß, mit jedem Moment ein wenig mehr.

Auf dem Weg vom Casino in die Innenstadt hatte Fiorina die Nummer von Ambrogettis Kanzlei gewählt und sich als potenzielle Klientin ausgegeben. Die maulfaule Sekretärin hatte nach einigem Hin und Her doch noch eine kleine Lücke im Kalender ihres Chefs gefunden. Heute um fünfzehn Uhr zwanzig. Maximal eine Viertelstunde, da der Avvocato um sechzehn Uhr wieder im Gericht sein musste.

Jetzt war es erst kurz nach eins, sodass Fiorina und Hagen noch reichlich Zeit für einen Bummel durch die Altstadt blieb. Sie verließen die Piazza dei Miracoli, passierten den Botanischen Garten, ein Kleinod mit verwunschenen Ecken und verschlungenen Wegen, und tauchten ein in das uralte Centro storico. An den schmalen Gassen drängten sich Bauwerke in allen möglichen Ocker- und Rottönen, und trotz oder gerade wegen des allgegenwärtigen Verfalls waren die meisten von ihnen auch nach Jahrhunderten noch beeindruckend, atmeten Geschichte, Macht und Reichtum.

»Im Mittelalter war Pisa eine der vier Seefahrerrepubliken Italiens, neben Genua, Venedig und Amalfi«, erklärte Fiorina auf dem Weg zur Piazza dei Cavalieri, einem beliebten Studententreff. »Wobei es Italien, so, wie wir es heute kennen, damals noch nicht gab. Das Land war wie Deutschland ein Flickenteppich von Stadtstaaten und Herrschaftsbezirken der großen Familien, die ständig miteinander konkurrierten und sich oft aufs Blut bekämpften.«

»Familien wie die Medici?«

»Sie sind das bekannteste Beispiel. Die Medici haben nicht nur Pisa und Florenz geprägt, sondern große Teile der Toskana und der damals bekannten Welt.«

Horden von Touristen kamen ihnen entgegen, die mit ihren Smartphones eifrig Fotos schossen, Geschäftsleute mit Headsets, die im Gehen telefonierten, Männer und Frauen, die flanierten oder während ihrer Mittagspause rasch ein paar Einkäufe erledigten. Die große Shoppingmeile lag jenseits des Arno, doch auch diesseits des Flusses gab es zahlreiche kleine Läden, die neben dem üblichen Andenkenkitsch auch traditionelle Handwerkskunst wie die berühmten italienischen Lederwaren, Lebensmittel, Spirituosen, Mode und Schmuck anboten, und eindeutig die schöneren Bars und Cafés.

Schließlich erreichten sie die Piazza della Repubblica. Die Anwaltskanzlei befand sich in einem unscheinbaren rosafarbenen Altbauhaus gegenüber dem Tribunale di Pisa, dem Gerichtsgebäude. Aus einem Panificio strömten Gerüche von frisch gebackenem Brot und Panini, in den sich der Duft von gemahlenen Kaffeebohnen mischte.

»Nach so viel Geschichtsunterricht brauche ich unbedingt eine Stärkung.« Hagen sah sich suchend um. »Wir haben doch noch Zeit für einen Caffè?«

»Dafür hat man in Italien immer Zeit, und essen sollten wir auch eine Kleinigkeit. Kommen Sie, Chef, heute lade ich Sie ein.«

»Wie komme ich zu der Ehre?«

»Wenn Sie das Wort Caffè wie ein Einheimischer aussprechen, ist das ein Grund zum Feiern.«

Sie betraten eine Bar, in der sich lässig-elegant gekleidete Männer und Frauen drängten, nach den Gesprächsthemen zu schließen Anwälte, Richter, Sekretärinnen, Gerichtsdiener und sonstige Kämpfer im Dienste der Gerechtigkeit. Am hinteren Ende des Tresens mit glänzender Marmorplatte ergatterten sie zwei nebeneinanderliegende Plätze unter einem pompös verzierten Spiegel, wo das Stimmengewirr und Klappern der vielen Gläser, Tassen und Teller nicht ganz so laut war. Moderne Gemälde in grellen Farben schmückten die mit Stuck verzierten Wände, im Halogenlicht funkelnde Kristalllüster hingen von der überhohen Decke.

Fiorina bestellte Kaffee und nach kurzer Diskussion Tramezzini, Hagen sah gedankenverloren aus dem Fenster, das sich über die ganze vordere Seite der Bar zog. Während sie warteten, betrachtete sie ihn. Er wirkte so anders als am Tag ihrer ersten Begegnung, gelöster und unbeschwerter. Das Leben auf der Insel schien endlich auch auf ihn eine positive Wirkung zu haben.

»Das Haus da drüben«, sagte er, als der dampfende

Espresso und ein Glas Wasser vor ihm standen, und deutete auf ein ockerfarbenes Bauwerk mit Säulengang auf der anderen Seite der Piazza, »ist das was Besonderes? Ständig bleiben Leute davor stehen und machen Fotos.«

»In Pisa ist fast jedes Haus etwas Besonderes«, erwiderte sie lachend. »Das da drüben ist das Geburtshaus von Galileo Galilei. Er hat an der Universität hier geforscht und unterrichtet, irgendwann aber den Unmut der Inquisition auf sich gezogen.«

»›Und sie dreht sich doch‹«, zitierte Hagen Galileis berühmten Ausspruch und nippte an seiner Tasse, in die er fast so viel Zucker gerührt hatte wie ihre Mutter.

»Complimenti«, sagte sie und klatschte andeutungsweise in die Hände. »Sie wissen doch schon eine ganze Menge über Ihre neue Heimat.«

Mit spöttischem Lächeln kippte er den Rest des Kaffees hinunter. »Sie meinen, für einen Polizisten? Oder für einen Deutschen?«

»Oddio …« Sie rollte mit den Augen. »Wieso sagen Sie das?«

»Ich werde das Gefühl nicht los, Sie halten mich für ein bisschen dumm.«

Fiorina rang mit sich, entschied sich schließlich für den Angriff. »Ich halte Sie nicht für dumm. Ich kann es nur nicht leiden, wenn ich angelogen werde.«

»Wann hätte ich Sie denn angelogen?«

Seine blauen Augen veränderten je nach Stimmungslage die Farbe, wie ihr in den letzten Tagen hin und wieder aufgefallen war. Jetzt waren sie gefährlich dunkel und schmal.

»Wann, bitte schön?«, fragte er mit Nachdruck, als sie nicht reagierte.

»Diese Frau, die gestern bei Ihnen war.« Sie wich seinem Blick aus, betrachtete die Aperol-, Ramazotti- und Martiniflaschen, die der Spiegel reflektierte. »Sie sind wirklich von ihr geschieden? Verstehen Sie mich nicht falsch. Ich weiß, es geht mich nichts an. Aber das Schlimmste für mich ist nun mal Unehrlichkeit und …«

Fiorina fühlte sich plötzlich furchtbar hilflos. Sie lachte, wie so oft, wenn sie verlegen war, und trank einen kleinen Schluck Espresso.

»Jemand muss Ihnen einmal sehr wehgetan haben.«

Seine Stimme klang überraschend sanft, und als sie sich umdrehte, sah sie, dass seine Augen plötzlich wieder so hell und strahlend waren wie gestern Nachmittag am Meer.

Sie hatte ihm unrecht getan. Sie hatte ihn in einen Topf mit den Männern geworfen, mit denen sie früher zu tun hatte. Moritz und seinesgleichen waren Kerle ohne Skrupel, deren Gedanken ständig um ihre Karriere kreisten, um Geld, um schnellen Sex, den nächsten Vertragsabschluss, ihre fetten Boni. Moralische Werte, ein Gewissen und erst recht die Verantwortung anderen gegenüber, Rücksicht auf ihre Gefühle, ihre Verletzlichkeit – all das zählte nicht für sie.

Der Barista, ein klapperdürrer, weißhaariger Mann Mitte fünfzig, brachte die mit Schinken, Tomaten und Käse gefüllten Tramezzini. Sie aßen schweigend, während das Lokal sich allmählich leerte.

Auch beim zweiten Espresso, den Fiorina nach dem Essen bestellt hatte, blieb es bis auf die eine oder andere Höflichkeitsfloskel still zwischen ihr und Hagen. Ein Umstand, den sie normalerweise unerträglich fand. Hier und heute jedoch fühlte sie sich seltsam wohl. Es war ruhig geworden in der Bar. Der arme Kerl hinter dem Tresen gönnte sich nun ebenfalls einen Caffè und lächelte ihr freundlich zu. Nek sang *Laura non c'è*. Alles war mit einem Mal so friedlich, fast heimelig.

Nur ganz im Hintergrund nagte weiter die Sorge um Federico und Mamma an ihr. Ihr Bruder hatte ihr mitten in der Nacht eine Nachricht geschickt. Er war gut im Hotel seines Lovers eingetroffen, und Andrea hatte ihm ein Zimmer an der Rückseite des Hauses überlassen. Ohne Meerblick, dafür aber selbstverständlich kostenlos, in der Not hielt man schließlich zusammen. Ihre Mutter saß zurzeit an der Kasse ihres Supermercato und dürfte damit bis auf Weiteres in Sicherheit sein.

»Kritisch wird es am Abend«, sagte Hagen, als hätte er ihre Gedanken erraten. »Wenn die Frist abgelaufen ist. Aber ich denke nicht, dass Ihre Mutter oder gar die Nonna in Gefahr ist.«

Am Abend und in der Nacht würden Nunzio und Gabrieles Vater abwechselnd vor Mammas Haus patrouillieren. Aber wenn es hart auf hart käme, würden die beiden mutigen Alten wohl nicht viel ausrichten.

Seufzend warf Fiorina einen Blick auf ihr Smartphone, das neben ihr auf dem Marmortresen lag, und kramte in der Handtasche nach ihrem Portemonnaie. »Wir sollten den Avvocato nicht warten lassen. Ich gehe schon mal vor zur Kasse.«

23

Ich weiche dem schmerzhaften Licht der Nachmittagssonne aus, das blendend durch die Fenster fällt, fliehe von einem Raum zum nächsten, halte mich in der Nähe der Wände, wo das Licht mich nicht erreicht, bete um einen kleinen, einen winzigen Aufschub und weiß doch, dass ich der Stunde der Wahrheit nicht entkommen kann. Näher und näher rückt sie, unentrinnbar wie das Jüngste Gericht, und beim bloßen Gedanken daran dringt mir der Schweiß aus allen Poren.

Sobald ihnen klar wird, dass ich die ganze Zeit über wusste, was Paolo an dem Morgen, als er starb, bei sich hatte, wird die Hölle über mich hereinbrechen. Sie werden mich zur Rede stellen, mich quälen wie ein in die Enge getriebenes Tier. Sie kennen kein Erbarmen. Wie soll ich, wie kann ich nur …?

Jemand lacht, hell und ausgelassen, und wie jedes Mal, wenn ich Geräusche oder Stimmen höre, zucke ich zusammen, als wäre ein Blitz durch meinen Körper gerast. Ich verberge mich in den hintersten Winkeln, unter den Treppen, irgendwo im Schatten, wo mich hoffentlich niemand entdeckt, horche auf meinen fieberhaft hämmernden Herzschlag.

Das Lachen verklingt, eine Tür schlägt zu. Absätze kla-

ckern, entfernen sich. Dennoch warte ich mit angehaltenem Atem, wage nicht, mich zu bewegen.

Niemand kommt.

Noch ist es nicht so weit.

Ich müsste mich entspannen, müsste mich normal verhalten. Stattdessen kauere ich in irgendeiner Ecke, regungslos, schweißüberströmt und zu Tode verängstigt. Mein Herzschlag dröhnt mir in den Ohren, meine Hände hören nicht auf zu zittern, immer tiefer falle ich in diesen Abgrund, aus dem es kein Entrinnen gibt.

Wieder und wieder höre ich Paolos Schrei, gellend und unnatürlich hoch, ein Schrei, der sich zum Crescendo steigert, mich ebenso verfolgt wie sein Blick. Verzweifelt versucht er, sich irgendwo festzuhalten, seine Arme rudern durch die Luft, und plötzlich stehe ich allein am Rand des Abgrunds. Allein mit dem peitschenden Regen, dem tosenden Wind, der mich fast umwirft.

Mit weit aufgerissenen Augen starre ich hinunter in die Schwärze, wo die Brandung brüllt und tobt und nach Beute giert, und mitten in diesem Inferno meine ich, den Aufprall jenes unglückseligen Hundes zu hören, den ich kurz zuvor überfahren habe, dumpf und hässlich, und plötzlich weiß ich, das alles ist zu viel, ich halte es nicht mehr aus, ich kann hier keine Stunde länger bleiben.

Mir wird bewusst, dass ich weitergetaumelt bin. Dass ich einen Fuß vor den anderen setze, plötzlich vor der Vitrine in meinem Zimmer stehe, und da, ich kann es nicht glauben, vor mir …

Meine Rettung.

Im ersten Moment halte ich es für Einbildung, eine Fata Morgana, das Produkt meiner überreizten Fantasie. Aber nein, die Flasche leuchtet mir entgegen, mit den so betörend roten Lettern auf dem unschuldig weißen Etikett, als käme sie direkt aus einem verlorenen Paradies.

Ich stürze darauf zu, reiße sie aus der Vitrine, kann mein Glück kaum fassen. Bis zum Rand fülle ich ein Glas, verschütte wertvolle Tropfen, die ich gierig von meinen Fingern lecke. In einem Zug kippe ich die farblose Flüssigkeit hinunter, und fast sofort breitet sich die so lange vermisste Wärme in mir aus.

Alles haben sie weggesperrt, Wein, Grappa, Gin, Rum, wirklich alles. Oder – der Gedanke kommt mir mit Schrecken – sollte diese Flasche Teil ihres Plans sein? Des Plans, mich zu zerstören, mein Leben mehr und immer noch mehr zur Hölle zu machen?

Avvocato Ambrogetti war ein Anwalt wie aus dem Bilderbuch. Sein Händedruck war besitzergreifend, das kantige Kinn zeugte von Willensstärke, die buschigen Brauen von der in seinem Job sicherlich oft nötigen Sturheit, die knappe Gestik von Dynamik und höchster Konzentration. Sein drahtiger Körper steckte in einem maßgeschneiderten dunkelblauen Anzug, die Umgangsformen waren professionell. Allein die leicht näselnde Stimme des etwa Sechzigjährigen, fand Hagen, passte nicht recht zum Bild des Rechtsverdrehers, der jeden Gerichtssaal beherrschte und jeden Richter in Grund und Boden redete.

Nach dem üblichen Small Talk über das Wetter und der Frage, ob er seinen Besuchern einen Caffè anbieten dürfe, was diese bejahten, wies Ambrogetti mit großer Geste auf die beiden ausladenden Polstersessel vor seinem Schreibtisch, einem riesigen Mantuaner Möbelstück aus dem 17. Jahrhundert, wie er mit Stolz und Pathos verkündete.

Alles hier war groß, alt, beeindruckend und für Hagens Geschmack maßlos übertrieben. Selbst das Haus, das von außen recht unscheinbar gewirkt hatte, entpuppte sich im Inneren als stattlicher Palazzo aus dem Quattrocento, der italienischen Renaissance. Die Fresken an den Wänden des Saals, den der Avvocato sein Büro nannte, waren nicht verblasst, sondern leuchteten in so strahlenden Farben, als hätte der Maler erst gestern sein Gerüst abgebaut und die Pinsel ausgewaschen.

»Was darf ich für Sie tun?«, fragte der Anwalt auf Englisch, als alle Platz genommen hatten.

»Wir sind auf der Suche nach Paolo Carozzo«, sagte Fiorina, die sich und Hagen mit ihren richtigen Namen vorgestellt und darauf hingewiesen hatte, dass er nicht Italienisch sprach. »Ich nehme an, Sie kennen ihn?«

»Das heißt …« Ambrogetti hob konsterniert die struppigen Brauen. »Sie sind nicht hier, weil Sie einen Rechtsbeistand benötigen?«

»Wie ich schon sagte, wir sind auf der Suche nach Paolo Carozzo.«

»Den Namen habe ich noch nie gehört, mi dispiace. Dürfte ich erfahren, weshalb Sie in dieser Angelegenheit ausgerechnet zu mir kommen?«

Er machte Anstalten, sich zu erheben und seinen Gästen die Tür zu weisen, als der weißhaarige Barista aus der Bar nebenan hereinplatzte, in der sie vor wenigen Minuten noch gesessen hatten, und den bestellten Caffè brachte. Ambrogetti stand nun wirklich auf, begrüßte ihn wie einen alten Freund und pries wortgewaltig seinen vorzüglichen

Kaffee, was der andere mäßig geschmeichelt zur Kenntnis nahm.

War die Kaffeemaschine kaputt, fragte sich Hagen verblüfft, oder ließ dieser eingebildete Knallkopf sich seinen Espresso immer von auswärts bringen? Aus Fiorinas gleichgültiger Miene schloss er jedoch, dass diese Art der Heißgetränkebeschaffung am Arbeitsplatz in Italien durchaus üblich war.

Der Barista platzierte die Tässchen mit geschmeidigen, tausendfach geübten Bewegungen auf dem Tisch, nahm im Weggehen das gebrauchte Geschirr von einem Regal neben der Tür, verabschiedete sich mit einer gekonnten Verbeugung, die exakt auf dem Grat zwischen Spott und Unterwürfigkeit balancierte, und war im nächsten Moment verschwunden.

Der Anwalt setzte sich wieder.

»Signor Carozzo besucht unseres Wissens regelmäßig Ihr Etablissement in der Via Caduti di Sarajevo. Wir haben Hinweise, dass er dort jemandem Geld schuldet«, sagte Hagen mit hinterhältiger Freundlichkeit. »Angeblich einen erheblichen Betrag.«

»Davon ist mir nichts bekannt«, murrte der Rechtsanwalt, nachdem er sein Tässchen mit einem Ruck geleert hatte. »Es kann sich nur um eine Verwechslung handeln. Ich wiederhole, ich kenne diesen Signore nicht.«

Mit dem Club beim Flughafen hatte er angeblich nichts zu tun.

»Das Haus gehört mir, das ist richtig. Welche Art von Geschäften der Pächter dort betreibt, welche Kundschaft er bedient, entzieht sich aber vollständig meiner Kenntnis«, behauptete der Avvocato bebend vor Würde.

Hagen rührte mit großer Geduld und Sorgfalt den Zucker in seinen Espresso.

»Im Bellaluna wird um Geld gespielt«, behauptete er. »Um viel Geld. Es dürfte Ihnen als Anwalt bekannt sein, dass solche Einrichtungen in Italien illegal sind.«

»Das Bellaluna ist nach meiner Kenntnis ein Nachtclub und keine Spielhölle«, versetzte Ambrogetti bissig. »Aber ich habe damit absolut nichts zu tun, bin lediglich der Eigentümer des Hauses.«

»Das sollen wir Ihnen glauben?«, fragte Fiorina zuckersüß.

»Glauben Sie, oder glauben Sie nicht.«

Der Anwalt hob beide Hände in Richtung Zimmerdecke, zog eine leidende Grimasse. Dann lehnte er sich zurück, blickte mit beeindruckend tiefen Furchen in der Stirn aus dem hohen Fenster neben seinem Schreibtisch. Es ging auf einen Innenhof mit Marmorbrunnen, Steinbank und einem kleinen Palmenwald.

Gegenüber erhob sich die von Balkonen geschmückte Fassade eines nicht weniger prächtigen Nachbarhauses in den Himmel, von dem eine jetzt unangenehm stechende Sonne brannte. Im Büro war es angenehm kühl, draußen hingegen war es inzwischen unerträglich schwül geworden. Offenbar nahte wieder einmal ein Gewitter. Auf einem der Balkone – trotz Brüstung gut einsehbar, da er ein Stockwerk unter der Anwaltskanzlei lag – erschien eine kurvige Blondine mit langen Beinen. Sie schlüpfte aus ihrem Kleid, nahm ihre Sonnenbrille ab und legte sich auf einen Liegestuhl – nackt, wie Gott sie erschaffen hatte.

»Hören Sie, davon weiß ich wirklich nichts«, sagte der Anwalt, nachdem er die Frau ausgiebig betrachtet hatte.

»Solange sie pünktlich ihre Miete bezahlen, mische ich mich nicht in die Belange meiner Mieter und schon gar nicht in ihre Geschäfte. Wenn Sie diesen Signor Carozzo dort vermuten, dann empfehle ich Ihnen, sich dorthin zu wenden.«

Hagen leerte sein Tässchen, was Fiorina längst getan hatte, und damit war die Audienz nun wirklich zu Ende.

Ambrogetti geleitete sie immerhin noch zur Tür. Vermutlich, um sicherzugehen, dass sie auch wirklich gingen. Als Hagen ihm zum Abschied die Hand reichte, fiel sein Blick auf ein kleines Fernglas, das auf dem Fensterbrett lag, halb verborgen von einer üppigen Grünpflanze. Anscheinend gönnte sich die Blonde gegenüber öfter mal ein Sonnenbad.

»Und?«, fragte Fiorina, als sie wieder auf der Piazza standen. »Was halten Sie von ihm?«

»Er ist ein verlogenes Arschloch«, erwiderte Hagen, der als ehemaliger Kripobeamter durch leidvolle Erlebnisse vor Gericht bestätigte Vorurteile gegen Rechtsanwälte hegte. Wie viele Ganoven hatte er verhaftet, nur um später zusehen zu müssen, wie ihre Verteidiger ihnen mit fadenscheinigsten Begründungen zu einem Freispruch verhalfen. »Und ich bin überzeugt, er hat Dreck am Stecken. Er lügt gut, aber nicht gut genug.«

Manche Menschen wandten den Blick unwillkürlich ab, wenn sie nicht die Wahrheit sagten, andere sahen einem dagegen ganz besonders fest, fast drohend in die Augen. Ambrogetti gehörte zur zweiten Gruppe.

Mit sorgenvoller Miene streichelte Fiorina ihr Smartphone. Die Sonne verschwand gerade hinter dunklen, wie aus dem Nichts aufgezogenen Wolken, sodass die nackte Blonde – sicherlich zur Enttäuschung dieses Schlitzohrs von Rechtsverdreher – ihr Sonnenbad vermutlich gerade wieder beendete. Auch ein kräftiger Wind war aufgekommen, der Staub und Papierfetzen über den Platz wirbelte.

»Schlechte Nachrichten.« Fiorina ließ das Handy sinken. »Es kommt schon wieder ein Sturm. Ab sechs, spätestens sieben werden keine Fähren mehr verkehren.«

Jetzt war es halb vier.

»Schaffen wir locker«, meinte Hagen. »Allerdings würde ich mir diese Spielhölle schon gerne mal genauer ansehen.«

»Dann müssten wir hier übernachten.« Ihrer Miene war nicht zu entnehmen, ob sie diese Aussicht gut oder schlecht fand.

»Für mich kein Problem. Für Sie?«

Da Rossis Schlägertrupp heute Abend möglicherweise tatsächlich kommen würde, um den Aktenkoffer abzuholen, war Hagen ohnehin wohler bei dem Gedanken, dass Fiorina die Nacht nicht in Portoferraio verbrachte.

Vorhin in der Bar hatte er überlegt, ihr endlich das Du anzubieten, jedoch gefürchtet, sie könnte sein Angebot als plumpe Anmache auffassen.

»Nur, damit es keine Missverständnisse gibt«, sagte sie so kühl, als hätte sie seine Gedanken gelesen, und versenkte das Smartphone in der Handtasche. »Wir nehmen natürlich zwei Einzelzimmer.«

Sie fanden ein schönes, altes Hotel nur wenige Schritte entfernt am Ufer des Arno.

24

Der Parkplatz vor dem Bellaluna war nur halb gefüllt, als Fiorina und Hagen um kurz nach zehn Uhr abends ankamen. Es standen überwiegend große, teure Fahrzeuge herum.

Zuvor hatten sie in einem gemütlichen kleinen Ristorante irgendwo in der Altstadt sensationell gut zu Abend gegessen. Auf Fiorinas Rat hin hatte Hagen sich nach der Pasta mit Meeresfrüchten Sogliola alla fiorentina bestellt, eine Art Fischauflauf mit Spinat, von dem er am Ende am liebsten gleich noch eine zweite Portion geordert hätte. Anschließend hatte er sich noch rasch ein Sakko gekauft, da er vergessen hatte, eines einzupacken, ein sandfarbenes Exemplar von Moschino für achthundertfünfzig Euro, dessen stolzer Preis Fiorina nur ein Stirnrunzeln entlockt hatte. Während sie sich in Schale warf und hübsch machte, hatte er bei einem eiligen Rundgang durchs Viertel aus drei verschiedenen Geldautomaten jeweils zweitausend Euro Spielgeld gezogen.

Als sie aus dem Ferrari kletterten, riss eine Bö sie fast von den Füßen, in den schwarzen Wolkentürmen wetterleuchtete es fast im Sekundentakt, und ferner Donner polterte hin und wieder bedrohlich. Glücklicherweise war es bis jetzt trocken geblieben. Fiorina hakte sich bei ihm ein, da sie auf ihren hohen Absätzen und bei dem tückischen Wind vermutlich Sorge um ihr Gleichgewicht hatte.

Unbeschadet erreichten sie den Eingang, der auch jetzt verschlossen war. Hagen drückte den Klingelknopf, die Tür öffnete sich dieses Mal sofort, und ein Gorilla in dunklem Zweireiher musterte sie von oben bis unten und wieder zurück.

Mit hinreißendem Augenaufschlag erklärte Fiorina ihm, sie kämen auf Empfehlung von Paolo.

»Welcher Paolo?«, fragte der Türsteher, dessen Miene sich merklich aufhellte, als er den Ferrari bemerkte.

Fiorinas Antwort verstand Hagen problemlos: »Paolo Carozzo aus Viticcio, Elba. Er ist öfter hier. Meistens an den Wochenenden.« Sie lachte kokett und versprühte Charme, was das Zeug hielt. Der Gorilla warf einen zweiten Blick auf den Ferrari und gab die Tür frei.

Innen ging es durch einen kurzen Flur zu einer mit rotem Teppich belegten Treppe in den Keller hinab, von wo ihnen gedämpftes Stimmengewirr und die Düfte und Gerüche der anwesenden Gäste entgegenwehten. Die Treppe war von zahllosen kleinen Halogenstrahlern effektvoll beleuchtet. An den Wänden hingen goldgerahmte, dezent getönte Spiegel und Gemälde, die ausnahmslos Geldscheine aus aller Herren Ländern zeigten, manche zerrissen oder zerknäult, andere auf Stapeln, aber immer mit mindestens dreistelligen Zahlen bedruckt.

Fiorina ließ keinen der Spiegel aus, um ihr Make-up zu begutachten, und war mit dem Ergebnis ihrer Schminkkünste offenbar zufrieden. Zu Recht, wie Hagen fand. Auf der Straße hätte er sie kaum wiedererkannt, so sehr hatte sie sich herausgeputzt. Schon, als sie bei Rossi waren, hatte er gestaunt, wie sie bei Bedarf in eine völlig andere Rolle schlüpfen konnte. Aber heute hatte sie noch eins draufgesetzt. Ein figurbetontes signalrotes Etuikleid, schwarze, kriminell hohe High Heels, dazu ungeheuer ausdrucksstarke Augen und ein blutrot geschminkter Mund. Er konnte kaum die Augen von ihr lassen, und sie schien es zu bemerken und zu genießen.

Der Raum, den sie am Fuße der Treppe betraten, war ein mit alabasterweißem Marmor gefliestes Entree mit Garderobe, einigen Sesselchen zum Entspannen, der unverzichtbaren Bar und dem Schalter, wo man Geld gegen Chips tauschen konnte und umgekehrt. Durch einen breiten Durchgang gelangten sie in den Spielsaal, der fast die ganze Grundfläche des Gebäudes einzunehmen schien. Hie und da sorgten dicke, ebenfalls mit Marmor verkleidete Säulen dafür, dass ihnen die Decke nicht auf den Kopf fiel.

Nach einem kurzen, verschwörerischen Blick trennten sie sich. Fiorina steuerte mit wiegenden Hüften die Bar an. Hagen drehte eine Runde durch das zwar illegale, aber keineswegs halbseidene Casino, wo neben zwei Roulette-Tischen auch ein Tisch für Caribbean Stud Poker stand. Außerdem wurden Black Jack und Punto Banco gespielt, wobei er Letzteres nicht kannte. Er entschied sich für Black Jack, weil man dabei nicht viel denken musste. Die Regeln entsprachen im Wesentlich dem in Deutschland »Siebzehn und vier« genannten Spiel, das er schon in seiner Kindheit meist gewonnen hatte. Außerdem hatte er im Vorbeigehen gehört, dass einer der Männer an diesem Tisch Umberto genannt wurde.

Am Schalter neben der Treppe kaufte er sich Chips für fünftausend Euro. Die Blonde hinter dem Sicherheitsgitter erkannte er erst beim zweiten Blick wieder. Als er sie das letzte Mal sah, hatte sie gerade ihre Ganzkörperbräune vertieft. Ob sie wohl mit dem Avvocato, diesem alten Lüstling, ein Verhältnis hatte?

Mit einem Packen großer Chips kehrte Hagen in den Spielsaal zurück, durch den nun auch Fiorina schlenderte, ein Glas Wasser in der Hand. Am Black-Jack-Tisch saßen neben dem Kartengeber nur zwei Spieler: ein nervöser, hagerer Typ, dem schon jetzt der Schweiß auf der Stirn stand, und ein bulliger Kerl mit finsterem Blick, der den eiskalten Zocker mimte. Hagen nickte beiden freundlich zu und nahm Platz. Als er seine Chips vor sich stapelte, leuchteten die Augen des Finsterlings kurz auf.

Zehn Minuten später stand Fiorina fast allein an der Bar, wo sie das leere Wasserglas auf den Tresen geknallt und entgegen ihren Gewohnheiten einen Whisky auf Eis bestellt hatte. Sie brauchte jetzt etwas zur Nervenberuhigung. Auch wenn er es sich weiß Gott leisten konnte – es machte sie wütend, wie leichtfertig Hagen mit Geld umging.

»Allora«, sagte der Barista, als er das gefüllte Glas vor ihr abstellte, »come va – tutto bene?«

Anstelle einer Antwort verdrehte sie die Augen und nahm einen großen Schluck. Alle Pluspunkte, die Hagen seit heute Mittag gesammelt hatte, lösten sich gerade in nichts auf. Von dem, was er am Ende dieses Abends verspielt haben würde, hätten sie und ihre Familie drei Monate lang leben können.

Der Barmann, ein mittelgroßer Mann mit warm blickenden grauen Augen und sorgfältig geschnittenem Vollbart, lehnte sich an den Tresen und nickte unerwartet teilnahmsvoll, als sie eine unverfängliche Bemerkung über den Leichtsinn der Männer machte. Vermutlich war er es gewohnt, sich die Wehklagen der Verlierer und ihrer Angehörigen anzuhören. Je größer das Unglück, umso höher waren später vermutlich seine Umsätze.

Im Moment gab es für ihn jedoch kaum etwas zu tun. Seine Kollegin, wie er in weißem Oberteil und schwarzer Hose, war eben mit einem vollen Tablett nach nebenan geeilt, um die Spieler – die meisten waren Männer – und ihre Begleiterinnen mit Getränken zu versorgen. Außer Fiorina stand nur noch ein älteres Pärchen am anderen Ende des Tresens, kichernd und eng umschlungen, das sich weder für den Prosecco interessierte, der in einem beschlagenen Kühler vor ihnen stand, noch für sonst etwas um sie herum.

Aus dem Spielsaal drangen Gemurmel, manchmal unterdrückte Flüche, hin und wieder verhaltenes Lachen und die Ansagen der Croupiers. Abendkleider raschelten, von irgendwoher perlte jazzige Musik.

»Kennen Sie Paolo?«, fragte Fiorina wie nebenbei, als sie das Glas wieder in die Hand nahm. »Aus Elba?«

»Paolo? Certo, der kommt regelmäßig.«

»Er ist ein guter Freund meines Bruders und hat uns das Casino hier empfohlen.« Mit dem Kopf machte sie eine Bewegung zu dem Raum hin, in dem Hagen vermutlich gerade mit großem Hurra ins offene Messer lief. »Meinem Mann gefällt es hier leider sehr gut.«

Der Barista lächelte unverbindlich.

Sie beugte sich über die Theke, und sein herbes Aftershave stieg ihr in die Nase. »Sagen Sie, hat Paolo mal etwas von einem Kumpel aus Livorno erzählt?«

Er schwieg, während er völlig unnötig den glänzenden Tresen abwischte, und Fiorina wurde klar, dass sie keine Antwort bekommen würde. Natürlich durfte und würde der Mann keine Details über Kunden ausplaudern. Diskretion war in Etablissements wie diesem ein fast so heiliges Gebot wie die Omertà bei der Cosa Nostra. Sie beschloss, ihre Taktik zu ändern.

»Sie wissen es vielleicht noch nicht.« Sie legte eine Kunstpause ein, nippte an ihrem Whisky. »Paolo ist tot. Ertrunken.«

Der Barmann stieß einen ungläubigen Laut aus. »Ist er etwa der Mann, der bei Portoferraio angespült wurde, der sich umgebracht haben soll?«

»Ja. Es ist schrecklich, seine Eltern leiden furchtbar unter seinem plötzlichen Tod«, sagte sie wahrheitsgemäß und fuhr mit einer Notlüge fort: »Aber sie glauben nicht, dass es Selbstmord war, und mein Mann und ich haben ihnen versprochen, uns ein wenig umzuhören.«

»Dio mio.« Er bekreuzigte sich, dann verengten sich seine Augen. »Denken Sie denn, dieser Kumpel aus Livorno hat etwas damit zu tun?«

»Ich weiß es nicht. Jedenfalls wäre es bestimmt hilfreich, wenn wir mit ihm sprechen könnten. Vielleicht hat er ja etwas gehört oder beobachtet oder kann uns sonst irgendwie weiterhelfen.«

Sein Blick irrte ab. Er schien mit sich zu ringen. Aus dem Saal drang der Jubelschrei eines Glücklichen. Der Barista sah ihr wieder ins Gesicht.

»Neulich ist Paolo mit einem Typen hier gewesen«, sagte

er leise und widerstrebend. »Der hat einen Dialekt gesprochen, als wäre er nie aus Livorno rausgekommen, und furchtbar wichtig hat er getan, Paolo ist kaum zu Wort gekommen. Es ging um irgendwas Geschäftliches, ein Einkaufszentrum wurde mal erwähnt.«

»Wissen Sie, wie er heißt?«

»Mario«, flüsterte er, fast, ohne die Lippen zu bewegen. Sein Blick streifte eine der Kameras, die an den oberen Enden der Marmorsäulen und über dem Durchgang zum Spielsalon montiert waren. »Sonst weiß ich nur noch, dass er einen nagelneuen Porsche Panamera fährt. Mit dem hat er ständig angegeben.«

»Danke, Signore. Von mir erfährt ganz bestimmt niemand, von wem ich diese Informationen habe.« Fiorina schenkte ihm ihr wärmstes Lächeln und deutete in Richtung Saal. »Übrigens erzählt man sich, Paolo hätte einem gewissen Umberto eine Menge Geld geschuldet. Ist da was dran? Könnte dieser Umberto vielleicht etwas mit Paolos Tod zu tun haben?«

Während Hagen sein Geld verzockte, war Fiorina mit offenen Ohren und Augen durch den Spielsalon geschlendert. Dabei hatte auch sie den Namen Umberto aufgeschnappt, über den zwei übertrieben aufgetakelte Frauen tuschelten. Nach ihren Blicken zu urteilen, hatten sie nichts Gutes über ihn zu sagen. Bald hatte Fiorina begriffen, dass es sich dabei um den Bodybuilder mit Gangstermiene handelte, gegen den Hagen gerade ein kleines Vermögen verlor. Gut möglich, dass er der Umberto war, den Paolo bei dem von Gianna belauschten Telefonat vertröstet hatte.

Der Barista hob eine Braue. »Mi dispiace, signora, aber ich muss mich wieder …«

Ein Mann mit hochrotem Kopf stürzte aus dem Salon.

»Che bastardo, vaffanculo!«, schrie er. Es war der schmale, ausgezehrt wirkende Enddreißiger, der an Hagens Tisch so verbissen gespielt hatte. »Verdammter Hurensohn, ich mach ihn fertig, ich bring ihn um!«

Er packte den Sektkühler des völlig überraschten Paars mitsamt Flasche und schleuderte beides zu Boden. Die zwei sprangen entsetzt auseinander, flüchteten hinter die nächste Säule. Der Barista ergriff Fiorinas Arm, zog sie zu sich hinter die Theke, wo sie beide in Deckung gingen.

Gläser flogen, Stimmen riefen aufgebracht durcheinander. Dann schwere Schritte, ein Schmerzensschrei, der in wütendes Geheul überging.

»Schafft ihn raus!«, bellte eine befehlsgewohnte Männerstimme. »Raus mit dem Verrückten, subito! Und ab heute hat er Hausverbot, das war das letzte Mal, macht ihm das klar, capito?«

Weitere Schritte, Türenschlagen. Das Gekreische des Abgeführten wurde leiser, verebbte schließlich ganz.

Vorsichtig wagte Fiorina einen Blick über den Tresen. Bis auf Scherben und eine große, perlende Lache am Boden schien kein größerer Schaden entstanden zu sein. Das eine oder andere Gesicht tauchte mit neugieriger oder betroffener Miene im Durchgang auf. Selbst die Blondine an der Kasse war blass geworden.

»Alles in Ordnung, wir haben alles unter Kontrolle«, rief ein Mann im Smoking, der gerade durch eine Tür trat, mit lässiger Geste die Arme hob und entspannt lachte. »Kein Grund zur Beunruhigung, Signori, bitte verzeihen Sie die kleine Störung. Zur Entschädigung spendiere ich eine Runde Prosecco für alle.«

Eine dralle Frau mit Besen, Lappen und Putzeimer folgte ihm und beseitigte routiniert die Unordnung. Zwei dunkel gekleidete Security-Männer, die Fiorina vorhin im Entree gesehen hatte, traten zu dem verstörten Paar, das hinter einer Säule zum Vorschein kam. Der Mann im Smoking gesellte sich dazu, legte der Dame, der der Schrecken noch ins Gesicht geschrieben stand, eine Hand auf den Arm.

»Riccardo, unseren besten Champagner für die beiden Herrschaften«, rief er in Richtung des Barista, der sich nun ebenfalls wieder zu voller Größe aufrichtete.

Dieser nickte, holte das Gewünschte aus dem Kühlschrank und frische Gläser aus dem Regal, während Fiorina ihren Platz wieder einnahm.

»Für Sie auch noch etwas, Signora?«, fragte er sie. »Geht natürlich aufs Haus.«

»Danke, aber mein Glas hat ja zum Glück nichts abgekriegt.« Sie trank es halb leer. »Was war denn das eben?«

Er zuckte die Achseln. »Wieder mal einer, der gerade seinen Monatslohn verzockt hat oder das Erbe seiner Frau, Papas Haus, was weiß ich. Kommt immer mal wieder vor, dass einer durchdreht.«

»Sind hier deshalb überall Kameras?«

»Certo.«

Andeutungsweise nickte der Barista zu dem Mann im Smoking hinüber, offenbar der Chef des Casinos, der das immer noch zitternde Paar mit einladender Geste zu einem der kleinen Tische neben der Kasse führte. Den Manager, dem sie und Hagen am Mittag begegnet waren, hatte Forina bisher noch nicht gesehen.

»Darf vielleicht ich Sie zu einem Glas Champagner verführen?«, sagte jemand auf Deutsch in ihrem Rücken.

Sie wandte sich um und blickte in das Gesicht von Hagen, der sich gerade auf dem Hocker neben ihr niederließ. Der Barista brachte das vorbereitete Tablett zu dem Tisch, an dem sein Chef und das Paar inzwischen angeregt plauderten.

»Wollen Sie Ihre Niederlage etwa auch noch feiern?«, fragte Fiorina kühl.

»Wieso Niederlage?« Hagen klopfte auf seine Jacketttasche, in der es fröhlich rasselte. »Diesem Typen ist sein dummes Grinsen gehörig vergangen. Er heißt übrigens Umberto mit Vornamen.«

»Das weiß ich schon«, sagte sie spitz. »Soll das heißen, Sie haben nicht alles verspielt?«

»Sehe ich etwa so aus?« Er runzelte die Stirn. »Wenn mich meine Nase nicht trügt, ist der Kerl nicht mit ehrlicher Arbeit zu seinem Geld gekommen. Wenn Paolo bei dem Schulden hatte …«

Er ließ den Satz unvollendet. Der Barista kam zurück, und Fiorina gab die Bestellung über zwei Gläser Champagner auf.

Sie leerte ihren Whisky. »Wie viel haben Sie gewonnen?«

»Siebzehntausend.«

Fiorina verschluckte sich, hustete, rang nach Atem. Hagen strich ihr über den Rücken und eröffnete ihr, der Mann, der vorhin so durchgedreht sei, habe ebenfalls gegen ihn verloren. Er nahm seine Hand nicht weg, und obwohl es sich erstaunlich angenehm anfühlte, versuchte Fiorina, sie abzuschütteln. Plötzlich musste sie lachen, laut und explosiv. Einen kurzen Moment musterte Hagen sie verdutzt, stimmte dann fröhlich ein, und mit einem Mal strahlte er so sehr, als würde er von innen her leuchten.

Seine Augen waren hell wie das Meer im Sonnenlicht, nahe am Strand an den ganz seichten Stellen, und ehe sie begriff, was sie tat, hatte sie ihn auf den Mund geküsst.

»Pardon.« Sie räusperte sich und ging wieder auf Abstand. »Manchmal bin ich etwas impulsiv. Kommt nicht wieder vor, okay?«

»Schade eigentlich.« Er lächelte, halb wehmütig, halb glücklich.

»Aber vielleicht hätten Sie ja Lust, mir das Du anzubieten?«

Der Barmann brachte die bestellten Getränke, wünschte ihnen einen schönen Abend und eilte zum anderen Ende der Theke, auf das gerade der Casino-Chef zuschlenderte.

»Okay«, sagte Hagen und grinste sie an. »Warum nicht?«

Fiorina reichte ihm eine der Champagnerschalen aus hauchdünnem Kristallglas, prostete ihm mit der anderen zu, ein verlegenes Lächeln auf den Lippen. Der Kuss von eben, der eher ein Küsschen gewesen war, hatte nichts zu bedeuten. Sie fühlte sich wohl in seiner Gesellschaft und hatte sich von seiner Begeisterung anstecken lassen. Mehr gab es dazu nicht zu sagen.

»Was hältst du davon«, sie nahm einen Schluck und fand den Champagner viel zu trocken, »wenn wir morgen nach Livorno fahren und Paolos Kumpel Mario besuchen?«

Hagens Antwort ging in einem affektierten Gelächter unter, das in Fiorinas Rücken ertönte. Der Mann namens Umberto stolzierte an ihnen vorüber, mit einer extravagant gekleideten, todsicher gefärbten Rothaarigen im Arm, die sich königlich über das zu amüsieren schien, was er ihr gerade ins Ohr flüsterte.

»Ah, Dottor Moretti!«, rief der Chef des Casinos und

winkte ihm. »Darf ich Sie und Ihre wunderschöne Begleiterin zum Trost zu einem Glas von unserem Barolo einladen, den Sie so schätzen?«

25

Hagen hatte herrlich geschlafen in seinem bequemen, viel zu breiten Bett im Royal Victoria. Das italienisch karge, überwiegend in Zellophan verpackte Frühstück hatten sie auf der großzügigen Dachterrasse im Schein der Morgensonne eingenommen, mit Aussicht auf den träge dahinschleichenden Arno und ein putziges weißes Kirchlein am anderen Ufer, das laut Fiorina wie fast alles in dieser Stadt weltberühmt war. Sie hatte mit ihrer Mamma telefoniert und anschließend versucht, Federico zu erreichen. Die Nacht war zwar stürmisch gewesen, ansonsten aber auch in Portoferraio ruhig verlaufen, Federico schaltete sein Handy nachts aus und kam für gewöhnlich vor Mittag nicht aus den Federn. Schon gar nicht, wenn er mit seinem Lover zusammen war.

Jetzt waren sie gemütlich auf der Küstenstraße unterwegs ins nur wenige Kilometer entfernte Livorno. Hagen hatte keine Lust auf Autobahn gehabt, aber die Straße, die sie stattdessen befuhren, war nur wenig interessanter als die A 12. Sie kamen durch nicht enden wollende, sterbenslangweilige Dörfer, nur selten konnte man einen Blick auf das vom nächtlichen Sturm noch aufgewühlte Meer erhaschen.

Als sie gestern gegen Mitternacht das Bellaluna verließen, hatte es wie aus Eimern geschüttet, und später hatte es geblitzt und gedonnert, als wollte die Welt untergehen.

»Ich glaub's einfach nicht«, sagte Fiorina unvermittelt und sah durchs Seitenfenster auf das Gestrüpp am Straßenrand, das ihnen die Sicht auf Strand und Wasser versperrte.

»Was?«

»Dass du einfach so siebzehntausend Euro gewinnst. Und dich nicht mal richtig darüber freust.«

»Ich freu mich doch.«

»Davon merkt man aber nichts.«

»Kennst du das deutsche Sprichwort: ›Der Teufel scheißt immer auf den größten Haufen‹? Früher habe ich nie irgendwas gewonnen, wirklich nie. Und jetzt, wo ich es nicht mehr nötig habe …«

Fiorina kannte das Sprichwort nicht.

»Willst du was abhaben von der Beute?«, fragte er vergnügt. »Ich gebe dir die Hälfte. Ohne dich wäre ich ja nie im Leben in dieses Casino gegangen.«

»Ich brauche keine Almosen«, erwiderte sie knapp.

Nach dem nächtlichen Unwetter war der Himmel heute wieder von unschuldiger Klarheit. Vögel sangen in den Tamarisken und Feigenbäumen, die die Straße auf weiten Strecken säumten, ein angenehmes Lüftchen ging, und es war schon wieder so warm, dass sie die Fenster des Ferrari einen Spalt offen lassen konnten.

»Ich könnte dir gleich das Gehalt für die zweite Woche auszahlen«, schlug Hagen vor. »Vielleicht mit einem kleinen Windfall-Profit-Aufschlag?«

Sie ging nicht auf sein Angebot ein, sondern begann, laut darüber nachzudenken, wie sie wohl in einer Stadt mit über hundertfünfzigtausend Einwohnern einen Mann finden sollten, von dem sie nur den Vornamen sowie Typ und Marke seines Wagens kannten.

Hagen hatte noch in der Nacht seinem Stiefsohn Nils eine Handynachricht geschickt mit der Bitte, ihm Informationen über einen gewissen Dr. Umberto Moretti sowie die Adresse eines Mario aus Livorno zu beschaffen, der einen neuen Porsche besaß. Nils hatte postwendend geantwortet und gemeint, zu Moretti werde er wohl das eine oder andere finden, ihm bezüglich des Porschefahrers jedoch wenig Hoffnung gemacht. Insbesondere deshalb, da er, abgesehen von *Vino, Pane* und *Pizza,* nur wenige italienische Wörter kannte. Immerhin hatte er versprochen, es zu versuchen, nachdem Hagen ihm eine angemessene Bezahlung in Aussicht gestellt hatte. Bisher hatte er jedoch noch nichts von sich hören lassen.

Der durchs offene Fenster hereinwehende Fahrtwind spielte mit Fiorinas kurz geschnittenem Haar, die Sonne zauberte glänzende Reflexe in das tiefe Schwarz.

»Denkst du, Nils wird diesen Mario finden?«, fragte sie, als sie ihr Handy wegsteckte, das sie mit besorgter Miene und krauser Stirn kontrolliert hatte. Offenbar war Federicos iPhone immer noch ausgeschaltet.

»Eher nicht«, gab Hagen zu. »Hast du eine bessere Idee?«

Wortlos nahm sie ihr Telefonino wieder in die Hand und begann, etwas im Internet zu suchen.

Vorne kam ein weißes Schiff in Sicht, nach Fiorinas Meinung eine der Fähren von Livorno nach Sardinien. Die Straße überquerte einen Kanal, gleich darauf musste Hagen links abbiegen, um nicht im Hafengebiet zu landen, und dann geriet er plötzlich doch auf eine Autobahn. Mit einem

Mal herrschte dichter Verkehr. Stinkende Lkws, Wohnmobile, deren Fahrer noch nicht ganz wach zu sein schienen, aufgeregt hupende Kleinwagen, knatternde Vespas mit lebensmüden jungen Menschen darauf. Livorno schien nah zu sein.

Fiorina beschäftigte sich immer noch mit ihrem Handy, dann wies sie nach vorn. »Bei der nächsten Ausfahrt müssen wir runter.«

Nachdem er die Autobahn erleichtert verlassen hatte, lotste sie ihn um einige Ecken und bat ihn, vor einem einstöckigen, gelb gestrichenen Häuschen zu halten, in dessen lauschigem Vorgarten Weinreben wuchsen. Über der überdachten, schlichten Tür hing zu Hagens Verblüffung ein rundes Schild mit der Aufschrift *Carabinieri.* Fiorina murmelte etwas wie »a dopo«, stieg aus und verschwand in dem Gebäude.

Hagen stellte den Ferrari in den Schatten eines Hauses auf der anderen Straßenseite und nutzte die Wartezeit, um sich ein wenig die Beine zu vertreten.

Noch unbelaubte Platanen säumten die stille Wohnstraße. Auch hier zwitscherten und tirilierten Vögel, erste Blüten dufteten um die Wette, der laue Wind tat unsagbar wohl auf der Haut. Nicht weit entfernt rauschte der Verkehr der Autostrada nach Florenz, eine graue Katze stromerte gelangweilt herum, selten fuhr ein Auto vorbei. Einmal kam auch ein Fußgänger, ein älterer Mann mit wallender weißer Künstlermähne, der eine pralle, grün-weiß-rot gestreifte Einkaufstasche schleppte.

Bei der Erinnerung an Fiorinas Kuss musste Hagen schmunzeln. Sie war doch nicht so unnahbar, wie sie sich ihm gegenüber gerne gab.

Es dauerte fast eine Viertelstunde, bis sie wieder aus dem Haus trat. Mit triumphierender Miene und einem Zettel in der Hand.

Mario Lombardo lebte in einem äußerst repräsentativen dreistöckigen Haus an der Viale Italia. Hagen fand einen freien Platz für den Ferrari, und sie mussten etwa hundert Meter zurückgehen, bis sie vor dem richtigen Eingang standen, einer zweiflügeligen hohen und aufwendig gestalteten Holztür mit Delfinen aus Messing als Türklopfer. Nur wenige Meter entfernt parkte ein schwarz glänzender Porsche Panamera am Straßenrand.

Neben den Klingelknöpfen standen keine Namen, sondern lediglich Kombinationen von Buchstaben und Zahlen, beginnend mit A1 und A2 im Erdgeschoss bis zu C1 und C2 im obersten Stockwerk. Kurz entschlossen, drückte Fiorina den linken unteren Knopf, und Sekunden später schnarrte der Öffner. Hagen schob die schwere, gut geölte Tür auf, und sie traten ein in die dämmrige Kühle eines herrschaftlichen Entrees.

Ein krummer, haar- und weitgehend auch zahnloser Mann im Greisenalter erwartete sie. Er steckte in einem aschfarbenen Anzug, der ihm vielleicht vor dreißig Jahren einmal gepasst hatte, stützte sich auf einen Stock und blickte den Besuchern mit wässrigem Habichtblick entgegen.

Fiorina trug heute wieder flache Schuhe, Jeans, ein schwarzes Shirt unter ihrer gefütterten Lederjacke und keinerlei Schminke im Gesicht. Hagen war sich noch immer nicht im Klaren darüber, in welcher Aufmachung sie ihm besser gefiel.

Souverän zauberte sie wieder einmal ihr umwerfendes

Lächeln ins Gesicht und fragte den alten Herrn honigsüß nach Mario Lombardo. Dessen gesabberte Antwort verstand Hagen nicht, sein wackeliges Kopfschütteln ließ ihn jedoch vermuten, dass der Gesuchte nicht zu Hause war.

Es entspann sich ein angeregtes Gespräch zwischen Fiorina und dem Alten, der nach einem erstaunlich aparten Herrenparfüm duftete.

»Wie?«, fragte Hagen verdutzt, nachdem Fiorina ihm die Unterhaltung übersetzt hatte. »Lombardo ist da, aber doch nicht?«

Sie hob die Schultern. »Er sagt, Mario Lombardo sei heute noch nicht weggegangen. Also müsste er da sein. Als vorhin aber ein Paketbote bei ihm geläutet hat, hat er nicht aufgemacht.«

Lombardo bewohnte die Wohnung C2, von wo man vermutlich einen grandiosen Ausblick auf die Uferpromenade und das Meer hatte. Fiorina bat den Alten, oben anzurufen. Leise vor sich hin brabbelnd, verschwand er, Hagen hörte ihn in seiner großen Wohnung rumoren, kurz darauf das Trillern eines Telefons weit über ihnen. Der Alte ließ es etwa zehnmal läuten, dann kam er zurück, schnaufend und mit tropfender Nase.

»Er versteht es auch nicht«, sagte Fiorina nach einem weiteren Wortwechsel. »Er ist sicher, dass Lombardo gestern Abend nach Hause gekommen ist. Der Porsche draußen gehört ihm. Lombardo nimmt sogar zum Zigarettenholen das Auto, sagt er.«

Als der Alte wissen wollte, weshalb sie seinen Nachbarn denn so dringend sprechen wollten, erzählte ihm Fiorina etwas von Europol und einem Commissario tedesco, woraufhin das runzlige Gesicht zu leuchten begann. Nun begann ein noch lauteres Palaver als zuvor, das zu übersetzen Fiorina sich ersparte. Mehrfach deutete sie nach oben und auf Hagen, der alte Herr nickte schließlich mit wichtiger Miene, verschwand wieder und brachte ihnen die Schlüssel zu Lombardos Wohnung sowie das Paket, das der Bote vorhin bei ihm abgegeben hatte.

Die in weitem Bogen geschwungene Treppe aus grün geädertem Marmor war so breit, dass sie bequem nebeneinander hinaufsteigen konnten. Durch ein hohes Fenster blickten sie in den Garten hinter dem Haus, wo – wie bei Avvocato Ambrogetti in Pisa – ein auf antik getrimmter Brunnen plätscherte und Blumen in verschwenderischer Fülle blühten. Auch Palmen gab es. Was fehlte, war eine nackte Blondine.

Während der Fahrt hierher hatte Fiorina ihm erzählt, wie sie den Carabinieri Lombardos Adresse entlockt hatte. Sie hatte den beiden wohl ein wenig einfältigen Polizisten vorgeschwindelt, sie sei von einem Mario schwanger, von dem sie leider nur wisse, dass er in Livorno lebte und einen Porsche Panamera fuhr. Zur Untermalung ihrer Komödie hatte sie sogar ein paar Tränchen vergossen und gejammert, ihr Vater werde sie zweifellos totschlagen, wenn er erfahren sollte, welchen schrecklichen Fehltritt sie begangen habe. Daraufhin hatten die Polizisten – beide ältere Herren kurz vor der Pensionierung, die vielleicht selbst Töchter großgezogen hatten – ihren Steinzeit-PC hochgefahren und ihr die Anschrift sämtlicher Marios in Livorno herausgesucht, die einen Panamera fuhren. Erwartungsgemäß war es genau einer.

Oben angekommen, klingelte Hagen sicherheitshalber, und als sich wieder nichts tat, bollerte er gegen die Tür aus matt schimmerndem dunklen Holz, in die nicht weniger als drei Schlüssellöcher eingelassen waren.

Schließlich legte er das Ohr an die Tür und sagte mit schmalen Augen: »Da drin läuft ein Radio.«

Es dauerte seine Zeit, bis Fiorina zu jedem der Schlösser den passenden Schlüssel gefunden hatte. Endlich ließ sich die Tür öffnen, die Radiomusik wurde lauter, sie rief noch ein letztes Mal den Namen des Bewohners.

Als immer noch keine Antwort kam, traten sie ein. Hagen vorneweg, sie in seinem Kielwasser.

Ein langer Flur mit noblem rötlichen Fischgrätparkett erstreckte sich vor ihnen, darauf eine vermutlich echte Perserbrücke, wenige, aber kostbare, meist antike Möbel. Links und rechts geschlossene Türen, nur die letzte rechts stand halb offen. Von dort schien nicht nur die Musik zu kommen – Tracy Chapman –, sondern auch ein Geruch von abgestandenem Zigarettenrauch und …

Hagen blieb so abrupt stehen, dass Fiorina um ein Haar mit ihm zusammenprallt wäre. Er schnupperte, wandte sich um.

»Warte bitte draußen«, sagte er mit rauer Stimme. »Hier stimmt was nicht.«

Sie sah ihn verdutzt an, nickte dann und tat wie ihr geheißen.

Zwei Gerüche waren Hagen in die Nase gestiegen, die er als ehemaliger Kripobeamter nur zu gut kannte: der von verbranntem Schießpulver und der von Exkrementen. So war er wenig überrascht, auf dem Fußboden des riesigen Wohnraums einen Toten zu finden.

Hagen schätzte den Mann auf dreißig bis vierzig Jahre. Seine Figur verriet, dass er zu Lebzeiten lieber Auto gefahren als zu Fuß gegangen war, seine Kleidung war teuer gewesen, und die Kugel, die ihn das Leben gekostet hatte, steckte noch in seinem Kopf. Sie war unterhalb des Kiefers eingedrungen, und der Mann war vermutlich schon tot gewesen, bevor sein Körper auf dem kostbaren Teppich aufschlug. Blase und Darm hatten sich entleert, aber die Pfütze auf dem Teppich war schon fast getrocknet. Auch das wenige Blut, das Hagen sah, war bereits geronnen. Mario Lombardo dürfte seit mindestens zwölf Stunden tot sein. Zu überprüfen, ob vielleicht doch noch Leben in ihm war, erübrigte sich.

Hagen verließ die Wohnung, ohne etwas berührt zu haben, und informierte die im Treppenhaus von einem Fuß auf den anderen tretende Fiorina über seinen Fund.

»Er...mordet?« Erblassend zückte sie ihr Smartphone, dessen Display schon einige Sprünge hatte.

Er hielt ihre Hand fest. »Bevor du die Polizei rufst, müssen wir uns abstimmen, damit wir uns bei den Vernehmungen nicht widersprechen. Sobald die Kollegen hier sind, werden sie uns trennen, und es ist wichtig, dass wir beide dieselbe Geschichte erzählen.«

Rasch erklärte er ihr seinen Plan, ließ sie die wesentlichen Punkte wiederholen. Während sie anschließend die Notrufnummer wählte, stürmte er die Treppen hinab. Auf den letzten Stufen kam ihm ein Mann in teurem Nadelstreifenanzug und mit neu aussehendem Aktenkoffer in der Rechten entgegen, der ihn mit misstrauischem Nicken grüßte.

Der Tattergreis stand natürlich immer noch vor seiner Tür und bestürmte Hagen mit Fragen, die dieser weder verstand noch beantworten wollte. Im Vorbeilaufen stieß er nur »tutto bene« und »polizia« hervor. Unter den entsetzten Blicken des Alten lief er nach draußen, blockierte die Tür mit einem bereitliegenden Holzkeil, um nicht wieder läuten zu müssen, hetzte zu dem Panamera, notierte hastig das Kennzeichen mit einem Kugelschreiber aus Fiorinas Handtasche auf der Innenfläche seiner linken Hand. Während er die Stufen im Haus wieder hinaufsprintete, verwischte er die blaue Schrift so lange, bis sie fast nicht mehr lesbar war.

Der jetzt am Fuß der Treppe stehende Alte rief ihm weitere Fragen hinterher, doch Hagen beachtete ihn nicht. Von oben hörte er Fiorina aufgeregt mit jemandem sprechen, vermutlich mit dem Anzugtypen. Als Hagen auf dem letzten Treppenabsatz war, kam ihm dieser mit verstörter Miene wieder entgegen. Er schien es plötzlich sehr eilig zu haben und keinen gesteigerten Wert auf Kontakte mit der Polizei zu legen.

Aus der Ferne waren schon die ersten Martinshörner zu hören. Ganz schön fix, die Jungs, dachte Hagen. Von wegen italienischer Schlendrian! Keine Minute später kamen schwere Schritte die Treppe heraufgetrampelt.

26

Das Kriminalkommissariat der Polizia di Stato befand sich in einem mehrstöckigen altrosafarbenen Gebäude in der Via delle Commedie. Es lag so nah beim Hafen, dass Fiorina beim Aussteigen aus dem Streifenwagen den frischen, vom Meer herüberwehenden Salzduft riechen konnte. Wie von Hagen vorhergesagt, hatte man sie in zwei verschiedenen Autos hergebracht.

Eine junge Polizistin in Uniform führte sie in ein großes, karges Büro mit hohen, stuckverzierten Decken, in dem sich der klobige Schreibtisch, die wenigen Stühle darum herum und die zwei metallenen Aktenschränke fast verloren. Fiorina durfte sich auf einen der harten Holzstühle setzen, und die Polizistin stellte sich mit den Händen auf dem Rücken und einer Miene, die keinerlei Gesprächsbereitschaft signalisierte, neben die Tür.

Erst nach geraumer Zeit betrat ein sehniger, bärtiger Mittvierziger in Zivil den Raum, eine dünne Aktenmappe in der Hand, entließ seine junge Kollegin mit einer knappen Geste und stellte sich als Vice Commissario Giolitti vor. Er brachte angenehmen Kaffeeduft mit und war nur minimal größer als Fiorina. Der stechende Blick seiner schwarzbraunen Augen und sein militärischer Ton verliehen ihm jedoch eine Aura von Strenge und Autorität.

»Was wollten Sie in der Wohnung von Signor Lombardo?«, fragte er, nachdem er hinter dem Schreibtisch Platz genommen und die Mappe aufgeschlagen hatte. Sie enthielt nur wenige, mit einer krakeligen Schrift bedeckte Papiere, vermutlich das flüchtige Protokoll, das ein heftig nach Jungmännerschweiß riechender Polizist von Fiorinas Aussage am Tatort angefertigt hatte.

»Ich gar nichts, Signor Commissario. Aber mein Chef, Signor Berensen, wollte ihn zur Rede stellen – er ist Deutscher, müssen Sie wissen, und kennt die hiesigen Gepflogenheiten nicht.«

Sie lächelte entschuldigend, aber die herabgezogenen Mundwinkel ihres Gegenübers wurden nur noch verkniffener.

»Sie werden ja wohl wissen, was dieser Signor ... Berensen bei Lombardo wollte.«

»Certo. Er hat mir gestern Abend die Vorfahrt genommen, und wenn ich nicht so schnell reagiert hätte, lägen mein Chef und ich jetzt in Pisa im Krankenhaus, und sein Wagen wäre reif für den Schrottplatz. Verständlicherweise war Signor Berensen ziemlich aufgebracht.«

»Es ging also um einen Autounfall?«

»Um einen Beinahe-Unfall, aber es war wirklich mehr als knapp. Ich wäre mit dem Wagen fast gegen eine Laterne gedonnert.« Mit unheilvoller Miene bekreuzigte sie sich. »Madonna mia.«

»Es war sein Wagen, aber Sie sind gefahren, Signora?«

Mit gerunzelter Stirn blätterte der Vice Commissario in der Akte, strich sich eine seiner schon leicht ergrauten

Strähnen aus der hohen Stirn. Durch ein gekipptes Fenster drang der übliche Straßenlärm herein. Blechernes Hupen, Frauengelächter, das Knattern eines Motorinos, dessen Abgasgestank durch das Büro wehte.

»Warum ist er nicht selbst gefahren?«, fragte er schneidend. »Immerhin ist es ein sehr teures Auto.«

Das man einer Frau natürlich keinesfalls anvertrauen durfte. Fiorina verkniff sich eine patzige Bemerkung.

»Mein Chef war das erste Mal in Pisa, Signor Commissario, und wollte sich während der Fahrt ein wenig die Stadt anschauen. Jedenfalls, ich habe gebremst und gehupt wie verrückt, aber der Kerl in seinem verdammten Porsche, der uns um ein Haar gerammt hätte, hat mir nur den Stinkefinger gezeigt und nicht mal angehalten. Che bastardo!«

Fiorina machte eine eindeutige Geste, um ihrer kleinen Show ein wenig Nachdruck zu verleihen, vergaß dabei jedoch nicht, den Blickkontakt zu dem Oberkommissar zu halten, der sie mit undurchdringlicher Miene musterte. Hagen hatte ihr vor dem Eintreffen der Polizei nicht nur erklärt, was sie sagen sollte, sondern auch konkrete Verhaltensregeln ans Herz gelegt, um ihre Glaubwürdigkeit zu untermalen. Es war selbstverständlich, dass sie ganz oben auf der Liste der Verdächtigen standen.

»Signor Berensen war so geistesgegenwärtig, sich das Kennzeichen des Porsche zu notieren«, fuhr sie fort. »Heute Morgen war er immer noch sehr aufgebracht, und so sind wir zu Signor Lombardos Wohnung gefahren, um ihn zur Rede zu stellen. Eigentlich wollte ich gar nicht mit und habe dann auch nur im Treppenhaus gewartet. Als Zeugin, sozusagen, falls mein Chef mich braucht.«

»Woher kannten Sie Signor Lombardos Adresse?«

»Mein Chef hat die herausgefunden, aber fragen Sie mich bitte nicht, wie.«

Sie war Hagen dankbar dafür, dass er ihr den Anblick des Toten erspart hatte. Normalerweise war Fiorina nicht so leicht aus der Fassung zu bringen. Während ihrer Arbeit mit traumatisierten Frauen in der Tagesklinik in Frankfurt war einmal eine Patientin mit einer spitzen Nagelfeile auf sie losgegangen, hatte sie sogar leicht am Unterarm verletzt. Es war ihr dennoch gelungen, die Angreiferin bis zum Eingreifen der Hilfskräfte in Schach zu halten, ohne sich verunsichern zu lassen. Doch wie hätte sie wohl beim Anblick eines gewaltsam ums Leben gekommenen Menschen reagiert?

Hagen hatte eine halbe Ewigkeit warten müssen, bis er endlich in einen überraschend modernen und mit allem technischen Schnickschnack ausgestatteten Vernehmungsraum geführt wurde. Da er kein Italienisch sprach und seinem Englisch nicht traute, wenn es um so wichtige Dinge ging, wie zum Beispiel, einen Mordverdacht abzuwenden, hatte er auf einem Dolmetscher bestanden.

Der Polizist, dem er schließlich gegenübersaß, trug Uniform, war braun gebrannt, hatte ein Nussknackerkinn und war mit allerhand goldenem und silbernem Glitzerzeug geschmückt. Seine Miene ließ Hagen befürchten, dass sie nicht als Freunde scheiden würden. Die Dolmetscherin war schlank und ungewöhnlich groß, hatte kluge, dunkelbraune Augen und offenkundig ein sonniges Gemüt. Sie hatte in Deutschland Germanistik studiert, erzählte sie Hagen aufgeräumt, und später zwei Jahrzehnte an der Universität Dortmund Romanistik gelehrt. Aber nun, im Alter, habe es sie doch wieder in ihre Heimat zurückgezogen. Sie mochte Ende fünfzig sein.

Nach kurzem Eröffnungsgeplänkel kam der Lamettatyp, der während der angeregten Unterhaltung zwischen Hagen und der Dolmetscherin mit finster gefurchter Stirn irgendwelche Daten auf seinem Bildschirm inspiziert hatte, umgehend zur Sache. Sein Blick wurde geradezu furchterregend.

Was Hagen und seine Begleiterin bei Mario Lombardo wollten, lautete – wenig überraschend – seine erste Frage.

Hagen erzählte ihm die Geschichte vom Beinahe-Unfall in Pisa, zeigte zum Beweis das auf der Handfläche notierte Autokennzeichen vor.

Woher er die Adresse des Toten kenne, erkundigte sich der Polizist nun fast feindselig.

»Mein Stiefsohn arbeitet in Deutschland als Journalist. Er hat gute Verbindungen, kennt tausend Leute und hat mir die Anschrift besorgt«, erklärte Hagen. »Auf welchen Wegen, weiß ich leider nicht.«

Was er denn mit Lombardo habe besprechen wollen, fragte der Polizist.

Das wisse er inzwischen gar nicht mehr so genau, behauptete Hagen schnaubend. Er sei einfach nur furchtbar wütend gewesen, habe außerdem Sorge gehabt, die Vorderachse seines Ferrari könne Schaden genommen haben, als Signorina Luccarelli geistesgegenwärtig auf den Gehweg auswich und dabei über den hohen Bordstein rumpelte. Wahrheitsgemäß schilderte er, wie sie von dem Nachbarn im Erdgeschoss die Schlüssel zu Lombardos Tür erhalten hätten, wie er selbst die Wohnung betreten und den Toten gefunden habe.

Regel eins, wenn du das Pech hast, von der Polizei verhört zu werden: Bleibe immer so nah bei der Wahrheit wie irgend möglich. Lüge nur dann, wenn es absolut nicht anders geht.

Ob er den Leichnam berührt habe?

»Selbstverständlich nicht! Ganz im Gegenteil, ich habe auf dem Absatz kehrtgemacht und die Wohnung umgehend wieder verlassen«, entgegnete Hagen.

Was sie denn gestern in Pisa zu tun hatten?

»Sightseeing. Meine Begleiterin hat mir diese wunderschöne Stadt gezeigt, und später haben wir im Hotel übernachtet.«

Wie sie den Abend verbracht hätten, fragte der Polizist mit plötzlich fast gemütlichem Schmunzeln. Jetzt wurde es gefährlich. Man näherte sich der Frage nach dem Alibi.

»Nun, beim Abendessen in einem hübschen kleinen Ristorante.«

»Von wann bis wann?«, hakte der Polizist nach.

»Halb acht bis etwa zehn«, ließ Hagen die Dolmetscherin übersetzen.

Wie dieses Ristorante geheißen habe?

»Irgendwas mit ›Campano‹. Signorina Luccarelli hat das Lokal ausgewählt«, erklärte Hagen.

Regel zwei: Erinnere dich nicht zu exakt, sonst klingt es, als hättest du deine Geschichte auswendig gelernt.

Ob er vielleicht einen Beweis vorlegen könne? Eine Quittung, beispielsweise?

Zuvorkommend zückte Hagen sein Smartphone, öffnete die Banking-App und zeigte dem anderen die Abbuchung, die praktischerweise schon in der Liste der Kontobewegungen stand. Als der Uniformierte seinen aktuellen Kontostand von etwas über einhundertachtzigtausend Euro sah, schluckte er kurz, aber heftig.

Was sie anschließend gemacht hätten, lautete seine nächste Frage. Nach dem Abendessen.

Da Hagen keine Lust verspürte, sich die Betreiber der illegalen Spielhölle zu Feinden zu machen, hatte er sich eine andere, leider nicht besonders solide Geschichte ausgedacht, bei der Fiorina nur die Augen verdreht hatte. Sie seien ein wenig herumgefahren, behauptete er betreten dreinschauend. Dabei sei ihnen dann auch Lombardos Porsche in die Quere gekommen, an den Straßennamen könne er sich leider, leider nicht erinnern. Anschließend hätten sie zur Beruhigung ihrer Nerven irgendwo etwas getrunken, in einer Bar, von der er ebenfalls weder den Namen noch sonst etwas wusste, bevor sie auf einem einsamen Parkplatz Sex gehabt hätten. Die Dolmetscherin verzog keine Miene, als sie auch diesen Punkt übersetzte.

»Sie wissen, dass solche Handlungen in der Öffentlichkeit in Italien unter Strafe stehen?«, fragte der Lamettaträger streng.

Schuldbewusst schüttelte Hagen den Kopf.

»Und das bei dem Wetter?«, fragte der Polizist mit hochgezogenen Brauen. »Es hat ab etwa zehn Uhr bis lange nach Mitternacht sehr stark geregnet und gestürmt.«

»Wir haben es im Wagen gemacht«, gestand Hagen kleinlaut.

»In einem Ferrari?« Zu seiner Verblüffung lachte der Uniformträger lauthals.

»Meine Partnerin und ich sind sehr gelenkig«, behauptete Hagen. »Und um ehrlich zu sein, es hat auch nicht geklappt mit dem Sex.«

Regel Nummer drei: Gestehe hin und wieder Dinge, die dir peinlich sind. Das steigert deine Glaubwürdigkeit.

Der Mann an der anderen Seite des Tischs reagierte mit grimmigem Stirnrunzeln. Und dann legte er los: In Wirklichkeit sei alles ganz anders gewesen. Sie seien Mario Lombardo nach dem Beinahe-Crash bis zu seiner Wohnung in Livorno gefolgt. Dort habe Hagen den Mann zur Rede gestellt und ihn am Ende erschossen. Anschließend hätten er und seine Begleiterin genügend Zeit gehabt, um nach Pisa zurückzukehren. Dass sie um kurz nach Mitternacht das Hotel wieder betreten hatten, war bereits von den dortigen Kollegen überprüft worden.

»Außerdem, nur der Vollständigkeit halber: Weshalb wohnten Sie und Ihre Partnerin in Einzelzimmern, wo Sie doch angeblich intim miteinander verkehren?«

Eine kleine Laune von Signorina Luccarelli, behauptete Hagen treuherzig. Sie sei in diesen Dingen ein wenig heikel, und man kenne sich ja auch noch nicht so lange. Zudem sei sie seine Angestellte.

Warum sie denn auf einen ungemütlichen Parkplatz gefahren seien, lautete die nächste Frage, anstatt sich in den Hotelbetten zu vergnügen?

Hagen zuckte betreten die Schultern. Es habe sich so ergeben. Er möge Sex an ungewöhnlichen Orten.

Die Dolmetscherin schien sich mit Mühe das Lachen zu verkneifen, was dem Polizisten nicht verborgen blieb.

Lombardo sei in der vergangenen Nacht zwischen zweiundzwanzig Uhr und Mitternacht ins Jenseits befördert worden, polterte er los. Und das sei ja nun leider exakt die Zeit, für die der deutsche Signore kein Alibi vorweisen könne.

Dann müssten aber doch seine Spuren in der Nähe des Leichnams zu finden sein, meinte Hagen. Hautschuppen, Haare, solche Dinge. Außerdem müsste er an seinen Händen Schmauchspuren haben. Zum Beweis seiner Unschuld hob er beide Hände und drehte sie hin und her.

Die Dolmetscherin waltete nun wieder routiniert ihres Amtes. Sie trug eine hennarote Kurzhaarfrisur, einen stilvollen Hosenanzug und für eine Italienerin ungewöhnlich dezenten Goldschmuck.

Er habe logischerweise Handschuhe getragen, brummte der Polizist, der sich seiner Sache offensichtlich nicht mehr ganz sicher war. Jedes Kind wisse schließlich, dass man Handschuhe anzog, bevor man einen Mord beging.

Ja, aber die Tatwaffe?

Die habe er logischerweise weggeworfen. Jedes Kind wisse schließlich, dass man die Waffe verschwinden ließ, nachdem man einen Mord verübt hatte.

So ging es noch eine Weile hin und her. Der Polizist versuchte, Hagen in Widersprüche zu verwickeln, was ihm jedoch nicht gelang. Am Ende blieb die Tatsache, dass Hagen für die Tatzeit kein Alibi hatte.

Die Tür öffnete sich, eine junge Polizistin kam leise herein und flüsterte ihrem Kollegen etwas ins Ohr. Und noch etwas. Und noch etwas. Seine Miene wechselte von heiter zu finster und noch finsterer.

Als sie den Raum wieder verlassen hatte, räusperte er sich umständlich, lehnte sich weit zurück, legte seine Pranken auf den Tisch und holte tief Luft.

Es gebe eine Überwachungskamera in der Nähe von Lombardos Wohnung, erfuhr Hagen. Das war offenbar der heitere Teil.

»An einem Nachbarhaus. Meine Kollegin hat sich die Videos aus der vergangenen Nacht angesehen. Lombardos Wagen hat die ganze Zeit dort gestanden, wo er jetzt immer noch steht.«

Womit Hagens hübsche Geschichte in sich zusammenfiel wie ein Kartenhaus im Durchzug. Wenn Lombardos Panamera in Livorno stand, konnte er nicht gleichzeitig in Pisa einen Beinahe-Unfall verursacht haben.

Aber nun kam der Teil, der dem Uniformierten weniger Freude bereitete, Hagen dagegen umso mehr. Am vergangenen Abend hatten nur insgesamt fünf Menschen das Haus an der Viale Italia verlassen oder betreten. Im fraglichen Zeitraum hatte sogar nur ein Mann die Tür passiert. Vermutlich der Mörder. Um zweiundzwanzig Uhr siebzehn hatte er geläutet, sei eingelassen worden und knapp zehn Minuten später wieder herausgekommen, mit einem Bündel Unterlagen und einem Notebook unter dem Arm. Leider war das Gesicht nicht zu erkennen, da er, vermutlich wegen des Regens, eine Kapuze getragen hatte. Eines war jedoch zum Missfallen des Lamettatyps klar: Der Mörder war nicht Hagen Berensen, denn der Mann war mindestens zwei Köpfe kleiner als der plötzlich überhaupt nicht mehr Verdächtige.

Hagen war entlassen.

Regel vier: Zügle deine Schadenfreude, wenn es für dich gut ausgegangen ist. Der andere macht auch nur seinen Job.

27

»Ich glaub's nicht«, sagte Hagen, als sie die Uferpromenade entlang in Richtung Altstadt schlenderten, um nach den aufwühlenden Erlebnissen den Kopf auszulüften. »Der Typ ist ein hohes Tier bei der Baubehörde in Livorno?«

Inzwischen war es sechs Uhr geworden, und sie waren beide hungrig, weil es im Kommissariat der Polizia di Stato nur Kaffee und trockene Kekse aus der Schublade einer mitleidigen Polizistin gegeben hatte.

»Wenn ich ihn richtig verstanden habe, dann ist Dottor Venuti sogar der oberste Chef im Ufficio tecnico«, erwiderte Fiorina.

Die Rede war von dem Mann mit dem teuren Aktenkoffer, der am Vormittag Lombardo besuchen wollte.

»Und wieso hat er dir das überhaupt verraten?«, fragte Hagen.

»Das weiß ich auch nicht, ehrlich gesagt. Er war völlig verstört, als er hörte, Lombardo sei tot. Vielleicht hat er mich für eine Polizistin gehalten und dachte, er müsse seine Anwesenheit dort erklären.«

»Wahrscheinlich tut es ihm jetzt tierisch leid, dass er dir seinen Namen verraten hat.«

»Angeblich war er dort, weil er mit Lombardo geschäftliche Dinge zu besprechen hatte. Deshalb der Koffer, der übrigens ziemlich schwer zu sein schien.«

Der greise Nachbar aus der Wohnung im Erdgeschoss hatte Venuti gesehen, als er nach oben ging und bald darauf die Stufen wieder herunterkam. Er hatte der Polizei von seiner Beobachtung erzählt, jedoch nicht sagen können, wer der Herr gewesen war. Dem grimmigen Vice Commissario, der Fiorina vernommen hatte, war Venutis Name jedenfalls nicht bekannt gewesen. Sie hatte behauptet, zwar Schritte auf der Treppe gehört, aber niemanden gesehen zu haben. Vermutlich sei der Besucher in ein anderes Stockwerk gegangen.

»Um dienstlichen Kram zu besprechen, besucht der Chef der Baubehörde einen Kunden?«, fragte Hagen mit gerunzelter Stirn. »Am Samstag? Bei uns in Deutschland läuft das normalerweise umgekehrt.«

»In Italien auch. Es sei denn, es geht um sehr viel Geld und eine Art … Vorzugsbehandlung.«

»Du meinst, Venuti hat von Lombardo Schmiergeld kassiert?«

»Es würde manches erklären.«

Hagen nickte mit schmalen Augen. Bei Bauprojekten ging es in der Regel um große Summen. In diesem Umfeld wurde selbst im sonst so korrekten Deutschland oft genug großzügig Taschengeld zur Aufbesserung von Beamtengehältern verteilt.

»Nehmen wir mal an, Carozzo und Lombardo hatten irgendeine Art von Immobiliendeal am Laufen«, überlegte er laut. »Hat der Barista im Casino gestern nicht was von einem Einkaufszentrum erzählt?«

»Stimmt. Und mit Immobilien hat Paolo sich bestens ausgekannt. Das hat er doch die ganze Zeit bei Rossi gemacht.«

»Nehmen wir weiter an, dabei ist etwas schiefgegangen, und auf einmal haben sie Geld gebraucht. Viel Geld, das sie aber nicht hatten.«

Eine tomatenrote, mit bunten Aufklebern verzierte Vespa, auf der ein junger Mann und eine noch jüngere Frau saßen, jaulte vorbei. Der Rock des Mädchens flatterte lustig hinterher. Während er einen Helm trug, schmückte ihren Kopf ein Strohhut mit buntem Band, den sie ständig festhalten musste.

»In seiner Not hat Paolo es aus Rossis Tresor genommen«, spann Fiorina den Faden weiter.

»Aber dessen Killer haben ihn erwischt.«

»Und dummerweise ist dabei der Koffer mit dem Geld verschwunden.«

Einige Schritte gingen sie schweigend. Hagen war überrascht, wie gelassen Fiorina die aufwühlenden Erlebnisse des Tages wegsteckte.

»Dort drüben könnten wir essen.« Sie wies auf ein Lokal, über dessen Eingang und türhohe Fenster sich blaue Markisen spannten. »Was meinst du?«

Inzwischen hatten sie den Teil des Hafens erreicht, in dem kleinere Boote von Fischern und weniger betuchten Hobbykapitänen lagen. Das Ristorante hieß Osteria del Mare und sah einladend aus.

»Wir müssen mit diesem Venuti reden«, sagte Hagen, als sie an einem ruhigen Ecktisch saßen, zu dem ein untersetzter Ober mit Schnurrbart, dröhnender Stimme und einem wohl angeborenen Schauspieltalent sie komplimentiert hatte. Auch wenn Hagen kaum etwas verstanden hatte, erinnerte ihn der andere mit seiner akrobatischen Gestik und den übertriebenen Grimassen an eine Figur aus einer komischen Oper.

Die Osteria war noch fast leer, da Italiener gerne etwas später essen gingen. Aus gut versteckten Lautsprechern sang Adriano Celentano. Es duftete nach Knoblauch, gebratenem Fisch und anderen Köstlichkeiten.

»Am liebsten gleich morgen«, fuhr Hagen fort.

Fiorina zog eine säuerliche Grimasse. »Morgen ist Sonntag, da sind die Ämter geschlossen.«

»Nils soll mir seine Privatadresse besorgen.«

Er hielt das Handy schon in der Hand und wählte die Nummer seines Stiefsohns.

»Das heißt, wir müssten schon wieder übernachten.« Ihre Stirn wurde noch krauser. »Dafür bin ich eigentlich nicht ausgerüstet.«

Nils hob am anderen Ende ab.

»Die Mail mit dem Material zu Rossi habe ich gerade abgeschickt«, sagte er anstelle einer Begrüßung. »Zu Moretti habe ich auch ein paar Infos gefunden. Das mit diesem Mario war leider ein Schuss in den Ofen. Schade um die schöne Prämie.«

»Ich hätte schon den nächsten Job für dich.«

Hagen nannte Nils den Namen Venuti und dessen Funktion in den Verwaltungsbehörden Livornos.

»Sollte klappen. Wie viel machst du diesmal locker?«

Sie einigten sich auf zweitausendfünfhundert, und noch bevor das Essen serviert wurde, kannte Hagen Dottor Giovanni Venutis Privatanschrift und Festnetznummer.

Hagen und Fiorina hatten sich auf die übliche Arbeitsteilung geeinigt: Sie wählte das Essen aus, und er beglich später die Rechnung.

»Spinnen wir die Sache mal weiter«, sagte er und nahm einen ersten Schluck von dem fruchtigen und herrlich kalten Vermentino, den Fiorina bestellt hatte.

Auch Brot und Wasser standen schon auf dem Tisch. Hagen konnte nicht widerstehen, in den Korb zu greifen und sich ein erstes Stück Focaccia als Vor-Vorspeise zu gönnen. Fiorina brach sich ein Stück von einer Grissini-Stange ab.

Die Einrichtung des Lokals war eine kuriose Mischung aus rustikal, gediegen und skurril. In der Mitte stand ein gewaltiger Globus in einem Holzgestell, der so antik aussah, als hätte er schon Kolumbus geholfen, Amerika zu entdecken. An der warm schimmernden Holzverkleidung der Wände hingen Gemälde, allerhand getrocknetes Seegetier, eine hölzerne Schildkröte aus der Südsee und merkwürdige Plaketten, die alle irgendwie mit Fischerei und Seefahrt zu tun hatten.

»Die zwei haben also ein großes Immobilienprojekt am Laufen«, nahm Hagen den Gedanken von vorhin wieder auf. »Die Finanzierung steht, man hat vielleicht schon das Grundstück gekauft, eventuell sogar mit den Arbeiten begonnen. Aber dann geht irgendwas schief. Vielleicht kommt die Baugenehmigung nicht rechtzeitig, es gibt Probleme mit dem Baugrund oder der Erschließung, was weiß ich. Daraufhin kriegen die Banken kalte Füße und verlangen Sicherheiten oder ihr Geld zurück. So läuft das ja normalerweise.«

»Banken bringen normalerweise nicht mal in Italien Leute um.«

Begleitet von einer kleinen pantomimischen Einlage des Obers, wurde die Vorspeise serviert, Crostini mit einer überaus leckeren Creme, die laut Fiorina Thunfisch enthielt und gehackte Kapern. Hagens Anteil war verschwunden, bevor der Ober zur Theke zurückgetänzelt war.

»Gut gewählt«, sagte Hagen, als sie die inzwischen bis zum letzten Platz gefüllte Osteria drei Stunden später satt und zufrieden verließen. »So gut habe ich hier bisher nur bei deiner Mamma gegessen, und der Wein war auch genial.«

Von dem er offenbar ein Gläschen zu viel erwischt hatte, wie er erst jetzt bemerkte.

Nachdem er neben der Kasse die vielen Auszeichnungen gesehen hatte, mit denen das Lokal sich brüstete, hatte er eine gesalzene Rechnung erwartet, die dann jedoch überraschend moderat ausgefallen war.

Fiorina lachte, was sie während der insgesamt fünf Gänge, die der schauspielerisch begabte Ober aufgetragen hatte, zu Hagens Freude immer wieder getan hatte. Gemischte Meeresfrüchte hatten sie verzehrt, ein schwarzes Risotto mit Garnelen, frittierte kleine Tintenfische, gegrillten Wolfsbarsch und als Abschluss ein überirdisch gutes Sorbetto al limone.

Fiorina inspizierte ihr Handy und wurde wieder ernst. Sowohl bei Federico als auch bei Mamma Luccarelli war immer noch alles friedlich. Auch die von Gabriele organisierte Nachtwache in Portoferraio hatte bislang nichts Auffälliges bemerkt.

»Und jetzt?«, fragte Hagen unternehmungslustig, als sie am ölig glänzenden Hafenbecken entlangschlenderten, in dem die Boote so still dalagen, als träumten sie. Das

Wasser machte schmatzende Geräusche, es roch nach Algen und Meer, ein leichter, angenehm warmer Wind war aufgekommen. »Noch ein Absacker in irgendeiner netten Bar?«

»Mir wäre ein Spaziergang lieber«, sagte Fiorina zu seiner Enttäuschung. »Und dann sollten wir uns ein Hotel suchen und schlafen gehen, damit wir morgen für das Gespräch mit Venuti fit sind.«

»Darf ich dir wenigstens noch etwas aus meiner Minibar anbieten?«, fragte Hagen, als er die Tür zu seinem Zimmer öffnete, das neben dem von Fiorina lag. »Ein Bierchen, vielleicht, oder ein Wasser?«

»Danke, aber ich bin wirklich hundemüde«, sagte sie. »Ich habe zu viel Wein getrunken, und es war ein langer, aufregender Tag.«

Eigentlich hätte auch sie diesen Abend, an dem mit einem Mal alles so beschwingt und leicht gewesen war, gerne zusammen mit ihm ausklingen lassen. Aber sie wusste, wie das geendet hätte, oder vielmehr wo, nämlich in seinem Bett. Und auch wenn sie sich an seine Nähe längst gewöhnt hatte, er ihr mit jedem Tag besser gefiel – sie hatte wahrhaftig keine Lust auf ein weiteres Liebesdrama. Auf Kränkungen, Enttäuschungen, Streit, die unvermeidlichen Tränen und bösen Worte am Ende.

»Wie du meinst«, sagte er, und seine Augen wurden tief dunkelblau. Dann hauchte er ihr zwei Küsschen auf die Wangen und umarmte sie kurz, eine Vertraulichkeit, die sowohl in Deutschland als auch in Italien nur unter guten Freunden üblich war. »Schlaf gut, Fiorina. Wir sind ein super Team.«

»Du auch, Chef«, erwiderte sie, mit einem Mal befangen. »Finde ich auch.«

In ihrem Zimmer fand sie jedoch keine Ruhe, auch nicht, als sie das Licht längst gelöscht hatte. Sie wälzte sich von einer Seite des viel zu breiten Betts zur anderen, sah ständig Hagens Gesicht vor sich, sein verschmitztes Lächeln, seinen klugen Blick. Fühlte seine Hände auf ihren Schultern, die Ahnung seiner Lippen auf ihrer Haut. Selbst jetzt noch hatte sie seine Stimme im Ohr, der, so wurde ihr plötzlich bewusst, sie stundenlang hätte zuhören können, gleichgültig, ob sie über ihre Ermittlungen sprachen, das Essen oder das Wetter.

Seufzend schlug sie die Decke zurück, zog den kuscheligen Bademantel über und trat ans Fenster. Schaute hinaus auf das Lichtermeer der schlafenden Stadt, das unter einem unendlich weiten, von den Nöten und Sehnsüchten der Menschen ganz und gar unberührten Sternenhimmel vor ihr lag. Und obwohl es ein schöner Anblick war, all dieses Glitzern und Funkeln im nächtlichen Schwarz, in dem Meer und Horizont irgendwo an einer unsichtbaren Linie miteinander verschmolzen, fühlte sie sich mit einem Mal so einsam und verloren wie vor zwei Jahren in Frankfurt, als sie endlich begriffen hatte, wen sie da eigentlich zu lieben glaubte. Als sie verstand, was für ein Mensch Moritz wirklich war. Und auch Nicolò war eine einzige Enttäuschung gewesen, die selbst heute noch schmerzte.

Vertrauen. Liebe. Hoffnung.

Alles vergangen, alles zerstört.

Aber ging es denn darum? Brachte sie hier nicht etwas gehörig durcheinander? Wer konnte wissen, was geschehen wäre, hätte sie Hagens Einladung angenommen?

Sie hätten noch ein wenig geplaudert, den Tag Revue passieren lassen, gelacht und getrunken, Pläne für morgen geschmiedet, sich am Ende freundschaftlich verabschiedet. Nur, weil Hagen sie manchmal so nachdenklich ansah, bedeutete das noch lange nicht, dass er amouröse Absichten hatte. Im Grunde war er das genaue Gegenteil von Moritz. Kein Schwätzer, kein Angeber, kein Luftikus, sondern ein verlässlicher, unverrückbarer Fels in jeder noch so wilden Brandung des Lebens.

Außerdem war das Leben viel zu kurz, um sich wieder und wieder in der Vergangenheit zu verlieren, sich den Kopf über Dinge zu zerbrechen, die nicht mehr zu ändern waren. Ja, sie hatte genug von diesem leidigen Gedankenkarussell, das sich drehte und drehte und ihr immer wieder aufs Neue das Hier und Jetzt verleidete. Und sollte sie wirklich in Hagens Bett landen, heute, morgen, irgendwann – so what?

Fiorina straffte die Schultern, verließ das Zimmer und klopfte leise an die Tür des Nachbarzimmers.

»Hagen«, flüsterte sie, »schläfst du schon?«

Die Tür öffnete sich so schnell, als hätte er dahinter gewartet.

»Bitte entschuldige die späte Störung. Ich hab's mir anders überlegt, ein kleines Bier, und ich ...«

Der Rest ihres Satzes wurde von seinen Lippen erstickt, die ihren Mund verschlossen. Er zog sie an sich, umfing sie, zärtlich und fest zugleich, und hielt sie, wie sie noch nie gehalten worden war. Eine Welle überrollte sie, Glück, Leichtigkeit und ein so heftiges Verlangen, dass sie zugleich lachen und weinen wollte.

28

Was für eine Nacht, was für ein Morgen, und jetzt das!

Sie hatten sich geliebt und noch einmal geliebt und beim Einsetzen der Morgendämmerung ein drittes Mal. Jeden einzelnen Quadratzentimeter ihres herrlichen Körpers hatte er erkundet und geküsst. Als der erste Sonnenstrahl sich durch die Ritze zwischen den schweren Vorhängen stahl, waren sie endlich in einem selig erschöpften Schlaf versunken. Hagen war erst gegen elf aufgewacht, Fiorina immer noch im Arm, schlafend wie ein Baby, das sich wohl und geborgen fühlte. Eine Viertelstunde war er noch liegen geblieben, ganz still, um sie nicht zu wecken, hatte auf ihren leisen Atem gelauscht und das Licht- und Schattenspiel auf ihrem plötzlich so verletzlich wirkenden Gesicht betrachtet. Dann hatte er nicht länger stillhalten können, seinen Arm vorsichtig unter ihrem Nacken hervorgezogen und war ins Bad geschlichen.

Als er einige Zeit später wieder herauskam, war es blendend hell gewesen im Zimmer, Fiorina hatte die Vorhänge aufgezogen, die Sonne schien so strahlend, dass ihm nach Singen zumute war. Aber schon der erste Ton blieb ihm im Hals stecken, als Fiorinas Blick ihn traf. Ein Blick, als wäre alles in der Nacht gegen ihren Willen geschehen. Als wäre er ein Feind, ein hirn- und gefühlloser Grobian, der die kleine Schwäche einer vorübergehend nicht ganz zurechnungsfähigen Frau schamlos ausgenutzt hatte.

Für das Frühstück war es ohnehin zu spät gewesen, Fiorina war ohne ein nettes Wort oder eine zärtliche Geste in ihr Zimmer geflüchtet und hatte sich dort in Rekordzeit ausgehfertig gemacht, seinen Blick anschließend konsequent gemieden und nur noch über Geschäftliches gesprochen. Er hatte einige Male tief durchgeatmet und sich in das Unvermeidliche gefügt. Vielleicht würde sich ihre Laune ja im Lauf des Tages wieder bessern. Italienerinnen schienen noch komplizierter zu sein als deutsche Frauen.

Auf dem Weg zum Wagen, der immer noch am Rand der Viale Italia stand, wo Hagen ihn gestern abgestellt hatte, nahm Fiorina ihr Smartphone zur Hand und wählte Dottor Venutis Nummer. Soweit Hagen verstand, meldete sich zunächst ein Kind, das das Telefon jedoch bereitwillig zum Papa trug.

Da das Gespräch auf Italienisch geführt wurde, verstand er nur so viel, dass Fiorina Venuti schamlos unter Druck setzte. Erst später erfuhr er, dass sie ihm sogar mit einer Anzeige wegen Amtsmissbrauchs und Bestechlichkeit in einem besonders schweren Fall drohte, falls er nicht mit ihrem Chef kooperierte, Commissario Berensen von Europol. Nachdem Venuti anfangs noch freche und aggressive Antworten gegeben hatte, wurde er bald zahm und umgänglich.

Schließlich tippte Fiorina auf den roten Hörer und verkündete grimmig: »In dreißig Minuten am Aquarium. Aber vorher brauche ich noch einen Cappuccino.«

Den Kaffee tranken sie im Stehen und schweigend in einer kleinen Bar, die fast so kalt war wie Fiorinas Miene.

Venuti erschien überpünktlich, grau im Gesicht, mit fiebrigem Blick und Händen, die keine Sekunde stillhalten konnten. Fiorina und Hagen hatten ihn wie verabredet beim Eingang des Aquariums erwartet. Zusammen wandten sie sich dem kleinen Park zu, der gleich neben dem Eingang des futuristischen Gebäudes lag und weniger belebt war als die Uferpromenade. Ein Stück entfernt sah Hagen eine Art rundes Tempelchen mit vielen Säulen.

Nun gab Fiorina sich plötzlich wieder kollegial und übersetzte simultan für Hagen, nachdem sie ihm während des gesamten Fußwegs hierher nur das Allernötigste erzählt und ständig mindestens eine Armlänge Abstand gehalten hatte.

»Lombardo und Carozzo haben tatsächlich ein Einkaufszentrum geplant, in der Nähe der Autobahnausfahrt Livorno Sud … Das Projekt lag in der Größenordnung von fünfzig Millionen … Du hattest recht, der Bau wurde begonnen, bevor die offizielle Bewilligung vorlag.«

Venuti sprach leise, immer nah an Fiorinas Ohr, ohne Punkt und Komma und ohne dass sie ihm eine einzige Frage hätte stellen müssen.

Eine Gruppe bunt gekleideter Kinder, die alle orangefarbene Käppis trugen, lief schreiend und hüpfend an ihnen vorbei, die beiden Betreuerinnen folgten ihnen entspannt plaudernd. Auf einer Bank genoss ein höchstens fünfzehnjähriges Pärchen knutschend die wärmende Sonne und den angenehm frischen Wind, der vom Meer her wehte.

»Dann gab es plötzlich Probleme im Stadtrat … keine

endgültige Absage, aber Diskussionsbedarf, weil man befürchtete, das große Einkaufszentrum würde zur Verödung der Innenstadt beitragen. Der Bau musste gestoppt werden, die Banken haben ihre Kreditzusagen zurückgezogen, und Lombardo und Carozzo stand das Wasser auf einmal bis zum Hals.«

Es gab auch, vermutete Venuti, mindestens einen privaten Investor, der sich mit einem größeren Betrag an dem Projekt beteiligt hatte. Dieser schien von der humorlosen Sorte zu sein, denn am Telefon hatte Lombardo sogar geweint, als er Venuti vorgestern anrief und um Hilfe anflehte. Gestern hatte Venuti ihn aufsuchen wollen, um gemeinsam nach Auswegen aus dem Dilemma zu suchen. Vermutlich auch für sich selbst, denn bei einem Zusammenbruch des Unternehmens Lombardo&Carozzo s. r. l. wäre möglicherweise ans Licht gekommen, dass auch Venuti den einen oder anderen Schein aus dem großen Topf für private Zwecke abgezweigt hatte.

»Frag ihn, was er über diesen Investor weiß«, bat Hagen.

Venuti schien nichts über den Unbekannten im Hintergrund zu wissen, allerdings seit Lombardos Tod eine Heidenangst vor ihm zu haben. Nach den gehetzten Blicken zu urteilen, mit denen er ständig um sich sah, glaubte auch er, dass der geheimnisvolle Geldgeber für Lombardos überraschendes Hinscheiden verantwortlich war. Als Fiorina wie nebenbei das Wörtchen Mafia fallen ließ, wäre der trotz der frischen Meeresbrise zum Erbarmen schwitzende Topbeamte um ein Haar über seine eigenen Füße gestolpert, die in teuren Slippern aus feinstem Leder steckten. Und obwohl es kaum noch möglich schien, wurde er noch eine Spur blasser.

»Rossi?«, fragte Hagen.

Aber Venuti blickte ihn nur verständnislos an.

»Da vorne war es«, sagte Fiorina, als sie drei Stunden später den Kindergarten in der Via Victor Hugo passierten. Sie deutete, ohne Hagen eines Blickes zu würdigen, auf eine Stelle einige Meter weiter bergauf. »Da hat mein Fiat am Montagmorgen gestanden.«

Nachdem die Fähre in Portoferraio angelegt hatte, waren sie zum Darsena-Hafen gefahren, wo sie den Wagen parkten und sich in einer Bar mit Panino, Wasser und Caffè stärkten. Danach hatten sie Fiorinas kleinen Koffer nach Hause gebracht. Wie schon seit dem Aufstehen hatte sie wieder die Konversation auf das Nötigste beschränkt, und auf dem Fußweg zur Via del Carmine hinauf hatte sie streng darauf geachtet, dass stets ein so großer Abstand zwischen ihnen blieb, als litte Hagen an der Pest.

Er hatte vorgeschlagen, die Ereignisse vom Montagmorgen nachzustellen, dieselben Wege zu gehen, die Paolo Carozzo vermutlich gegangen war. Für einen Polizisten, hatte Hagen ihr erklärt, sei es unumgänglich, die Stelle zu finden, an der Paolo ins Meer gestürzt war. Oder gestoßen wurde.

»Okay, versuchen wir, das jetzt mal zu rekonstruieren.« Hagen schien ihre Einsilbigkeit nicht zu bemerken. Er blieb stehen und sah aufmerksam um sich. »Federico fährt hier entlang, stellt das Auto dort ab, geht ein paar Schritte in die Richtung, aus der wir eben gekommen sind, und prallt mit Carozzo zusammen. Der gibt ihm den Koffer und rennt weiter.«

Er nahm die Gasse in Augenschein, den Eingang zum

Kindergarten, den schon Fiorina und ihr Bruder besucht hatten, die gegenüberliegende Treppe, die zwischen den Häuserzeilen der Via Camerini zum Duomo hinunter- und über einen kleinen Umweg auch zum Darsena-Hafen führte.

»Federico hat Carozzo vor dem Zusammenstoß nicht gesehen?«, vergewisserte Hagen sich.

»Er hat nichts dergleichen gesagt. Aber es hat gestürmt und heftig geregnet, er war todmüde und stoned und hat wahrscheinlich einfach auf gar nichts geachtet.«

Drei kleine Jungs jagten auf ihren Fahrrädern durch die Gasse, vorbei an den parkenden Autos. Im Asilo infantile wurde *Il pipistrello radar* gesungen, ein Lied, das Fiorina aus ihrer eigenen Kindheit kannte, irgendwo kläffte aufgeregt ein kleiner Hund.

»Aber ihm wäre bestimmt trotzdem aufgefallen, wenn hier jemand herumgelaufen wäre. Die Straße ist schmal, es war sonst keiner unterwegs«, warf Hagen ein. »Carozzo muss die Treppe da heraufgekommen sein. Sein Verfolger ...«

»Es müssen mindestens zwei gewesen sein«, fiel Fiorina ihm barsch ins Wort. »Laut Federico hat er gesagt, *sie* sind hinter ihm her.«

»Okay. *Die* Verfolger haben vermutlich da an der Ecke gewartet, bis Federico weg war.« Er deutete auf die Treppe. »Wenn er denselben Weg gegangen ist wie wir, hat er also Carozzos Verfolger nicht gesehen. Sie ihn aber möglicherweise schon.«

»Und Paolo ist einfach weiter bergauf gerannt«, erklärte Fiorina, während sie weiterging.

Stumm folgten sie der Via Victor Hugo, durchquerten den kleinen Tunnel und erreichten oben – nun wieder im

Sonnenschein – die Mauer, an deren Ende die Straße auf die Via del Falcone traf. Es entging Fiorina nicht, dass Hagen ihr immer wieder fragende und verständnislose Blicke zuwarf. Doch sie gab vor, es nicht zu bemerken.

Schließlich blieben sie vor einer maroden Hauswand stehen, an der zwei Steinstufen zu einer dunkelbraunen Holztür hinaufführten. Rechts daneben hing ein Blechbriefkasten von derselben Farbe, der noch aus Napoleons Zeiten zu stammen schien.

»Und jetzt?« Hagen sah sich nach allen Seiten um. »Wohin jetzt?«

Links hatte man einen Traumausblick auf das tief unten schäumende Meer, die Spiaggia Le Viste, einen der Hausstrände Portoferraios, und die Forte Falcone. Ansonsten, so weit das Auge reichte, nichts als türkisfarbenes Wasser und azurblauer Himmel.

Hagen trat an ein Steinmäuerchen, das mit einem Geländer versehen war, und blickte hinunter, nach links, nach rechts. Fiorina gesellte sich zu ihm, blieb aber weiter auf Abstand.

»Wenn er hier gesprungen wäre«, er beugte sich über das Geländer und deutete auf einen von Macchia überwucherten Felsvorsprung nur einen Meter unter ihnen, »dann wäre er dort gelandet und liegen geblieben. Sollte er abgerutscht sein, wäre er unten am Strand aufgeschlagen. Wahrscheinlich mit gebrochenem Genick, aber jedenfalls nicht im Wasser. Weiter links geht es auch nicht. Gibt es vielleicht irgendwo eine Stelle, wo man direkt ins Wasser fallen kann?«

Wortlos ging Fiorina zu einem rostigen Eisentor, das neben der Hauswand in einer etwa anderthalb Meter hohen

Mauer verankert war. Dahinter lag das Gelände, das zur Villa dei Mulini gehörte, Napoleons Stadtresidenz während seines Exils auf Elba. Die Straße selbst führte nach einem scharfen Rechtsknick an den Gärten und dem Museum in Napoleons ehemaligem Wohnsitz vorbei in das Gassengewirr bei der Forte Stella.

In ihrem Rücken bog ein kleines froschgrünes Auto rasant und wild hupend um die Kurve. Geistesgegenwärtig packte Hagen Fiorinas Arm und zog sie zur Seite, bevor der Wagen haarscharf und mit heulendem Motor an ihnen vorbeischoss. Auch, als der Alfa Romeo sich zügig entfernte, hielt er sie immer noch an sich gedrückt.

»Grazie mille.« Sie entwand sich seiner Umarmung. »Ich möchte jetzt mal was klarstellen, Hagen. Das von letzter Nacht – das wird sich nicht wiederholen, okay?«

»Habe ich etwas falsch gemacht?« Sein wachsamer Blick wurde weich. »Eigentlich hatte ich den Eindruck, dass du mindestens genauso viel Spaß hattest wie ich.«

Sie sah schweigend an ihm vorbei, hinaus auf die See, spürte den Wind, der ihr in Haar und Gesicht fuhr. Am Horizont zogen Wolken auf, klein und unschuldig weiß. Doch sie wusste, wie rasch sie groß und dunkel werden konnten, und ehe man sich's versah, tobte schon der nächste verheerende Sturm los.

»Es liegt nicht an dir«, sagte sie nach längerem Schweigen mit brüchiger Stimme. »Ich hatte immer nur Pech mit den Männern. Mit meinem Verlobten in Frankfurt war ich sechs Jahre zusammen, bis ich endlich kapiert habe, dass er mich ständig belogen und betrogen hat und nebenbei noch eine andere hatte«, erzählte sie dem Wind, der in einem fort blies und rauschte, zog und zerrte. »Mit Nicolò, seinem Nachfolger, hat es zum Glück nur ein paar Monate gedauert, aber das Ergebnis war dasselbe. Grande amore, grande dolore, sagen wir in Italien, und weißt du, ich habe einfach keine Lust mehr auf diesen verdammten, diesen beschissenen Schmerz, mit dem es immer endet.«

Endlich sah sie ihm wieder in die Augen, die ihr so jungenhaft und unschuldig entgegenleuchteten, tiefblau wie das Meer und ebenso unergründlich.

»Du musst mich ja nicht unbedingt lieben«, sagte Hagen warm. »Mir reicht es, wenn wir hin und wieder miteinander schlafen.«

»Unsere gemeinsame Nacht war wunderschön, und ich … Nein, das war's, tut mir leid. Wenn du magst, können wir natürlich gerne Freunde bleiben.«

Er schien noch etwas erwidern zu wollen, strich ihr dann aber nur sanft übers Gesicht, wehmütig und unendlich zärtlich. Instinktiv wollte sie seine Berührung erwidern. Aber das hätte alles nur noch komplizierter gemacht als ohnehin schon.

Schließlich nickte er, seufzte tief, ging wortlos zu dem Haus, stieg die zwei Stufen zur Tür hinauf und rüttelte an der Klinke. Die Tür ließ sich nicht öffnen.

Fiorina, die ihm gefolgt war, erklärte, dass es sich bei dem etwas heruntergekommenen einstöckigen Bau um ein ehemaliges Wirtschaftsgebäude handelte, das schon seit Ewigkeiten nicht mehr benutzt wurde. Hagen betrachtete die Umgebung mit so konzentriertem und sachlichem Blick, als hätte die kleine Episode eben nie stattgefunden.

»Die Verfolger holen Carozzo ein, drängen ihn in diese Ecke hier, wollen wissen, wo der Aktenkoffer ist«, sagte er nachdenklich. »Vermutlich bedrohen sie ihn mit einer

Waffe, wahrscheinlich verrät Carozzo es ihnen sogar, denn woher sollten Rossis Gorillas sonst Federicos Adresse kennen? Aber wie geht es dann weiter?«

Er bückte sich und untersuchte die Ritzen an dem Treppchen, den Boden vor dem Geländer, das Steinmäuerchen, in dem einige Ziegelsteine fehlten und Unkraut spross. Schüttelte schließlich den Kopf.

»Wenn wir nur wüssten, wonach wir eigentlich suchen.« Mit gerunzelter Stirn richtete er sich auf und klopfte sich den Staub von den Hosenbeinen. Er schwieg einen Moment. »Und wenn Carozzo nicht stehen geblieben, sondern weitergerannt ist, um sich irgendwo zu verstecken?«

Mit wenigen Schritten war Fiorina zurück bei dem verrosteten Tor, stemmte erst die Hüfte dagegen, drückte es dann mit beiden Händen nach oben, woraufhin es empört quietschend aufschwang. Nach einem auffordernden Blick über die Schulter schlüpfte sie hindurch.

Während sie am Wirtschaftsgebäude entlangliefen, erklärte sie Hagen, dass jeder Einheimische wusste, wie man auf dieses Gelände kam, wo man drücken musste, um das Schloss des Törchens zu überlisten. Auch für Paolo, der in Portoferraio zur Schule gegangen war, dürfte dies kein Geheimnis gewesen sein.

Rechter Hand, jenseits eines gepflegten Rasenstücks, lag die Villa dei Mulini, die das Napoleon-Museum beherbergte. Dieses war im März zwar schon geöffnet, an Sonntagen um diese Uhrzeit jedoch bereits wieder geschlossen. Durch die Feigenbäume und die buschigen Berberitzen, die die Grasfläche zur Villa hin abschirmten, waren die beiden Eindringlinge zudem vor neugierigen Blicken geschützt.

An das Wirtschaftsgebäude schlossen sich ein schmaler,

mit Sträuchern bewachsener Grünstreifen und ein imposanter, zweistöckiger Verwaltungsbau an, dessen rotbraune Fensterläden allesamt zugeklappt waren. Sie zwängten sich durch das stachlige Gebüsch, erreichten eine niedrige Bruchsteinmauer, hinter der der Abgrund gähnte.

»Wenn Paolo sich im Garten der Villa verstecken wollte«, Fiorina breitete die Arme aus, »dann hat alles vielleicht hier geendet.«

Der Ausblick war noch beeindruckender als vorne am Geländer. Man sah auf das offene Meer und den Scoglietto di Portoferraio, ein winziges unbewohntes Eiland vor der Inselhauptstadt mit einem Leuchtturm und schroffen Felsenformationen. In der Ferne war die toskanische Küste zu erahnen, die Konturen verschwammen jedoch im Dunst.

Jenseits des Mäuerchens ging es fast senkrecht in die Tiefe, wo Gischt schäumte und die Brandung mit dumpfem Grollen gegen die scharfkantigen Felsen schlug. Anstatt befreit aufzuatmen, weil sie Hagen gegenüber für klare Verhältnisse gesorgt hatte, fühlte Fiorina sich plötzlich sterbenselend. Die Erinnerung an Paolos Mutter holte sie ein, die beim Gedanken an einen möglichen Unfall ihres geliebten Sohnes die Hände zu der Madonna in der Mauernische ausstreckte. Wie musste sie erst gelitten haben, als sie die Nachricht von seinem Tod erhielt?

»Schau mal«, sagte Hagen plötzlich. »An dem Busch da unten, da hängt was Rotes.«

Seine Stimme brachte sie zurück in die Gegenwart. Er deutete mit ausgestrecktem Arm auf das Gestrüpp, das auch hier vereinzelt aus den Spalten der Klippen wuchs. Sie beugte sich über das Mäuerchen, blickte hinab, wo das Meer toste und brauste.

»Stimmt, ein roter Fetzen.« Sie richtete sich wieder auf. »Paolo trug eine rote Hose und …«

Erschrocken hielt sie inne. Hagen kniete gerade auf der Mauer und schwang sich in der nächsten Sekunde darüber.

»Was machst du?« Fiorina griff nach ihm, fasste jedoch ins Leere. »Lass das! Komm sofort zurück!«

Aber er kletterte schon hinunter, hielt sich an Wurzeln fest, an dürrem Gestrüpp, an Felsvorsprüngen. Mit Finger- und Schuhspitzen klammerte er sich an noch so winzige Kanten, während tief, so wahnsinnig tief unter ihm die Brandung brüllte wie ein Raubtier vor der Fütterung.

Allein vom Zusehen wurde Fiorina schwindelig. Sie hatte sich so weit vorgebeugt, dass sie fast das Gleichgewicht verlor. Ihr Puls raste, ihre Hände waren feucht. Endlich machte er halt, streckte sich, fasste nach dem Stückchen Stoff.

Noch hatte er es nicht erreicht. Er streckte sich weiter, rutschte ab. Ein Schrei entfuhr ihrer Kehle, ihr Herzschlag schien auszusetzen.

Doch schon hangelte er sich wieder nach oben, fast noch schneller, als er hinabgestiegen war, kam näher und näher, präsentierte ihr Sekunden später schwer atmend und stolz grinsend seine Beute.

»Kompliment, du hast den richtigen Riecher gehabt, Fiorina«, sagte er, als er wieder neben ihr stand und sich den Schweiß von der Stirn wischte. »Wie es aussieht, haben wir die richtige Stelle gefunden. Du hättest das Zeug zu einer guten Detektivin.«

Über die Maßen erleichtert, weil er die lebensgefährliche Kletterpartie wohlbehalten überstanden hatte, hätte sie ihn fast umarmt. Doch im letzten Moment konnte sie sich bremsen, stand nur benommen da, zerrissen zwischen widersprüchlichen Gefühlen.

Fünf Orgasmen hatte sie in der vergangenen Nacht gehabt. Fünf! Mit Moritz zusammen hatte sie oft genug überhaupt keinen gehabt, weil er keine Ahnung vom Zauber eines Vor- oder Zwischenspiels hatte und mit seiner gefühllosen Rammelei meist schon fertig war, bevor sie überhaupt in Stimmung kam. Doch als traditionell katholisch erzogene Unschuld vom Lande hatte sie in ihrer Unerfahrenheit gedacht, das müsse eben so sein. All das Getuschel und Getue ihrer Freundinnen, von denen die wenigsten wirklich Bekanntschaft mit Sex gemacht hatten, später die betont coolen Andeutungen oder peinlich detaillierten Schilderungen ihrer Kommilitoninnen und Kolleginnen über diese angeblich so wichtige Sache hatte Fiorina für Wichtigtuerei und albernes Geschwätz gehalten. Aber woher hätte sie es besser wissen sollen?

Sexualkunde wurde an italienischen Schulen praktisch nicht unterrichtet, und in den Familien war das Thema oft heute noch ein Tabu. Die meisten jungen Leute bezogen ihr Wissen von den Schmuddelseiten des Internets, bei denen es bestenfalls um die Lust des Mannes ging, meist aber nur um plakative und Frauen verachtende Stereotype der Sexindustrie. Die Empfindungen einer Frau spielten höchstens eine untergeordnete Rolle.

»Lernt man solche Selbstmordaktionen bei der deutschen Polizei?«, fragte Fiorina bemüht spöttisch und versuchte, sich den Schreck, der ihr immer noch in den Knochen saß, nicht anmerken zu lassen.

»Nein, beim Klettern in den Alpen mit meinem Stiefsohn.«

»Und das hier?« Sie begutachtete den etwa handgroßen Fetzen, der wohl tatsächlich von Paolos Jeans stammte. »Übergeben wir das den Carabinieri?«

Hagen erwiderte nichts, sondern zog einen kleinen, stacheligen Zweig aus seinem Haar, der sich bei seinem riskanten Ausflug dort verfangen hatte. Fiorina verstaute den Stofffetzen in ihrer Handtasche, die sie an das Mäuerchen gelehnt hatte, verharrte plötzlich.

Im Gras neben ihrem linken Fuß hatte sie etwas entdeckt, ein blutrotes Stückchen Kunststoff, das in der Sonne glänzte und sie kurz irritierte. Ihre eigentliche Aufmerksamkeit galt jedoch dem um einiges größeren goldenen Ring daneben. Sie hob ihn auf, hielt ihn Hagen auf der flachen Hand hin.

»Ein Ohrring, sieh mal.«

Es war eine Creole, ähnlich wie die Ohrringe, die Salvina Solario getragen hatte. Diese hier war jedoch wesentlich dezenter und mit weißen Steinchen besetzt.

Er warf nur einen flüchtigen Blick darauf. »Wahrscheinlich ein billiger Klunker aus einem der Touristenshops am Hafen unten.«

29

Während der gemächlichen Fahrt nach Porto Azzurro hatte Hagen Gelegenheit, über das gestern und heute Erlebte nachzudenken. Den Gedanken an Fiorinas Abfuhr verdrängte er. Stattdessen dachte er an den geheimnisvollen Investor, der Mario Lombardo – bevor er ihn erschießen ließ – angeblich so heftig unter Druck gesetzt hatte, dass er am Telefon weinte. Dass Carozzo Rossis Geld aus dem Tresor genommen hatte, um den unbekannten Finsterling damit zufriedenzustellen, lag auf der Hand. Der Investor konnte den Aktenkoffer allerdings nicht aus dem Flur der Luccarellis entwendet haben, denn dann hätte er keinen Grund mehr gehabt, Lombardo ins Jenseits befördern zu lassen. Dass er den Mord selbst begangen hatte, hielt Hagen für ausgeschlossen. Solche Leute machten sich die Hände nicht schmutzig.

Auf der anderen Seite hatte Rossi natürlich ein lebhaftes Interesse daran, sein Geld zurückzubekommen. Allerdings war der Koffer offenbar nach wie vor nicht in seinem Besitz, denn dann hätte er Federico nicht seinen apulischen Messerstecher auf den Hals gehetzt. Dass dieser zu Rossis Leuten gehörte, war inzwischen belegt. Federico hatte ihn auf einem der vielen Fotos zweifelsfrei wiedererkannt, die er von Rossis Anwesen gemacht hatte.

In jedem Fall hatten die Typen, die hinter Carozzo her waren, ihren Job gründlich vermasselt. Offenbar hatten sie das Geld ja nicht gefunden, und Carozzo konnte keine Auskünfte mehr geben, wo es geblieben war.

Wenn aber weder Rossi noch der große Unbekannte den Koffer gestohlen hatten, wo war er dann hingekommen? Die einzige logische Erklärung lautete: Es musste noch eine dritte Partei die Finger im schmutzigen Spiel haben.

Aber wer, zur Hölle? Wer konnte noch von dem Koffer voller Geld wissen?

Umberto Moretti etwa, bei dem Carozzo allem Anschein nach Spielschulden gehabt hatte? Bei dem von Gianna belauschten Telefonat hatte Carozzo ihn vertröstet. Hatte Moretti ihm seine Geldeintreiber auf den Hals geschickt? Hatten *sie* ihn von den Klippen gestoßen?

Die Abzweigung zu seiner Villa kam in Sicht, Hagen bremste sanft und bog ab.

Eines schien ihm in dieser verworrenen Geschichte jedenfalls sicher zu sein: Da Carozzo kein Geld gebracht hatte, hatte der Investor Lombardo abknallen lassen. Was wiederum mächtig nach Mafiamethoden roch. Rivalisierten hier womöglich zwei Mafia-Familien miteinander, und Hagen und Fiorina hatten das Pech, zwischen die Fronten geraten zu sein?

Aber nein, Unfug. Das war zu weit hergeholt. Und man sollte den Teufel besser nicht an die Wand malen.

Minuten später saß Hagen in seiner Bibliothek vor dem großen Bildschirm und öffnete die Mail mit dem Betreff

Recherche Rossi und Moretti, die Nils ihm geschickt hatte. Da er ungern längere Texte am Bildschirm las, druckte er sich die Unterlagen aus, setzte sich auf die Terrasse und begann zu lesen.

Sein Stiefsohn, stellte er rasch fest, war überaus fleißig und erfolgreich gewesen. Vielleicht wurde doch noch etwas aus dem Jungen, der vor wenigen Jahren noch ein pickliges, ewig gelangweiltes, unzufriedenes und unmotiviertes Muttersöhnchen gewesen war. Außer für Pornos und seine bescheuerten Computerspiele hatte er sich für nichts auf der Welt interessiert. Nicht einmal für Mädchen.

Zu Umberto Moretti hatte Nils lediglich zwei Seiten Text und einige Fotos geliefert. Er war achtundvierzig Jahre alt, in Bergamo zur Welt gekommen, hatte nichts studiert, sodass er sich den Doktortitel, mit dem er sich schmückte, wohl selbst verliehen hatte. Von Beruf war Moretti selbstständiger Anlageberater und Vermögensverwalter. Wie es schien, war er dabei recht erfolgreich, denn er bewohnte in den Hügeln östlich von Pisa ein stattliches Anwesen, von dem Nils ihm eine Satellitenaufnahme mitgeschickt hatte. Das von einem großen Park und einigen Wirtschaftsgebäuden umgebene Haupthaus als Schloss zu bezeichnen, wäre wohl keine Übertreibung gewesen. Moretti hatte schon mehrfach vor Gericht gestanden. Zweimal wegen Betrugs, einmal, weil er einem zahlungsunwilligen Kunden zwei Schläger ins Haus geschickt hatte, und einmal wegen Steuerhinterziehung. Nur im letzten Fall war es zur Verurteilung gekommen. In den anderen Prozessen war er freigesprochen worden, da Zeugen der Anklage urplötzlich unter schwerem Gedächtnisschwund litten.

Vom Background und seinen finanziellen Möglichkeiten her hätte Moretti also durchaus der unbekannte Investor sein können. Falls sie auf anderem Weg nicht weiterkamen, beschloss Hagen, würden sie ein zweites Mal nach Pisa fahren, und er würde vor der Nase dieses sauberen Dottore ein wenig mit seinem Europol-Ausweis wedeln.

Der umfangreiche Rest der Unterlagen betraf Sergio Rossi. Es ging los mit den wesentlichen Lebensdaten, soweit Nils sie auf die Schnelle hatte herausfinden können. Geboren war der Mafioso in Brindisi am 6. August 1965 als Sohn eines mittelständischen Baustoffhändlers. Einem unterdurchschnittlichen Abitur folgte ein Studium der Betriebswirtschaft in Catania, das er jedoch schon nach zwei Semestern abbrach, um mit dem Geld, das ihm sein inzwischen verstorbener Vater hinterlassen hatte, in die mäßig erfolgreiche Baufirma eines gewissen Ennio Serra einzusteigen.

Nach Rossis Eintritt hatte die Firma einen rasanten Aufschwung genommen. Nils hatte – auf welchen anrüchigen Wegen auch immer – sogar einige Zahlen gefunden: 1992, im ersten Jahr, in dem Rossi mitmischte, hatte die Firma umgerechnet knapp fünf Millionen Euro Umsatz und keinen Gewinn gemacht. Zehn Jahre später betrug der Umsatz siebzehn Millionen, der Gewinn immerhin einige Hunderttausend. 2009, im letzten Jahr, zu dem Nils Zahlen gefunden hatte, hatte man siebenundvierzig Millionen umgesetzt bei einem absurd kleinen Gewinn von nicht einmal zweihunderttausend Euro. Da die Hälfte des Gewinns an Rossis Partner ging, konnte dieses Schlitzohr sich von dem Geld nie und nimmer seine pompöse Villa und einen Helikopter leisten. Da war wohl einiges über dunkle Kanäle auf Konten in irgendwelchen Steuerparadiesen geflossen.

Es raschelte im Gebüsch. Ignaz, der Igel, drehte seine abendliche Kontrollrunde. Dieses Mal verharrte er sogar kurz, um in Hagens Richtung zu schnüffeln und neugierig zu ihm aufzusehen. Hagen nickte ihm freundlich zu. Vielleicht würden sie ja mit der Zeit doch noch Freunde werden.

Nils hatte einige deutschsprachige Presseartikel eingescannt, denen zu entnehmen war, dass die Firma Serra & Rossi in der Vergangenheit mehrfach im Verdacht gestanden hatte, EU-Gelder veruntreut zu haben. Immer ging es dabei um öffentliche Infrastrukturmaßnahmen in Apulien. Der Bau eines Autobahnteilstücks von zehn Kilometern hatte schon nach zwei Dritteln der Strecke abgebrochen werden müssen, da aus unerfindlichen Gründen das Geld alle war. In welchen Löchern es versickert war, blieb bis heute ungeklärt, obwohl die italienische Guardia di Finanza eng mit der EU-Organisation OLAF kooperiert und sich redlich Mühe gegeben hatte, das Rätsel der verschwundenen Millionen zu lösen. Serra & Rossi durfte drei Jahre lang nicht mehr bei öffentlichen Ausschreibungen mitbieten. Die Geldflüsse und Umsätze waren von Jahr zu Jahr schlechter nachzuvollziehen, da die beiden Ganoven ihr Unternehmen in mehrere Firmen aufgeteilt hatten, die angeblich alle auf eigene Rechnung arbeiteten, jedoch seltsamerweise nie so recht auf einen grünen Zweig kamen. Längst wusste niemand mehr, welche Firma wem gehörte und an wen sie ihre Gewinne abführte.

Die Qualität der Fotos, die Nils über eine dubiose polnische Bilddatenbank gefunden hatte, war eher mittelprächtig. Hagen öffnete die Mail auf seinem Smartphone und klickte die Bilder durch. Sie zeigten Rossi mit einflussreichen Politikern und hohen Würdenträgern des Vatikans, gleich dreimal mit Berlusconi. Einmal war er zusammen mit seinem Kompagnon Serra zu sehen, mehrfach mit seiner früher wirklich attraktiven Frau Tessa und auf einem anderen Foto zusammen mit einem blasiert dreinschauenden, weit über sechzigjährigen Mann namens Prof. Carlo Pradi. Hagen musste das Foto vergrößern, um am unteren Rand Datum und Uhrzeit der Aufnahme lesen zu können – 19. März, 20.03 Uhr. Also vor genau einer Woche.

Laut den Recherchen seines Stiefsohns war das Foto in einem kleinen Ristorante in Florenz entstanden. Im Vordergrund äugten zwei aufgebrezelte, blutjunge Frauen mit Kussmündchen in die Linse der Handykamera. Rossi stand mit seinem Begleiter im Hintergrund und hatte den Arm auf die Schulter des Professors gelegt. Die beiden unterhielten sich offenbar angeregt und in freundschaftlicher Atmosphäre. Wie Nils herausgefunden hatte, war Pradi der Direttore Generale am Ministero delle Infrastrutture e dei Trasporti in Rom. Auf Deutsch: ein hohes Tier am Ministerium für Infrastruktur und Transportwesen, das unter anderem für Bau und Unterhalt des italienischen Straßennetzes zuständig war.

Ignaz kam noch einmal zurück, um Hagen genauer in Augenschein zu nehmen. Offenbar befriedigt von dem, was er sah, trollte er sich wieder. Hagen überlegte, dass Ignaz ebenso gut ein Igelmädchen hätte sein können und wie diese stacheligen Gesellen es wohl schafften, sich zu paaren, ohne dass am Ende einer blutete. Er musste an die vergangene Nacht denken, an den Rausch, der Fiorina und ihn überwältigt hatte, ihre nur halbherzig unterdrückten

Schreie, ihren Duft, ihre so unfassbar weiche Haut, ihren straffen Körper, die kleinen, festen Pfirsichbrüste …

Ein leichter Wind wehte vom Meer her. Noch immer war es warm. Das Festland erglühte im Licht der in Hagens Rücken untergehenden Sonne, als gäbe es ein Fest zu feiern. Was ja möglicherweise bald der Fall sein dürfte.

Das Foto mit dem römischen Ministerialbeamten lieferte Hagen gleich drei wichtige Informationen: Erstens war Rossi am Abend vor Carozzos Tod keineswegs in der Oper gewesen. Dass er dies dennoch behauptete, konnte zweitens nur heißen, dass niemand von seinem Plausch mit Pradi wissen sollte. Was drittens bedeutete, dass an diesem Abend wieder einmal irgendwelche illegalen Deals eingefädelt worden waren, an deren Ende der italienische Staat und seine Steuerzahler um einige Millionen ärmer sein würden.

Zur Feier dieser nicht unbedeutenden Erkenntnisse schob Hagen eine Pizza quattro stagioni in den Backofen und öffnete seine neue Flasche Weißwein. Im Trubel der vergangenen Tage hatte er völlig vergessen, Biernachschub zu ordern. Im Kühlschrank fand er die mit Kräutern und Knoblauch gewürzten Oliven, den Prosciutto cotto, den Käse und die Wildschweinsalami, die Fiorina ihm an ihrem ersten Arbeitstag besorgt hatte und die er nun mit Behagen als Vorspeise vertilgte.

»Nie und nimmer ist das Dingelchen echt«, lautete Federicos abfälliges Urteil, als er sich den goldenen Ohrring vor das nicht zugeschwollene Auge hielt. »Sieht zwar hübsch aus, ist aber meiner Meinung nach nur gut gemachter Modeschmuck. Bei Gianmaria kriegst du so was, das Paar zu höchstens dreißig Euro.«

Die winzigen weißen Steinchen, die in die Creole eingelassen waren, blitzten und funkelten selbst im Energiesparlicht der Küchenlampe. Der Verschluss, vermutlich ein dünner goldener Stift, fehlte.

»Du hast ja keine Ahnung.« Naserümpfend nahm Fiorina ihm das Schmuckstück aus der Hand. »Das Ding ist aus purem Gold – siehst du nicht die Ziffern auf der Innenseite? Acht drei steht da, das bedeutet zwanzig Karat pures Gold. Und wenn der Ring echt ist, warum sollten dann die Steine falsch sein?«

Ihr Bruder war kurz nach ihr heimgekommen, ausnahmsweise einmal nicht bis unter die Haarspitzen zugedröhnt, sondern mit verheulten Augen und so leidender Miene, dass Fiorina im ersten Moment heftig erschrocken war. Bis auf das verblassende Veilchen und die kaum noch sichtbaren Schrammen an Kinn und Wange waren auf seinem Gesicht jedoch zu ihrer Erleichterung keine weiteren Blessuren zu entdecken gewesen.

Auf ihre Frage, warum er nicht in seinem Versteck bei Andrea geblieben sei, schnaubte er, keine zehn Pferde würden ihn noch einmal dorthin bringen. Andrea sei für ihn gestorben, und zwar endgültig und unwiderruflich. Selbst, wenn er auf Knien angekrochen käme, selbst wenn dieses Scheusal, ach was, dieser Teufel in Menschengestalt seine Füße und alles darüber lecken und küssen würde – nie, niemals wieder, würde Federico ihn auch nur eines Blickes würdigen.

»Du glaubst, es sind Diamanten? Zeig mal her, Carissima.« Ihre Mutter, die von Federicos Liebesnöten glücklicherweise nichts ahnte, legte den Kochlöffel zur Seite und wischte sich die Hände an der geblümten Schürze ab. Dann kramte sie in der mit Sonnen und Sternen verzierten Steingutschale auf dem Küchenbord nach ihrer Lesebrille, setzte sie auf und begutachtete ebenfalls den Ohrring.

»Hm, vielleicht sind es wirklich Diamanten«, murmelte sie. »Aber Federico hat schon recht, gut gemachter Modeschmuck ist heutzutage oft schwer von echtem Schmuck zu unterscheiden.«

Mamma hatte von Hagens Vorschlag, die ganze Familie Luccarelli könne bei ihm wohnen, bis alles vorbei war, erwartungsgemäß nichts wissen wollen. Schließlich könne man die Nonna, die niemand zum Verlassen des Hauses würde überreden können, nicht sich selbst überlassen. Gabriele hatte Fiorina versprochen, dass seine Verwandten auch in dieser Nacht nach dem Rechten sehen würden.

»Am besten, du fragst Nunzio«, sagte ihre Mutter, als sie Fiorina den Ohrring zurückgab. »Wenn sich einer mit so was auskennt, dann er.«

Früher hatte der alte Mann als Uhrmacher gearbeitet, mit eigener, auf der ganzen Insel bekannter Werkstatt. Später, als es kaum noch Uhren zu reparieren gab und er nur noch Batterien wechseln durfte, hatte er sich auf das Verkaufen von Uhren verlegt und, da damit nicht viel zu verdienen war, mehr und mehr auch Schmuck ins Angebot aufgenommen.

»Warte!« Mamma stöckelte geschäftig zum Kühlschrank, während Fiorina schon die Tür öffnete. »Ich habe noch ein paar Arancini übrig. Bring sie ihm und sag ihm einen schönen Gruß von mir. Und in einer halben Stunde essen wir, Carissima.«

»Auf dem Gelände von Napoleons Stadtvilla hast du ihn gefunden?«, fragte der alte Mann Minuten später, und seine Augen begannen zu leuchten. »Ja, aber – wer lässt denn so etwas Schönes liegen?«

Mit der einen Hand klemmte er sich seine Lupe vor das rechte Auge, mit der anderen drehte er den Ohrring im Licht seiner Leselampe langsam hin und her. Konzentriert nagte er an der Unterlippe.

Er hatte Fiorina in sein Wohnzimmer geführt, einen geradezu herrschaftlichen Raum voller antiker Möbel und mit zerschlissenen Teppichen auf dem Terrazzo, in dem es nach Staub, Vergangenheit und Nunzios herbem Altherrenparfüm roch. Trotz seines hohen Alters achtete er immer noch darauf, stets Bella Figura zu machen.

»Vielleicht hat ihn eine von den Angestellten des Museums verloren«, spekulierte Fiorina, auch wenn ihr schleierhaft war, wie diese das angestellt haben sollte. »Bei einer Zigarettenpause oder so.«

Sie erinnerte sich zwar nicht, an der Fundstelle weggeworfene Kippen gesehen zu haben. Aber wem sonst sollte das Schmuckstück gehören? Die Besucher des Museums hatten dort keinen Zutritt.

Fiorina hatte es sich auf dem mit smaragdgrünem Samt überzogenen Kanapee gemütlich gemacht und verspeiste, während Nunzio den Ohrring untersuchte, eines der mit Mozzarella gefüllten, frittierten Reisbällchen, die sie ihm mitgebracht hatte. Er hatte sich über die kleine Aufmerksamkeit gefreut und ihr das größte der verführerisch duftenden Arancini auf einen Teller gelegt und darauf bestanden, dass sie es aufaß. Offenbar hatte er ihr angesehen, wie ausgehungert sie war, nachdem in Livorno sowohl das

Frühstück als auch das Mittagessen ausgefallen waren. Die alte Standuhr aus Nussbaumholz neben dem Sekretär würde gleich halb neun schlagen.

Fiorina sah dem großen Zeiger der mächtigen Uhr zu, wie er mit dem lange vertrauten, würdevollen Ticken auf die römische Sechs des goldenen Ziffernblatts wanderte. Fast gleichzeitig mit dem Gong der Standuhr ließen die anderen im Raum verteilten Uhren ihre Glöckchen, Bimmeln und Kuckucksrufe hören, jede einzelne von ihnen ein kleines Kunstwerk. Schon als Kind hatte Fiorina, wenn ihre Mutter arbeiten musste, viel Zeit bei Nunzio verbracht, dessen Laden und Werkstatt damals Teil seiner Wohnung waren. Wie oft hatte sie ihre kleinen Hände über das warme Holz gleiten lassen, die geheimnisvollen Ornamente und Verzierungen der Ziffernblätter bewundert, dem Klangspiel der Uhren und ihrem wie von Geisterhand betriebenen Pendelschlag gelauscht.

Nunzio murmelte vor sich hin, legte die Lupe schließlich auf die Marmorplatte des Mahagonitischs und blickte auf. »Die Anzahl der Facetten ist eindeutig – es sind Brillanten.«

Brillanten?!

Wer von den Angestellten in der Villa dei Mulini konnte sich etwas so Wertvolles leisten?

Wie elektrisiert stellte Fiorina den Teller zur Seite. »Was, denkst du, ist der Ohrring wert?«

»Das Gold hat zwanzig Karat, die Steine sind lupenrein und – soweit ich das beurteilen kann – perfekt geschliffen, etwas so gut Gearbeitetes habe ich noch selten gesehen.« Er wiegte den schweren Kopf mit dem lichten Haarkranz hin und her. »Ich schätze, zwölftausend Euro. Nur für diesen einen hier.«

Fiorina schnappte nach Luft.

Nein, eine Bürodame aus dem Museum hatte den Ohrring ganz sicher nicht verloren, und dort, wo sie ihn gefunden hatte, kamen keine Touristen hin. Aber wer dann? Und warum, fragte sie sich mit zunehmender Verwirrung, war die Eigentümerin nicht zurückgekommen, sobald sie den Verlust bemerkt hatte?

30

Ich hasse ihn. Ich hasse ihn so sehr, dass mir schon von seinem bloßen Anblick übel wird. Die ganze Nacht über habe ich kein Auge zugetan, habe nur geweint und gezittert, und an den Frühstückstisch werde ich mich nie und nimmer mit ihm setzen. Ich kann, ich will ihn nicht mehr sehen.

Mein Gesicht brennt immer noch von seinen Schlägen, meine Seele von seinen Beschimpfungen und Beleidigungen, wieder und wieder sehe ich alles wie in Zeitlupe vor mir ablaufen. Ich packe die große blau-weiße Ming-Vase, lasse sie krachend auf seinen speckigen Schädel niederfahren, fühle erneut die tiefe Befriedigung, es endlich, endlich getan zu haben. Wie ein praller Müllsack fällt Sergio vor meine Füße, heult auf vor Schmerz und Wut, versucht noch, mich zu packen. Aber ich reiße mich los und stürze davon, verfolgt von seinen Flüchen, seinem Toben und Gebrüll.

»Du hast es die ganze Zeit über gewusst!«, hat er mich angeschrien, als er wieder einmal vor dem offenen Tresor stand, mit halb fassungsloser, halb mordlustiger Miene. »Gib's zu, du hast gewusst, dass Carozzo mein Geld gestohlen hat! Wahrscheinlich hast du ihm sogar geholfen, gib es doch endlich zu!«

Nun war sie also da, die Stunde der Wahrheit.

Seit dem Besuch des Commissario aus Den Haag und seiner aufdringlichen Begleiterin hatte ich ständig überlegt, wie ich mich verhalten sollte, wenn Sergio mich nach Paolo und dem verschwundenen Geld fragen würde. Ihn auslachen, vielleicht, neue Ausflüchte und Lügen erfinden, was ich doch sonst so gut kann, ihn umgarnen mit falschen Liebesschwüren. Wie früher, wenn andere Männer mich begehrten und die Eifersucht ihn rasend machte.

Gestern Abend war ich jedoch am Ende meiner Kräfte und Lügen. Hätte ich doch nur geschwiegen.

»Denkst du etwa, ich bin blind?«, schrie er mich an, mit blaurotem Gesicht und hervorquellenden Augen. »Gib doch zu, dass du mich mit dem Hurensohn betrogen hast, du stinkendes Stück Scheiße!«

»Und du?«, höhnte ich zurück. »Denkst du, ich weiß nicht, was du hinter meinem Rücken treibst? Denkst du, ich habe euch nicht gehört und gesehen, dich und deine dreckige kleine Schlampe?«

Bisher hatte er mich noch nie geschlagen. Mein Körper und mein Gesicht mussten stets makellos sein, damit er mich jederzeit seinen Geschäftspartnern vorführen konnte. Seine Strafe, wenn wir uns wieder einmal stritten, waren nicht Schläge, sondern ätzender Spott und flammender Hohn. Meinen einzigen Trost hat er mir geraubt, den Alkohol, mich unter Druck gesetzt mit seiner Forderung, die Grande Dame an seiner Seite zu spielen, mich eingesperrt in diesem goldenen Käfig, der nie, nie, nie mein Zuhause war. Und seit Paolo tot ist, gibt es hier erst recht nichts mehr, was mich hält.

Ich muss fort von hier.

Jetzt.

Ich muss Sergio verlassen, weg, weg, endlich weg …

Leise schließe ich die Tür zum Gästezimmer hinter mir, wo ich die Nacht verbracht und am Ende sogar einige Stunden geschlafen habe. Ich schleiche über den Korridor. Zwei der Security-Männer kommen vorbeigeschlendert, doch sie achten nicht auf mich. Sie wissen offenbar noch nichts von unserem Streit gestern Abend. Sergio ist die Angelegenheit vermutlich peinlich, sogar seine kleine Nutte hat er gestern ungewöhnlich früh nach Hause geschickt. Welcher Macho gibt schon gerne zu, dass er Prügel von seiner Frau bezogen hat?

Ich schaue nicht zurück, sondern laufe und laufe, so schnell ich nur kann.

Das Auto steht vor der Garage. Werkzeug liegt herum, der Kotflügel vorne rechts ist noch immer nicht fertig repariert. Wieder fällt mir das grässliche Geräusch ein, als der Hund mir in den Wagen lief. Aber das spielt jetzt keine Rolle. Nichts spielt mehr eine Rolle. Die Fahrertür steht offen, der Schlüssel steckt.

Ich springe hinein, finde den richtigen Knopf an der Fernbedienung des Tors und schieße aus der Einfahrt, als wäre der Leibhaftige hinter mir her.

Es war zwanzig nach acht, als Hagen Fiorina an einer Straßenkreuzung absetzte, von wo gleich zwei Wege zu dem winzigen Ort Acquaviva führten. Am Vorabend hatten sie lange telefoniert, dabei über die neuesten Entwicklungen gesprochen, über den kostbaren Ohrschmuck, und sich einen Plan überlegt, wie sie weiter vorgehen sollten.

Nach etwas mehr als einem Kilometer erreichte Hagen die Abzweigung zu Rossis Villa. Eigentlich war es zu früh für einen unangemeldeten Besuch, aber für Höflichkeiten hatte er heute keinen Sinn.

Vor dem Tor musste er ein wenig warten, bis sich jenseits davon etwas bewegte. Derselbe kleine Mafioso, der ihn und Fiorina schon beim letzten Mal in Empfang genommen und Federico verprügelt hatte, schlenderte betont entspannt die Zufahrt herunter und fragte ihn schmaläugig und in restlos unverständlichem Italienisch vermutlich nach seinem Begehr. Hagen war inzwischen ausgestiegen, hatte den Motor des Ferrari jedoch laufen lassen, hielt dem Schlägertypen seinen Europol-Ausweis so dicht vor die Nase, dass dieser zu schielen begann, und setzte den finstersten Blick auf, den er in seinem Repertoire hatte.

Augenblicke später surrte das Tor zur Seite, Hagen sprang in seinen Wagen, erzeugte beim Anfahren eine extragroße Staubwolke und fuhr mit Schwung zur Villa hinauf. Da die Auffahrt mit Kies bestreut war, schaffte er es nicht, die Reifen zum Quietschen zu bringen.

Rossi erwartete ihn bereits in der überbreiten Haustür seiner Protzvilla und sah ihm mit einer Miene entgegen, als fühlte er sich gerade nicht allzu wohl in seiner Haut. Er schien bewegte Stunden hinter sich zu haben. Den kugelförmigen Kopf zierte ein turbanähnlicher blütenweißer Verband, im Gesicht klebten hie und da kleine Pflaster.

»Good morning, Signor Rossi«, sagte Hagen beim Aussteigen kühl. »You speak English, I suppose?«

Der andere nickte nur, starrte nervös auf das zusammengefaltete Blatt Papier in der Hand des hünenhaften Deutschen. Mit der rechten Hand hielt er die offene Tür fest, als fürchtete er, der offenbar übergeschnappte Commissario würde ihm einen Durchsuchungsbeschluss präsentieren und ohne seine Erlaubnis in sein Allerheiligstes eindringen.

Das hatte Hagen jedoch gar nicht im Sinn. Er trat dicht

vor Rossi hin, klappte das Blatt auseinander und hielt es ihm mit demselben Blick vor die Schweinsäuglein, mit dem er vorhin den Bodyguard eingeschüchtert hatte. Im Stehen konnte er seine physische Überlegenheit dem pummeligen Wicht gegenüber noch besser ausspielen.

Mit sichtlichem Schrecken betrachtete Rossi das ausgedruckte Foto, das ihn in angeregter Unterhaltung mit dem hohen römischen Beamten zeigte. Abgesehen von seinen sonstigen Blessuren, hatte er auch noch eine beeindruckende Beule an der schweißglänzenden Stirn. Vielleicht war er endlich einmal an den Falschen geraten, als er wieder einem ahnungslosen Käufer eine seiner überteuerten Bruchbuden andrehen wollte.

In dröhnendem Englisch eröffnete Hagen dem trotz der Morgenkühle schwitzenden Hausherrn, er wisse von dem Deal, den dieser in Florenz mit Professor Pradi eingefädelt habe. Alle Unterlagen darüber befänden sich gut verwahrt an einem sicheren Ort außerhalb Italiens.

»Ich interessiere mich im Augenblick allerdings nicht für Ihre schmutzigen Geschäfte, sondern verlange nur zwei Dinge von Ihnen«, erklärte er dem Mafioso. »Erstens, dass Sie sich hüten, jemals wieder ein Mitglied der Inselbevölkerung verprügeln zu lassen. Und zweitens, dass Sie mir verraten, wie viel Geld Ihr Angestellter Paolo Carozzo aus Ihrem Safe gestohlen hat.«

Empört behauptete Rossi, noch niemals einen solchen Auftrag erteilt zu haben. Was möglicherweise sogar stimmte. Typen wie er wiesen ihre Leute nicht an, jemanden zu verdreschen. Man umschrieb das, was man forderte, mit Formulierungen wie »ein bisschen Druck machen« oder »klarstellen, was geschieht, wenn er weiter Zicken macht«.

Mit erhobener Rechter schwor Rossi schließlich, dies auch fürderhin nicht zu tun. Von einem Diebstahl aus seinem Safe wisse er im Übrigen nichts. Er bewahre nie viel Bargeld im Haus auf, denn bei den Angestellten heutzutage, der Commissario wisse ja selbst, dass man niemandem mehr trauen könne …

Hagen nickte Rossi zu und wandte sich brüsk ab, ohne seine Befriedigung zu zeigen. Das Gespräch war so kurz und intensiv gewesen wie geplant und zudem aus seiner Sicht ein durchschlagender Erfolg. Dass Rossi den Diebstahl abstritt, konnte nur bedeuten, dass es sich bei den Scheinen, die aus seinem Safe in Carozzos Koffer gewandert waren, um Schwarzgeld handelte. Oder sollte der Koffer doch längst wieder in seinem Besitz sein?

Acquaviva bestand größtenteils aus Apartmenthäusern und einem Campingplatz, auf dem es zwischen Oleandern, Pinien und Palmen auch Ferienwohnungen und -häuschen zu mieten gab. Der kleinere, ursprüngliche und von Einheimischen bewohnte Teil umfasste nur wenige Häuser, sodass Fiorina nicht lange zu suchen brauchte. Vor einem weißen Flachdachgebäude mit meerblauen Fensterläden und einer Außentreppe, die zu einer Terrasse im Obergeschoss führte, plauderte Rossis junge Hausangestellte Gianna Marebelli mit einer fülligen, über und über mit Goldschmuck behängten Frau, die einen schlanken Schäferhund an der Leine hielt.

Als Fiorina sich näherte, begann er zu bellen. Vorsichtshalber blieb sie stehen.

»… und sag Signor Rossi, Tesoro, dass ich sein großzügiges Geschenk sehr zu schätzen weiß«, sagte die Frau und tätschelte dem Hund, der noch sehr jung zu sein schien, den schmalen Kopf zwischen den wachsam aufgestellten Ohren. »Was für ein Unglück, dass unser guter alter Lupo überfahren wurde. Aber umso glücklicher bin ich jetzt mit Luna. Ist sie nicht wunderschön?«

Die Hündin bellte immer aufgeregter und zerrte so stark an der Leine, dass die Frau sie kaum noch halten konnte. Sie versuchte, sie zu beruhigen, verabschiedete sich, als alles nichts half, schließlich von Gianna, die sich daraufhin Fiorina zuwandte.

»Heute allein?«, lautete ihre schnippische Begrüßung. »Der Commissario ist wieder abgereist?«

»Er ist verhindert und hat mich gebeten, Ihnen in seinem Namen noch einige Fragen zu stellen. Keine Sorge, es wird nicht lange dauern.«

»Kein Problem, ich fange heute sowieso später an«, sagte Gianna mit einer lässigen Handbewegung. Die Schüchternheit, die sie während des letzten Gesprächs an den Tag gelegt hatte, war wie weggewischt. »Das machen wir immer so, wenn ich im Haus von Signor Rossi übernachten muss, was diese Woche schon zweimal der Fall war, und gestern Abend hätte ich eigentlich auch …« Sie räusperte sich unbehaglich. »Einen Caffè?«

Sie begann, die Außentreppe hinaufzusteigen. Auf dem Weg nach oben erklärte sie Fiorina, der alte Hund ihrer Nachbarin, ein Maremmanischer Hirtenhund, sei Anfang der Woche überfahren worden. Ausgerechnet an dem Morgen, als auch Paolo starb. Zu allem Übel habe der Verursacher des Unfalls auch noch Fahrerflucht begangen. Fiorina erinnerte sich, dass Nunzio ihr von dem Vorfall erzählt hatte.

»Als Signor Rossi das erfuhr, hat er gleich überlegt, wie er der armen Cosima helfen könnte«, sagte Gianna, als sie die Terrasse betraten, und ihre trübe Miene hellte sich ein wenig auf. »Und da kam ihm die Idee mit der Schäferhündin – bis nach Civitavecchia hat er jemanden geschickt, um sie zu besorgen. Ist er nicht meganett?«

Zwei einfache Holzstühle und ein Tisch aus cremefarbenem Plastik standen auf der Terrasse, die von der Morgensonne in warmes Licht getaucht war. Von hier aus konnte man den um diese Jahreszeit noch menschenleeren Strand von Acquaviva sehen. Der Himmel war strahlend blau, nur in der Ferne schwebten einige verspielte weiße Wölkchen.

Fiorina blickte hinaus aufs Meer und dachte an die Nacht mit Hagen. Die Leidenschaft, mit der er sie geliebt hatte, hätte sie ihm ebenso wenig zugetraut wie seine Zärtlichkeit und Sanftheit. Einmal, mitten im herrlichsten Liebesspiel, hatte er das Gesicht in ihrem Haar vergraben, tief den Geruch eingesogen und geflüstert, um diesen Duft, um dieses seidige Schwarz würden alle Engel im Himmel sie beneiden. Und auf einen solchen Mann wollte sie ernsthaft verzichten?

Kopfschüttelnd folgte sie der vor sich hin plappernden Gianna zu einer offen stehenden Tür, die in eine winzige, karg möblierte Küche führte. Zwischen allerhand Geklapper erklärte Gianna, das Haus gehöre ihren Eltern. Diese bewohnten das Erdgeschoss, den oberen Bereich sie selbst und ihre Nervensäge von Bruder.

Endlich kam Fiorina zu Wort. In wenigen Sätzen berichtete sie von Paolo Carozzos Beteiligung an dem Immobilienprojekt. Weder wollte Gianna davon gehört haben, noch schien sie das Thema sonderlich zu interessieren. Wer der ominöse Investor sein könnte, dem Paolo und sein inzwischen ebenfalls ermordeter Partner Geld geschuldet hatten, wusste sie angeblich nicht. Als sie von Mario Lombardos gewaltsamem Tod erfuhr, machte sie immerhin ein betroffenes Gesicht, auch wenn ihr sein Name nichts sagte.

»Komisch«, sagte Fiorina, die inzwischen an dem Plastiktisch Platz genommen hatte. »Sie wirken, als wäre Ihnen das alles ziemlich egal. Ich dachte, Paolo liegt Ihnen so am Herzen?«

Gianna stellte zwei Tässchen mit dampfendem Caffè und eine Schale Biscotti auf den Tisch, setzte sich ebenfalls und verzog das Gesicht zu einer nicht zu deutenden Grimasse.

»Certo. Aber er ist tot, daran kann man nun mal nichts ändern, und wissen Sie …« Mit einem energischen Schluck leerte sie ihr Tässchen. »Außerdem geht mir dauernd dieser furchtbare Streit gestern durch den Kopf.«

Am vergangenen Abend, fuhr sie fort, habe es mächtig gekracht zwischen Signor Rossi und seiner Frau. Angeblich war diese komplett durchgedreht, hatte sogar eine superteure chinesische Vase auf seinem Kopf zertrümmert.

»Und wie gesagt, ich sollte eigentlich oben übernachten, aber Signor Rossi hat mich dann heimgeschickt.« Giannas Blick wurde hart. »Ich bin sicher, diese durchgeknallte Säuferin wollte ihn umbringen.«

Fiorina ließ den Biscotto sinken, den sie in den Kaffee getaucht hatte. »Warum denn das?«

»Sie trinkt, schon seit Jahren. Sergio …« Sie errötete, senkte den Blick, räusperte sich erneut. »Signor Rossi hat sie immer wieder angebettelt, endlich eine Entziehungskur zu machen. Am Ende hat er sie sogar dazu gezwungen, acht

Wochen war sie in einer Klinik in Urbino, und eine Woche später war es wieder dasselbe wie vorher. Ich musste sämtlichen Alkohol wegschließen, aber es hat nicht viel geholfen. Neulich, zum Beispiel«, endlich hob sie den Blick, unverhüllte Empörung lag darin, »sie konnte Signor Rossi nicht mal nach Florenz begleiten, weil sie wieder mal völlig breit war.«

Fiorina blinzelte. »Sie meinen den Tag, als sie in die Oper wollten?«

»Genau. Sie konnte sich nicht mal mehr ohne fremde Hilfe auf den Beinen halten, und der Arme musste dann allein nach Florenz fliegen.«

»Wie hat sie es geschafft, wieder an Alkohol zu kommen?«

Nervös fuhr Gianna sich durchs Haar, mied wieder den Blickkontakt. Fiorina biss in den Biscotto und betrachtete sie abwartend.

»Ich wette, sie hat irgendwelche geheimen Vorräte«, sagte Gianna schließlich mit einer wegwerfenden Handbewegung und sah dabei aufs Meer. »Vielleicht hat sie einen von der Security bestochen, der ihr was besorgt, keine Ahnung. Mit Geld oder was anderem, wer weiß das schon?« Ihr hübsches Gesicht verzog sich zu einer boshaften Grimasse. »Manche der Männer sind immer noch geil auf sie. Auch wenn sie längst nicht mehr so gut aussieht, wie sie es sich einbildet. Und uralt ist sie ja außerdem.«

31

»Hast du sie gesehen?«, fragte Fiorina, als sie wieder neben Hagen im Ferrari saß. Sie hatten als Treffpunkt die Straßenkreuzung ausgemacht, wo er sie zuvor abgesetzt hatte.

»Er hat mich nicht ins Haus gebeten. Das Gespräch hat auch nicht besonders lang gedauert.«

»Und wird er stillhalten?«

»Rossi hat geschwitzt und gezittert, dass er mir fast leidgetan hat. Der Mistkerl muss völlig runter sein mit den Nerven. Außerdem hat ihm irgendwer eine ordentliche Tracht Prügel verpasst.«

»Tessa, ich weiß. Sie hat eine sündteure Vase auf seinem Kopf zertrümmert.«

»Freut mich zu hören.«

»Gianna meint, einer von der Security würde Tessa mit Schnaps versorgen. Aber so, wie sie reagiert hat ...«

»Du denkst, sie selbst?«

»Möglicherweise. Beim letzten Treffen hat sie sich ja sehr verschüchtert gegeben. Aber ich habe da schon gespürt, dass sie nicht so harmlos und unschuldig ist, wie sie tut.«

Hagen lachte. »Lass mich raten: Die Kleine vögelt mit

ihrem Chef und sorgt nebenbei dafür, dass seine Frau sich totsäuft, damit sie freie Bahn hat.«

Genau das hatte auch Fiorina gedacht. »Seit Paolo verschwunden ist, ist Tessa angeblich nur noch das heulende Elend. Gianna meint, sie sei in ihn verliebt gewesen.«

»Die auch?«

Fiorina zuckte die Achseln. »Ich durchschaue Giannas Spiel nicht ganz. Sie deckt Rossi, wo sie kann, lässt an seiner Frau kein gutes Haar und versucht, jeden gegen jeden auszuspielen.«

Hagen musste noch langsamer fahren als üblich, denn das Sträßchen, auf dem sie unterwegs waren, war tückisch kurvig und schmal, und die Einheimischen schienen heute einen besonders kriminellen Fahrstil zu pflegen. Sein Smartphone piepste durchdringend. Er warf einen Blick darauf, bevor er es auf die Mittelkonsole zurücklegte.

»Weißt du, was ich denke, Hagen?«, fuhr Fiorina nachdenklich fort. »Gianna und Rossi haben schon länger was miteinander, und Tessa hat es die ganze Zeit gewusst. Sie hat sich Paolo an den Hals geworfen, er wird sie nicht von der Bettkante gestoßen haben, und nun denkt sie, Rossi hat Paolo auf dem Gewissen. Vielleicht ist das der Grund, dass sie gestern Abend so durchgedreht ist?«

»Jedenfalls ist diese Gianna ein ausgesprochenes Luder.« Hagen überholte eine verrostete Ape in Butterblumengelb, die unter enormer Lärm- und Qualmentwicklung eine Steigung hinaufkroch. »Vielleicht hat sie sogar dafür gesorgt, dass Paolo aus dem Weg geräumt wird, damit Tessa endgültig durchdreht?«

»Wenn sie so weitermacht, dann ist sie wirklich bald Rossis Frau.«

Ein kräftiger Wind war aufgekommen, der Staub und trockenes Laub über die Straße fegte. Die weißen Wölkchen, die Hagen vorhin im Westen gesehen hatte, waren näher gekommen und türmten sich zu wild wogenden, düster grauen Wolkengebirgen.

»Ich habe ein schlechtes Gefühl bei der Sache.« Fiorina biss sich auf die Unterlippe.

»Wieso?«

»Ich weiß nicht. Tessa muss völlig verzweifelt sein.«

»Sie tut dir leid.«

»Natürlich.« Fiorina schwieg ein Weilchen. Dann ging ein Ruck durch sie. »Ach, übrigens, Gianna behauptet, Tessa war gar nicht in Florenz. Sie war an dem Nachmittag wieder mal betrunken und ist zu Hause geblieben.«

»Nach dem, was ich gestern Abend gelesen habe«, erwiderte Hagen mit grimmigem Grinsen, »wundert mich das kein bisschen.«

In Portoferraio herrschte der übliche Vormittagstrubel. Auf der Suche nach einer Stelle, wo er Fiorina aussteigen lassen konnte, ohne zum Verkehrshindernis zu werden, fuhr Hagen die Hafenpromenade entlang. Gerade hatte eine Fähre aus Piombino angelegt, und eine Flut von Fahrzeugen ergoss sich auf das Hafengelände und die angrenzenden Straßen. Eine andere hatte gerade abgelegt und durchpflügte mit schäumender Bugwelle die Bucht. Möwen umkreisten sie, stießen kurze, klagende Schreie aus, als gefielen ihnen die von Minute zu Minute dunkler und drohender werdenden Wolken nicht.

»Kommst du noch mit auf einen Kaffee?«, fragte Fiorina, als Hagen anhielt.

Er schmunzelte. »In schlechten Filmen bedeutet so eine Einladung meistens, dass man miteinander im Bett landet.«

»Wer weiß?« Fiorina lächelte so verführerisch, wie er es ihr nie zugetraut hätte. »Mamma arbeitet, und Federico schläft um diese Zeit noch.«

Hagen fand verblüffend rasch einen passablen Parkplatz, gemeinsam machten sie sich auf den Weg. Sie kamen an einer Bar vorbei, aus der es verlockend nach frischem Gebäck duftete. Er konnte nicht widerstehen und ging hinein, um zwei Cornetti con Crema zu erstehen. Danach betraten sie das für ihn immer noch undurchschaubare Gassengewirr der Altstadt. Fiorina führte ihn durch enge Sträßchen, über Treppen, bog mal links, mal rechts ab, und plötzlich standen sie vor dem Palazzo Luccarelli, wie er das Haus bei sich nannte.

Er blieb stehen, um es zu betrachten. Als er das letzte Mal hier war, an dem Morgen, als sie nach Pisa fuhren, hatte Fiorina bodenlos schlechte Laune gehabt und er weder Zeit noch Lust, auf architektonische Details zu achten.

Letzte Sonnenstrahlen brachen durch die dichten Wolken und tauchten die in zartem Rosa gestrichenen Mauern in warmes Licht. Die Fensterläden waren grün, vor der Wohnung im ersten Stock flatterte Wäsche an einer Leine. Da die Räume so hoch waren, hatte das Haus eine beeindruckende Gesamthöhe. In jedem Stockwerk war die Anordnung der Fenster anders, als hätte während des Baus ständig der Architekt gewechselt. Wie in Italien üblich, hingen alle Versorgungsleitungen außen und verstärkten den heruntergekommenen Eindruck des sicherlich viele Hundert Jahre alten Gebäudes. Putz und Farbe blätterten wie überall in der Nachbarschaft, am Sockel gedieh prächtig das Moos. Manche der Fensterläden waren gesprungen, ließen sich aufgrund der breiten Risse vermutlich seit Jahrzehnten nicht mehr richtig schließen, was jedoch niemanden groß zu stören schien.

»Schrecklich, nicht wahr?«, fragte Fiorina. »Im Grunde ist es eine Ruine.«

Die Sonne verschwand wieder, dafür fegte eine so heftige Bö durch die schmale Straße, dass er um ein Haar das Gleichgewicht verlor.

»Man könnte was daraus machen.«

»Wenn man Geld hätte.«

»Irgendwie imponiert mir euer Talent zum Durchwurschteln. Wenn das eine Fenster klemmt, dann macht man eben das andere auf. Wenn ein Türschloss nicht mehr funktioniert, dann repariert man es nicht, sondern schraubt einfach ein zweites darüber. Solche Sachen.«

»So etwas kannst du nur sagen, weil du nicht hier leben musst. Soll ich dir erklären, wie das mit der italienischen Durchwurstelei wirklich funktioniert?« Empört wies sie auf das neue Kloschild. »Dieses Ding da druckt Federico an seinem PC aus, laminiert es schön und pappt es mit doppelseitigem Klebeband an die Wand. Irgendein Spaßvogel klaut es regelmäßig, Federico macht ein neues, klebt es wieder hin, und so weiter bis zum Jüngsten Gericht. Ein Deutscher würde seine Bohrmaschine nehmen, das Schild anständig festdübeln, und das Problem wäre erledigt.«

Jetzt lachte Hagen. »Ein Deutscher würde erst mal einen ordentlichen Plan machen. Dann würde er das Schild für teures Geld auf Blech drucken lassen und sich eine Profi-Schlagbohrmaschine kaufen, und zwar das Luxusmodell mit Chromleisten. Dazu das Profi-Dübelset extragroß und eine Hunderter-Packung Schrauben, von denen seine Erben Jahrzehnte später sechsundneunzig wegwerfen würden.«

Nun lachte auch Fiorina. »Na, jedenfalls war ich von der deutschen Gründlichkeit sehr verwöhnt, als ich aus Frankfurt zurückkam. Gleich in der ersten Woche hatte ich einen Friseurtermin. Wie ich pünktlich auf die Minute vor dem Laden stehe, ist er zu. Ich rufe die Friseurin auf dem Handy an, und sie erklärt mir entspannt, ihre Cousine aus Padua sei überraschend zu Besuch gekommen. Und weil gerade so schönes Wetter war, sind sie zusammen am Strand, und ob ich ihnen nicht vielleicht Gesellschaft leisten möchte.«

»Ihr bewohnt nicht das ganze Haus, nehme ich an«, sagte Hagen. Als er den Kopf in den Nacken legte, um besser zu sehen, zerplatzte ein großer, kalter Regentropfen auf seiner Stirn.

»Das Erdgeschoss steht seit Ewigkeiten leer. Das müsste erst mal gründlich renoviert werden. Falls ich einmal reich werden sollte, wonach es im Moment nicht aussieht, würde ich mir hier gerne eine Praxis für Psychotherapie einrichten.«

Sie erzählte ihm von dem alten Paar aus Bologna, das sich so selten blicken ließ, und wieder einmal von Nonna Maria, die ihre vermüllte Dachwohnung nur noch unter Zwang verließ. »Wir müssten uns viel mehr um sie kümmern. Sie verschimmelt allmählich da oben, aber nie hat jemand Zeit. Sie ist auch so biestig geworden, dass ich nicht mal mehr Lust habe, ihr das Essen raufzubringen. Und jetzt sollten wir reingehen, es fängt an zu regnen.«

Fiorina schloss die schwere karamellbraune Tür auf, die mit etwas mehr Pflege repräsentativ hätte wirken können.

Auf dem Weg nach oben fragte Hagen, was es mit dem Napoleon-Klo auf sich habe, und musste sehr lachen über Federicos kreative Methoden des Gelderwerbs.

Als sie den Schlüssel in das Schloss der Wohnungstür steckte, stellte sie fest, dass diese wieder einmal nicht abgeschlossen war. Mit einem schweren Seufzer trat sie ein, erstarrte noch in der Tür. Da Hagen größer war als sie, sah auch er die gichtige alte Frau, die mit Hexengrinsen und Sabber am Mund im Flur stand.

»Nonna Maria!«, rief Fiorina entsetzt. Leiser fügte sie etwas hinzu, das wohl »Wie kommst du denn hierher?« bedeutete.

Die Antwort der Greisin verstand Hagen nicht. Fiorina sprach halb liebevoll, halb mühsam beherrscht auf ihre vermutlich weit über neunzig Jahre alte Großmutter ein, ergriff schließlich ihren Ellbogen und führte sie sanft ins Treppenhaus.

Zu Hagen sagte sie: »Bin gleich wieder da, mach es dir schon mal in der Küche bequem.«

Er setzte sich an den Esstisch, erfreute sich am mediterranen Chaosambiente und den Düften, die noch in der Küche hingen. Dann legte er einen weißen, nicht beschrifteten Briefumschlag auf den Tisch.

Fiorina kam tatsächlich bald zurück und ließ sich aufatmend ihm gegenüber nieder. »Ich verstehe nicht, wie sie die Treppen heruntergekommen ist, ohne sich den Hals zu brechen.«

»Ihr habt hier unten keinen Platz für die alte Dame?«

»Federico könnte in ihre Wohnung ziehen. Dort hätte er endlich richtig Platz für sein Fotostudio und Atelier. Dann wäre sein Zimmer frei, das größte nach der Küche.

Aber er weigert sich, umzuziehen, solange es durchs Dach regnet.«

Sie sprang wieder auf, machte sich an dem kleinen Espressokocher zu schaffen und deutete auf den weißen Umschlag. »Was ist das?«

»Dein Lohn für diese Woche. Heute ist Montag.«

»Das nehme ich nicht«, stieß Fiorina hervor. »Du hast in den letzten Tagen mehr für mich gearbeitet als ich für dich.«

»Jetzt stell dich nicht so an. Ich weiß, ihr könnt es brauchen.«

Sie zögerte, schob den Umschlag ein Stück zurück, dann wieder zu sich her.

»Na gut«, sagte sie schließlich.

»Ich will dir was zeigen, Fiorina.« Hagen öffnete die Fotogalerie seines Handys mit den Aufnahmen, die Nils ihm geschickt hatte. Vor allem die, auf denen Tessa zu sehen war, weckten Fiorinas Interesse. Es waren sieben Stück, entstanden in den vergangenen zehn Jahren, alle bei offiziellen Anlässen, bei denen die Herren dunkle Anzüge und Krawatten und die Damen Abendkleider trugen.

»Schrecklich, wie sie abgebaut hat«, fand Fiorina.

Auch Hagen war nicht entgangen, wie innerhalb weniger Jahre aus einer blühenden, stolzen Schönheit eine vergrämte Frau geworden war, die sich nur noch mit Mühe das ihren Repräsentationspflichten geschuldete Lächeln abquälte.

Der Espressokocher begann zu blubbern. Fiorina füllte zwei Tässchen, stellte sie mit einer Zuckerdose aus bunt bemaltem Porzellan auf den Tisch, schien über etwas Wichtiges nachzudenken.

»Ihre Nägel«, murmelte sie mit einer tiefen Falte zwischen den Brauen, als sie wieder saß. »Etwas war mit ihren Nägeln.«

Hagen rührte Zucker in seinen Kaffee, nippte. Sie nahm sein Handy, vergrößerte das letzte Bild, sah dann aus dem Fenster, dachte nach.

»Natürlich«, rief sie plötzlich. »Als ich mit ihr gesprochen habe, hat ein Fingernagel gefehlt, er war abgebrochen und noch nicht repariert und ... Dio mio!«

Mit einem Schluck stürzte sie den Espresso hinunter, war schon wieder auf den Füßen, zerrte an Hagens Arm. »Komm, wir müssen noch mal zu dem Mäuerchen.«

Unablässig dröhnt die Kakofonie in meinem Kopf, wie eine Höllenmaschine stampft und hämmert es in meinem Schädel. Paolos Todesschrei vermischt sich mit Sergios Gebrüll und dem hässlichen Geräusch, als etwas Großes von den Rädern meines Autos überrollt wird. Wie so vieles, was in den letzten Tagen geschehen ist, möchte ich auch das endlich, endlich vergessen dürfen. Aber es gelingt mir nicht, der Gedanke an den dumpfen Aufprall, an Paolos Schrei macht mich fast wahnsinnig.

Irgendwo halte ich an, quäle mich aus dem Wagen, taumle davon, eine Promenade entlang, durch Gassen, über Plätze. Doch obwohl ich einen Fuß vor den anderen setze, komme ich kaum voran, alles ist so schwer, so bleiern, als wäre ich gelähmt. Mein Herz rast, meine Augen tränen, alles verschwimmt zu einem großen grauen Nichts, durch das mich immer wieder fremde Gesichter anstarren, schemenhaft, gespenstisch. Über mir hängen Wolken, düster und tiefschwarz, Boten der Hölle, die sich gleich auf mich stürzen werden. Wie an jenem Morgen, als Paolo starb. Heute heult der Wind ebenso laut, und obwohl ich festen Grund unter meinen Füßen spüre, sehe ich das Meer unter mir schäumen, höre die Brandung mit unvorstellbarer Macht gegen die Felsen donnern.

Und auf einmal weiß ich, wohin ich muss. Was mein Ziel ist.

32

Von der Sonne war nichts mehr zu sehen. Die Wolken hatten sich zu einer tief hängenden, regenschweren Decke zusammengezogen, und der Wind blies jetzt so heftig über die kleine Piazza vor der Bar, dass Gabriele die davorstehenden Stühle eilig ineinander stapelte und an die Wand rückte.

»Kann es sein, dass deine Nonna ein bisschen kleptomanisch veranlagt ist?«, fragte Hagen, während sie die Via Victor Hugo entlanghasteten, in der Hoffnung, noch vor dem Regen wieder zurück zu sein.

»Wieso denn das?«, fragte Fiorina atemlos.

»Ich hatte den Eindruck, dass sie etwas aus eurer Wohnung stibitzt hat. Für mich hat es ausgesehen wie ein buntes Halstuch. Du hast es nicht gemerkt, weil sie es hinter dem Rücken versteckt hat.«

Fiorina blieb stehen. »Das … nein, das kann nicht sein.« Sie schüttelte den Kopf. »Obwohl … es würde erklären, warum …« Mit einem Stöhnen fasste sie sich an die Stirn, lief wortlos weiter.

»Was?«, fragte Hagen. Ein Cinquecento mit defektem oder vielleicht ganz fehlendem Auspuff röhrte an ihnen vorbei in Richtung Altstadt.

»In letzter Zeit sind immer wieder Dinge verschwunden. Handyladegeräte, ein Schal von Mamma, Federicos Gürtel. Immer nur Kleinigkeiten, alles sehr rätselhaft. Aber die Nonna?«

Sie erreichten das rostige Tor zum Garten der Villa dei Mulini. Wieder überlistete Fiorina das Türschloss, die letzten Meter rannten sie. Sie brauchte nur wenige Sekunden, um zu finden, was sie suchte. Triumphierend hielt sie ein rotes Stückchen Kunststoff hoch.

»Sie war es tatsächlich, Hagen!«, schrie sie gegen den Lärm an. Überall um sie herum klapperte, knackte, schepperte und heulte es. »Tessa war hier, sie hat den Ohrring verloren und Paolo hinuntergestoßen!«

»Lass uns verschwinden«, rief Hagen. »Es tröpfelt schon.«

Erst auf dem Rückweg wurde Fiorina bewusst, dass sie vergessen hatte, das Tor zu schließen. Aber inzwischen prasselte der Regen so stark, dass sie keine Lust verspürte, noch einmal umzukehren.

Als sie die Piazza vor der Bar erreichten, riss eine besonders heftige Bö einen Stapel Stühle um, die mit einem Seil zu sichern Gabriele in der Eile wohl vergessen hatte.

»Madonna, che miseria!« Fluchend stürzte er aus der Bar, versuchte, zwei der Plastikstühle einzufangen, die der Wind über das Pflaster fegte, als wären sie aus Papier. »Was für ein Mistwetter!«

Während der Regen von Sekunde zu Sekunde zunahm, halfen Fiorina und Hagen Gabriele dabei, die Stühle wieder einzusammeln, und stellten sie nach und nach in den Eingang der Bar. Aus dem Augenwinkel meinte Fiorina, eine Bewegung wahrzunehmen, sah einen hellen Haarschopf eilig an der Hausecke des Teatro dei Vigilanti verschwinden.

»Hast du die Frau gesehen, Hagen?«, fragte sie, als Gabrieles Stühle gerettet waren. »Die Blonde, die eben drüben beim Theater vorbeigelaufen ist?«

Krachend fiel der riesige Blumentopf mit dem Oleander um, den Gabriele gerade an die Hauswand der Bar zu schieben versuchte.

»Che merda«, fluchte er erneut, streckte mit schmerzverzerrtem Gesicht den blutenden Daumen seiner Rechten in die Luft, damit nichts auf sein Hemd tropfte.

»Ich glaube, es war Tessa!«, rief Fiorina.

Hagen, der hastig die größten und scharfkantigsten Scherben zum Eingang trug, schien Fiorina nicht gehört zu haben.

Eine diffuse Angst überfiel sie. Wenn das eben tatsächlich Tessa gewesen war, dann …

Mit vereinten Kräften versuchten er und Gabriele nun, den schweren Topf wieder aufzurichten, von dem zum Glück nur ein Teil des Rands abgebrochen war. Der Regen wurde mit jeder Sekunde stärker.

Fiorina war der Blonden schon einige Schritte gefolgt und wandte sich um, weil sie Hagen Bescheid sagen wollte. Doch dann überlegte sie es sich anders, begann zu laufen. Ohne nachzudenken, rannte sie über die Piazza, glitt mehrfach auf dem schlüpfrigen Pflaster aus, hetzte die Via Victor Hugo hinauf.

Die blonde, schmale Gestalt, die sie aus den Augenwinkeln gesehen hatte, war nirgendwo zu entdecken. Inzwischen war sie überzeugt, dass es Tessa gewesen war.

Noch bevor sie das verrostete Tor erreichte, fummelte Fiorina das Handy aus der Gesäßtasche ihrer Jeans, schickte Hagen eine knappe, atemlose Sprachnachricht. Er musste wissen, wo sie war, was sie befürchtete.

Tessa stand schon auf dem Mäuerchen, als Fiorina sich durch die nässetriefenden Büsche zwängte, stand da wie ein schwankender Turm, der jeden Moment umstürzen konnte.

Mit wenigen Schritten war Fiorina bei ihr, achtete jedoch darauf, ihr nicht zu nahe zu kommen, sondern sprach sie aus zwei, drei Metern Abstand an: »Kommen Sie da runter, bitte, dadurch wird doch nichts besser …«

»Verschwinden Sie!«, schrie Tessa und fuchtelte dabei so heftig mit den Armen, dass Fiorina fürchtete, sie würde das Gleichgewicht verlieren. »Ein Schritt näher, und ich springe.«

»Ich war auch einmal so weit wie Sie jetzt«, sagte Fiorina mit erhobener Stimme. »Aber glauben Sie mir, kein Mann ist das wert. Kein einziger.«

Das Gesicht, das Tessa ihr zuwandte, war totenbleich und verzerrt, Bäche aus Tränen und Regen strömten ihr über Wangen und Hals. Ihr sonst so schönes hellblondes Haar klebte am Kopf, das zinnoberrote Seidenkleid an ihrem Körper, der Blick flackerte. Aber sie sprang nicht. Offenbar war sie noch empfänglich für Worte, vielleicht sogar für Argumente, und Fiorina hatte wohl instinktiv den richtigen Ton getroffen.

Der peitschende Wind hatte zum Glück ein wenig nachgelassen. Doch der Regen stürzte zu Boden, als hätte Gott eine zweite Sintflut geschickt.

»Wichtig sind nur Sie, Tessa, und Ihre Gefühle«, fuhr

Fiorina mit fester Stimme fort. »Er hat Sie verletzt, nicht wahr? Paolo hat Sie bitter enttäuscht, so war es doch?«

Die verzweifelte Frau schluchzte auf, so sehr, dass sie erneut ins Schwanken geriet.

Fiorina, die sich ihr inzwischen bis auf Armeslänge genähert hatte, konnte gerade noch den Impuls unterdrücken, sie festzuhalten. Dies hätte in der Tragödie enden können, die es um jeden Preis zu verhindern galt. Sollte sie danebengreifen oder um Bruchteile von Sekunden zu langsam sein, dann würde Tessa in den sicheren Tod stürzen. Zu leicht konnte sie auf den nassen Steinen ausrutschen.

Nun hatte sie ihr Gleichgewicht wiedergefunden, schien sich auch sonst wieder ein wenig gefangen zu haben. Sie nickte mit so fassungsloser Miene, als wäre sie soeben aus einem Albtraum erwacht.

»Das Geld, das er Sergio gestohlen hat, war ihm wichtiger als ich«, sagte sie rau, ohne Fiorina anzusehen. »Und dabei hatte er mir doch versprochen, er würde mir helfen, wenn ich Sergio verlasse. Ich bin ihm gefolgt, bis hierher, aber er wollte plötzlich nichts mehr von mir wissen. Wie von Sinnen war er, als würde er mich nicht einmal erkennen, es war so furchtbar, Paolo hat mich weggestoßen, und dann …«

Wie gelähmt starrte sie jetzt hinunter in die Tiefe, wo die schäumende Hölle brüllte und toste.

Fiorina fragte sich, ob Hagen ihre Nachricht abgehört hatte. War er auf dem Weg hierher? Wo blieb er nur?

»Er ist gefallen, ein Windstoß, genau hier, ich wollte ihn noch festhalten, aber es ging alles viel zu schnell, und dieser tausendmal verfluchte Sturm …« Tessas waidwunder Blick traf Fiorina. »Ich wollte das nicht, ich wollte es wirklich nicht, bitte glauben Sie mir. Aber wenn ich nicht gewesen wäre, dann …« Sie schluckte. »Ich bin schuld an seinem Tod, verstehen Sie? Dabei habe ich ihn doch geliebt, ich bin doch kein böser Mensch. Ich wollte das nicht. Wirklich nicht …«

Wieder eine Bö, von hinten diesmal. Besonders heftig. Tessa wankte, schrie auf, verlor das Gleichgewicht.

Fiorina sprang vor, packte die schmalen Hüften der großen Blonden mit beiden Armen, hielt sie fest. Am Knie durchzuckte sie ein Schmerz, sie musste sich an den scharfkantigen Steinen des Mäuerchens gestoßen haben, aber sie hatte Tessa im letzten Moment erwischt, presste sie fest an sich, würde sie auf keinen Fall loslassen. Dann jedoch merkte sie, wie sie gemeinsam nach vorn kippten, langsam, aber unaufhaltsam.

Sie stemmte beide Knie gegen die Mauer, doch ihre Füße glitten weg, sie hatte keinen sicheren Stand in dem Matsch, und Tessa war schwer, schwerer, als sie gedacht hatte. Schlagartig wurde Fiorina klar, dass es für sie jetzt nur zwei Möglichkeiten gab. Loslassen – oder zusammen mit Tessa in die Tiefe stürzen.

Mit all ihrer zur Verfügung stehenden Kraft kämpfte sie gegen die Schwerkraft, Tessa schien nun plötzlich doch nicht sterben zu wollen, griff nach hinten, versuchte vergeblich, sich an Fiorinas kurzem, nassem Haar festzukrallen, und dann war der Moment da, an dem Fiorina sich entscheiden musste.

Ein spitzer, kaum noch menschlicher Schrei war zu hören. Schrie sie oder Tessa, oder schrien sie beide?

Tessa schien mit jeder Sekunde noch schwerer zu werden. Nein, es ging nicht mehr. Sie musste jetzt loslassen, sonst würde sie selbst in den Tod stürzen, Tessa ruderte wie verrückt mit den Armen, und Fiorina spürte, wie sie ihr entglitt. Ihre Kraft reichte nicht mehr, um die unglückliche Frau festzuhalten. Sie brauchte sich gar nicht zu entscheiden, sie konnte einfach nicht …

Da!

Von hinten eine Hand.

Sie griff nach ihrem Gürtel, riss sie zurück, ein Arm schoss an ihr vorbei, packte Tessas Hand. Und Fiorina, die vor Tränen und Regen kaum noch etwas sehen konnte, wusste, dass Hagen ihre Nachricht doch abgehört hatte.

33

Zu Hause war es überraschenderweise Federico, der das Regiment übernahm. Er war gerade erst aufgestanden, als die durchnässte und völlig erschöpfte Dreiergruppe in die Wohnung taumelte. Zu Fiorinas Erleichterung versorgte er sie ohne Murren mit Caffè, die beiden Frauen sogar mit Wolldecken, und stellte die Blätterteighörnchen auf den Tisch, die Hagen vorhin gekauft hatte. Auch Tessa schlotterte und zitterte, und selbst Hagen, der sonst nie zu frieren schien, war dankbar für die Wärme und die Stärkung.

Als sie am Küchentisch saßen und Federico Brot mit Käse für sie toastete, begann Tessa, erst stockend, bald jedoch flüssiger zu erzählen. In den frühen Morgenstunden des Tages, an dem Paolo starb – wieder einmal war sie schlaflos und auf der Suche nach Alkohol durchs Haus geschlichen –, hatte sie gesehen, dass der Safe im Arbeitszimmer ihres Mannes offen stand. Rasch kam sie zu dem Schluss, dass nur Paolo dahinterstecken konnte, denn außer dem in Florenz weilenden Sergio kannte nur er die Kombination. Als sie den Safe verschlossen hatte und Paolo in seiner Wohnung zur Rede stellen wollte – insgeheim hoffend, er hätte den Diebstahl ihr zuliebe begangen, um mit ihr zusammen ein neues Leben zu beginnen –, sah sie ihn gerade noch mit einem Aktenkoffer und einer Reisetasche in seinen Toyota steigen und wegfahren.

»Wir hatten eine Affäre, schon seit Längerem«, gestand sie. »Auch wenn mir inzwischen klar ist, dass es ihm nie ernst war mit seinen Versprechungen und Liebesschwüren – mir war es ernst. Bitterernst. Er war meine einzige Hoffnung, meinem goldenen Kerker zu entkommen. Aber er war ein Luftikus, außerdem ein schrecklicher Materialist, der immer nur auf seinen eigenen Vorteil bedacht war, und trotzdem werde ich ihm immer dankbar sein. Ich weiß nicht, wie ich die furchtbare Zeit nach der Entziehungskur ohne ihn überstanden hätte.«

Tatsächlich war es Gianna gewesen, die ihr nach der Entlassung aus der Klinik immer wieder Alkohol besorgt hatte, ohne dass sie sie darum gebeten hätte. Wie Hagen und Fiorina schon vermutet hatten, spekulierte Gianna darauf, ihren Chef nach dem Tod seiner Frau zu heiraten. Paolo, der von ihren Gefühlen und auch vom Alter her besser zu ihr gepasst hätte, hatte kein Interesse an ihr gehabt – zumindest in diesem Punkt war Gianna offenbar ehrlich gewesen. Außerdem war er nicht reich genug gewesen, um ihr das Leben bieten zu können, das sie sich erträumte.

Der Flug nach Florenz am Vorabend von Paolos Tod diente einzig Rossis Treffen mit dem korrupten römischen Politiker. Da Tessa ihn nicht begleiten konnte, beauftragte ihr Mann einen seiner Gorillas, ein Auge auf sie zu haben. Er hatte sie schon seit Längerem im Verdacht, ihn mit Paolo zu betrügen, und fürchtete zu Recht, dass sie bei der nächstbesten Gelegenheit mit ihm das Weite suchen könnte.

Der Security-Mann war Tessa gefolgt, die wiederum verzweifelt versucht hatte, Paolo einzuholen. In den Gassen von Portoferraio hatte er sie allerdings vorübergehend aus den Augen verloren. Dabei hatte er unbeabsichtigt die zufällige Begegnung von Paolo und Federico beobachtet, der er zunächst keine Bedeutung zumaß. Als er später seinem Chef davon erzählte, wurde Rossi sofort klar, was sich in dem Aktenkoffer befinden musste, den Paolo Federico in die Hand gedrückt hatte. Und so schickte Rossi den Security-Mann los, das gestohlene Geld zurückzuholen. Es hatte einige Tage gedauert, bis dieser Federico in den Gassen von Portoferraio aufspürte und bedrohte.

Das Märchen, Tessa hätte ihn nach Florenz begleitet, hatte Rossi nur aus einem einzigen Grund in die Welt gesetzt: Er wollte den Skandal vermeiden, den die Nachricht von ihrer Fahrerflucht verursacht hätte, als sie den Hund überfuhr. Auch ihre Alkoholsucht hatte er aus diesem Grund immer unter den Teppich zu kehren versucht.

»Frag sie, ob sie weiß, was aus dem Aktenkoffer geworden ist«, bat Hagen, nachdem Fiorina ihm das Wesentliche übersetzt hatte.

Leider hatte auch Tessa keine Idee, wer den Koffer aus dem Haus der Luccarellis gestohlen haben könnte. Und auch der Name Umberto Moretti sagte ihr nichts.

An dem unseligen Morgen war sie Paolo bis zu dem Mäuerchen gefolgt, wollte ihn anflehen, sie mitzunehmen, wohin auch immer. Aber dieser hatte sie in seiner Panik wohl für einen von Rossis Männern gehalten.

»Ich hatte die dunkle Regenjacke an und die Kapuze tief in die Stirn gezogen, dazu Jeans und flache Schuhe, stockdunkel war es außerdem. Er war wie von Sinnen, hat mich angeschrien, ich solle ihn in Ruhe lassen, er werde das Geld zurückgeben, und dabei ist er immer weiter zurückgewichen. Ich wollte ihn noch festhalten …« Ströme von Tränen liefen jetzt über ihr früher einmal so schönes Gesicht. »Vielleicht habe ich ihm gerade dadurch den entscheidenden Stoß versetzt. Ich weiß es nicht. Es ging so schnell, alles war so … ein Chaos, auch ich war völlig verzweifelt, und auf einmal war Paolo nicht mehr da.«

Ihr Blick flatterte durch den Raum wie ein ruheloser Schmetterling, schien nirgendwo Halt zu finden, nicht auf der gehäkelten Bordüre an den Glasscheiben des Büfetts, nicht an der Kristallschale mit den Biscotti auf dem Tisch, nicht an den klappernden Fensterläden, gegen die nach wie vor der Regen trommelte.

»Einfach nicht mehr da.« Tessa schluchzte auf, barg das Gesicht in ihren schmalen Händen mit dem inzwischen wieder reparierten Nagel. »Nur seinen Schrei habe ich noch gehört, als er in die Tiefe stürzte.«

Für Sekunden herrschte betroffenes Schweigen. Dann ging Fiorina zu ihr, nahm sie in die Arme und sprach beruhigend auf sie ein, während Hagen der zitternden Frau ein Taschentuch reichte und Federico Caffè nachschenkte.

»Was geschieht jetzt mit mir?«, fragte Tessa, als Fiorina wieder saß, und sah erst sie, dann Hagen mit totem Blick an. »Wird der Commissario die Carabinieri verständigen? Muss ich ins Gefängnis? Es macht mir nichts aus. Ich lebe seit Jahren in einem Gefängnis.«

Sie war kaum erleichtert, als sie erfuhr, dass Hagen zwar ein ehemaliger Polizist war, aber nicht für Europol arbeitete. Und dass weder er noch Fiorina die Absicht hatten, den Carabinieri unnötige Arbeit zu machen. Paolos Absturz war ein Unfall gewesen, erklärte Hagen, und damit basta.

Doch nicht einmal dieser Satz schien zu ihr durchzudringen. Tessa saß da wie ein im Wald verirrtes Kind, das wusste, es würde nie wieder nach Hause finden.

»Wir werden Ihnen helfen, ein neues Leben anzufangen«, sagte Fiorina mit Nachdruck und ergriff ihre Hand. »Einverstanden?«

Tessas Anblick erinnerte sie an die vielen traumatisierten Frauen, mit denen sie in Frankfurt gearbeitet hatte. Doch wo Schatten war, da gab es immer auch Licht. Das Leben war nicht nur schwarz und weiß – und irgendwann würde hoffentlich auch Tessa die vielen Grautöne dazwischen erkennen, das Bunte, die unendliche Vielfalt auf der Welt. Das Einzige, was sie dafür brauchte, war Vertrauen in ihre Umwelt und in sich selbst. Und vor allem Sicherheit.

»Meine Tante Renata hat ein großes Haus in Capoliveri«, fuhr Fiorina fort. »Dort wird Ihr Mann Sie niemals vermuten. Und wenn sich alles ein wenig beruhigt hat, dann bringen wir Sie mit der Jacht des Commissario ans Festland.«

»Na dann.« Hagen erhob sich. »Und jetzt sollten wir besser verschwinden, bevor Rossis Schläger hier aufkreuzen.«

»Ich habe das Gefühl«, meinte Hagen, als sie zwei Stunden später von Capoliveri nach Portoferraio zurückfuhren, »deine Tante und Tessa verstehen sich.«

Fiorina erzählte ihm von dem Gespräch, das sie mit Tessa geführt hatte, während er den Wagen holte.

»Sie ist nicht arm. Als Model hat sie gut verdient und

einiges auf die Seite gelegt, auf ein Konto, von dem Rossi zum Glück nichts weiß. Jetzt muss sie erst mal wieder zu sich finden. Auf andere Gedanken kommen. Diesen ganzen Horror hinter sich lassen. Wahrscheinlich braucht sie auch ein Medikament, aber eins nach dem anderen. Und ja, die zwei werden sich vertragen, das glaube ich auch.«

Sie erreichten die Straße, die von Porto Azzurro nach Portoferraio führte. Hagen musste ein Weilchen warten, bis er abbiegen konnte, da ein Bauer auf einem qualmenden und knatternden Traktor eine endlose Schlange von Fahrzeugen hinter sich herzog. Schließlich konnte Hagen sich einreihen und nun ebenfalls mit fünfzehn Stundenkilometern durch die herrliche Landschaft Elbas zuckeln. Der Regen hatte vor einer halben Stunde aufgehört, die Wolken waren mit verblüffender Geschwindigkeit aufgerissen, und nun dampften Straße und Felder im Licht der Vormittagssonne.

»Deine Oma ist ja eine Marke«, meinte er.

Fiorina seufzte. »Weiß Gott, ja. Jetzt hat Federico zwei Ladegeräte für sein iPhone, und Mamma hat ihre Schals zurück.«

Sogar die verschwundenen Kloschilder hatte Federico in der Wohnung ihrer Nonna gefunden. Fiorina hatte ihn gebeten, sich oben einmal umzusehen, und noch während ihrer Fahrt nach Capoliveri hatte er angerufen und seine Erfolgsmeldungen verkündet. Offenbar war die alte Dame doch noch sehr viel besser zu Fuß, als sie aller Welt weismachen wollte.

»Leider sind die Schilder nicht mehr zu gebrauchen, weil sie völlig durchnässt sind. Es tropft an immer mehr Stellen von der Decke. Wie lange werde ich wohl für dich putzen müssen, bis wir genug Geld für die Reparatur zusammenhaben?«

»Kommt drauf an, wie diese Reparatur aussieht. Für die italienische Variante drei, vier Wochen. Für die deutsche – sagen wir, zwei Jahre?« Hagen lachte. »In diesem Fall empfehle ich übrigens die gründliche Variante. Alles andere bringt nur Ärger. Beim nächsten Hagelsturm gehen wieder Ziegel kaputt, und es regnet woanders rein.«

Fiorina seufzte. »Ich habe natürlich nicht vor, ewig deine Putzfrau zu spielen. Das mit der Praxis habe ich ernst gemeint. Meine Zusatzausbildung zur Psychotherapeutin habe ich praktisch abgeschlossen. Ich muss nur noch in Deutschland die Abschlussprüfung machen und von den italienischen Behörden anerkennen lassen. Dann kann ich mich ins Berufsverzeichnis der Psychotherapeuten eintragen lassen.«

»Die nötige Nachfrage wäre da?«

»Die ist sogar enorm. Die Patienten, die im öffentlichen Gesundheitswesen keinen Therapieplatz finden, zahlen horrende Summen aus der eigenen Tasche, um von einem niedergelassenen Psychologen oder Psychotherapeuten behandelt zu werden.«

»Das heißt, erst die Praxis, dann das Dach und dann kann die Nonna umziehen?«

»Davor graust mir jetzt schon. In ihrer Wohnung sieht es aus wie auf einer Müllhalde. Den ganzen Krempel, den sie über die Jahre …«

Sie brach ab, schlug die Hand vor den Mund und starrte Hagen aus runden Augen an.

»Oddio!«, stieß sie hervor. »Hagen, ich glaube fast … Aber nein, das kann nicht sein.«

Er schnalzte mit der Zunge. »Du denkst, die Nonna hat den Koffer geklaut? Und uns damit den ganzen Schlamassel eingebrockt?«

Der Bauer war endlich auf eines der kleinen Felder abgebogen, die die Straße säumten, und es ging zügiger voran. Bald blieben die verstreuten Gehöfte zurück, und die Straße begann anzusteigen. Sie passierten den Parcheggio delle Grotte, und Hagen genoss kurz den spektakulären Blick auf die Bucht von Portoferraio, in der sich gerade zwei Fähren begegneten, auf die von ihren beiden Festungen und dem Leuchtturm gekrönte uralte Stadt, in deren Hafen schon die Etrusker Eisenerz verladen hatten. Dann war die Lücke im Gestrüpp neben der Straße schon wieder zu Ende.

»Fahr schneller, Hagen«, trieb Fiorina ihn an, die plötzlich keinen Sinn mehr für die Schönheiten ihrer Heimat hatte. »Bitte fahr heute ausnahmsweise mal ein bisschen schneller.«

»Ich hatte recht, Hagen!«, rief Fiorina triumphierend, als sie mit einem schwarzen Aktenkoffer in der Hand die Treppen in Mamma Luccarellis Haus herabgestürmt kam.

Sie betraten die Wohnung, deren Tür schon wieder nicht abgeschlossen war, was bei Fiorina eine Kaskade von derb klingenden Flüchen auslöste.

»Federico!«, schrie sie mit überkippender Stimme. »Bist du da?«

Aus dem ersten Zimmer links kam ein nölendes »Sì«.

Schon waren die beiden in der Küche, schon lag der Koffer auf dem Tisch, und natürlich war er verschlossen.

Hagen besah sich die beiden golden glänzenden, vierstelligen Zahlenschlösser, die einen robusten Eindruck machten. Der mit feinstem Leder überzogene Koffer schien teuer gewesen zu sein und war noch fast neuwertig.

»Brauchst du einen Aktenkoffer?«, fragte er.

»Wozu?«, stieß Fiorina hervor, immer noch außer Atem.

Er holte das größte Messer aus dem Block neben dem Herd. »Kann sein, dass es hinterher nicht mehr zu gebrauchen ist.«

»Wir kaufen Mamma ein neues.«

Es knackte zweimal, Hagen klappte den Deckel zurück, und Fiorina sank mit ehrfürchtigem Blick auf den nächsten Stuhl.

»Madonna!« Hastig bekreuzigte sie sich. »Wie viel ist das, was denkst du?«

Er zog eine Grimasse und begann, die mit Banderolen versehenen Geldscheinbündel auf den Tisch zu packen. Zwanzig Stück mit jeweils fünfzig Zweihunderteuroscheinen.

»Zweihunderttausend«, sagte Hagen durch die Zähne.

Weitere zehn Bündel enthielten Hunderter.

»Zehnmal fünftausend, macht nach Adam Riese fünfzigtausend. Alles in allem eine Viertelmillion, nicht übel, damit könnte man ...« Sein Mund blieb offen stehen. Nun sank auch er auf einen Stuhl und schluckte schwer. »Weißt du, was das ist?«

»Geld aus Rossis Safe?«

»Es ist *mein* Geld. Carozzo wollte eine Viertelmillion in bar haben und hat mir dafür fünfzigtausend im Preis nachgelassen. Das hier sind die Scheine, die ich ihm gegeben habe, es war genau die Stückelung, verstehst du? Blümchen, ich glaube, ich spinne.«

»Was macht ihr denn da, ihr zwei Süßen?«, fragte Federico in seinem Rücken. »Woher … Maledetto, woher habt ihr denn den Koffer? Und die ganze Kohle, war die etwa da drin?«

Nun saßen drei Menschen tief erschüttert um den großen Esstisch herum.

»Was …«, flüsterte Fiorina. »Was machen wir jetzt damit?«

»Schwierig.« Hagen legte die Stirn in extratiefe Falten. »Sehr schwierig. Rossi hat mir heute Morgen gesagt, ihm gehört es nicht. Paolo ist tot, und dem hat es auch nicht gehört. Den Typ, dem er es bringen wollte, kennen wir nicht, und ich finde auch nicht, dass er es kriegen sollte. Ich fürchte fast, bis uns was Besseres einfällt, müssen wir es behalten.«

Während Fiorina für ihren Bruder übersetzte, fand Hagen in einem der Fächer des Koffers einen dünnen Ordner mit Papieren. Er blätterte ihn durch. Verstand natürlich das wenigste. Aber was *Contratto di credito* bedeutete, wusste sogar er. Und die Namen auf der ersten Seite des Kreditvertrags kannte er auch: Paolo Carozzo und Mario Lombardo waren die Kreditnehmer, Umberto Tommaso Ambrogetti war der Geldgeber. Der Avvocato aus Pisa. Der schlitzohrige Rechtsverdreher war also der Investor im Hintergrund. *Er* hatte den Mord an Lombardo in Auftrag gegeben, nicht Umberto Moretti.

Der Kreditbetrag betrug fünf Millionen Euro, wovon fünfhunderttausend beim Kauf des Grundstücks für das geplante Einkaufszentrum fällig waren. Diese Summe hatte Ambrogetti natürlich sofort zurückverlangt, als die gerade erst begonnenen Bauarbeiten wegen der fehlenden Genehmigung gestoppt werden mussten. Vermutlich hatten Carozzo und sein Partner noch einige Reserven auf dem Konto gehabt, und der Rest sollte aus dem Geld, das jetzt auf dem Esstisch lag, beglichen werden.

»Auf keinen Fall bringen wir es den Carabinieri«, hörte er Federico gerade mit Verve verkünden. »Dann kassiert es der Staat, und am Ende landet es wieder in den Krallen der Mafia. Hagen hat ganz recht, ich bin auch dafür, dass wir es behalten.«

In Fiorinas leuchtenden Augen las Hagen ihre Gedanken: Dach reparieren, Nonna umsiedeln, Erdgeschoss in einen menschenwürdigen Zustand bringen, Praxis einrichten, Frauen retten. Vielleicht würde es sogar reichen, um die Fassade neu streichen zu lassen.

»Wie teilen wir?«, fragte sie schließlich mit fast versagender Stimme. »Die eine Hälfte du, Hagen, die andere Hälfte wir?«

»Was soll ich damit?« Er lehnte sich entspannt zurück, mit sich und der Welt gerade äußerst zufrieden. »Ich hab Kohle genug und weiß eh nicht, wohin damit.«

»Sagt bloß Mamma nichts davon«, sagte Federico, dessen Gesichtsfarbe schon fast wieder normal war. »Die schleppt das viele schöne Geld am Ende noch zum Pfarrer in die Chiesa della Misericordia.«

34

»Wohin fahren wir?«, rief Fiorina aufgekratzt, die sich sofort ans Steuer von Hagens Motorjacht *Yolanda* gestellt hatte.

»Nirgendwohin«, erwiderte er kategorisch. »Wir feiern im Hafen. Ist tausendmal gemütlicher als auf dem Meer draußen, wo alles ständig wackelt und schaukelt.«

»Natürlich fahren wir raus aufs Meer«, widersprach Fiorina aufgebracht, und sowohl Mamma Luccarelli als auch Federico riefen heftig gestikulierend etwas Unverständliches auf Italienisch, das vermutlich dasselbe bedeutete. »Wozu sonst hat man so ein schönes Boot?«

Fiorina hatte schon die Maschine gestartet. Ein sonores und eigentlich ganz gemütlich klingendes Brummen und Blubbern drang aus den Tiefen des Gefährts.

»Mir wird aber schlecht, wenn es schaukelt«, warf Hagen ein.

Verblüfft sah sie ihn an. »Du wirst seekrank und kaufst dir trotzdem eine Jacht?«

»Umgekehrt. Erst habe ich mir die Jacht gekauft und dann … Außerdem, nein, ich werde gar nicht seekrank, mir wird nur schlecht. Wir bleiben hier, und damit basta.«

»Und wie hast du dann deinen Bootsführerschein gemacht?«

»Auf dem Gardasee. Da sind die Wellen nicht so hoch.«

Fiorina spielte mit dem Gashebel. »Wenn ich steuere, dann wird dir nicht schlecht. Ich bin schon als Zweijährige mit meinem Vater zur See gefahren.«

Federico hatte bereits die Leinen losgemacht, nachdem er sich kurz über die merkwürdigen Knoten gewundert hatte, die Hagen in seiner seemännischen Unkenntnis fabriziert hatte. Sacht löste sich die schlanke schneeweiße *Yolanda* vom Kai, Federico zog die Fender hoch, Fiorina gab einen Hauch mehr Gas und schipperte unter dem Johlen und Klatschen der eng gedrängten Passagiere mit Kurgasttempo in Richtung Hafenausfahrt. Nur Hagen und Tessa jubelten nicht.

Alle waren sie gekommen zum großen Fest: Mamma, Federico, Tante Renata mit Tessa, die nur mit sanfter Gewalt aus dem Haus gelotst werden konnte, und Fiorina sowieso. Selbst die Nonna und der alte Nunzio hatten nicht fehlen dürfen. Renata hatte ihre neue Untermieterin in eines ihrer schon in die Jahre gekommenen, aber niemals weggeworfenen Witwenkleider gesteckt, ihr eine schwarze Perücke übergestülpt, die noch von einem Ausflug zum Carnevale in Venedig stammte, und einen dunklen Gesichtsschleier verpasst. Hätte Hagen sie auf der Straße getroffen, er hätte sie nicht erkannt.

Fiorina hatte zweimal mit dem Auto von Portoferraio nach Porto Azzurro und zurück fahren müssen. Das erste Mal mit ihrem unentwegt kluge Seefahrersprüche von sich gebenden Bruder als Beifahrer und einer Unzahl von Schüsseln voller Pasta, Töpfen mit vorgekochten Fleisch- und

Fischgerichten, Brotlaiben, Rotweinflaschen, Tellern, Gläsern und Besteck auf den hinteren Sitzen und im Kofferraum. Das zweite Mal war der Fiat besetzt gewesen mit Mamma, der Nonna und Nunzio und der Kofferraum ein zweites Mal fast zum Bersten gefüllt.

Hagen stellte rasch fest, dass die Luccarellis, die zeitlebens am Meer gewohnt und lange von dem gelebt hatten, was sich dort fangen und ernten ließ, keinerlei Scheu kannten, auf hoher See herumzuschippern. Während die Frauen in einem fort plauderten, schrien und lachten, beobachtete Hagen mit Argwohn, wie die Kaimauer mit dem hübschen kleinen Leuchtturm zurückblieb. Wie die Wellen langsam, aber stetig größer wurden. Die Schreie der über der Jacht kreisenden Möwen klangen eindeutig, als machten sie sich lustig über ihn. Er spürte, wie *Yolanda* zu schaukeln und schlingern begann, horchte in sich hinein und fühlte – nichts.

Er begriff nicht, wie Fiorina es anstellte – aber selbst als die ziegelroten Dächer von Porto Azzurro längst nicht mehr zu sehen waren und der rettende Strand sogar für ihn als guten Schwimmer in unerreichbare Ferne rückte, fühlte er sich auf seinem wackeligen Schiff so wohl wie noch selten.

Nach einer knappen Stunde gemächlicher Fahrt steuerte Fiorina eine kleine Bucht an der Westseite der Landzunge an, die das nordöstliche Ende Elbas bildete. Im friedlichen Licht der Abendsonne lag das Wasser glatt wie flüssiges Metall, es roch nach Meeresfrische, Salz und diesem unvergleichlichen Frühsommerduft des Südens. In der Ferne lag Portoferraio, wo nach und nach die Lichter angingen. Federico ließ den Anker ins Wasser rasseln, Fiorina stellte die Maschine ab, Hagen entkorkte die erste Weinflasche und bot sie reihum an, blieb am Ende jedoch sein einziger Kunde.

Fiorina und ihre Tante Renata zogen sich vorübergehend auf den Bug zurück, wo sie mit ernsten Mienen tuschelten und Tessa, die ein wenig verloren an der Reling stand, immer wieder mit besorgten Blicken musterten. Umso überraschter war Hagen, als Fiorina schließlich freudestrahlend auf ihn zukam.

»Die erste Patientin für meine Praxis in spe«, flüsterte sie ihm aufgeregt zu, »habe ich schon.«

»Tessa?«, fragte er ebenso leise und atmete ihren vertrauten Duft ein.

»Sie ist stark depressiv, wie ich schon vermutet hatte. Ich werde ihr anbieten, ein- bis zweimal pro Woche eine Gesprächstherapie zu machen. Das Wichtigste ist jetzt«, sagte sie mit plötzlichem Ernst, »dass sie nicht allein ist und einen Sinn in ihrem Leben findet.«

Schon war sie wieder weg.

Hagen blickte ihr lächelnd nach, sah sie im Geiste schon in ihrer zukünftigen Praxis im perfekt renovierten Palazzo Luccarelli sitzen. Auch wenn er sich leider nach einer neuen Haushaltshilfe umsehen musste – Fiorina hatte ihm eine Bekannte empfohlen, Tiziana, die auf Arbeitssuche war –, er hätte keine bessere Verwendung für Rossis Schwarzgeld gewusst.

Mamma Luccarelli, die vermutlich in den Tessa-Rettungsplan eingeweiht war, hakte diese unter und verschwand auf sie einredend in der Kajüte, um das Essen aufzuwärmen. Was es alles geben würde, war ein streng gehütetes Geheimnis. Auf jeden Fall von allem viel zu viel.

Hagen nippte an seinem Wein, genoss den italienischen Trubel um sich herum, die stärker werdenden mediterranen Düfte aus der Kombüse, die Aussicht, das warme Licht, den goldenen Himmel, der wieder einmal so tat, als wären Stürme, Regen und Gewitter etwas ganz und gar Unmögliches. Plötzlich erklang Musik. Federico hatte es geschafft, sein iPhone mit der Musikanlage zu verbinden. Zucchero sang mit Schmalz in der Stimme *Senza una donna,* Federico stimmte mit Talent und beträchtlichem Pathos ein.

Eine Zeitung über ihrem Kopf schwenkend, drängelte Fiorina sich erneut zu Hagen durch, der es sich inzwischen auf der Sitzbank im Heck gemütlich gemacht hatte. Der Artikel, den sie ihm zeigen wollte, war gleich auf Seite eins. Das große Foto darüber sagte alles: Avvocato Umberto Tommaso Ambrogetti wurde von zwei stolzen Carabinieri aus dem Gerichtsgebäude in Pisa eskortiert. Hagen nickte Fiorina zu, lächelte. Sie nickte zurück, strahlte ihn an wie ein abenteuerlustiges Mädchen auf seiner allerersten Party mit Jungs.

Vorgestern hatten sie den Darlehensvertrag, begleitet von einem kurzen Brief – beides ohne Fingerabdrücke oder sonst irgendetwas, das auf die Absender hätte schließen lassen –, an die Carabinieri in Pisa geschickt. Und diese hatten offenkundig nicht lange gefackelt. Ambrogetti drohte nun eine Anklage wegen Anstiftung zum Mord an Mario Lombardo, und mit Sicherheit würden die rührigen Kollegen noch das eine oder andere Interessante finden, wenn sie erst einmal das Büro und die Villa des Dottore auf den Kopf stellten.

Fiorina stand ihm immer noch gegenüber, leuchtend vor Stolz und Lebensfreude. Und mit einem Mal hielt Hagen sie in den Armen, den Mund auf ihrem, die Zeitung flatterte in der Abendbrise über Bord, während Federico und Zucchero sich zu den letzten Takten seines Hits steigerten.

Und mit einem Mal beschlich Hagen das Gefühl, seine Idee, sich auf Elba niederzulassen, könnte vielleicht doch nicht ganz dumm gewesen sein.

»Eines würde mich interessieren.« Fiorina, die seine Zärtlichkeiten stürmisch erwidert hatte, lachte leise. »Woher hast eigentlich *du* so viel Geld?«

»Das ist eine lange Geschichte.« Er seufzte. »Weißt du, damals in Bielefeld, ich war ganz neu bei der Polizei …«

»Venite a tavola!«, rief Mamma mit hochroten Wangen, in den Händen einen so großen Topf, dass sie damit mühelos eine ganze Kompanie hätte verköstigen können. »Tessa, für jeden nur eine Kelle Cacciucco, es gibt ja noch drei weitere Gänge. Und ihr anderen, kommt rasch, sonst wird es kalt!«

»Benissimo«, sagte Hagen, nachdem Fiorina übersetzt hatte. »Ho una fame da lupi.«

Erst, als alle jubelten und klatschten, begriff er, dass er Italienisch gesprochen hatte. Ob er die deutsche Redewendung, dass er Hunger hatte wie ein Wolf, korrekt übersetzt hatte und ob sie überhaupt in seiner neuen Heimat gebräuchlich war, würde er später klären. Wenn die Fischsuppe von Mamma Luccarelli auf dem Tisch stand, die bekanntlich beste der Welt, durfte man nicht trödeln.

Der verschrobene Kommissar Galavakis ermittelt

*Cover- und Preisänderungen vorbehalten

Nikola Vertidi

Unerbittliches Kreta

Kommissar Galavakis ermittelt

Piper Taschenbuch, 400 Seiten

€ 10,00 [D], € 10,30 [A]*

ISBN 978-3-492-50487-4

In der berühmten Samariaschlucht werden nach einem Unwetter menschliche Knochen gefunden. Wer ist hier wie gestorben und warum wurde niemand als vermisst gemeldet? Was hat die junge Bloggerin Eleni, die die Leichenteile gefunden hat, damit zu tun? Kommissar Hyeronimos Galavakis deckt in seinem ersten Fall ein Verbrechen von erschreckender Brutalität auf, dessen Wurzeln bis in den Zweiten Weltkrieg zurückreichen. Denn wer seine Landsleute verraten hatte, wurde nach dem Krieg mit Gefängnis bestraft und ihren Familien verzeiht niemand wirklich, auch wenn oberflächlich alles in Ordnung zu sein scheint …

Leseproben, E-Books und mehr unter **www.piper.de**

ISBN 978-3-492-31749-8